O IRRESISTÍVEL DESEJO DE AMAR QUEM TANTO ODEIO

BRIGITTE KNIGHTLEY

O IRRESISTÍVEL DESEJO DE AMAR QUEM TANTO ODEIO

NA FORÇA DO ÓDIO
LIVRO UM

TRADUÇÃO
Isadora Prospero

PLATAFORMA 21

TÍTULO ORIGINAL *The Irresistible Urge to Fall for Your Enemy*

Plataforma21 é um selo da VR Editora

GERENTE EDITORIAL Tamires von Atzingen
EDITORA Thaíse Costa Macêdo
EDITORA-ASSISTENTE Michelle Oshiro
PREPARAÇÃO Giovana Bomentre
REVISÃO Karoline Melo, Raquel Nakasone e Bárbara Borges
ILUSTRAÇÃO DE CAPA Nikita Jobson
DESIGN DE CAPA Katie Anderson
MAPA Rebecka Champion
ILUSTRAÇÕES DE MIOLO Buch and Bee, sunlight77, Croisy, Artilution, FriskySloths, ReVelStockArt, 1000s_pixels / Shutterstock; ArtGraris Indonesia / iStock
COORDENAÇÃO DE ARTE Pamella Destefi
DIAGRAMAÇÃO E ADAPTAÇÃO DE CAPA P.H. Carbone
PRODUÇÃO GRÁFICA Alexandre Magno

Dados Internacionais de Catalogação na Publicação (CIP)
(Câmara Brasileira do Livro, SP, Brasil)

Knightley, Brigitte
O irresistível desejo de amar quem tanto odeio / Brigitte Knightley; tradução Isadora Prospero. - São Paulo: Plataforma21, 2025.

Título original: The irresistible urge to fall for your enemy
ISBN 978-65-5008-054-9

1. Ficção de fantasia 2. Ficção norte-americana I. Título.

25-274159 CDD-813

Índices para catálogo sistemático:
1. Ficção : Literatura norte-americana 813
Cibele Maria Dias - Bibliotecária - CRB-8/9427

VR Editora S.A.
Av. Paulista, 1337 – Conj. 11 | Bela Vista
CEP 01311-200 | São Paulo | SP
plataforma21.com.br | plataforma21@vreditoras.com.br

Pspsps.

AVISO DE CONTEÚDO

O irresistível desejo de amar quem tanto odeio é uma romantasia do tipo "inimigos que se apaixonam" e conta a história de um assassino e uma profissional de cura. Contém elementos que podem não ser apropriados para todos os leitores, incluindo violência explícita, tortura, morte de personagens secundários, palavrões, breve conteúdo sexual, conteúdo médico incluindo doenças fictícias que afligem adultos e crianças, e descrições de crianças doentes em um espaço parecido com um hospital. Por favor, leia com cuidado.

A seguir você encontra um glossário. Para mais informações sobre as Ordens e um guia de pronúncia, consulte as páginas 9 e 14, respectivamente. Por fim, a narrativa deste livro se passa em uma realidade alternativa do Reino Unido.

GLOSSÁRIO

Deofol

Do inglês antigo *dēofol*, "diabo". Familiares animais usados para comunicação, companhia e conselhos. Os deofols não podem ser escolhidos; manifestam-se cedo na infância como uma forma juvenil do animal em questão e crescem junto da criança. Sua forma física pode ser nebulosa ou detalhada, dependendo do controle de seith do conjurador.

Peste de Platt

Recebe o nome de Epilotte Platt em homenagem ao Haelan que descreveu a enfermidade pela primeira vez, durante um surto, um século antes do início desta história. A Peste de Platt é uma doença viral infecciosa caracterizada por grandes chagas pustulentas. Ocorre com mais frequência entre crianças de um a doze anos. A encefalopatia é uma complicação grave e infelizmente comum, exigindo intervenção de um Haelan para ser revertida.

Seith

Do nórdico antigo *seiðr*, "magia" – mas Aurienne Fairhrim nos diria que qualquer magia, se estudada em detalhes suficientes, é ciência. Todos podem usar seith para aplicações básicas, tais como convocar seu deofol, usar uma waystone ou alimentar capacitores de seith. O estudo avançado de seith exige a iniciação em uma Ordem; seu domínio exige um tãcn.

Tācn

Do inglês antigo *tācn*, "sinal", "símbolo", "prova". Uma marca gravada nas palmas de integrantes de determinada Ordem. O mecanismo de marcação abre o sistema seith da pessoa para o mundo e permite um fluxo e uma manipulação de seith exponencialmente maiores.

Tīendoms

Do inglês antigo *tīen*, "dez" + *dōm*, "jurisdição". O nome coletivo para dez pequenos reinos disputando o controle de um arquipélago no Oceano Atlântico Norte. A porosidade das fronteiras entre os Tīendoms depende do clima político; quando a guerra assoma, como faz com frequência, as waystones são desativadas e as fronteiras, fechadas.

Waystones

Do inglês antigo *weg*, "estrada", "caminho"; "liberdade de movimento" + *stone*, "pedra" em inglês. Waystones são menires altos com runas entalhadas que ficam ao longo de uma rede de linhas ley (alinhamentos entre marcos naturais e monumentos), chamada de gratícula de waystones. São o meio de transporte mais comum dos Tīendoms. Frequentemente encontradas ao lado de pubs, responsáveis por sua manutenção. A gratícula de waystones é controlada e gerida pela Ordem dos Leynantes.

AS ORDENS

Nos Tīendoms, oito Ordens emergiram ao longo de séculos a partir de guildas e outras associações, agrupando especialistas de interesses similares que trabalham para dominar o uso do seith. Os Chefes das Ordens se encontram uma vez por ano em Stánrocc. As Ordens operam sob os Acordos de Paz, que incluem determinações banindo técnicas de treinamento cruéis e a proibição de ações hostis diretas contra outra Ordem.

No papel, as Ordens são apolíticas e não devem lealdade a nenhum Tīendom específico. Na prática, mantêm laços estratégicos com certos governos para benefício mútuo.

Membros das Ordens seguem os chamados Caminhos da Aurora, do Poente ou Difuso. Seguidores dos Caminhos da Aurora têm seu tācn na palma direita; os dos Caminhos do Poente, na esquerda. As Arbruxas, que seguem o Caminho Difuso, escolhem de que lado colocar seu tācn, em alinhamento pessoal com sua prática.

CAMINHOS DA AURORA

HAELAN

Não farás mal

Do inglês antigo *hælan*, "curar", "sarar", "reviver". Ordem de estudiosos e profissionais da cura. Diferenciam-se dos médicos e cirurgiões em seu uso de seith na cura e na pesquisa, o que permitiu avanços significativos em sua prática. Sua sede fica em Danelaw. Tãcn: um aer (cisne mitológico).

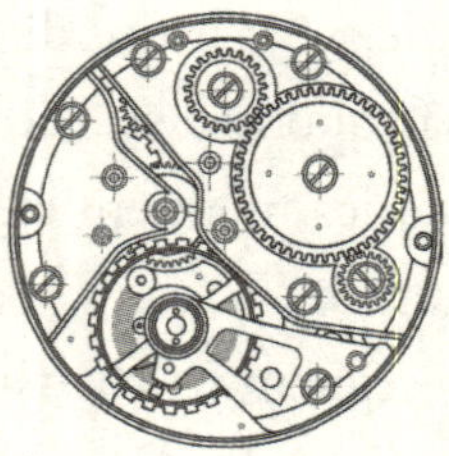

INGENAUTA

Mente sobre matéria

Do inglês médio *ingeny*, "dispositivo", "aparato" + grego antigo *naútes*, "marinheiro". Ordem de engenheiros-estudiosos. Como no caso dos Haelan, a integração do seith em sua prática permitiu o desenvolvimento acelerado de motores e dispositivos que ultrapassaram as capacidades dos engenheiros de sua época. A sede desta Ordem fica na Īrlanda. Tãcn: engrenagens douradas.

Leynante

Honra aos viajantes

Do francês antigo *lier*, "atar" + desinência *-nte* do latim (*-ns*, *-nst*), formando a noção de "agente". Também chamada de *Leynauta*. Ordem especializada na manutenção e na navegação de linhas ley e na viagem por essas linhas através de waystones ou embarcações de ley. Sua sede fica em Fortriu. Tācn: bússola de bronze.

Guardiã

Vontade sobre desejo

Ordem de paladinos contratados a um alto custo por todos os Tīendoms por sua especialização em defesa e proteções mágicas. Sua sede fica em Dumnonia. Tācn: cabeça de auroque azul.

CAMINHOS DO POENTE

AGANNOR

Mente sobre carne

Do inglês antigo *āgan*, "possuir". Ordem cujos membros possuem outras pessoas contra sua vontade e, dependendo da habilidade do praticante, sem o conhecimento delas. Sua sede fica em Wessex. Tācn: olho roxo.

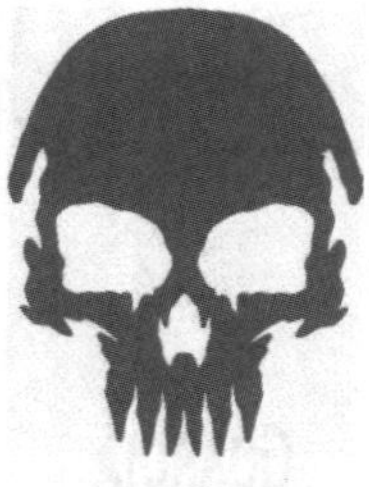

DREOR

A morte tudo consome

Do inglês antigo *drēor*, "sangue". Ordem obscura e quase extinta de cavaleiros da morte. A sede desta Ordem fica na Mércia. Tācn: crânio preto.

Fyren

Não temas a escuridão

Do inglês antigo *firen*, "perverso", "crime", "pecado". Ordem de assassinos treinados para caminhar nas sombras. Notoriamente custosos para contratar e letais. Sua sede muda entre os Tīendoms. Tācn: crânio vermelho de cão infernal.

CAMINHO DIFUSO

Arbruxa

Tanto acima quanto abaixo

Do latim *arbor*, "árvore" + bruxa. Remete a uma ideia de bruxa selvagem, feiticeira. Após serem perseguidas quase até a extinção, as Arbruxas permaneceram como uma Ordem envolta em segredos. Sua sede fica em Kent. Tācn: três lebres verdes.

GUIA DE PRONÚNCIA

Agannor: *AH-ga-nor*
Aurienne Fairhrim: *ÓR-i-en FÊR-rim*
Cíele: *TCHI-él*
Deofol: *DEI-o-fol*
Dreor: *DRI-or*
Fyren: *FIR-en*
Haelan: *REI-len*
Ingenauta: *IN-gué-nauta*
Leynante: *LEI-nante*
Osric Mordaunt: *OZ-rik MÓR-dint*
Tācn: *TÁ-kin*
Tīendoms: *TI-en-doms*
Xanthe: *ZAN-thi*

O Lobo
farol no cu do mundo
Ordem Leynante
Fortriu
N
O
L
S
Traseiros espinhentos
A princesa & o bobo
Strathclyde
Nortúmbria
Quartel-general de Fairhrim, lotado de Guardiões, porque obviamente ela não facilitaria a minha vida
Ordem Fyren
Irlanda
O Centauro no Celeiro
Ordem Haelan
A Ostra Monstra
Swanstone-no-mar
O Publique ou Pereça
Ponto de coleta de pagamento Fyren
Londres:
O Cuzão
Culhão do Cão
Trouxe-Mouxe
Banhos espermais
Completamente bitolados
Ordem Ingenauta
O Unicórnio Tesudo
O Gogmagog
Danelaw
Mércia
Ordem Dreor
Rosefell Hall
Propriedade da família Mordaunt
Dyfed
Wessex
O Birosquinha
Ordem Agannor
Kent
Ordem Guardiã
Povoado por um bando de otários
Dumnonia
O Coisa Estranha
Ordem Arbruxa
Os Tiendoms

1

CRETINO IRRESISTÍVEL ENCONTRA VADIA OBSTINADA

Osric

Foi só com Aurienne Fairhrim que Osric descobriu que contato visual era capaz de cortar como uma faca. Ela estava ereta e austera, nos confins de um daguerreótipo, paralisando-o com os olhos pretos reluzentes.

– Ela? – perguntou Osric.

– Sim, senhor – disse o doutor Fordyce.

– Tem que ser ela?

– O senhor não tem muita escolha.

Osric soltou o daguerreótipo. A folha pousou em sua mesa, de onde o olhar penetrante da mulher encontrou uma nova vítima e perfurou o teto. Ornamentando desagradavelmente a mesa de Osric também havia o currículo de Aurienne Fairhrim e uma lista de publicações beirando o infinito.

– Ela é uma Haelan – disse Osric. – A Ordem dela não vai trabalhar com a minha. Ela vai recusar por uma questão de princípios.

– Talvez, senhor – disse o doutor Fordyce. – Mas o senhor nos perguntou quem *poderia* curá-lo. Não quem o faria.

– Não seja atrevido.

– Não quis ser desrespeitoso, senhor – disse Fordyce. – Os membros da Ordem Haelan são curandeiros ímpares, e Aurienne Fairhrim é inigualável entre eles. Ela é um fenômeno quando se trata do sistema seith. Se ela recusar...

– Claro que vai recusar; ela é Haelan.

– ... então o doutor Shuttleworth e eu faremos o nosso melhor para prorrogar a degeneração.

– Quanto tempo me resta? – perguntou Osric.

Fordyce olhou de relance para o colega. Osric esperou que este dissesse algo útil, mas o doutor Shuttleworth só pareceu assustado, sofreu um espasmo de pânico e se engasgou com a própria saliva.

Fordyce encontrou coragem entre os balbucios do colega.

– É difícil determinar com precisão.

– Responda – ordenou Osric.

– Segundo nossas melhores estimativas, temos três ou quatro meses antes que suas habilidades comecem a diminuir significativamente, senhor – disse Fordyce.

– Diminuir significativamente – repetiu Osric.

– Sim, senhor – disse Fordyce.

– Eu vou perder meu seith.

– Infelizmente, esse é um dos resultados prováveis, senhor.

– Eu não posso perder meu seith – disse Osric. – Você sabe o que eu sou.

Sim, os doutores sabiam; era por isso que estavam quase molhando as calças. No entanto, os dois confirmaram com acenos vigorosos de cabeça na direção das botas de Osric.

– O senhor é um membro da Ordem Fyren – disse Shuttleworth. – T-talvez pudesse cogitar uma aposentadoria precoce?

Uma pergunta brutalmente idiota, à qual Osric respondeu:

– Você sabe como os Fyren se aposentam?

– Hã... não, senhor.

– Morrendo.

– Ah.

– É meio que um probleminha, não?

– Sim, senhor.

– Devo dizer que esse resultado é uma decepção, dado o quanto eu paguei para vocês dois – disse Osric.

– Sua doença... realmente, lamentamos muito... ela não é exatamente tratável – disse Fordyce. – É uma enfermidade degenerativa sem cura conhecida.

– Os Haelan são os maiores profissionais de cura do mundo – disse Shuttleworth, que tinha se recuperado da asfixia para ofuscar Osric com esse esclarecimento brilhante.

– Aurienne Fairhrim realmente é sua melhor opção, senhor – disse Fordyce. – Se alguém pode ajudá-lo, é ela.

– Ela é minha única opção, se você e o seu colega estiverem falando a verdade.

– Hã... sim.

Concluindo que os doutores não ajudariam em mais nada, Osric os dispensou.

– Creio que possa confiar na discrição no que se trata da minha doença.

Os doutores balbuciaram alguns *sim, senhor*.

– Minha governanta vai acompanhá-los até a porta – disse Osric. – Aguardem um momento.

Fordyce e Shuttleworth fizeram uma longa mesura antes de sair do escritório de Osric, colocando os chapéus nas cabeças inúteis e se afastando às pressas rumo à sala de recepção.

Osric chamou sua governanta.

– Sra. Parson?

A sra. Parson e seu coque com fios grisalhos surgiram na porta.

– Senhor?

– Garanta que nenhum dos dois se lembre dessa consulta.

– É claro.

Osric ergueu o daguerreótipo de Aurienne Fairhrim para a inspeção da sra. Parson.

– Aqui está minha suposta salvadora. O que acha?

A sra. Parson tateou um pouco sobre o peito até encontrar seus óculos. Pousando-os no nariz, analisou a imagem.

– Ela parece adorável.

– Parece um meio para um fim – retrucou Osric.

A sra. Parson deu uma batidinha no vestido branco de gola alta de Fairhrim.

– Uma Haelan?

– Sim. Moralizadora até os ossos, sem dúvida. Aurienne Fairhrim é o nome dela.

A sra. Parson encarou Osric por cima dos óculos.

– Se ela é Haelan, não vai ajudá-lo.

– Obviamente – disse Osric. – No entanto, parece que ela é um *fenômeno*. E eu estou precisando de um fenômeno, sra. Parson. Como vou convencê-la a me ajudar? – Ele se virou para um espelho, inspecionou as maçãs do rosto mais esculturais dos Tīendoms e disse: – Sedução?

– Não acho que o senhor conseguiria – disse a sra. Parson.

– Assim a senhora me ofende.

A sra. Parson, que era irritantemente sensata, replicou:

– Ela é Haelan. Preferiria se jogar no Tâmisa a ajudar o senhor. Talvez possamos equipá-lo com um plano B. E um plano C.

– Sendo o plano B bravata e o C coerção?

– Engraçado, senhor – disse a sra. Parson, embora não estivesse rindo.

– Muito bem – disse Osric. – Equipe-me. Veja o que consegue descobrir sobre Aurienne Fairhrim. Encontre algo para usar contra ela. Suborno, extorsão, ameaças à vida e aos membros... você sabe. O de sempre.

– Muito bem, senhor – disse a sra. Parson.

– Resolvido, então. Depois de acompanhar nossos convidados, poderia pegar minhas adagas para a sessão de treino desta noite? O par de Moulineaux, por favor.

– É claro, senhor.

A sra. Parson saiu. Osric flexionou as mãos. A dormência estava se espalhando; começava em sua nuca e descia por seu sistema seith, passando pelos ombros e, em um formigamento ardente, chegava aos dedos. Osric não prestara muita atenção nisso até começar a perceber alterações correspondentes no fluxo do seu seith, quando então chamou os médicos. O diagnóstico pesava sobre ele: degeneração de seith. No linguajar comum, seith podre.

Seria mais sábio inventar alguma desculpa para cancelar a luta daquela noite com seu colega Fyren? Ele nunca perdia uma sessão de treino. Poderia levantar questionamentos, e Osric não podia se dar ao luxo de lidar com questionamentos neste momento tão delicado.

A sra. Parson lhe trouxe as adagas. Osric as embainhou, estampou um sorriso malandro no rosto e foi até a waystone.

Provavelmente ir não faria mal. Com a dormência do jeito que estava, ele *literalmente* não sentiria nada.

A sra. Parson levou alguns dias para retornar com os resultados da investigação sobre Aurienne Fairhrim. Osric considerava-se um especialista na obtenção de informações, mas a sra. Parson, com sua rede de serviçais, era uma potência por mérito próprio.

Ela bateu na porta do escritório de Osric com um ar conspiratório. Ele fez um gesto para que entrasse.

– As descobertas sobre Aurienne Fairhrim. – A sra. Parson puxou um maço grosso de papel de seu avental. – A prima de terceiro grau da filha da minha meia-tia-avó trabalha nas cozinhas dos Haelan.

Osric nem tentou entender aquela fita de Möbius genealógica, só espalhou os papéis em sua escrivaninha.

– E então, o que descobrimos? Fairhrim tem algum parente que possamos usar? Dívidas que possamos pagar? Sequestro? A situação está ficando desesperadora.

– Ela tem alguns parentes – disse a sra. Parson. – O pai é de Danelaw, a mãe de Tamazgha. Ambos estão em Londres no momento. Não tem dívidas; ela é bem abastada. Sequestro, claro, é sempre uma opção.

– Um clássico – disse Osric.

– Posso dizer o que acho? – perguntou a sra. Parson.

– Diga.

– Dada a natureza da tarefa, seria melhor se ela escolhesse cooperar – disse a sra. Parson. – Descobri que a Ordem Haelan está buscando financiamento. Eles querem uma quantia substancial para uma de suas pesquisas em andamento. Já ouviu falar do surto de Peste de Platt?

– Vagamente – disse Osric. – Eu não acompanho moleques de rua e suas doenças.

– Essa doença específica pode oferecer um expediente para forçar uma Haelan a curá-lo – disse a sra. Parson.

– Abençoadas sejam as crianças pestilentas, então – disse Osric. – Qual é a quantia necessária?

– Vinte milhões de thrymsas.

– Mas que caralho.

– Como eu disse, senhor: substancial. Os Haelan andaram discutindo com conselhos de financiamento e reis e rainhas de todos os Tīendoms para obter o capital, mas não tiveram muito sucesso. Parece que todos compartilham de sua apatia em relação aos moleques de rua, pobrezinhos. Mas, se o senhor oferecesse a quantia, talvez a Haelan Fairhrim pudesse ser persuadida a deixar de lado o antagonismo natural a alguém da sua Ordem.

– Suborno, então – disse Osric. – Boa ideia.

A sra. Parson pareceu cética.

– Seus cofres contêm vinte milhões?

– Eu não disse que iríamos pagá-la de fato.

– Ah.

– Prossiga com a oferta. Mantenha-me atualizado sobre a situação.

Em vez de sair para realizar sua tarefa, porém, a sra. Parson permaneceu diante da escrivaninha de Osric.

– Será que eu poderia fazer outra sugestão, senhor?

– Que seria?

– Aurienne Fairhrim é bem protegida. – A sra. Parson vasculhou os documentos até encontrar uma série de plantas baixas de uma propriedade. – Ela mora na fortaleza Haelan em Swanstone. Tem aposentos no próprio complexo. Para complicar ainda mais a questão, Swanstone é patrulhada por Guardiões.

– Guardiões? Eu *odeio* Guardiões. Imbecis colossais, todos eles. Por que há Guardiões em Swanstone?

– Ouvi dizer que as Ordens Haelan e Guardiã têm algum tipo de acordo – disse a sra. Parson. – Curas em troca de proteção e vice-versa.

– Quantos Guardiões há em Swanstone? – perguntou Osric.

– Três ou quatro, o tempo todo.

– Que desgraça inconveniente. – Osric observou o mapa do terreno de Swanstone. – Vejo agora que abordar Fairhrim com esse suborno pode exigir alguém com um conjunto de habilidades específico.

A sra. Parson assentiu.

– Algumas manobras furtivas viriam a calhar.

– Uma das minhas especialidades, por acaso.

– Exato.

– Certo – disse Osric. – Cadê minha capa? Estou indo subornar alguém. E, se Fairhrim se recusar, vou proceder com o sequestro.

– Um clássico, senhor.

– Qual é a waystone mais próxima dessa fortaleza Haelan?

– O pub mais próximo é o Publique ou Pereça.

– Excelente.

Com a capa e as luvas, e o cabelo atraentemente desgrenhado, Osric partiu rumo à waystone.

Em Swanstone, manobras foram realizadas furtivamente.

A sede da Ordem Haelan ficava em uma ilha no fim de mundo frígido de Danelaw. A fortaleza branca de Swanstone, com suas ameias cobertas de neve, parecia emanar um desafio desdenhoso conforme Osric se aproximava.

A sra. Parson tinha razão: Aurienne Fairhrim estava bem protegida. Ela e sua Ordem estavam literalmente enfurnados em torres de marfim.

Osric esperou até o crepúsculo começar a alongar as sombras antes de se aproximar. A fortaleza o preocupava menos que os Guardiões. Infiltração era uma coisa; infiltração com Guardiões era outra. A Ordem deles se especializava em defesa e no desmembramento violento de invasores. Eram um inimigo excepcional para um Fyren travesso que chegara para subornar uma Haelan.

Contudo, Osric também era excepcional.

Ele pegou um caminho de sombras para subir as muralhas e se enfiou entre as asas de um enorme cisne de pedra para observar. Avistou as figuras volumosas dos Guardiões – dois abaixo, dois nas ameias com ele – reluzindo com suas armaduras. Havia também uma dúzia de guardas de Swanstone em patrulha. Uma Guardiã nas ameias estava com o escudo de luz aceso, brilhando entre as aberturas na armadura. Um caminhante das sombras como Osric não conseguiria se aproximar o suficiente para apunhalá-la.

Mas naquele dia – coisa rara – Osric não tinha intenção de apunhalar ninguém. Ele seria bonzinho.

Alguns Haelan vestidos de branco cruzaram o pátio abaixo. Aos olhos de Osric, o lugar inteiro sofria de uma assepsia extrema: seco, funcional, puro. Até a neve, organizada em linhas finas pelo vento, parecia intencional em sua disposição. Higienizada.

Abaixo da neve, o pátio reluzia com proteções mágicas. Linhas espessas e brilhantes do seith dos Guardiões cruzavam o chão de pedra enquanto eles patrulhavam.

Osric os observou fazendo rondas por uma hora antes de se aventurar para fora de seu esconderijo. Então, tomando um cuidado ímpar para evitar as proteções que mudavam de lugar, derreteu-se na escuridão ao pé de uma ameia e deslizou de uma sombra a outra até chegar à fortaleza em si.

Ele levou duas horas, mas não ativou nenhuma proteção e não matou ninguém.

Campeão.

As plantas roubadas da sra. Parson informaram Osric de que a sala de Fairhrim ficava na imponente torre norte. Ele atravessou a fortaleza para encontrá-la, passando por um berçário lotado de pirralhos chorosos cobertos de chagas, e uma sala grande cujo único propósito parecia ser colecionar cadáveres de crianças.

Eles não podiam enterrá-las? Que gentinha mórbida, esses Haelan.

Mas não: houve um gemido alto. As crianças não estavam inteiramente mortas. Um grupo de Haelan passou correndo por Osric a caminho da sala. Nenhum deles era a mulher séria do daguerreótipo. Ele seguiu em frente pelo corredor, de uma sombra a outra, evadindo-se dos guardas ocasionais no caminho, satisfeito toda vez por serem apenas homens, e não Guardiões.

Por fim, uma placa informou Osric de que ele alcançara o Centro de Pesquisa em Seith. Um lugar promissor para se estar, dada sua condição. Havia uma ala de enfermos ali, assim como salas de exame cheias de instrumentos de aspecto sinistro. Embora a maior parte de Swanstone parecesse depender de gás, aquelas salas eram equipadas com eletricidade e diversos aparelhos alimentados por seith.

Havia pacientes menos cadavéricos nesse setor, o que era animador.

Uma sala de espera abria-se para salas de exame. Ao longo da parede havia um mural pintado com balões intitulados VOCÊ SABIA?, e cada um deles continha um fato curioso para a edificação de quem esperava. Osric leu os balões enquanto passava:

> **Nos primórdios de nossa história, *seith* era um termo coletivo para poderes que englobavam desde proteções mágicas até magia de batalha.**

> **Todo mundo tem um sistema seith. Ele é composto de estruturas especializadas (canais e nódulos de seith) que percorrem o corpo ao lado do sistema nervoso.**

O seith tem muitos usos. Na vida cotidiana, você provavelmente o usa para enviar deofols ou usar waystones. O estudo especializado nos permite manipular o seith para aplicações mais complexas, como curas.

Aqueles que desejam atingir esses níveis de manipulação devem obter um tācn. Um tācn é uma marca gravada na palma que abre seu sistema seith para o mundo. Os tācn são obtidos por membros de uma Ordem após anos de estudo.

O uso excessivo de seith tem um Custo. Como o Custo de alguém é determinado ainda está sob estudo. As pesquisas atuais sugerem que é uma amplificação de certas predisposições fisiológicas ou genéticas.

Na frente da porta da sala de Fairhrim havia uma mesa à qual se sentava um homenzinho de olhos esbugalhados, batendo nas teclas metálicas de uma máquina de escrever redonda de latão. Ele estava no caminho de Osric, mas Osric não o matou. Queria deixar uma boa primeira impressão em Fairhrim, afinal, então só deixou o sujeito com uma concussão e o enfiou bonitinho sob a própria mesa.

O escritório de Fairhrim estava trancado. Osric tirou a luva e apertou a palma esquerda na fechadura. Seu tācn emitiu um brilho vermelho quando projetou seu seith, lendo as sombras no interior da fechadura enquanto a arrombava. Brincadeira de criança, óbvio. Após alguns cliques suaves, a porta se abriu.

Aurienne Fairhrim não estava lá dentro. Osric, portanto, acomodou-se como se estivesse em casa.

A decoração de Fairhrim era tão austera quanto o resto de Swanstone, uma mistura desagradável de funcionalidade e escassez. Osric escolheu uma cadeira. A cadeira o obrigou a se sentar reto em vez de esparramado, como de costume; ele se viu na pose de um aluninho chato avidamente esperando a chegada da professora.

À sua direita havia uma estante de livros explodindo de volumes com títulos encorajadores como *Arrebentando com tudo: reabilitação de lesões de compressão de canais de seith* e *Rupturas de fibra e avulsões de seith: protocolos para tratamento clínico* e *Interrupção reversível de fluxo seith: um estudo in vitro* e *Lesões transversais de canais de seith*.

Uma coleção auspiciosa, dado o que ele viera fazer. Bom ver que Fairhrim era estudiosa.

Então, com um "ah" sussurrado, Osric reparou que todas as obras tinham sido escritas pela própria Fairhrim.

À esquerda dele, uma série de janelas estreitas erguia-se acompanhando a curva da torre. Fairhrim talvez tivesse uma vista do mar, mas as janelas estavam cobertas de gelo e só deixavam entrar a luz em vez da paisagem.

Pôsteres de indivíduos com várias camadas de pele e músculos arrancados decoravam as paredes. Osric tinha esfolado algumas pessoas no curso de sua carreira – os clientes tinham que pagar extra; era um serviço caótico –, mas Fairhrim parecia ter experiência própria na área.

Complementando essa decoração alegre havia um esqueleto, que sorria para Osric de um canto da sala. Arames de cobre finos, representando, supôs ele, o sistema seith, enrolavam-se ao redor dos ossos empoeirados. Havia um par de óculos rosa com formato de coração sobre o crânio.

O *claque-claque* afiado de passos ecoou no corredor. Osric posicionou o capuz de modo que seu rosto ficasse nas sombras (se tinha que se sentar como um aluninho, ao menos pareceria sinistro) e se acomodou na cadeira para esperar.

Não esperou muito. A porta se abriu e uma mulher entrou na sala, se é que um tornado irritado poderia assumir a forma de uma mulher e entrar em uma sala.

Era Aurienne Fairhrim. O daguerreótipo tinha capturado suas feições – a pele negra clara e os olhos pretos; o cabelo escuro preso em um coque –, mas não sua altura ou a arrogância de sua postura.

Ela irradiava exasperação contida ao entrar. As dragonas reluzentes na forma de asas em seus ombros confirmavam sua posição de Haelan habilitada. Ela estava vestindo o branco da Ordem – um vestido farfalhante com saia pesada e uma fileira dupla de botões fechados até o pescoço. Nos braços, equilibrava um vórtice atordoante de itens: uma bolsa, documentos, diversos pacotes de bisturis e, o mais incongruente de tudo, um enorme saco de cebolas.

Fairhrim viu Osric. Em vez de parecer surpresa com a invasão, ficou ainda mais irritada. Não houve perguntas balbuciadas sobre quem era Osric, ou como ele tinha entrado, ou o que ele queria.

Em vez disso, Fairhrim indagou:

– Está um pouco adiantado, não acha?

Ela foi até Osric e soltou o saco de cebolas no colo dele.

– Hã – disse Osric.

Fairhrim limpou as cascas de cebola das mãos. Elas caíram nas botas recém-engraxadas de Osric. Ela apertou a mão enluvada dele na sua palma nua e sacudiu com força.

– Haelan Fairhrim – disse ela. – Mas pode me chamar de Aurienne. É um prazer. Bem-vindo a nossos salões sacrossantos *et cetera*. Espero não mandar muito serviço para você, mas, bem... perdas ocasionais são inevitáveis. Sei que vocês estão atarefados com os casos da Peste. Vou tentar manter as contribuições da minha unidade a um mínimo. E, sim, eu contei à família que vocês quase não usam mais cebolas, mas eles insistiram. Não tinham nenhuma outra forma de pagamento. Com sorte, você pode encontrar algum uso para elas. No mínimo, dá para fazer uma sopa.

Esse discurso foi proferido com uma voz brusca e precisa. Decidindo que a conversa tinha acabado, Fairhrim apontou para a porta com um gesto afiado de pulso.

– Não vou segurá-lo aqui. Foi bom conhecê-lo. Wes hāl. Fique bem.

Ela sentou-se à escrivaninha, arrumou a saia ao redor dos pés e, com um resmungo de "maldita administração", começou a analisar a papelada.

Osric ficou irritado; as cebolas tinham arruinado sua aura de ameaça.

– Não vim buscar cebolas – disse Osric.

Fairhrim ergueu os olhos; surpresa, aparentemente, por ele ainda estar lá.

– Não?

– Não.

– Você não é o novo agente funerário? – perguntou Fairhrim.

– Na verdade, eu sou... – começou a dizer Osric.

Fairhrim foi – não havia outra palavra para descrever – atacada por um pedaço de papel.

Ela subjugou o objeto, apunhalando-o com uma caneta-tinteiro.

– Desculpe. Temos uma Ingenauta em residência em Swanstone, um membro brilhante de uma Ordem brilhante, claro, mas algumas das invenções dela funcionam bem até demais. Ela tornou as fichas de pacientes sencientes. Elas ficam agressivas quando nos atrasamos. Você estava dizendo...?

– Eu não sou o novo agente funerário.

Fairhrim estava escutando só com um ouvido enquanto lutava com o papel que se debatia na mesa.

– Ah, é? Tem certeza? Você tem cara de agente funerário. Ou é embalsamador? Coveiro? Me diga qual termo prefere.

– Eu vim em busca de uma cura – disse Osric.

– Uma cura?

– Sim. Especificamente de você.

Aquele pareceu, a Osric, o momento certo para começar a despertar a curiosidade dela. Ele afastou o capuz de leve para ela ter um vislumbre do *rosto*. Inclinou a cabeça para a bochecha refletir a luz. Exibiu a covinha majestosa no queixo.

Quem não gostaria de curar isso?

Fairhrim, ao que tudo indicava. Inabalada por essa demonstração inicial, ela fez um aceno desdenhoso e disse:

– Se está participando de um dos estudos do meu Centro, volte à recepção. Eles vão encaminhá-lo para o lugar certo.

Recepção? *Recepção?*

Osric tinha sido sutil demais, obviamente.

No meio do aceno, Fairhrim fez uma pausa.

– Espere. Como você entrou aqui? Achei que tinham deixado porque você era o agente funerário.

– Eu entrei sozinho – disse Osric.

– É mesmo? – Fairhrim não ficou impressionada com essa proeza. – Bem, você não pode simplesmente entrar aqui e esperar uma cura. Somos seletivos sobre quem aceitamos em Swanstone. Isso não é um hospital. É uma instituição de pesquisa. Você tem que passar pelos canais apropriados.

– Eu não vou passar pelos canais apropriados – disse Osric –, porque ninguém mais deve saber sobre a minha situação. Tem que ser nosso segredinho.

Ele lhe deu um sorriso (travesso) e uma piscadela (sugestiva).

Pela primeira vez desde que chegara, Fairhrim olhou para Osric – realmente olhou para ele, sabe, sem estar distraída por cebolas e pedaços violentos de papel. Mas não foi o sorriso ou a piscadela que a cativaram. Seu olhar subiu pela capa dele, cuidadosamente livre de emblemas ou marcas, e foi para o anel de sinete pesado em sua mão direita, demorando-se nas luvas pretas.

Aí ela ficou desconfiada. Por fim, percebeu que havia algo errado.

– Posso contar com você? – perguntou Osric, acompanhando a pergunta com uma sobrancelha erguida (bem-humorada).

A expressão de Fairhrim ficou hostil. Osric decidiu não cansar mais as sobrancelhas; não haveria nenhum ataque sedutor ali. O tipo dela, claramente, não era moreno e perigoso. Ele reconhecia causas perdidas, e Aurienne Fairhrim era uma delas.

– Certo – disse Osric, batendo as mãos nos joelhos. – Hora do plano B.

– Plano B? – perguntou Fairhrim.

– Ouvi dizer que sua Ordem está atrás de financiamento – disse Osric. – Talvez eu possa oferecer uma contribuição.

– Ah, é? Terá que falar com Lambert, dois andares para baixo. Ele é o gerente da seção de Caridade e Doações.

– Estou especificamente interessado em apoiar o trabalho da sua Ordem sobre a Peste de Platt.

Novamente, os olhos de Fairhrim pousaram nas luvas de Osric.

– Seu interesse me encanta, é claro, mas, como eu disse, Caridade e Doações seria o lugar para começar. Doenças pediátricas não são minha área, de toda forma. – Ela lançou um olhar para a porta. – E *como foi* que você entrou aqui? Onde está o Quincey?

– Quem?

– Meu assistente.

– Assistente? Um obstáculo no caminho, melhor dizendo – respondeu Osric. – Ele está tirando um cochilo.

Fairhrim moveu a mão à esquerda da mesa, o que informou a Osric que havia um mecanismo de alarme ali.

– Não aperte o botão do pânico, Haelan Fairhrim – disse Osric. – Eu preferiria que as coisas não ficassem feias.

Fairhrim ficou imóvel.

– Isso parece uma ameaça.

– Porque é.

– Quem é você e o que quer?

– Poderíamos ter chegado nesse ponto muito mais cedo se não tivéssemos perdido tempo com as cebolas – disse Osric. E se ele não tivesse desperdiçado flertes com ela, mas ele preferia não assumir a responsabilidade das coisas. – Como eu disse, quero uma cura.

– O que vai ganhar é um cóccix quebrado quando os Guardiões o expulsarem daqui – disse Fairhrim.

Mesmo confirmando que algo estava errado, ela não parecia assustada. Parecia, pelo contrário, novamente irritada. Será que todos os Haelan tinham instintos de autopreservação tão ruins ou ela era especialmente obtusa?

– Você acha que eu saio por aí curando todo agente funerário impostor que entra no meu consultório? – perguntou Fairhrim.

– No meu caso, sim – disse Osric. – Porque eu vou ajudá-la a curar sua preciosa Peste.

A ficha agressiva na escrivaninha de Fairhrim voltou à vida, e ela a estapeou contra a mesa.

– Não queremos curá-la. Queremos criar uma imunização.

– Certo. Que seja. Desejo comprar seus serviços, e sua discrição, com uma doação. Sei que as negociações da sua Ordem com as agências de financiamento usuais não foram bem-sucedidas.

Fairhrim apertou os lábios em uma linha fina.

– Não foram bem-sucedidas até agora. Acabamos de mandar as requisições a vários órgãos. Essas coisas levam tempo.

Osric fez um gesto para dispensar os detalhes técnicos.

– Você não preferiria ter o dinheiro agora? Começar logo? Curar os pivetes?

– Imunizar, não curar – corrigiu Fairhrim. – E eu não sou uma médica de aluguel. Há centenas em Londres. Por que não procura um deles com o seu ouro?

– Me disseram que preciso das suas habilidades específicas.

– Quem te disse isso?

– Doutores de aluguel.

– Quais?

– Fordyce e Shuttleworth.

Fairhrim deu uma bufada arrogante.

– Isso é o melhor que o dinheiro pode comprar, então?

– Eles foram altamente recomendados.

– E com o que te diagnosticaram? – perguntou Fairhrim. Seus olhos percorreram o corpo dele de cima a baixo, como se pudesse descobrir a enfermidade de Osric só de vista.

– Isso cabe a você descobrir – disse Osric. – Quer o financiamento ou não? É uma proposta simples. Você me cura. Não conta para ninguém. Estou oferecendo vinte milhões.

O olhar de Fairhrim pousou nas luvas de Osric.

– Mostre-me suas palmas.

– Não – disse Osric, dado que o tācn Fyren na palma dele seria um obstáculo.

– Então minha resposta também é não.

Osric suspirou.

– Eu preferiria não ter que sequestrar você. Seria um transtorno.

– Ah, é? – Fairhrim, se é que era possível, se endireitou ainda mais na cadeira. – Você vai me sequestrar, é?

– Sim. *E* não vou dar o dinheiro.

A mão direita de Fairhrim estremeceu. Na palma dela, o tācn da Ordem Haelan brilhou: um cisne branco.

– Você é bem ousado se acha que pode me sequestrar.

– Você é um tanto estúpida se acha que eu não consigo.

– *Quem* é você?

– Alguém que precisa desesperadamente da sua ajuda.

Havia ceticismo na boca de Fairhrim.

– Isso seria mais comovente se você não tivesse ameaçado me sequestrar. Deixe-me ver suas palmas.

– Não.

– Você quer que eu te cure, mas se recusa a mostrar as palmas?

– Correto.

– Se está escondendo, é porque sabe que vou me recusar a curá-lo.

– Precisamente – disse Osric.

A mão de Fairhrim se aproximou mais alguns milímetros do botão de pânico.

– Não faça isso – avisou Osric. – Você estará condenando quem vier aqui a uma morte violenta.

– Você acha que consegue enfrentar um Guardião? – perguntou Fairhrim.

Osric não achava – pelo menos, não no mano a mano –, mas disse:

– Você quer mesmo apostar a vida deles?

– Vá embora – disse Fairhrim.

– Eu vou embora com um acordo entre nós... ou com você enfiada no saco de cebolas. Você decide.

– Eu nem sei qual é o seu problema – disse Fairhrim. – Mesmo se concordasse, e não concordei, não sei se conseguiria curá-lo.

– Só estou pedindo que tente.

– Posso te examinar? – perguntou Fairhrim.

– Não. Primeiro o acordo.

– Deve ser ruim.

– É.

– Fatal?

– Para todos os efeitos.

– E se eu não puder curar você? – perguntou Fairhrim.

– Eu vou morrer... e talvez levar você comigo – disse Osric.

– Maravilha.

– Estou persuadindo você?

– Persuasão exigiria um pingo de algo parecido com charme.

Isso irritou Osric.

– Eu não sou charmoso?

– Não – disse Fairhrim. – Você segue um dos Caminhos do Poente. Não vou ajudá-lo. E você fede a cebola.

– A cebola é culpa *sua*. Não precisa ser por mim; faça pelos pestilentozinhos. Pense em todo o sofrimento que poderia aliviar.

– Prevenir, no caso.

– Que seja.

Fairhrim o observou. Osric tinha que admirar a compostura dela. Não havia lágrimas nem tremores. Sua única emoção real era desdém quando seus olhos pousaram nas luvas dele, sabendo agora que ele não era um seguidor dos Caminhos da Aurora. A questão no momento era se a tentação do ouro – ou o peso das ameaças dele – superariam a aversão de Fairhrim a ele.

Osric esperava que sim. Ela parecia uma criatura lógica.

– Você está bem calma com tudo isso – disse Osric.

– Fui treinada para manter a cabeça fria em tempos de crise – respondeu ela. – Embora meus pacientes geralmente percam sangue em vez da sanidade.

Osric já suspeitava que não gostava de Fairhrim, mas agora estava confirmado.

Sua paciência com as negociações havia acabado.

– Vai ser sequestro, então – disse Osric. Ele se ergueu, jogou as cebolas no chão e sacudiu o saco vazio para Fairhrim. – Entre.

A bufada de Fairhrim foi interrompida quando a porta se abriu com tudo.

Um segundo fenômeno meteorológico entrou na sala. Este era uma pequena tempestade.

– Eu não *aguento mais* fazer cócegas nos bagos de Pesquisa e Inovação – disse a tempestade.

Era uma Haelan idosa, negra, de cabelo branco, e estava crepitando de raiva.

Fairhrim se ergueu em um pulo, sua arrogância dando lugar a uma servilidade ansiosa. Osric ficou irritado; ela parecia mais assustada agora do que em qualquer momento da conversa deles.

Curvou-se em uma mesura baixa, com uma mão no coração.

– Haelan Xanthe.

Haelan Xanthe entrou na sala em uma nuvem de vestes brancas da sua Ordem. Em seu punho havia uma carta amassada, que ela sacudiu na direção de Fairhrim.

– Uma rejeição daqueles imprestáveis do Conselho de Pesquisa e Inovação.

– Ah, não – disse Fairhrim.

– Ah, sim – disse Xanthe. Por seu sotaque forte, Osric concluiu que era de Strathclyde. – Pelos motivos mais espúrios. Nossa proposta não se alinhava com as prioridades do programa de financiamento deles, aparentemente. Já ouviu uma desculpa mais esfarrapada? Estamos literalmente à beira de uma epidemia. Pediram que nos inscrevêssemos de novo no próximo ciclo. Estou quase com vontade de infectar Woolwich com a Peste. Talvez aí ele entenda do que estamos falando e cultive um pouco de empatia entre as chagas. Pena que só afeta crianças...

Xanthe se interrompeu, farejou o ar e perguntou:

– Por que sinto cheiro de cebolas?

Olhando ao redor em busca da fonte do fedor, ela notou Osric. Seus olhos desceram pela capa até as cebolas espalhadas a seus pés.

– Quem é esse, então? – perguntou ela. – O novo agente funerário?

– Não – respondeu Osric. – Eu não sou o maldito agente funerário. Você está interrompendo uma negociação, vovozinha; então se puder fazer o favor...

– Uma negociação? De quê? – Xanthe virou-se para Fairhrim. – Esse homem me chamou de *vovozinha*?

Fairhrim teve a pachorra de parecer encabulada.

– Sinto muitíssimo. Eu não sei quem ele é. Esse homem entrou de algum jeito e tentou me subornar por uma cura. E agora está ameaçando me sequestrar com, sinceramente, uma ineptidão grotesca. Os Guardiões vão dar um jeito nele.

– Peça que não o danifiquem demais – disse Xanthe, examinando Osric como se ele fosse um naco de carne. – Seria bom ter mais um cadáver no laboratório de anatomia. Estamos ficando sem homens adultos.

– Pedirei – disse Fairhrim. – Pelo menos ele terá alguma utilidade ao mundo.

– *Como é que é?* – disse Osric.

Fairhrim o ignorou e virou-se para Xanthe.

– Você já contou a Élodie?

– Ainda não. Ela vai ficar arrasada. Eu não vou conseguir convencer os outros Chefes a exaurirem ainda mais nossas reservas para apoiá-la. Simplesmente não entendo. Cinco rejeições seguidas de agências no meio de uma crise dessas, e os Chefes dos Tīendoms todos à toa.

As duas Haelan continuaram de conversinha, e Osric... bem, Osric nunca se sentira tão desimportante na vida. A sra. Parson bem que poderia ter avisado que os Haelan eram lunáticos que priorizavam questões administrativas acima de suas mortes iminentes.

– Ei? Olá? Ainda estou aqui – disse Osric, acenando para Fairhrim sobre o ombro de Xanthe. – E ainda vou sequestrar você. E agora vou ter que matar essa pobre velhota pelo que ela testemunhou. Espero que esteja feliz.

– *Me* matar? – perguntou Xanthe.

A velha jogou a cabeça para trás e gargalhou. Fairhrim encarou Osric com as sobrancelhas na linha do cabelo.

– Meio burrinho ele, não é? – perguntou Xanthe.

– Foi o que concluí em nossa breve conversa – disse Fairhrim.

Osric, injuriado, perguntou-se se deveria matar as duas por esse tipo de desrespeito.

As Haelan continuaram a discutir como se ele não estivesse lá.

– Qual foi o suborno, por curiosidade? – perguntou Xanthe.

– Vinte milhões – disse Fairhrim. – Em apoio à proposta de Élodie, na verdade.

– Vinte milhões? Pelas bolas de Woden.

– Não faço ideia da proveniência desse dinheiro, claro. – Uma das dragonas prateadas de Fairhrim se ergueu quando ela deu de ombros. – Ou se ele sequer existe.

– É tentador, em vista disso – disse Xanthe, erguendo a carta de rejeição. Suas rugas se rearranjaram em uma expressão excepcionalmente astuta.

– Ele se recusa a mostrar as mãos – disse Fairhrim.

– Ah – disse Xanthe. – Ele parece são demais para ser um Dreor, mas idiota demais para um Fyren, com certeza. Talvez um dos Aganror? Não. Ele já teria possuído uma de nós.

– De toda forma, eu nunca aceitaria – disse Fairhrim.

Xanthe enrolou a carta de rejeição em um tubo, que bateu contra a boca.

– Mas se ele tivesse *mesmo* o dinheiro...

– Ele é um seguidor dos Caminhos do Poente – disse Fairhrim.

Xanthe fez um gesto desdenhoso para Fairhrim, quase idêntico ao que a mulher usara para dispensar Osric mais cedo.

Fairhrim piscou, incrédula.

– Haelan Xanthe, *certamente* você não está considerando...

Xanthe virou-se para Osric, que ficou encantado por existir de novo.

– Você tem os vinte milhões em ouro? – perguntou Xanthe, enunciando com cuidado como se falasse com um imbecil.

Osric afastou a irritação diante dessa tábua de salvação.

– Tenho.

– Sério? – perguntou Xanthe. – Puta merda. Eu devia trocar de Ordem.

Ela gargalhou. Fairhrim, que aparentemente não viu graça, só continuou olhando.

– Podemos receber o dinheiro em nossos cofres na sexta? – perguntou Xanthe.

– Sim – disse Osric de novo.

– Por que você procurou a Haelan Fairhrim especificamente? – perguntou Xanthe.

– Me disseram que ela é especialista no sistema seith.

– É mesmo.

– Me disseram que ela é um *fenômeno*.

– Não há ninguém melhor. – Xanthe se aproximou, parando na frente de Osric. A velha Haelan era pequena, com os ombros curvados e um rosto absurdamente enrugado. Ela o observou com uma expressão de pena. – Então é seu seith o problema. Pobrezinho.

O adjetivo chocou Osric. Nunca fora aplicado a ele antes: ele não era pobre.

– Entendo seu desespero – continuou Xanthe. – Aurienne seria a especialista que você precisa.

– Mas eu *não sou* especializada em curar seguidores dos Caminhos do Poente – interveio Fairhrim.

– Ele é mesmo um deles? – perguntou Xanthe. – Não temos como saber. Não vimos suas mãos.

– Porque ele se recusa a mostrá-las para nós – disse Fairhrim.

– Excelente. – Assentiu Xanthe. – Negação plausível.

Fairhrim quase engasgou.

– Com todo o respeito...

– Assim não teremos que ficar apalpando os bagos balouçantes das agências de financiamento – disse Xanthe.

– Mas...

Xanthe bateu a carta enrolada na testa de Fairhrim.

– Eu tive que passar por fileiras de crianças moribundas para chegar aqui, Aurienne. Não seja inflexível quando há vinte milhões em ouro em jogo.

– Curar um deles vai contra tudo que defendemos – disse Fairhrim.

– Ah, eu concordo. Será difícil para você.

– Difícil para *ela?* – interrompeu Osric. – E para mim? Sou eu quem está doente.

Xanthe virou-se para Osric emanando um pouco daquele ar tempestuoso.

– Sim, para Fairhrim. Ela que vai se macular. Agora, se está falando sério, vamos discutir termos. Você vai depositar vinte milhões de thrymsas no cofre Haelan até o fim de sexta-feira, na forma de uma doação anônima ao fundo da Peste. Depois que nossos contadores tiverem examinado o ouro e descartado qualquer trapaça, Aurienne vai tratá-lo com o máximo de sua habilidade.

– Haelan Xanthe, isso é *muito* irregular... – começou a dizer Fairhrim, mas Xanthe olhou para ela e a fez fechar a boca bruscamente.

– Minha única estipulação é que ninguém deve saber – disse Osric.

Xanthe fez um gesto impaciente.

– Óbvio. Também é de nosso interesse manter discrição sobre esse tipo de arranjo desagradável.

– Então temos um acordo – disse Osric.

Fairhrim assistia em silêncio, com os lábios apertados.

– Aurienne é mais do que capaz de cuidar de si mesma – disse Xanthe. – Mas devo avisá-lo que, se algum dano for infligido a ela no curso do seu tratamento, eu vou matá-lo pessoalmente.

Osric queria rir daquela velha absurda. Porém, enquanto Xanthe sustentava seu olhar, ele sentiu um pouco do seith dela. Era como se uma mãozinha seca tivesse dado uma batidinha amigável na lápide dele.

Até onde sabia, ele não tinha uma lápide.

– Entendido – disse Osric.

– Você não é tão idiota quanto parece, então. – Xanthe rasgou a carta de rejeição e a espalhou no chão entre as cebolas. – Certo. Aguardo notícias de uma doação substancial de origem desconhecida na sexta. Nesse meio-tempo, tenho vidas para salvar. Deixarei vocês dois resolverem os detalhes. Comporte-se.

Osric não sabia bem a quem a última instrução era destinada, mas certamente não podia ser para ele. Ele nunca se comportara na vida.

Xanthe saiu da sala enquanto Fairhrim afundava em outra daquelas mesuras com a mão no coração.

Um silêncio caiu sobre eles. Osric ajeitou a capa. Fairhrim o observou com absoluto desdém.

– Que bom que resolvemos isso – disse Osric.

– Saia daqui – disse Fairhrim.

– Não fique tão brava. Você vai fazer isso pelos *pestilentos*.

– Vou fazer isso porque a Haelan Xanthe mandou – disse Fairhrim.

– Enviarei meu deofol com mais instruções para nossa primeira sessão.

– Sou eu a Haelan. Eu enviarei instruções.

– Você tem sugestões para um local de encontro neutro? – perguntou Osric. – Não quero voltar aqui. É um saco evitar os Guardiões.

– Não no momento – disse Fairhrim. – Você acabou de jogar isso no meu colo.

– Bem, *eu* tenho. Espere meu deofol. Ah, falando nisso, conecte-se comigo.

– Perdão? – disse Fairhrim.

Era *mesmo* um pouco descarado pedir uma conexão de tãcn. Aquilo era reservado para amigos e família, de modo que o deofol deles – familiares de seith – pudessem viajar de um tãcn para outro para enviar mensagens. Fairhrim, porém, estava olhando para Osric como se ele tivesse sugerido a mais vil das depravações.

– Podemos cortar a conexão assim que você me curar – concluiu Osric.

O olhar frio de Fairhrim ficou mais calculista. Por fim, ela disse:

– Está bem.

A conexão exigia contato tãcn a tãcn. Osric, portanto, removeu a luva. A mandíbula de Fairhrim se tensionou quando suas suspeitas foram confirmadas; foi a luva esquerda que saiu. Só aqueles que seguiam os Caminhos do Poente tinham o tãcn na palma esquerda.

Osric ergueu a mão, revelando o crânio de cão infernal que a adornava – o tãcn da Ordem Fyren. Normalmente, a visão desse tãcn inspirava terror. Era o augúrio de uma morte muito imediata e violenta.

Fairhrim ofendeu Osric ao ficar enojada em vez de amedrontada – como se, em vez da palma aberta, ele lhe tivesse pedido para tocar uma fralda usada.

– Você é um covarde de aluguel que caminha nas sombras – disse Fairhrim.

– Sim.

– Vil – acrescentou Fairhrim.

Mesmo assim, ela estendeu a mão direita para Osric. Eles roçaram os tãcn. A asa do cisne da Ordem Haelan tocou a presa do cão infernal da Ordem Fyren. Eles expandiram os seith e aprenderam a assinatura um do outro. O seith de Fairhrim era frio, contido e vítreo. A deofol de Osric agora conseguiria encontrá-la diretamente para levar mensagens entre eles; o deofol dela, da mesma forma, conseguiria encontrá-lo. (Ele se perguntou qual forma o deofol dela assumiria. Algo espinhoso, ele apostava. Um escorpião, provavelmente.)

Eles afastaram as palmas. Fairhrim manteve a mão longe de si, como alguém faria após tocar algo imundo.

Houve uma batida na porta.

– Haelan Fairhrim?

Osric se escondeu atrás da porta e gesticulou para Fairhrim abrir, sussurrando para que ela não fizesse nada estúpido.

Fairhrim abriu a porta. Pela fenda entre as dobradiças, Osric viu um homem cadavérico de preto. Ele emanava um forte odor de formalina.

O homem apertou a mão de Fairhrim e disse:

– Olá. Sou o novo agente funerário. Me disseram que há cebolas?

Ao voltar à sede da família, Osric foi abordado pela sra. Parson.

– Tudo bem, senhor? – perguntou ela. – Alguma novidade?

– Uma boa, creio – disse Osric. – Houve algumas discordâncias, mas acho que era esperado. Ela aceitou.

– Abençoada seja.

– Não. Não a abençoe. Ela é singularmente desagradável; não gosto nem um pouco dela. Também há um probleminha.

– Hum?

– Temos que depositar aqueles vinte milhões em ouro até o fim da semana.

– Não será um problema – disse a sra. Parson. – Acabamos de receber uma pilha de thrymsas lindamente forjadas de Beckenham.

– Elas não podem ser forjadas – disse Osric. – Vamos ter que oferecer moedas reais. Os Haelan já estão desconfiados. Não posso arriscar um atraso... ou que elas deem para trás.

A sra. Parson arregalou os olhos.

– Mas... o senhor não tem vinte milhões em ouro.

– Eu sei. Você vai ter que vender o tríptico e *A ama de leite*. O De Beauveau também. Vai doer separar-me deles, mas não tem jeito. Fale com Sacramore. Imagino que ainda não possamos vender *Os comensais*, certo?

– Seria suspeito demais. Você só o obteve há dois meses.

– Certo. Não dá para simplesmente anunciar no pub, então. Venda o que precisar para atingirmos os vinte milhões. Têm que ser oferecidos como uma doação anônima à Ordem Haelan, dirigida ao fundo da Peste. Posso deixar os arranjos em suas mãos?

A sra. Parson assentiu, mas seus olhos continuaram arregalados.

– Vinte milhões. Isso é... é uma porção significativa da sua fortuna.

– Obviamente, vamos roubá-la de volta.

A sra. Parson pareceu aliviada.

– Ah! Muito bem, senhor.

2

AURIENNE DESEJA A MORTE DE SEU NOVO PACIENTE

Aurienne

Era difícil ser perfeita em um mundo imperfeito, mas Aurienne dava um jeito. Se tinha algum defeito, era ser a melhor e saber que era *a melhor*. Alguns chamavam isso de arrogância. Ela chamava de competência não prejudicada por falsa modéstia.

Mas, se ela era *a melhor* – tão brilhante quanto bela, uma pesquisadora incomparável, uma amiga querida, uma filha amada, por vezes uma parceira (alguém a merecia de fato? Francamente, não) –, por que tinham lhe pedido para cuidar do *pior*? Por que recebera a tarefa de curar um Fyren, de todas as coisas sórdidas no mundo?

O Fyren teve a audácia de deixar seu cartão de visitas. Era preto, com uma borda dourada, e proclamava em uma caligrafia elegante:

Osric Mordaunt.
Arte. Aquisições. Assassinatos.
Só com horário marcado.

O cartão era perfumado, o que ofendia Aurienne mais do que os horários marcados para assassinatos: Swanstone era um ambiente livre de aromas.

Ela saiu de sua sala para o corredor, onde encontrou o pobre Quincey inconsciente em uma pilha de membros embaixo da própria mesa. Após ser acordado, ele não se lembrava nada do que tinha acontecido e decidiu que devia ter caído. Aurienne curou sua concussão e não o corrigiu.

Era tentador concluir que Xanthe tinha perdido a razão – que a genialidade de sua mentora (e ela era genial, incomparável em seu campo, sem-par) tinha finalmente pendido para a loucura. Porém, enquanto seguia aos tropeços ao longo de corredores abarrotados com vítimas da Peste, ela foi obrigada a concluir que Xanthe não era louca. Era uma oportunista, reagindo a conselhos de financiamento indiferentes e monarcas apáticos. Se o Fyren conseguisse enviar o ouro... bem, quem era Aurienne para recusar?

Um aprendiz de túnica cinza passou correndo por Aurienne e sussurrou:

– Ala 14, estão chamando todos os Haelan disponíveis. Você pode vir?

Ele se afastou antes que Aurienne pudesse responder. Ela deu meia-volta e seguiu para a Ala 14. Sinceramente, o Fyren era apenas a mais nova complicação em um dia já transbordando delas. E Aurienne era boa em lidar com complicações. Era boa em lidar com tudo.

Juntou-se a seus colegas aflitos na ala temporária para a Peste de Platt. Breage – a enfermeira-chefe de Pediatria, geralmente imperturbável – estava com os olhos arregalados e sem fôlego. Designaram quatro leitos a Aurienne, e ela verteu seu seith para crianças à beira da morte cerebral.

Uma deofol desgrenhada se materializou na ala, assumindo a forma de uma águia-pesqueira, com as penas todas bagunçadas. Aurienne a reconheceu como a deofol de Lorelei, a chefe da Pediatria.

– Vinte recém-chegados na waystone – disse a deofol. – Estamos nos afogando lá. Quem pode vir?

Os seis Haelan que estavam trabalhando, cada um afastado de suas especializações para usar seu tãcn ali, ergueram os olhares para longe de seus pacientes.

– Vinte? – perguntou Aurienne, com um arquejo.

– Droga, parem de admiti-los – disse Cath, a chefe de Trauma e Cuidados Intensivos. – Alguém jogue algo nesse pássaro.

– Por favor, não machuquem a mensageira – disse a deofol, fechando mais as asas.

– Isso aqui não é um hospital – disse um dos Haelan de Hematologia. – Simplesmente não temos capacidade para tanta gente.

Élodie, especialista em Virologia, disse:

– Os hospitais estão cheios. Eles não têm para onde ir.

A deofol assentiu.

– Crianças infectadas estão sendo reunidas e largadas no Publique ou Pereça. Os Guardiões estão ajudando a colocá-las em carroças para trazê-las para cá. Vocês tinham que ver a waystone. Um pesadelo completo.

Um dos Haelan de Bioestatística passou uma mão desesperada pelo rosto.

– Deuses. Eu não devia estar aqui. Deveria estar construindo modelos sobre essa doença. Entendendo dinâmicas de transmissão. Fazendo previsões. Élodie devia estar no laboratório, não aqui.

– Continuem curando – disparou Cath, passando rapidamente por ele a caminho do próximo leito. – Você pode salvar trinta vidas no tempo que um médico levaria para salvar uma.

– Os Chefes vão decidir as alocações de recursos quando tiverem um minuto para respirar – disse Aurienne. – Não consigo acreditar na virulência dessa coisa.

– Não faz sentido – disse Élodie, ajoelhando-se ao lado de uma garota lânguida, cheia de chagas na pele. – Uma quinzena atrás, só havia cem casos.

Aurienne viu sinais de que seus colegas exaustos estavam se aproximando do limite do seu seith; seus Custos estavam se manifestando. A mandíbula de Élodie começara a travar. Bioestatística começara a sangrar pela boca. Hematologia estava mancando como se atingido por artrite nos dois joelhos. Cath tinha sorte: seu Custo era perda de cabelo; era por isso que mantinha a cabeça raspada. Quanto a Aurienne, suas mãos estavam rachando – um problema ínfimo quando ela estava descansada, mas, quanto mais usava seu seith, mais as feridas se aprofundavam, até expor dolorosamente seus metacarpos e falanges.

– Onde estão os Chefes? – perguntou uma Haelan de Endocrinologia, completamente deslocada no meio das crianças. – Onde está nossa liderança?

– Xanthe e Abecorn estão na waystone – disse a deofol –, drenando seu seith. Prendergast foi falar com o rei de Danelaw para espremer um pouco de apoio.

Aurienne apertou o tãcn na testa de um garotinho inconsciente.

– Eu irei à waystone. No mínimo, poderei ajudar com transferências de seith.

– Não se drene no processo – avisou Cath.

– Não vou – disse Aurienne.

Ninguém controlava seu seith como Aurienne Fairhrim.

Os dias seguintes se mesclaram uns nos outros conforme o surto de Peste continuava a toda. As pesquisas de todos os Haelan foram suspensas. A Peste de Platt não podia ser contraída por adultos, mas todo aprendiz Haelan jovem o suficiente para estar em risco foi confinado à Casa Cygnet. A waystone no Publique ou Pereça continuou a fazer suas entregas miseráveis; carroças inteiras de crianças infectadas eram levadas até Swanstone.

Não houve mais notícias do Fyren pelo resto da semana. Aurienne nutria esperanças conflitantes. Por um lado, queria que ele cumprisse com o prometido e concedesse uma fortuna desesperadamente necessária a sua Ordem para controlar a Peste. Por outro, esperava que ele tivesse morrido.

Às cinco horas na sexta, gritos de alegria ecoaram pelos salões de Swanstone. Os poucos Haelan que não estavam fazendo suas rondas se reuniram na ala de Caridade e Doações para encontrar Lambert, geralmente tão sério, dançando com sua secretária: a Ordem Haelan tinha acabado de receber uma doação anônima extraordinária em apoio à inoculação da Peste de Platt.

Élodie, a pesquisadora-chefe da Inoculação, estava em choque e em prantos. Ela tremeu nos braços de Cath, que plantava beijos em seu rosto, e então se jogou ao redor do pescoço de Aurienne. A sala era só alegria e risadas. Aurienne conseguiu abrir um sorriso frágil enquanto Élodie soluçava em seu ombro. O dinheiro era maravilhoso; sua proveniência, não. Especulações, diversas e fantasiosas, foram feitas sobre a identidade do doador: um dos reis ou rainhas dos Tīendoms? Algum milionário que perdera um filho para a Peste? Os próprios deuses?

Não se cogitou que tivesse vindo de um Fyren, claro. Isso seria fantasioso demais. A ideia simplesmente não ocorreu a ninguém.

– Somos tão sortudos – disse Cath.

Élodie enxugou as lágrimas.

– Que as bençãos de Frīa recaiam sobre quem fez essa doação.

– Uma alma boa e generosa – disse Lambert.

– Eu gostaria de a-apertar a mão dessa pessoa – disse Élodie, fungando.

– Eu gostaria de dar um beijo nos lábios dela – disse Cath.

Aurienne não disse nada, porque... sabe como é.

A Haelan Xanthe apareceu, participou dos abraços gerais e, quando ninguém estava olhando, deu uma batidinha no ombro de Aurienne, como se pedisse desculpas. Aurienne saiu da ala de Caridade e Doações amargamente resignada a curar um Fyren em troca de um suborno – ainda que o suborno valesse a pena.

Quando entrou em sua sala, seu tācn formigou. Um deofol estava a caminho pedindo permissão para assumir forma. Ela reconheceu o seith malicioso e enfumaçado; era a deofol do Fyren.

Aurienne trancou a porta e apontou seu tācn para o chão. Algo escuro e sinuoso se materializou ao lado dela. A deofol do Fyren tinha a forma de uma sombra lupina quase indistinta, exceto por uma fileira dupla de dentes brancos afiados.

– Você recebeu o dinheiro? – perguntou a deofol em um sibilar obscuro.

– Sim – disse Aurienne. – Tudo parece estar em ordem.

– Excelente. – O sorriso desencarnado da deofol flutuou para cima até chegar ao nível dos olhos de Aurienne. – Encontramos um lugar para o nosso encontro. Pegue uma waystone até o Gogmagog.

– Que tipo de lugar é esse? – quis saber Aurienne.

– Um lugar para nos encontrarmos – responderam os dentes, inutilmente.

– Diga para o seu mestre que eu preciso de um ambiente asséptico – indicou Aurienne. – E que deve ser bem ventilado.

Um olho dourado apareceu sobre os dentes.

– Eu o informarei de suas preferências.

– Especificações, não preferências – corrigiu Aurienne.

Uma ondulação percorreu a deofol, como se estivesse dando de ombros.

– Esteja no Gogmagog à meia-noite.

– Meia-noite?

– A melhor hora para travessuras – disse a deofol.

– É tarde demais. Eu acordo às quatro para meu primeiro turno.

– Tire uma soneca, então.

– Uma soneca? Acha que eu tenho tempo para sonecas? Estamos no meio de um surto de Peste, sua coisinha impertinente...

Mas Aurienne estava falando com o nada. A deofol derretera nas sombras e desaparecera.

A meia-noite chegou. Aurienne, cansada e irritada (ela não tinha tirado a soneca), arrumou sua bolsa de Haelan e desceu os degraus enevoados até o pátio de Swanstone, seguindo até o rastrilho.

Os Guardiões estavam em seus postos, um tanto mais altos que os guardas. Seus capacetes fechados brilhavam sob o luar; as proteções cintilavam pela neve a seus pés.

A Ordem Haelan e a Ordem Guardiã tinham um acordo mutuamente benéfico e de longa data. Os Guardiões mandavam um destacamento de seus melhores membros a Swanstone para proteger os Haelan, e os Haelan enviavam os *seus* melhores membros para a sede dos Guardiões no Castelo Tintagel a fim de curar aqueles que precisassem de ajuda. A próxima rotação de Aurienne na enfermaria de Tintagel seria no outono; ela teria que ver como encaixá-la entre suas muitas prioridades.

Tirou uma luva e apontou o brilho branco do tācn na direção dos Guardiões.

– Está tarde, Haelan – comentou a mais alta, puxando o portão dos fundos. Aurienne reconheceu a voz; ela se chamava Verity.

– De fato – disse Aurienne. – Vou beber alguma coisa. Foi um longo dia.

– Você merece – disse Verity. – Quando podemos esperá-la de volta?

– Em uma ou duas horas, creio.

Verity inclinou o capacete.

– Cuide-se.

– Obrigada.

Aurienne passou pelo portão recebendo saudações casuais dos outros Guardiões. Sentindo-se uma enganadora e criminosa, ela cruzou o fosso e atravessou a longa ponte que conectava Swanstone a terra firme. A fortaleza havia sido originalmente construída em uma península, mas o mar muito tempo atrás reivindicara o istmo estreito. Ondas revoltas se reviravam muito abaixo de seus pés enquanto ela caminhava.

No charmoso vilarejo de Swanstone-no-Mar, Aurienne passou por casas baixas de turfa e pedra até chegar ao Publique ou Pereça. A essa hora tardia, a waystone do pub estava, felizmente, livre de viajantes e novos carregamentos de crianças doentes.

A etiqueta ao usar uma waystone era beber algo no pub que a abrigava – ou, quando a pessoa não tinha tempo (por exemplo, quando estava escapulindo para encontrar um Fyren), deixar um pagamento no peitoril. Aurienne, infelizmente na segunda categoria, deixou uma moeda no parapeito.

Ela ergueu o tãcn na frente da antiga pedra vertical e apertou o seith nas runas que formavam o nome do Gogmagog. Respirou fundo para firmar-se; ela odiava viajar de waystone. Era decompor-se em um sentido literal. Suas moléculas deveriam ficar unidas, não ser espalhadas ao longo de uma linha ley. A alternativa, no entanto, era uma viagem miserável e infinita de carruagem; então Aurienne enfrentava a gratícula de waystones, mesmo que cada mergulho embrulhasse seu estômago.

A waystone se acendeu, exibindo a mensagem brilhante CUIDADO COM O VÃO – Aurienne tomava muito cuidado com o vão –, e a arrastou para uma linha ley.

As partículas que compunham Aurienne se reuniram na waystone fora do Gogmagog. Ela pressionou uma mão contra a pedra para se equilibrar e levou a outra, com o tãcn brilhante de seith, à testa para conter a náusea.

O Gogmagog ficava entre colinas ermas de picos nevados. Uma lâmpada a gás era a única fonte de luz. As janelas do pub estavam escuras. Aurienne deixou uma moeda no peitoril e olhou ao redor, dada a alta probabilidade de que um Fyren estivesse espreitando ali perto.

– Você é pontual – disse a voz do Fyren. – Que bom.

Sim, lá estava ele. Espreitando. Era isso que gente da laia dele fazia. Espreitava e matava pessoas inocentes por dinheiro.

Julgando que o comentário sobre a pontualidade era insípido demais para merecer uma resposta, Aurienne não disse nada. Ela só conseguia distinguir partes dele entre as sombras: a ponta de uma bota, a bainha da capa molhada de neve, a borda de um capuz preto.

Infelizmente, ele estava com um humor tagarela, determinado a infligir comentários a ela.

– Achei que você poderia fazer uma gracinha e trazer um Guardião – disse ele.

– Tenho certeza de que eles teriam ficado encantados em conhecê-lo, mas não. Em geral, eu não traio as pessoas com quem faço acordos.

– Um hábito charmoso – disse Mordaunt. – Você não parece nem um pouco nervosa.

– Eu nunca fico nervosa – disse Aurienne. Não era bravata; era verdade. – Aonde vamos?

– Para cima – disse Mordaunt, com um gesto na direção da colina.

Depois de mais de quinze horas de pé naquele dia, Aurienne não estava especialmente animada para a caminhada. Ela deixou Mordaunt ir na frente, abrindo caminho para ela na neve. Os passos dos dois se tornavam vagarosos conforme subiam e a neve ficava mais profunda. Seus rastros criaram longas veias na encosta branca. Após alguns minutos de esforço físico, a respiração deixava nuvens para trás. O vento de fevereiro soprava preguiçoso à medida que avançavam, optando por passar através deles em vez de ao redor.

O objetivo parecia ser uma estrutura semidesabada no topo da colina. Era um celeiro, percebeu Aurienne quando se aproximaram. Literalmente um celeiro. Ele estava de brincadeira?

Mordaunt segurou a porta para ela muito galantemente, como se a estivesse conduzindo ao salão de baile mais elegante de Londres.

– Não precisa ficar tão contrariada – disse Mordaunt.

– Eu especifiquei um ambiente asséptico – disse Aurienne, pulando sobre lajotas quebradas. – Como você espera que eu o cure se não consegue seguir a mais simples das instruções?

– Está perfeitamente limpo – disse Mordaunt. – Nenhuma vaca entra aqui há meses. Exceto pela companhia atual.

Então ele era um Fyren *e* um cretino. Que sorte a dela.

O celeiro não estava perfeitamente limpo, aliás. Havia uma pilha de excremento fumegante bem na frente de Aurienne – e era capaz de falar.

Essa observação vulgar ela guardou, naturalmente, para si mesma.

– A ventilação atende a seus critérios, pelo menos? – perguntou Mordaunt. O vento açoitava seu capuz enquanto fazia a pergunta.

Aurienne pegou o vislumbre de um sorriso de boca fechada, cortado por uma cicatriz.

Maravilha. O cretino se achava engraçado, ainda por cima.

– Preciso de um consultório apropriado – disse Aurienne. – Ou você pretende sentar-se no cocho para ser examinado?

– Dê um jeito – disse Mordaunt. – Achei que você era excepcional.

– Em condições de trabalho normais – disse Aurienne. – Não num celeiro abandonado, numa nevasca, à meia-noite.

O Fyren fechou a porta, o que bloqueou a maior parte do vento. Ele puxou uma lanterna da capa, acendeu-a e sentou-se nos restos embolorados de um fardo de feno.

– Há olhos demais em condições de trabalho normais. Podemos começar?

Aurienne tinha dosado seu seith cuidadosamente ao longo do dia para garantir que teria o suficiente para a noite. Enojava-a desperdiçar algo tão precioso em um homem como aquele. Chegada a hora de usá-lo, parecia um desperdício – como dar um item estimado a alguém completamente indigno.

No entanto, um diagnóstico preliminar seria o primeiro passo para entender a enfermidade do Fyren. Com sorte, ele estaria a caminho de uma morte horrenda e prolongada.

– Exames diagnósticos, então – disse Aurienne, tirando a capa e as luvas.

O Fyren não seguiu seu exemplo. Manteve o capuz erguido, de modo que Aurienne só conseguia ver aquela boca sarcástica com cicatriz. O resto de seu rosto permaneceu nas sombras.

A sombra olhou para ela e disse:

– Que a maculação comece.

Era uma tentativa de soar impertinente, mas a tensão nos ombros revelava a mentira. Mordaunt não estava à vontade.

Depois de desinfetar as mãos, Aurienne ergueu a palma na direção dele e concentrou seu seith no tãcn. A luz branca juntou-se ao brilho amarelo da lanterna.

Ela esperou que o Fyren expusesse um pedaço de pele para ela proceder, mas ele só ficou sentado.

– O que está esperando? – perguntou Aurienne.

– O que *você* está esperando? – veio a resposta de Mordaunt, tão desconfiado quanto irritado.

– Isso exige contato – disse Aurienne, erguendo o tãcn para ele. – Obviamente.

– Ah – disse Mordaunt.

– Se você suportar abrir mão do visual de capa e espada por um minuto, faça a gentileza de abrir isso aí – disse Aurienne, gesticulando para a gola de Mordaunt. – A clavícula ou o peito são melhores para um diagnóstico geral.

Mordaunt suportou aquela vicissitude com uma irritação evidente. Soltou o fecho da capa e começou a abrir o peitilho e o colarinho abaixo. Seu capuz caiu para trás, expondo um cabelo branco platinado, charmosamente desgrenhado, e uma pele pálida. Suas feições, decidiu Aurienne, combinavam com ele: insolente (os olhos cinza) e sardônicas (o ângulo das sobrancelhas, a boca). As várias cicatrizes que marcavam seu rosto não eram surpreendentes, dada a profissão. Elas concediam um ar selvagem a um semblante que, fora isso, era bastante prosaico.

A boca sardônica disse:

– É grosseiro ficar encarando.

– Para fazer uma avaliação é preciso observar – disse Aurienne. – Ou você gostaria que eu tentasse vendada?

Mordaunt parecia ter uma réplica a postos, mas decidiu segurar a língua. Só abriu a camisa e expôs parte do peito a Aurienne.

Aurienne já tocara muitas coisas desagradáveis ao longo de sua carreira – secreções, exsudados purulentos, efusões de todos os tipos –, mas nada tão abominável quanto um Fyren.

Quando apertou seu tãcn contra a pele do Fyren, as sobrancelhas dele se juntaram. Ele estremeceu sob o toque. Aurienne podia sentir sua tensão – um desejo de se encolher, um asco. Ele não queria ser tocado por ela tanto quanto ela não queria tocá-lo. Aurienne ficou satisfeita por estarem sofrendo juntos nessa questão.

O diagnóstico preliminar resultou em descobertas nada surpreendentes: evidências de muitos anos de trauma físico, a maioria recuperada; um epitélio cruzado por tecido cicatricial; uma frequência cardíaca alta; cortisol e adrenalina elevados.

As cicatrizes eram impressionantes. O homem estava marcado por anos de brigas. Ela pôde atestar que ele nunca fora tratado por um Haelan. Ninguém de sua Ordem teria deixado tamanha zona de guerra para trás.

Sua atenção foi atraída para uma bagunça na coluna cervical de Mordaunt. Fraturas de compressão mal saradas tinham comprometido seu sistema seith, que seguia rumo à putrefação. De fato, ele estava a caminho de uma morte horrenda e prolongada.

Não, Mordaunt era um Fyren. A morte prolongada não era uma opção. Um Fyren sem seith era inútil. O pessoal dele o despacharia bem antes da doença.

O que significava um matador de aluguel a menos para aterrorizar a população. Excelente.

Aurienne criou imagens diagnósticas com um gesto. Elas flutuaram, pálidas e brancas, entre ela e o Fyren.

Então, apontou para a maior delas.

– Me conte sobre essa cirurgia tosca no seu pescoço. Foi feita num arbusto?

– Sim. Literalmente. Por um médico de campo.

– O que aconteceu?

– Ferimento de treino.

– Ah, é? O treino envolvia levar porrada de marreta?

– Um malho, na verdade.

– Que barbaridade – disse Aurienne.

Mordaunt deu de ombros.

– Lições valiosas foram aprendidas.

– Achei que esses métodos de treinamento primitivos tinham sido proibidos pelos Acordos de Paz – disse Aurienne.

– Vou deixar você dizer isso à minha chefe de guerra. Ela vai ficar encantada em poder ouvir sua opinião.

– Quanto tempo faz desde a lesão inicial? – perguntou Aurienne.

– Alguns meses.

– E você só começou a sentir o impacto no seu seith agora?

– Sim. Flutuações nas últimas semanas. Chamei os melhores médicos disponíveis para me examinarem. Exceto pelos preciosos especialistas da sua Ordem, claro.

– Eles já lhe disseram que as fraturas no seu pescoço não sararam como deveriam? E que a lesão danificou seu sistema seith?

– Sim. Disseram que é seith podre.

– É isso mesmo. E um caso avançado. – Aurienne tocou a imagem diagnóstica, intensificando o brilho de partes dela. – Fascinante. E incurável.

Sob a luz do esquema diagnóstico, Mordaunt cerrou a mandíbula.

– Os médicos disseram que você poderia ajudar.

– Eles mentiram para você – disse Aurienne. – Imagino que queriam manter a cabeça no pescoço, dada a reputação da sua Ordem; então jogaram a corda de salvação mais tentadora para você e saíram correndo. Degeneração de seith não tem cura.

– Eles disseram que você faz experimentos com os Caminhos Antigos – disse Mordaunt.

Aurienne conteve uma bufada. Era disso que se tratava, então? Aquela empreitada idiota ainda a assombrava? Ridículo.

– Ninguém faz experimentos com os Caminhos Antigos – disse ela. – Eu tenho... eu tive interesse no folclore, nada mais.

– Eles disseram que você apresentou algo em uma das universidades.

Aurienne fez uma anotação mental para encontrar Fordyce e Shuttleworth e fazê-los sofrer por sua idiotice.

– Eu não apresentei nada. Discuti uma ideia muito incipiente, de maneira informal, com colegas. Fordyce e Shuttleworth mencionaram que isso foi há dez anos?

– Dez *anos*?

– Sim. Foi só uma fantasia, quando eu era uma Haelan inexperiente começando na área. Eu nem tinha uma hipótese. Abandonei a ideia há muito tempo. Estamos falando de contos de fada.

– Qual era a fantasia? – perguntou Mordaunt.

– Uma integração dos Caminhos Antigos à prática de cura moderna.

Se são os Caminhos Antigos que o interessam, posso lhe dar uma lista de trinta acadêmicos muito mais bem versados neles do que eu. Você pode sequestrar *eles*.

– Eles estão procurando candidatos para curar seith podre?

– Não – disse Aurienne. – E eu também não. Foi só um experimento teórico. Um exercício intelectual. Uma fantasia acadêmica, no melhor dos casos. Você está realmente me dizendo que se submeteria a um tratamento sem comprovação baseado nas piores partes da medicina popular e em esperanças sem fundamentos?

Uma pessoa de inteligência moderada diria *não* em resposta a esse juízo drástico. Um imbecil diria *sim*.

– Sim – disse Mordaunt.

Aurienne apertou os lábios diante dessa confirmação nada surpreendente.

– Nosso acordo era que eu o curaria com o máximo da minha habilidade, o que não significa, eu te garanto, a aplicação clínica de contos de fada.

– O que você pode fazer, então? – perguntou Mordaunt.

– Com base no que eu vi hoje... e foram só imagens preliminares, que fique claro... seu sistema seith está por um fio. É como uma vela se desintegrando, sustentada pelo pavio. Você está sofrendo de uma condição degenerativa com protocolos de tratamento limitados. Normalmente, eu sugeriria debridamento de seith...

– *De* o quê?

– Debridamento. A remoção de todos os tecidos não viáveis, os canais e nódulos de seith que já estão mortos, na esperança de conter o progresso da doença. Em um caso tão extenso quanto o seu, isso interromperia seus canais completamente e você não seria mais capaz de usar seu seith.

A boca de Mordaunt estava apertada em uma linha insatisfeita.

– Não é uma opção, é?

– É para a maioria das pessoas – disse Aurienne. – Perder seu seith deveria ser a menor das suas preocupações. A degeneração não vai parar por aí. Afetará progressivamente seu sistema nervoso, depois o sistema circulatório. Os médicos não te falaram? Essa doença é fatal. Seus membros estão dormentes?

– Eles não... é o *quê*? Sim, estão.

– Torpraxia. – Aurienne assentiu. – É tarde demais para debridamento.

Mordaunt correu uma mão agitada pelo cabelo.

– Tarde demais? Eu só vou morrer? O que posso fazer?

– Deixar seus assuntos pendentes em ordem – disse Aurienne.

– Seu trato com pacientes poderia ser melhor.

– Por algum motivo, ser coagida a tratar um Fyren erodiu minha simpatia – disse Aurienne. – Além disso, não há o que tratar. Eu posso te dar um pouco de tempo. Não posso dizer quanto.

– Eu não quero comprar tempo – disse Mordaunt. – Não quero desacelerar o inevitável. Eu quero reverter a podridão.

– Impossível – disse Aurienne. – O que morreu está morto.

– E a hipótese dos Caminhos Antigos?

– Inviável.

– Tente.

– Eu pratico cura baseada em evidências. Você está me pedindo para tentar algo baseado em esperança equivocada.

– E na sua pesquisa.

Aurienne, com uma lentidão adicional dado que Mordaunt era tão obtuso, repetiu:

– Não era uma pesquisa. Era uma hipótese. Um sonho acordado de uma jovem Haelan.

– Aplique seu sonho em mim, então.

– Não vai funcionar.

– Você já tentou? – perguntou Mordaunt.

– Não – disse Aurienne.

– Então você não tem *provas* de que não vai funcionar.

Mordaunt recostou-se, satisfeito, como se tivesse apresentado uma conclusão retórica irretorquível. Aurienne apertou a ponte do nariz.

Entretanto... a obsessão daquele homem por aquele tipo de tratamento inútil apresentava uma oportunidade. Não funcionaria. Ele morreria. E a Ordem dela já tinha o dinheiro dele.

Aurienne encarou o Fyren e contemplou o sacrifício de sua ética profissional à luz daqueles resultados excelentes.

Mordaunt inclinou a cabeça para ela. Havia presunção em seu olhar. Ele achou que a tinha encurralado com seus argumentos.

Talvez a parte mais dolorosa daquela história fosse lidar com a estupidez daquele homem.

– Tudo bem – disse Aurienne.

– Tudo bem? – repetiu Mordaunt.

– Sim. Vou tratá-lo.

Mordaunt, desconfiado, perguntou:

– O que te fez mudar de ideia?

– Seu argumento foi muito meticuloso. Muito bem refletido.

Mordaunt bateu um dedo enluvado contra a coxa.

– Isso foi sarcasmo?

Aurienne afastou a pergunta com um aceno.

– Se vamos fazer isso, preciso examiná-lo adequadamente, com os instrumentos certos, e ***não*** em um galpão de vacas.

– Onde, então? – perguntou Mordaunt. – Não podemos ser vistos.

– Você já disse. Como garantiu o silêncio dos médicos?

– Minha governanta é adepta na infusão de chás paramnésicos – disse Mordaunt. – Claro, considerando o exagero deles sobre a sua pesquisa, estou me perguntando se eu não deveria ter matado os dois de uma vez.

– Por favor, não faça isso. Já temos uma escassez de médicos.

Mordaunt não parecia estar considerando os desejos de Aurienne nessa questão. Ele fechou o colarinho e amarrou a gravata. Seus gestos eram estranhamente elegantes, os movimentos de um homem sofisticado, não de um assassino. Tudo nele era polido, na verdade – as roupas, os maneirismos, o jeito de falar. Mas aí havia as cicatrizes – e a profissão dele – arruinando tudo. Contradições estranhas.

Aurienne não se importava o suficiente para contemplar a questão mais a fundo.

– Minha Ordem tem clínicas em áreas rurais – disse Aurienne. – Eu devo conseguir encontrar uma instalação tranquila que não esteja coberta por um palmo de esterco.

– Que exagero – disse Mordaunt. – Isso não chega nem nos calcanhares. Há Guardiões nessas clínicas?

– Geralmente eu sou acompanhada ao menos por um guarda de Swanstone quando estou na comunidade. Xanthe e eu vamos bolar um pretexto para que eu vá sozinha.

Mordaunt puxou o capuz sobre a cabeça e tornou-se a coisa sombria de novo. A visão de sua silhueta sob a capa, tão patife, tão *crepuscular*, despertou uma nova onda de animosidade em Aurienne.

Em um tom condescendente, do tipo que alguém usaria com seus empregados domésticos, Mordaunt disse:

– Faça isso. Espero ver seu deofol em breve.

O que serviu para reafirmar a opinião de Aurienne de que ele era não apenas um Fyren odioso como também um imbecil monumental.

– Não vai ser tão em breve – disse Aurienne. – Você me pediu para aplicar uma hipótese inexistente para curar uma doença incurável. Vou passar horas revirando material arquivado para recuperar o que quer que eu tenha preservado daquele projeto, e ainda mais horas preparando algum tipo de protocolo de tratamento totalmente baseado em contos de fada. Você vai ter notícias minhas quando for possível.

Mordaunt não deu qualquer sinal de se sentir repreendido. Em vez disso, fez uma mesura a Aurienne e disse:

– Fique à vontade para mandar seu deofol quando quiser, então.

– Eu lhe garanto que não há vontade envolvida – disse Aurienne.

– Nisso eu concordo com você – disse Mordaunt.

O próximo encontro com Xanthe começou com um pedido por atualizações sobre Mordaunt, que Xanthe começara a chamar de Rapaz das Cebolas.

– É isso que ele quer que você faça? – perguntou ela quando Aurienne resumiu seu encontro com o Fyren. – Curar seith podre? Quem ele acha que você é? A própria deusa Frīa? Achei que ele teria apenas um nódulo bloqueado ou outra coisa facilmente curável.

– A degeneração dele é extensa – disse Aurienne. – E, claro, ele é Fyren, então rejeitou todos os protocolos de tratamento usuais porque a perda do seu seith representa a perda de sua subsistência e vida.

– Você avisou para ele que era impossível?

Aurienne assentiu.

– Várias vezes. Infelizmente, ele ouviu falar de uma velha investigação minha. Você se lembra do meu trabalho sobre a Pedra Monafyll?

Xanthe juntou as mãos na frente do corpo.

– Sim, eu me lembro desse projeto. Uma de suas primeiras incursões como pesquisadora depois de ganhar suas asas Haelan. Sempre achei que era uma pena você ter abandonado aquela linha de pesquisa. Havia algo esperançoso nela. Saudosista.

– Desastroso, melhor dizendo – disse Aurienne. – Um conjunto de dados impossível, uma metodologia mais bem descrita como loucura, um design experimental tão pobre que eu teria sido rejeitada por toda banca daqui até Pednathise Head, zero reprodutibilidade... Enfim, é isso que ele quer que eu tente fazer.

– O homem é maluco. – A boca de Xanthe, tão enrugada que quase desaparecia dentro dela, alargou-se com uma gargalhada.

– Ele está se afogando e se agarrando a qualquer corda – disse Aurienne.

– Rapaz das Cebolas, o eterno otimista.

– Eu vou fazer o mínimo e deixar a coisa seguir seu destino inevitável. O seith dele vai parar de fluir em uma questão de meses. A neurodegeneração já se instaurou.

Xanthe fitou Aurienne com uma expressão pensativa nos olhos pretos.

– É um dos jeitos de proceder.

– Qual é a alternativa? – perguntou Aurienne.

– Tente de verdade. Não faça só o mínimo. Essa é a situação ideal de uma perspectiva experimental, não é? Você pode testar sua ideia sem qualquer registro oficial, sem submetê-la a nenhum dos órgãos ou comitês de ética em pesquisa usuais, em um paciente voluntário que é inteiramente descartável.

– Mas... mas os comitês de ética existem por um motivo...

– Ele é um Fyren desesperado e você acabou de dizer que vai deixá-lo morrer. Ética na pesquisa é mesmo parte da equação?

Um argumento justo, se ela fosse sincera, então Aurienne tentou de outro ângulo.

– Certo, mas há um motivo para eu ter abandonado a ideia. Não é ciência de verdade. Não é viável. Era uma fantasia.

– Não era viável na época – disse Xanthe. – Agora você tem dez anos de experiência como pesquisadora.

– Dez anos não mudam o fato de que isso literalmente envolve nos sentarmos ao lado de rios na lua cheia e saturá-lo com meu seith.

– Essa é a metodologia?

– Sim.

– Não é ideal – disse Xanthe. – Mas, se você descobrir que podemos realizar curas milagrosas sentando na lama ao lado de um rio na lua cheia, estará a caminho de uma aposentaria antecipada.

– Eu não quero uma aposentadora antecipada – disse Aurienne.

– Aurienne?

– Sim?

– Ele nos pagou vinte milhões de thrymsas pelo privilégio de ter você aplicando sua fantasia inviável ao caso dele. Dê isso ao homem. É o último desejo dele.

Havia uma subcorrente de comando no tom em geral tão casual de Xanthe. A hora para discussões tinha acabado.

Aurienne curvou a cabeça.

– Sim, Haelan Xanthe.

– Agora, coloque tudo em *estudo* e tente, tente o que puder.

3

RAPAZ DAS CEBOLAS, SUAS TRIBULAÇÕES E INFORTÚNIOS

Osric

A Haelan levou uma semana para dar sinal de vida. O tãcn dele formigou com a chegada do deofol de Fairhrim enquanto estava acomodado em uma poltrona que não era dele, limpando sangue que não era dele, de uma faca que também não era dele.

Osric tinha acabado de assassinar um lordezinho de Wessex por ordem de um dos homens da rainha de Kent. A maioria das pessoas desejava paz entre os Tīendoms perpetuamente em guerra; a Ordem Fyren rezava por guerra. Era muito mais lucrativa.

Osric reconheceu o seith vítreo e frio de Fairhrim imediatamente. Apontou seu tãcn para o chão, e o deofol dela apareceu. Tinha a forma de uma criatura branca de olhos vermelhos, diferente de tudo que Osric já vira. Era como se alguém tivesse uma vaga ideia da aparência de gatos, raposas e doninhas e os tivesse fundido em um só animal.

A maioria dos deofols eram criaturas nebulosas de seith. Não era o caso desse. Fairhrim tinha (o que era um tanto impressionante, a bem da verdade) definido cada bigode e pelo na criatura.

O deofol passou flutuando pelo cadáver aos pés de Osric com uma bufada um tanto crítica e disse:

– Você é o Fyren, então.

O controle de seith de Fairhrim não só lhe permitia criar bigodes: era tão poderoso que o deofol dela tinha peso físico. Osric descobriu isso quando a criatura saltou no seu colo e encontrou sua bexiga com as quatro patas, em um único golpe terrível.

– Seu merdinha de pé pontudo – arquejou Osric.

– Que morte bagunçada – disse o deofol, apontando o queixo para o corpo.

– Meu cliente desejava mandar uma mensagem – disse Osric.

– A mensagem era *não sei onde fica a jugular e tive que apunhalá--lo doze vezes para descobrir*? – perguntou o deofol.

Então o deofol de Fairhrim era tão irritante quanto ela. Não surpreendia.

– Quando eu quiser a opinião de um... um gato-doninha sobre o meu trabalho, vou pedir – disse Osric.

– Eu sou um gineto – disse o gato-doninha. – Um gineto albino. Aurienne tinha razão. Você *é* idiota.

– Me insulte de novo e eu corto sua cabeça.

– Então você teria em posse pelo menos o dobro de cérebros – disse o deofol. – Talvez eu devesse permitir. Seria a coisa mais caridosa a fazer.

Se a criatura não fosse feita de seith, Osric a teria agarrado pela nuca, mas não conseguiria agarrá-la mais do que conseguiria agarrar o seith de Fairhrim.

– Aurienne achou um lugar para vocês se encontrarem – disse o deofol. – Pegue uma waystone até o Princesa e o Bobo em Hessilhead. Você vai ver placas para uma clínica de foliculite de nádegas aguda.

– Uma clínica para o quê?

– Espinhas no traseiro – disse o deofol. – Siga as placas. Aurienne estará lá.

– Quando?

– Agora – disse o deofol.

– Agora? – repetiu Osric. – Estou meio ocupado.

– Agora – disse o deofol outra vez. – Ela não vai esperar.

A criatura desapareceu em uma nuvem de pelo branco e não ouviu os palavrões que Osric escolheu com tanto cuidado.

Osric, inflamado, pegou a waystone mais próxima até o pub em questão. Em primeiro lugar, ele não atendia aos chamados de ninguém, muito menos daquela Haelan pedante. Segundo, estavam em plena luz do dia e ele odiava operar em plena luz do dia. Terceiro, entre o nome do pub e as placas para uma clínica para espinhas no traseiro que estava seguindo através daquela vilazinha abandonada pelos deuses, ele sentia que Fairhrim estava fazendo troça dele.

Os moradores lançaram olhares surpresos a Osric enquanto ele percorria as ruas do vilarejo, com o capuz erguido e o sobretudo esvoaçando atrás de si.

Que parte de *minha condição não deve se tornar conhecida* aquela idiota não tinha entendido?

Ele encontrou a última placa de traseiros e bateu na porta da clínica.

A idiota abriu.

A saudação de Fairhrim consistiu em um olhar. Havia muito nesse olhar: ela fitou Osric como se ele fosse uma verruga que tinha adquirido senciência suficiente para bater em portas.

– Você está de brincadeira comigo? – perguntou Osric.

Fairhrim, chocada com a grosseria da verruga, aprumou-se.

– Como é que é?

– Me convocar? Em plena luz do dia? Em um lugar público? Eu disse que minha condição não deve ser descoberta.

– E não foi – disse Fairhrim. – Você está encapuzado como a morte encarnada. E, se alguém o vir, vai pensar que está sofrendo de foliculite.

Osric apontou para um dos pôsteres excessivamente detalhados que tinham assombrado sua caminhada.

– Você tinha que escolher acne de bunda?

– Para nos garantir privacidade – disse Fairhrim, e abriu a porta um pouco mais. – Entre.

Osric entrou no pequeno consultório enfadonho. O lugar era iluminado com as novas luzes elétricas, fortes demais para o gosto dele. Havia uma mesa de exame contra a parede. Uma parafernália médica diversa estava espalhada pela sala, parecendo tão eficiente quanto um mau agouro, o que combinava bastante com a própria Fairhrim.

A capa de viagem dela estava fechada com um broche de asa prateado. Ela o removeu para revelar seu vestido Haelan engomado, com gola alta e impecavelmente branco, exceto pelas dragonas de pratas afiadas.

– Além disso – disse Osric, tirando a própria capa –, eu não estou a sua disposição. Não me convoque assim de novo.

Fairhrim ficou rígida. Virando-se para ele, falou com uma animação falsa:

– Ah, é? E eu estou à sua, por acaso? Você pode me obrigar a encontrá-lo em celeiros abandonados à meia-noite, sem oferecer nenhuma alternativa, mas me encontrar num horário perfeitamente normal sob um pretexto perfeitamente elaborado em uma localização perfeitamente adequada traz dificuldades, é? Eu mostrei aos seus compromissos o mesmo respeito que você mostrou aos meus. Não gostou?

Ela lhe lançou um olhar. Osric desenvolveu uma nova compreensão do que significava ter um *olhar afiado*.

Decidiu não comprar essa briga em particular.

– Talvez possamos ambos trabalhar em nossos hábitos de marcar encontros levando em conta o calendário um do outro.

– Fazer concessões? – perguntou Fairhrim.

– Sim – disse Osric, presumindo que seria algo positivo.

Não era. Fairhrim fungou para ele, como se o esterco do celeiro ainda emanasse dele.

– Eu já fiz concessões o suficiente só por estar aqui. Mas enfim, tudo bem. Agora, dispa-se.

– Eu... o quê?

– Dispa-se – repetiu Fairhrim. Então, mais devagar: – Tire suas roupas. Há camisolas no armário. Eu voltarei em um minuto.

Ela deixou a sala antes que Osric pudesse objetar. Ficar nu diante da animosidade constante dela não parecia sábio. Mas a recusa parecia... bem, patética. Ela era só uma Haelan e estava sozinha.

Mas estaria mesmo sozinha? E se voltasse com um Guardião quando ele estivesse completamente pelado? Ela exalava hostilidade.

Ele manteria suas armas por perto.

Osric começou a tirar as roupas. Não era uma tarefa fácil. Depois de abrir fivelas, tirar cintos e abaixar alças, ele removeu o seguinte inventário de sua pessoa: doze facas de lançamento, sua lâmina blaec, duas espadas de um só gume, um amputador e, finalmente, uma dúzia de seringas e frascos contendo substâncias tão medonhas quanto ilegais.

Ele cuidadosamente deixou os itens na mesa de exame.

Não foi tão cuidadoso com suas roupas: colete, camisa, colarinho, peitilho, calça, roupas de baixo e botas foram todas jogadas em uma cadeira.

Osric abriu o armário e descobriu que as camisolas eram, julgando pela cor e tamanho, destinadas a garotinhas, em vez de homens que gostavam de cultivar um ar de elegância sinistra.

Ele vestiu uma coisa rosa desbotada que, quando colocada sobre a cabeça, deixava suas partes pendentes expostas.

Decidiu embrulhar a camisola ao redor dos quadris como uma espécie de kilt.

Vestido dessa forma, se encostou em um armário, parecendo tão sedutor quanto seria possível em uma faixa de linho marrom-arroxeada, para aguardar o retorno de Fairhrim.

Sentia, novamente, que Fairhrim estava fazendo troça dele. Ninguém caçoava de Osric Mordaunt com tamanha frequência e despreocupação. Ela tinha sorte por ser necessária no momento; caso contrário, ele a teria assassinado pela ousadia.

O Meio Para Um Fim bateu, e sua voz afiada perguntou:

– Pronto?

– Sim – disse Osric. Caso a Haelan tivesse trazido companhia para atacá-lo enquanto estava nu, ele estava com facas de lançamento entre os dedos.

Fairhrim entrou na sala. Seus olhos severos percorreram Osric e pousaram nos punhos cheios de facas.

– Sério? – comentou, nada impressionada. – Garanto que, se eu planejasse te ferir, isso já teria acontecido.

Ora. Isso foi arrogante.

– Você tem uma opinião positiva demais de si mesma – disse Osric.

– Merecida, eu te garanto – retrucou Fairhrim. Ela apontou o queixo para a camisola dele. – Belo traje.

– Encantador, não é?

– Você procurou no armário de adultos? – perguntou Fairhrim.

– Que armário de adultos? – perguntou Osric.

– Esse em que está sentado.

– Ah – disse Osric.

(Ele não tinha procurado no armário de adultos.)

Fairhrim avançou na sala com um ar crítico que fez Osric sentir que estava de volta às casernas como um jovem Fyren, esperando a inspeção de sua chefe de guerra.

– Vamos precisar da mesa de exame, se você não se incomodar em mover todo esse – Fairhrim fez um gesto impaciente para as armas de Osric – arsenal caótico.

Osric moveu suas coisas sob o olhar vigilante dela.

– Há algum centímetro do seu corpo que não esteja coberto de tecido cicatricial? – perguntou ela.

Osric olhou para si mesmo – seu peito, decorado com lembrete de lâminas diversas; seus antebraços, marcados por queimaduras; suas canelas, repletas de lembranças de uma explosão longínqua.

– Sim – disse Osric. – Alguns centímetros, na verdade. Embaixo do kilt.

Fairhrim, que não tinha senso de humor, disse aridamente:

– Poupe-me dos detalhes.

– Essas cicatrizes marcam os perigos da minha Ordem – disse Osric. – Não temos Haelan sofisticados à mão para consertar as coisas.

– Se a sua Ordem não fosse tão obstinadamente mercenária, poderíamos ter chegado a um entendimento há séculos. Mas isso não vem ao caso agora.

Fairhrim arrastou um saco grande para fora de um guarda-roupa.

– O que é isso? – perguntou Osric.

– O saco para o seu cadáver – disse Fairhrim.

Então ela *tinha* senso de humor. Mas era cáustico. Muito cáustico.

Osric expressou algumas dúvidas de que seu cadáver caberia ali, mas Fairhrim apenas abriu o saco para revelar dispositivos misteriosos. Catou um do fundo e espanou a poeira dele. Osric o reconheceu como uma pequena máquina Curie.

Ela rolou a máquina sacolejante até Osric. Seu braço roçou contra o dele. Uma coisa era alguém se aproximar dele sem saber que era um Fyren – afinal, ele era extraordinariamente bonito e magneticamente carismático –, mas quando as pessoas sabiam o que ele era, mantinham uma boa distância. Ninguém roçava no braço dele. Exceto por Fairhrim, que, aparentemente, não temia nada.

– Certo – disse Fairhrim. – Vamos começar com alguns exames de imagem. Eu preferiria usar nosso equipamento em Swanstone, mas, dadas as circunstâncias, esse vai ter que servir.

– Por que estamos usando máquinas? Por que você não vai fazer o... sabe? – perguntou Osric, com gestos místicos explanatórios.

– Porque diagnósticos ao vivo exigem um gasto de seith extremamente alto – disse Fairhrim. – Eu gostaria de examinar essas imagens com calma... e não desperdiçar meu seith com alguém da sua laia. Agora se cale e não se mova.

Ela mirou a máquina no pescoço de Osric, e ele não gostou nada da sensação. Houve o flash do tãcn dela ao ligar a máquina com uma descarga de seith no capacitor. A coisa se acionou com um zumbido alegre. Depois vieram breves estalos, tão perto da garganta de Osric que ele quase se encolheu.

Fairhrim desligou as luzes e projetou imagens granulosas da máquina Curie em uma parede. Ela parou diante das imagens e as analisou, quieta.

O silêncio reinava na clínica. Osric se viu observando a figura alta de Fairhrim com algo nauseantemente parecido com esperança – procurando um sinal de que, talvez, tudo não fosse tão ruim quanto ela havia avaliado inicialmente. Uma indicação de que não era seith podre e que seria reversível. Alguma boa notícia.

Fairhrim ficou parada sob a luz pálida com um dedo e polegar no queixo. Ela não se mexeu, exceto pelos olhos, que corriam pela imagem na parede. Suas sobrancelhas estavam unidas. As maçãs do rosto eram proeminentes na luz fraca.

Sua voz precisa quebrou o silêncio e apunhalou a esperança de Osric.

– Pulverizada – disse Fairhrim.

– Quê? – disse Osric.

– Sua coluna cervical. E a cirurgia, se é que podemos chamá-la assim, foi francamente estarrecedora. Eles remendaram seus ossos como uma criança batendo peças de quebra-cabeça. Danificaram seus canais de seith no processo, e a deterioração se instaurou a partir dali. Você teria sido um candidato para uma nodoplastia nos canais de seith afetados. Mas não. Em vez disso, temos que lidar com essa bagunça desastrosa. Me conte sobre a dormência.

– É principalmente nas mãos – disse Osric. – Está começando a subir pelos braços. Mas não teve um impacto na minha destreza.

– Bom – disse Fairhrim. – Seus adoráveis colegas ainda não notaram nada, então.

– Não. Eu estaria sendo vigiado se tivessem percebido. Nós eliminamos os fracos.

A expressão de Fairhrim transbordava julgamento.

– Eu não entendo por que alguém dedicaria a vida a uma Ordem tão cruel.

– Dinheiro – disse Osric.

Era impressionante como Fairhrim conseguia injetar toda sua repugnância moral em um único olhar.

Ela empurrou a máquina Curie para longe e passou um líquido pungente no pescoço de Osric. Ele sentiu a queimação fria de antisséptico.

– Fenol? – perguntou.

– Hlutoform – disse Fairhrim. – Um bactericida, virucida e fungicida de largo espectro. Uma colega minha o desenvolveu para usar em cirurgias. É comum em todos os Tīendoms agora.

Ela puxou uma segunda máquina de seu saco de aparelhos.

– Difrator Franklin – explicou. – Vai me permitir examinar suas fibras de seith.

Todas as máquinas dela pareciam gostar de ser direcionadas para pontos vulneráveis. Essa soltou uma espécie de risadinha quando Fairhrim pressionou uma protusão feito um tubo contra o peito nu de Osric. Ela anexou outras partes em longos fios nos ombros, costas e joelhos dele.

– Não se mova – disse Fairhrim novamente quando Osric se sentiu prestes a ser perfurado à queima-roupa pela máquina risonha.

Na parede, as imagens de seus ossos foram substituídas por uma rede de linhas brilhantes, com a vaga forma de um homem.

Outra vez, Fairhrim analisou a imagem em silêncio, interrompido apenas por um "Quieto" ríspido quando Osric ousou inspirar fundo demais.

E, outra vez, Osric se viu observando-a enquanto ela o estudava, procurando um sinal de que as coisas não eram *tão ruins assim*.

Fairhrim não perdeu tempo em destruir essa esperança.

– É ruim – disse ela, apontando para linhas brancas brilhantes. – Intactas. – Então indicou as linhas com pontos pretos. – Danificadas por degeneração de seith, comumente conhecida como seith podre.

Muitas das linhas projetadas na parede eram pretas, emanando de um conjunto na base do pescoço da figura. Era uma visão desanimadora.

Fairhrim apertou alguns botões no difrator, aumentando a nitidez das fibras de seith. Ela mediu coisas com instrumentos de prata e fez anotações em uma prancheta.

– A dormência que você vem sentindo é chamada de torpraxia. É o que acontece quando fibras de seith em deterioração interagem com seus nervos. Normalmente é mais pronunciada nas extremidades.

Ela correu um dedo pelos membros de Osric, assim como suas costas e peito, e anotou onde a dormência começava e terminava.

– Você não pode só... só empurrar um pouco de seith para essas linhas podres? Como faz quando cura ferimentos? – perguntou Osric.

Provavelmente era uma pergunta idiota. Sim, isso se confirmou com o olhar que Fairhrim lhe lançou.

Ela reuniu palavras pequenas o suficiente para explicar.

– Não. Não podemos *só empurrar um pouco de seith* para essas linhas. Estamos falando de uma das estruturas mais delicadas e pouco compreendidas do corpo humano. Ao contrário do sistema nervoso, nunca conseguimos realizar a ativação de circuitos latentes em um sistema seith em degeneração nem a gênese de novos canais. Não há plasticidade, nenhuma regeneração. Tentativas de enxerto fracassam. Transplantes fracassam. O que morreu permanece morto.

Fairhrim traçou uma linha escurecida na parede com a ponta do dedo.

– Houve centenas de estudos e testes experimentais... feitos por mim, pela minha Ordem antes de mim, por universidades, médicos e cirurgiões. Todos fracassaram. Não há um tratamento clinicamente validado para degeneração de seith. Só hipóteses especulativas, incluindo a minha, que neste momento em particular eu me arrependo muito de ter compartilhado. – Irrelevantemente, ela acrescentou: – Por sorte, seu tãcn está na palma esquerda.

Só seguidores dos Caminhos do Poente tinham o tãcn na palma esquerda, de modo que Osric não entendia por que isso agradava Fairhrim em meio àquela avaliação deprimente.

– Hã... por quê?

– Essas linhas estão relativamente intocadas pela degeneração. É por isso que você ainda consegue usar seu seith. Porém, as flutuações que mencionou vão ficar piores. – Fairhrim apontou para um lugar perto da axila da figura. – Seu declínio vai acelerar quando esses nódulos se deteriorarem.

Osric encarou a figura projetada na parede, entrecruzada por linhas pretas podres. Naquele instante, sentiu o gosto da doença; naquele instante, sentiu a amargura do desespero. Queria lançar uma faca na cabeça da figura. Queria jogar o maldito difrator Franklin e suas risadinhas no chão. Queria agarrar o pescoço de Fairhrim e fazê-la dizer o que ele queria ouvir, em vez daquelas verdades curtas e grossas.

Ele não queria morrer.

– Normalmente eu seguraria a sua mão e diria algumas coisas gentis sobre como deve ser difícil ouvir algo assim – disse Fairhrim –, mas prefiro não perder meu fôlego consolando um Fyren.

Pelo menos não havia o risco de as coisas ficarem sentimentais.

– Bom – disse Osric. – Não se dê ao trabalho. Estou otimista. Porque você tem uma hipótese especulativa, e vai testá-la em mim, e vai funcionar.

Fairhrim o encarou com um olhar que era composto por partes iguais de arrogância e irritação.

– Não vai. É uma perda de tempo. E, dado que não vou poder monitorar seu progresso com visitas regulares em Swanstone, eu gostaria de pôr marcadores seith em você. Tem problema?

– Por que teria?

– Atualmente, não é uma prática comum. A inserção é dolorosa. E temos instrumentos muito melhores para monitorar o progresso agora, mas você não pode exatamente me visitar em Swanstone todo dia.

– Ponha, então.

– Vai doer – avisou Fairhrim.

– Você não viu minhas cicatrizes?

– Muito bem – disse ela, apertando seu tãcn no ombro dele. – Vou pôr oito ao longo do seu sistema.

O seith dela reluziu quando instalou o primeiro marcador. De fato, doeu – uma dor potente, prolongada e ardida, como uma agulha grossa enfiada nas partes mais tenras dos canais de seith de Osric. Oito vezes – oito vezes profundamente dolorosas –, Fairhrim fincou seus marcadores nele. Por pura vontade de provar sua virilidade, Osric não se encolheu quando ela foi para o antebraço, subiu pelas costas e desceu pelas pernas.

Ele não reclamou. Meramente perspirou.

Fairhrim o observou com uma leve aprovação antes de tirar um terceiro dispositivo do guarda-roupa. Osric esperava que ela não tivesse notado a gota de suor escorrendo entre seus ombros.

– Outra máquina? – perguntou Osric.

– Sim. Vou te dar um panorama da minha hipótese especulativa, para você entender a tolice que está pedindo.

– Isso é um motor Lovelace – disse Osric, reconhecendo a nova engenhoca.

– Muito bem.

– Eu me orgulho de não ser um completo idiota.

– Sério?

Fairhrim soava genuinamente surpresa. Osric fantasiou sobre esganá-la pela segunda vez em poucos minutos.

Fairhrim apertou seu tãcn contra o motor, que se acendeu com um bipe. Osric ficou remoendo sua irritação.

A figura na parede com as linhas de seith podres desapareceu, sendo substituída pelo diagrama de uma pedra oblonga, coberta de sujeira e adornada com inscrições verticais.

– Você já ouviu falar da Pedra Monafyll, claro – disse Fairhrim.

– Não – disse Osric.

Fairhrim o encarou, piscando. Em seu semblante geralmente imperturbável havia uma expressão de completo assombro.

– Imagino que eu não devia ficar chocada. Foi só a maior descoberta arqueológica do século, mas não tem nada a ver com assassinatos ou dinheiro e, portanto, não deve ser do seu interesse.

– Obrigado – disse Osric. – Você está começando a me entender.

A perspectiva daquela aproximação não pareceu entusiasmar Fairhrim.

– Uma breve lição de história, então. Acredita-se que a Pedra

Monafyll tenha pelo menos quinhentos anos. À primeira vista, não parece nada mais que um calendário lunar, nomeando cada uma das luas cheias do ano. Os termos podem ser familiares para você; parte da nomenclatura ainda está em uso.

Diante do desenho da Pedra, uma lista apareceu:

- Lua Hrímfrost (Geada)
- Lua Hyngre (Fome)
- Lua Cúsc (Casta)
- Lua Hara (Lebre)
- Lua Blædnes (Florescente)
- Lua Begbéam (Silveira)
- Lua Hunig (Mel)
- Lua Thunor (Trovão)
- Lua Bédríp (Colheita)
- Lua Meodu (Hidromel)
- Lua Gnyrn (Pesar)
- Lua Endeláf (Última)

– Os estudiosos não chegaram a um consenso sobre o propósito da Pedra Monafyll, mas concordam que é mais do que um calendário lunar. Está vendo essas marcas? – Fairhrim apontou para indentações na borda externa da Pedra.

– Uma minhoca? – arriscou Osric. – Uma galinha?

– Uma serpente e um cisne – disse Fairhrim. – E há esses também: ervas, um pilão, uma poção e, aqui, uma mão curadora. Típica iconografia de cura, mas é incomum encontrá-la sobreposta a um calendário lunar. O número sete está marcado em vários lugares. Estudiosos sugeriram que isso retrata algum tipo de caminho de cura, ou peregrinação, ou ritual a ser seguido durante a lua cheia.

– Então *tem* a ver com os Caminhos Antigos – disse Osric. – Vamos ter que dançar em círculos de pedra?

Havia soberba na inclinação do queixo de Fairhrim.

– Se fosse simples assim obter curas milagrosas, não acha que todo mundo estaria fazendo isso?

– O que são essas linhas? – perguntou Osric, apontando para marcas curvas entalhadas ao longo das luas no centro da Pedra.

– Possivelmente, elementos decorativos. Possivelmente, erosão natural. Possivelmente, alguma variante desconhecida de uma língua morta. Um filólogo propôs que pode ser uma das línguas feéricas. – Fairhrim parecia achar a ideia ofensiva. – Claro, essa ideia não foi bem recebida pelos acadêmicos. No fim, o que quer que essa Pedra representasse... se era, de fato, um método de cura até agora desconhecido... foi perdido no tempo. Não temos outras orientações além da lista de luas e esses elementos gráficos relacionados à cura. Dez anos atrás, uma Haelan ambiciosa decidiu explorar a questão mais a fundo. Infelizmente.

– Felizmente – corrigiu Osric.

Fairhrim não concordava, como ficou evidente pela contração das narinas. Ela bateu um dedo no motor Lovelace, e a Pedra Monafyll desapareceu. O que se seguiu foi uma rápida sequência de imagens: páginas de livros, versos de poesias, excertos de contos de fada, rabiscos em um tronco de bétula, transcrições de conversas muito antigas entre pessoas mortas havia muito tempo. Fairhrim apresentou esses itens com comentários sucintos; eram todas histórias de curas milagrosas realizadas na lua cheia.

– Nenhuma tem comprovação – apressou-se em acrescentar. – Uma bela coleção de histórias apócrifas, na verdade. No entanto, é um número considerável de relatos. Curas durante a lua cheia são um tema recorrente ao longo de nossa história, dos contos infantis a nossas teologias. A descoberta da Pedra Monafyll foi vista como nada mais que uma contribuição a esse tema pela maioria dos estudiosos. E por um bom motivo. As supostas potências da lua cheia têm sido assunto de investigação há séculos, e os resultados sempre foram o fracasso. Mas eu, na época uma jovem excessivamente empolgada e ingênua, achei que faria um trabalho melhor.

Fairhrim, perfeitamente empertigada, com o cabelo comprimido no coque mais rígido possível e o vestido engomado abotoado até a garganta, não parecia jamais ter sido uma jovem extremamente empolgada com nada.

– A descoberta da Pedra e sua conexão explícita entre as luas e a cura me instigou a investigar se havia algum grão de verdade nas histórias de milagres – continuou ela. – Eu queria analisar os textos apócrifos e procurar pontos em comum. Padrões. Recorrências estranhas demais para serem coincidências.

– E então? Você encontrou tudo isso? – perguntou Osric.

Um suspiro curto escapou de Fairhrim.

– Eu encontrei problemas. Obter todas essas fontes e traduzi-las, quando necessário, custou uma fortuna, claro.

– Eu estou envolvido agora. O custo não é mais um problema – disse Osric. Generosamente, pensou ele.

Fairhrim não concordava. Julgando pela mandíbula tensa, na verdade achava aquilo inapropriado.

– Você resolve toda dificuldade que a vida apresenta simplesmente comprando ou matando?

– Eu uso os recursos que tenho à minha disposição – disse Osric. – Você também deveria.

– Recursos tão encharcados de sangue como os seus ultrapassam certos limites éticos.

– Seus limites éticos te mantêm tão confinada que é impressionante ainda conseguir se mover.

– Eu não sei como *você* se move, dado o peso dos seus pecados.

Eles trocaram olhares hostis. Fairhrim era toda arestas: olhos escuros penetrantes, lábios apertados com força.

– Podemos retornar ao assunto em questão? – perguntou ela.

– Podemos – disse Osric.

Fairhrim continuou sua explicação em um tom ríspido.

– Não gosto de análises qualitativas, mas não tive escolha com esse conjunto de dados específico, se é que posso ser ousada a ponto de chamar uma miscelânea dessas assim. Comecei a capturar e codificar qualquer coisa que parecesse mesmo marginalmente relevante, nomes, lugares, épocas, estações, doenças, demografias, e criei esse monstro.

Dessa vez, ela projetou na parede um enorme diagrama segmentado por tabelas dentro de tabelas, e setas e legendas, e grandes pontos de interrogação vermelhos espalhados. As pessoas que supostamente realizaram as curas na lua cheia formavam um grupo variado: mulheres sábias, druidas, bruxas, alquimistas, médicos, o povo das fadas, os próprios deuses. Os lugares eram igualmente variados: túmulos, poços, encruzilhadas, fortes em colinas, estradas de morte, cumes de montanha, lagoas, ilhas, portas, caminhos de espíritos. O diagrama também incluía momentos – nascer e pôr do sol, meio-dia e meia-noite –, estação, tempo atmosférico e, finalmente, qual das doze luas cheias estava no céu, caso a fonte indicasse a informação. O diagrama estava abarrotado de dados sobre probabilidades, escalas avaliando a validade das fontes, proporções estranhas, recorrências, intervalos de confiança e replicabilidade.

Se isso era só o começo, era imensamente impressionante, embora Osric preferisse comer aquela camisola marrom a dizer isso a Fairhrim.

Ela mesma, porém, não parecia achar impressionante. Fez um gesto desdenhoso para os dados.

– A única coisa significativa que fui capaz de concluir dessa mixórdia foi a importância do lugar e do momento para essas supostas curas. E a parte mais irritante é que eu não precisava ter tido todo aquele trabalho, porque a importância desses fatores é reiterada vez após vez em qualquer livro infantil, história popular ou conto de fada.

Fairhrim chegou a tirar um livro infantil da bolsa e estendê-lo na direção de Osric como se fosse uma arma. Ela o abriu bruscamente e folheou as páginas, batendo um dedo nas ilustrações suaves e fantasiosas enquanto falava.

– Lugares tênues. Entrelugares. Lugares onde as costuras entre nosso mundo e o Outro Mundo se desfiam. Encruzilhadas. Lugares no limiar das coisas.

Ela chegou a uma pintura do sol nascendo.

– E instantes liminares também. Crepúsculo ou aurora. Ou momentos entre coisas, entre a calma e a tempestade, entre mudanças de maré, entre inverno e primavera. E, claro, o fator comum é a lua cheia, quando as mais espetaculares dessas supostas curas aconteceram... embora, até onde sabemos, seja apenas um floreio narrativo.

– Mas a Pedra – disse Osric. – Ela é real.

– É muito mais provável que a Pedra Monafyll só esteja registrando crenças do que um fenômeno real e observável – disse Fairhrim. – Preciso que você entenda a alta probabilidade de fracasso se seguirmos com esse suposto tratamento.

– Considere como um experimento – sugeriu Osric.

A sugestão não foi bem recebida.

– Essa investigação mal concebida não é um *experimento*. É uma vergonha. Um assassinato de credibilidade. Uma ameaça a carreiras, e isso sem contar o fato de eu estar trabalhando ilicitamente com um Fyren. É uma desgraça contra *isto*.

Fairhrim ergueu seu tãcn, encarando o cisne na palma como se o estivesse traindo.

– Se tivéssemos o luxo de mil luas cheias, e mil voluntários de pesquisa, e mil Haelan para curá-los, e pudéssemos alterar as variáveis como quiséssemos, então talvez pudéssemos chamá-lo de experimento. Não podemos chamar isso de nada exceto de uma... uma incursão exploratória. As variáveis envolvidas são realmente espantosas. A reprodutibilidade vai de baixa a nula.

Os ombros tensos de Fairhrim caíram uma fração de centímetro, o que era, Osric supôs, a maior demonstração de desalento que veria dela.

– Eu lhe disse que isso não era nada exceto um experimento mental. Eu estava curiosa. Avaliei os dados disponíveis. Mas, como se diz, se você insere lixo, só vai sair lixo. Em retrospecto, fico chocada por ter nutrido a ideia por tanto tempo. Estava condenada ao fracasso desde o começo. Algumas coisas não podem ser curadas.

– Não era para você ser um *fenômeno* do sistema seith? – disse Osric. – Uma gênia?

Fairhrim lhe lançou um olhar seco que o informou que ela havia sido ofendida.

– Eu sou. Posso lidar com lesões de seith, bloqueios de seith, microcanais estourados, cortes completos. Posso curar as sete classes de lesões de fibra de seith periféricas. Ninguém é capaz de reverter seith podre. Mas eu disse para você que ia tentar, então vou tentar. Vamos seguir os Caminhos Antigos. Vamos ir a lugares onde as fronteiras são tênues. Vamos encontrar os momentos intermediários. Eu tentarei curar você. E, se existir um grão de verdade naquelas velhas histórias, talvez o encontremos.

Osric nunca aprendia. Lá estava de novo: o tremular da esperança, saltando do coração até a garganta.

– Por onde começamos?

Fairhrim desligou o motor Lovelace.

– Eu tenho uma lista curta de locais. Uma lista muito curta. Poucos relatos fornecem detalhes geográficos suficientes que nos permitam encontrar lugares específicos e refazer os passos das pessoas que realizaram as curas. Vamos começar por aí. Eu preferiria proceder com um plano em mente para as doze luas, mas, dado o estado avançado da sua condição, creio que não temos escolha exceto ser um tanto *ad hoc* a respeito.

Fairhrim pareceu angustiada, como se nunca tivesse sido *ad hoc* a respeito de nada antes e lhe doesse sê-lo agora.

Ela consultou um calendário.

– A próxima lua cheia é em seis dias. Vamos nos encontrar lá. Na waystone do Centauro no Celeiro, às cinco e meia. A não ser que você tenha um assassinato na agenda?

Essa última pergunta foi feita com um olhar brandamente ingênuo, o que só aumentava sua mordacidade.

– Posso remarcar o assassinato – disse Osric.

Fairhrim pareceu ter uma opinião sobre aquilo. Entretanto, distraiu-se com seu tācn. Ela ergueu a palma e a chegada de um deofol interrompeu qualquer compartilhamento de opiniões. O deofol assumiu a forma de uma salamandra esquisita.

– *O que* é isso? – perguntou Osric.

– Um axolote – disse Fairhrim.

O deofol enrugado e meio acabado empoleirou-se no ombro de Fairhrim.

– Olá, querida – disse ele, rouco. – Você está sendo requisitada em Swanstone o mais rápido possível. Um orfanato inteiro foi atingido pela Peste.

Fairhrim saltou na direção da bolsa e começou a arrumá-la.

– Estou a caminho.

O axolote observou Osric com um olho preto redondo.

– Olá, Rapaz das Cebolas – disse o axolote. – Belo tutu.

– É um kilt – disse Osric.

Mas o deofol tinha desaparecido, deixando Osric falando com o ar.

– Eu teria chamado de tanga – disse Fairhrim, cuja opinião Osric certamente também não tinha pedido.

– Aquilo era o deofol de Xanthe, presumo? – perguntou Osric. – Parece tão carcomido por traças quanto ela.

– Carcomido por traças? – repetiu Fairhrim. – Como ousa? Xanthe tem mais de duzentos anos...

– Como? Ela se esqueceu de morrer?

– ... e você não está em posição de insultar o físico de ninguém, eu lhe garanto.

– *Como é?*

Fairhrim seguiu para a porta.

– Tenho que ir. Tenho pacientes reais para cuidar.

Osric fez um gesto para afastá-la.

– Bom. Vá cuidar dos seus inválidos.

Fairhrim girou bruscamente.

– Inválidos? Você é o mais inválido de todos. Eu nunca lidei com um intelecto tão congenitamente fraco.

– Cuidado com a insolência. Já cortei línguas por insultos mais leves.

– Você acabou de insultar a mim, meus pacientes e Xanthe em poucos segundos e sou *eu* a insolente? Se alguém devia ganhar uma glossectomia, é você, e eu me ofereceria de bom grado para realizá-la.

– Uma o quê?

Mas Fairhrim já tinha ido. A porta se fechou com um baque atrás dela.

Osric fez uma careta e então jogou uma faca ali, só para completar.

Que pena que essa Haelan era útil para ele. Ela seria muito mais tolerável morta.

4

AURIENNE SOFRE NA NATUREZA

Aurienne

Além de ter que administrar um Fyren e suas expectativas irracionais, Aurienne era responsável pelo Centro de Pesquisa em Seith de Swanstone. Ela havia sido forçada a aceitar o posto de diretora seis meses antes pelos Chefes de sua Ordem, apesar de seus protestos. Como qualquer outra pesquisadora de respeito, Aurienne tinha recusado categoricamente a posição, uma vez que preferiria continuar seu trabalho no laboratório – o nobre avanço do conhecimento etc. Além disso, preferiria morrer a fazer algo que envolvia tanta burocracia.

No entanto, quando o velho Haelan Whiffleby se aposentara no outono anterior, os Chefes identificaram Aurienne como sua sucessora lógica, porque ela era implacavelmente organizada, sempre tinha as coisas *sob controle*. E, para completar, todo mundo sentia um pouco de medo dela. Aurienne havia argumentado que essas não eram qualidades de liderança, que ela era acima de tudo uma pesquisadora e também, como previamente indicado, que preferiria morrer a lidar com burocracia. Um silêncio se seguira a esse pronunciamento, após o qual os Chefes haviam se entreolhado e Abecorn dissera que tudo bem, então; eles nomeariam Murbock-Biddle como diretor. Essa era uma sugestão perturbadora, dado que Murbock-Biddle era um cretino. Diante dessa tática ardilosa, Aurienne aceitara o posto de diretora e herdara a sala de Whiffleby no topo da torre norte, mobiliada principalmente com aranhas e esporos de bolor.

Ela também herdara dele a cota cotidiana de problemas. Naquele dia, uma série de Haelan perfeitamente capazes, subitamente desprovidos de toda *débrouillardise,* abordou-a com os seguintes problemas: havia um vazamento no teto do Laboratório 5, o que deveriam fazer? O meio de cultura de tecidos estava acabando, será que ela não podia aprovar outro pedido e por favor assinar esses formulários para acelerar o processo de requisição porque caso contrário não teria o suficiente para amanhã? Ela permitiria que eles assinassem certos periódicos que não eram relevantes à pesquisa sobre seith, mas mesmo assim pareciam interessantes? A geladeira de cromatografia não estava funcionando, e será que não podiam instituir uma política sobre alergênicos no Centro, porque mais uma pessoa tinha quase morrido porque outra pessoa comeu um camarão?

O laboratório de Aurienne era uma jangada de sanidade em meio ao mar de burocracia. Foi para lá que ela se retirou – para não dizer fugiu – naquele momento. Cabelo solto não era permitido no laboratório; ela girou sua trança em um coque atravessado com uma cureta de osso e o instruiu a ficar lá. (Às vezes seu cabelo obedecia; outras vezes, não. A vida era repleta de tais ansiedades.)

Ao entrar no laboratório, encontrou um grupo de aprendizes observando um par de aprendizes sêniores trabalhando no atual estudo dela. Título provisório: *Avaliando trauma de canais de seith periféricos: uma abordagem histológica.* Não era muito sucinto, mas eminentemente informativo, atendendo o objetivo principal.

Os aprendizes de túnica cinza-escura estavam espremidos em um grupinho ansioso na ponta de uma bancada de trabalho, observando as duas aprendizes mais velhas. Corinne e Nym estavam prestes a receber suas asas, tão próximas de ganhar seu branco Haelan que as túnicas tinham o tom mais pálido de prata.

Corinne estava curvada sobre um microscópio, anunciando descobertas a Nym.

– Espécime três: microrruptura. Espécime quatro: descolamento episeithial. Espécime cinco: microrruptura. Espécime seis: perda de ondulação. Espécime sete: distensão episeithial. Hã, ou descolamento. Ah, Haelan Fairhrim, você está aqui. O que acha?

Aurienne deu uma olhada no microscópio.

– Pelo menos uma fibra de seith termina em uma lacuna. É um descolamento. Vocês aí, façam uma fila para ver.

Ao ser abordados dessa forma, os aprendizes arrastaram os pés e formaram uma fila nervosa para examinar o espécime.

Corinne rabiscou uma observação.

– A zona de transição entre distensão e ruptura é tão estreita.

– De fato – disse Aurienne. – É por isso que seis parágrafos da metodologia explicam nosso processo de quantificação.

Os aprendizes se dispersaram, e Corinne retornou ao seu lugar no microscópio.

– Espécime oito: microrruptura. Espécime nove: perda de ondulação. Espécime dez...

Quando Corinne e Nym terminaram, Aurienne analisou as descobertas delas.

– Gostaria que vocês examinassem o relacionamento entre as rupturas microarquitetônicas e os graus de severidade de lesão. Usem a correlação de Wilcomb com a correção de Hall.

– Sim, Haelan Fairhrim – disseram Corynne e Nym.

– Vocês notaram esse padrão interessante de lesão mínima ao episeithélio e periseithélio sob condições de alongamento agudas? – perguntou Aurienne.

– Hã... não – disse Corinne.

– Pois reparem – disse Aurienne. Ela se virou aos jovens aprendizes.

– Vocês observaram esse estudo desde o começo. Alguma sugestão sobre as limitações que deveríamos destacar?

Os aprendizes se encolheram para longe dela até baterem no balcão, onde se coagularam em uma bolha aterrorizada.

– Há muitas que vale a pena mencionar – disse Aurienne, incentivadora, sugerindo assim, esperava ela, que o silêncio deles era devido a um excesso de ideias em vez de sua falta.

Os aprendizes coagulados foram incapazes de expressar opiniões a respeito das limitações, em vez disso focando os esforços em parecerem idênticos a jovens corujas. Aurienne virou seu olhar inquisidor para Corinne e Nym, e foi a vez delas de se coagularem.

– Hã... talvez eu sugerisse que nosso teste de distensão não imita precisamente cenários de lesão da vida real – sugeriu Nym. Ela tinha a qualidade peculiar de estar sempre insegura, e no entanto sempre certa. – Além disso, focamos o estudo em fibras de seith extraídas de antebraços. Fibras de seith de outras áreas podem ter biomecânicas diferentes.

– Muito bem – disse Aurienne. – Inclua isso. Também gostaria que acrescentasse o comentário de sempre, sobre como qualquer avaliação histológica arrisca os artefatos ao manusear o tecido. Também indique que as fibras de seith não estavam em um organismo vivo quando submetidas à lesão, o que, como sabemos, afeta a elasticidade.

Enquanto Corinne e Nym escreviam, Aurienne dispensou os jovens aprendizes. Eles fizeram mesuras vigorosas com a mão sobre o coração e saíram às pressas.

– Como estão progredindo nas transferências de seith? – perguntou Aurienne. – Eu gostaria de passar para oficinas com cadáveres no outono; vou ter que fazer os preparativos em breve.

– Não muito bem – disse Nym.

– Eu explodi um melão – disse Corinne.

– Vocês estão praticando diariamente? – perguntou Aurienne.

– Sim – respondeu Corinne. (Nym assentiu com a cabeça e pareceu prestes a irromper em lágrimas.)

– Não desanimem – disse Aurienne. – Ainda não receberam seu tãcn. Poucos de nós conseguem atingir o nível de controle de seith necessário sem um tãcn. Quero que vocês duas tirem uma folga. Chega de praticar. Duas semanas livres. Vamos recomeçar do básico depois disso.

– Sim, Haelan Fairhrim – foi a resposta aliviada de Corinne e Nym. Ambas fizeram mesuras e foram embora.

Lá se ia a parte racional do dia de Aurienne. Em seguida, começaria a porção insana: era noite de lua cheia, hora de encontrar o Fyren.

Aurienne pegou uma waystone até o Centauro no Celeiro para o encontro da noite. O pub tinha fechado havia muito tempo; a porta balançava com a brisa, acompanhada por um rangido deprimente.

Um centauro havia sido representado sob um teto na placa desbotada do pub, que tinha perdido várias letras e dava o seguinte conselho a Aurienne:

CENTA
N ELE

Aurienne recebeu a sugestão com hostilidade.

Seguindo na contínua comédia de erros que era sua vida, ela foi chapinhando na lama na beira da lagoa próxima ao pub e esperou pelo assassino.

Seus dados para a lua cheia de março – quando as histórias faziam o favor de especificá-los – favoreciam as margens de lagos ou lagoas no que se tratava de lugar (89%), e o pôr do sol no que se tratava de horário (77%). Essa lagoa em particular, a lagoa de fadas Wasdale, tinha sido especificamente mencionada em uma obra de teologia cumbriana: algum arquidruida havia conseguido curar um bardo da febre fatal sem nada além de um toque e um empurrão de seith bem onde Aurienne estava. Isso tinha acontecido dois séculos antes, no dia da lua Cúsc, enquanto o sol se punha.

Uma lenda adorável. Nem um pouco científica, porém, e Aurienne, esperando junto a ervas aquáticas e pantanosas, sentia-se uma tola. Uma tola desalinhada e levemente molhada.

Mas era o dia da lua Cùsc, e o sol estava começando a se pôr, e, tola que era, Aurienne tentaria de verdade, conforme as instruções de Xanthe. Como tinha passado da ciência rigorosa do laboratório àquilo? Ela precisava tomar cuidado para não se ferir com aquela mudança metodológica brusca. (Limitações do estudo presente: *todo mundo enlouqueceu*.)

O tempo passou. O Fyren estava atrasado, o que, de alguma forma, não era uma surpresa.

Finalmente, houve um movimento perto da waystone do outro lado da lagoa, e lá estava ele: o assassino.

A primavera tinha irrompido com enxurradas de lama. O Fyren a atravessou com um asco óbvio. Aurienne observou o progresso dele sem avisar que havia um caminho que contornava a lagoa.

A máxima Haelan era *Não farás mal*, mas fantasias privadas não podiam ser policiadas, e Aurienne se entregou a uma em que o Fyren escorregava e se afogava, pondo fim à infelicidade de ambos.

Tragicamente, ele fez o percurso com passos confiantes.

Mordaunt não se deu ao trabalho de cumprimentar Aurienne, preferindo ficar murmurando baixinho enquanto atravessava a lama na direção dela:

– Por que não tem um caminho aqui? Alguém esteve nesse lugar desde a queda de Bizâncio? Isso é mais gosmento do que a cavidade ocular de Woden.

Mais reclamações do que ela esperaria de um Fyren. Eles não deviam ser assassinos durões? Esse espécime tinha a fortidão de um quiche molhado.

Embora o tempo estivesse bom, Mordaunt manteve o capuz erguido. Aurienne não tinha objeções. Ela sabia o que havia por baixo – um olhar cáustico e uma boca irritante – e não sentia falta de nenhum dos dois.

Mordaunt abaixou o lenço do rosto, deu uma fungada na direção dela e disse:

– Você está cheirando a morte.

– Estive fazendo experimentos com fibras de seith extraídas de cadáveres humanos – disse Aurienne.

– Eu sabia – respondeu Mordaunt, seguindo com o pronunciamento altivo: – Tenho um olfato extraordinário.

Parecia banal demais apontar que, de fato, esse parecia ser o único senso que ele tinha.

– Isso é sangue? – questionou Aurienne.

– Só um pouco de suor de batalha – disse Mordaunt.

– Seu? – conferiu Aurienne, com um esforço moderado para esconder a esperança na voz.

– Não – respondeu Mordaunt, bufando. – Que pergunta idiota.

– É mesmo? Você levou algumas punhaladas ao longo de sua carreira. Vi as evidências.

Mordaunt fez um gesto de mão.

– Lembranças de dias passados. Agora eu sou praticamente intocável. Meu alvo de hoje tentou me apunhalar, mas só tinha uma colher.

– Uma colher?

– Ele estava comendo iogurte – disse Mordaunt, à guisa de explicação.

– Você... você matou alguém que estava comendo iogurte? – perguntou Aurienne.

– Sim. E era bom, o iogurte.

– Você *comeu* o iogurte?

– Depois que o alvo morreu, sim. Ele mal tinha tocado no pote. Que foi? Qual é o problema? Você me confundiu com alguém respeitável?

– Você tem um pingo de honra?

– Não – disse Mordaunt. – Enfim, eu vim aqui por uma cura, e não por uma avaliação da minha moralidade. Podemos começar logo?

Aurienne o encarou. A sombra sob o capuz a encarou de volta.

Ele estava em processo de morte. Haveria um a menos no mundo. No fim, tudo acabaria bem.

Era hora de continuar aquela farsa de exercício de cura.

Aurienne fez um gesto curto para os arredores.

– Então... Um lugar tênue.

– Isso parece tênue pra você? – perguntou Mordaunt.

Aurienne olhou ao redor. O sol se refletia na lagoa. Água gorgolejava em uma pequena cascata. Andorinhas mergulhavam e alçavam voo. Grama tenra espetava-se da terra preta. Uma abelha gorda investigava o coque dela.

– Não – disse Aurienne. – Parece normal.

– Também achei – disse Mordaunt.

– Estamos aqui porque um fragmento de teologia cumbriana menciona uma cura milagrosa realizada nesse exato local, há duzentos anos, ao pôr do sol no dia da lua Cúsc. É uma das poucas fontes que oferecia o triunvirato de momento, lugar e lua, então cá estamos.

– Eu confio nos teólogos cumbrianos – disse Mordaunt.

– Eu, não – disse Aurienne. – Algumas páginas depois, o remédio que recomendam para gangrena úmida é sugá-la do apêndice afetado.

– Gangrena úmida? – repetiu Mordaunt.

– Sim.

– Sugá-la?

– Sim. – Aurienne enumerou alguns exemplos para edificá-lo. – Dedos das mãos. Dos pés. Um pênis, em um caso incomum.

Mordaunt ficou rígido.

– Se continuar, vou vomitar iogurte em você.

– Achei que teria estômago para esse tipo de coisa: sangue e vísceras e coisas desagradáveis em geral.

– Sangue, sim; vísceras, sim. Chupar gangrena, porém, não é parte do meu repertório.

Eles esperaram o sol se pôr. Os primeiros mosquitos da primavera os descobriram. Aurienne e Mordaunt abanaram as mãos para afastá-los.

O sol afundou um pouco mais. Aurienne esperou, imóvel; Mordaunt ficava trocando o peso de um pé inquieto para o outro. Aproximadamente um bilhão de mosquitos lançaram seu próximo ataque e decidiram pairar na altura das narinas. Aurienne e Mordaunt tiveram espasmos e os estapearam. Os mosquitos foram embora outra vez.

Eles assistiram à dança das andorinhas.

De repente, pareceu ocorrer um *pensamento* a Mordaunt.

– Que foi? – perguntou Aurienne.

Ele empurrou a ponta da bota na lama e desenhou algumas linhas.

– Que tal um jogo da velha? – perguntou.

Aurienne o encarou. Depois de um lapso de silêncio adequadamente prolongado para transmitir o quanto ela achava a pergunta imbecil, ela disse:

– Não.

Mordaunt deu de ombros e começou a jogar contra si mesmo.

O sol afundou um pouco mais. Uma brisa soprou sobre a lagoa e fez ondinhas dançarem ao redor dos juncos. O cheiro da matéria vegetal apodrecida do outono anterior ergueu-se da terra úmida.

Mordaunt chegou a um empate.

Os mosquitos voltaram para uma terceira rodada e foram rechaçados de novo.

Mordaunt começou a andar na beirada da piscina, impaciente.

O sol atingiu a linha do horizonte no outro lado do campo. Finalmente, a luz ficou mais gentil e suave, assumindo uma tonalidade dourada.

– Tire o capuz e o lenço do pescoço – disse Aurienne, higienizando as mãos.

Mordaunt fez o que ela pediu imediatamente. Progresso em relação à última vez. Que bom: Aurienne não gostava de se repetir.

Sob as cicatrizes, o Fyren tinha organizado suas feições em uma expressão neutra, beirando a indiferença. Isso era desmentido por seu olhar cheio de expectativa, que ia da lagoa ao pôr do sol. Ele realmente tinha algum nível de esperança.

O zumbido das abelhas se aquietou. Um pássaro dedicou toda sua alma a uma última canção. As andorinhas cruzaram os céus suavizados e sumiram no crepúsculo crescente. A imobilidade reinava.

Aurienne, tola que era, forçou seus sentidos em busca de algum tipo de mudança enquanto o sol se punha e eles entravam no momento entre dia e noite. Uma mudança nos ventos, talvez, ou um cântico druídico distante, ou o voo portentoso de um bando de corvos.

Nenhuma dessas coisas aconteceu, claro. Tudo permaneceu perfeitamente ordinário.

Mordaunt tinha tirado o lenço do pescoço. Havia um quê de súplica em sua postura, no jeito como ele o apertou entre as mãos unidas, no modo como curvou a cabeça pálida enquanto Aurienne se aproximava.

Ele era alto, mas ela também era, e alcançou sua nuca com facilidade. Afastando seu nojo por estar mais uma vez desperdiçando seith em uma criatura tão vil, ela apertou seu tăcn contra a pele dele.

Como no resto de seu corpo, a pele na nuca de Mordaunt era toda marcada. Na diagonal, Aurienne sentiu a textura de uma longa linha de tecido cicatricial – a marca de um chicote, presumiu ela. E, claro, havia a bagunça onde o malho o tinha atingido para criar a lesão que havia danificado tanto seu sistema seith.

O tăcn dela brilhou em um tom de branco entre os dedos enquanto convocava seu seith. Mordaunt esperou rígido, tenso e ansioso.

Aurienne seguiu o próprio seith para dentro dele e viajou pelas linhas danificadas dos canais. Projetou-se fundo no sistema seith, através da linha braquial até a intercostal, a subcostal, a lombar e o plexo sacral. Permaneceu mais tempo onde a degeneração tinha se instaurado, em bainhas de mielina rompidas e nódulos deteriorados, junto com canais de seith que eram pouco mais que sulcos necrotizados.

O sol pairou na beirada do horizonte até ficar, por um momento, tanto abaixo como acima dele, e, por um momento, não era nem dia nem noite.

A terra se inclinou. O sol encontrou seu ponto de fuga.

E o seith de Aurienne – com todos os seus anos de experiência, e sua sutileza, e seu controle – não fez absolutamente nada.

Ela recuou e piscou, voltando ao mundo, para uma noite pálida de violeta.

A lua cheia tinha se erguido.

Mordaunt esfregou a nuca.

– Eu devia me sentir... diferente?

– Não funcionou – disse Aurienne, seca.

O fracasso – e a vergonha de ter tentado algo tão idiota – a tornou insensível. Ela estava certa. Não havia nada a ser encontrado ali exceto um desperdício de tempo e paciência.

– Como toda tentativa de curar seith podre – disse Aurienne. – Não se pode trazer as coisas de volta à vida.

A mandíbula de Mordaunt estava cerrada. Ele tinha feito algo pior que ela: nutrira esperanças sinceras, e sua decepção era ainda mais drástica. Ele amarrou o lenço no pescoço e puxou o capuz sobre a cabeça. Só sua boca ficou visível, apertada em uma linha amargurada.

– Você achou que seria fácil assim? – perguntou Aurienne.

– Com a combinação certa de lugar e momento e Haelan, eu fui tolo a ponto de alimentar esperanças.

– Esse processo vai envolver muita tentativa e erro – disse Aurienne. – Principalmente erro. É melhor se acostumar.

Mordaunt estava desanimado e emburrado. Para ser justa com ele – não que merecesse justiça, mas Aurienne podia ser generosa –, o homem ia morrer.

– Não podemos fazer outra tentativa hoje? – perguntou Mordaunt. – Enquanto a lua está cheia?

– Os dados favorecem o pôr do sol como a melhor hora para essa lua específica – disse Aurienne. – Qualquer outra coisa será uma perda de tempo. Não que isso já não seja uma perda de tempo.

– Tenho certeza de que vinte milhões de thrymsas me compram uma mísera segunda tentativa – disse Mordaunt. – Faça-me o obséquio de aceitar mais uma imposição no seu tempo.

– E desperdiçar meu seith de novo? Acho que não. Ambos podemos encontrar jeitos melhores de passar a noite.

Aurienne virou-se na direção da waystone, determinada a voltar a Swanstone e deixar Mordaunt com suas esperanças malfadadas.

Dedos enluvados agarraram sua manga.

Mordaunt, abandonando com dor evidente toda sua dignidade, disse:

– Por favor.

Acima deles pendia a lua cheia – fantasmagórica, linda, iluminada pelo sol morto abaixo dela.

Um corvo solitário traçou um arco pelo céu.

Xanthe tinha dito a Aurienne para tentar de verdade.

Ela tinha seith suficiente.

Diante do silêncio implacável, Mordaunt resgatou os resquícios de sua dignidade; seu rosto fechou-se, sua sinceridade esvaiu-se. Ele puxou o lenço sobre o rosto, tornou-se uma criatura das sombras, e se virou.

Aurienne remexeu na bolsa e puxou um caderno.

– Eu detesto operar desse jeito improvisado – disse, fazendo Mordaunt girar nos calcanhares –, só sair por aí e peitar a realidade sem um plano...

Mordaunt, tomado por uma vivacidade súbita, saltou para o lado de Aurienne.

– Vamos peitar a realidade. Eu *amo* peitar a realidade.

Ele entrou no espaço pessoal de Aurienne e tentou ler o caderno por cima do ombro dela.

Aurienne abraçou as anotações contra o peito até ele recuar.

– Todo o objetivo da minha pesquisa era ser *sistemática* ao alinhar lugares tênues com momentos intermediários. Em seguir os dados. Porém, diante da sua insistência, e na ausência de uma chance de criar um plano de verdade...

Mordaunt perguntou energicamente:

– Aonde vamos?

– Meu inventário de localizações específicas à lua Cúsc é escasso – disse Aurienne. – Essa lagoa era a melhor opção. A segunda melhor opção vinha de uma fonte muito frágil, um único verso em uma antiga balada dyfediana menciona termas quentes que eram curativas na lua Cúsc.

– Quais termas?

Aurienne consultou sua lista.

– Hã… só dizia "as águas em Kentigern".

– Vamos – disse Mordaunt, seguindo para a waystone.

– Nem sabemos se as termas ainda existem.

– Vamos descobrir. Eu não sei quantas luas cheias ainda me restam. Venha, pare de enrolar.

A sugestão de que Aurienne, de todas as pessoas, estaria enrolando era tão impertinente quanto ridícula. Ela abriu caminho através da grama úmida até a outra margem da lagoa – a que tinha um caminho – e chegou à waystone antes de Mordaunt. Esperou-o ali, transbordando um desdém reprimido.

Mordaunt, enquanto se aproximava do outro lado, pareceu preocupado – mas, desta vez, não por conta da lama.

– Se eu perder meu seith, não vou nem conseguir usar waystones.

– Correto – disse Aurienne.

– Puta merda – disse Mordaunt.

Aurienne não ofereceu compaixão.

– Você é impiedosa com as suas verdades – disse Mordaunt.

– Você preferiria o conforto das mentiras? – perguntou Aurienne.

Isso fez Mordaunt hesitar.

– Não – respondeu ele, após um longo momento. – Há algo empolgante em suas crueldades sinceras.

– Crueldade é o seu domínio, não o meu.

Aurienne tirou um mapa gasto da gratícula de waystones da bolsa e encontrou a cidade de Kentigern.

– O pub mais próximo é o Unicórnio Tesudo.

Mordaunt virou-se bruscamente para ela.

– O Tesudo?

– Sim.

– Ah – disse Mordaunt. Havia algo significativo naquela sílaba. Algo bem-humorado no seu tom, também.

– Que foi? – perguntou Aurienne.

– Nada. Vamos lá.

Aurienne sabia muito bem que era alguma coisa, mas não queria lhe dar a satisfação de sua curiosidade. Eles tiraram as luvas para apertar o tācn na waystone. O de Mordaunt brilhou em um vermelho feio. Aurienne odiava ver aquela coisa. Quantas pessoas tinham morrido sob o brilho avermelhado daquele cão infernal? Quantos inocentes?

Ela desviou o olhar, enojada. Sua palma encontrou a pedra fria. O próprio tācn reluziu em branco entre os dedos. A waystone acordou. CUIDADO COM O VÃO brilhou. Aurienne e Mordaunt foram arrastados à linha ley e lançados na direção de Kentigern.

A lagoa continuou sonhando sob o céu silencioso.

5

ELES BRIGAM DE NOVO

Aurienne

Aurienne esperava que Kentigern fosse uma cidadezinha bonita e cheia de spas, algo como Bath ou Brightbridge Wells. Em vez disso, a waystone os cuspiu em um beco que parecia distintamente sórdido.

A placa do Unicórnio Tesudo balançava em um lugar alto. Aurienne, espiando a criatura à luz do anoitecer, pôde confirmar que o unicórnio era, de fato, tesudo. O artista não tinha sido tímido nesse quesito.

Na frente deles estava a porta do Unicórnio, iluminada de cada lado por lanternas vermelhas. Aquilo não era apenas um pub, então: era um bordel.

Duas mulheres de seios fartos usando vestidos bem decotados saíram da casa, ensinando a Aurienne o verdadeiro sentido de peitar a realidade.

– Acho que deveríamos perguntar onde ficam as termas – disse Aurienne.

– Eu sei exatamente onde elas ficam – disse Mordaunt.

– Onde?

– Lá – disse Mordaunt, apontando para o Unicórnio Tesudo.

– Quê?

– Eles têm banhos excelentes. Acho que é o que restou de suas velhas termas quentes.

– Você já esteve aqui?

– Algumas vezes. É o melhor bordel em Dyfed.

Aurienne encarou a porta com preocupação. Sob o unicórnio ereto curvavam-se as palavras ENTRA UM, ENTRAM TODOS.

– Não tenha medo – disse Mordaunt. – As damas não mordem, a não ser que se pague para isso.

– Eu não tenho medo *das damas* – disse Aurienne, tensa com a sugestão. – Trabalho *com as damas* regularmente.

– Trabalha?

– Sim, e elas são adoráveis. Minha Ordem oferece consultas domiciliares para elas. O que me assusta é a possibilidade de ser reconhecida na companhia de um Fyren.

– Bem, então erga o capuz. Esconda seu vestido. E... se curve um pouco ou algo assim. Pare de bancar uma Haelan tão esnobe.

Aurienne (que não era esnobe e achava que uma postura excelente era uma virtude) ergueu o capuz e ajeitou a capa de viagem para cobrir o vestido branco de sua Ordem.

– E você?

A resposta de Mordaunt foi interrompida por um grupo de figuras saindo do Unicórnio. Todas, assim como ele, estavam vestidas de preto e exalavam um ar de vilania.

– Deixa para lá – disse Aurienne, vendo que Mordaunt se misturaria perfeitamente ao miasma geral de ignomínia.

Mordaunt segurou a porta para ela. Eles entraram em um saguão, na frente do qual havia uma pequena loja de brinquedos eróticos, contraceptivos, kits de enema (em oferta: um jarro grátis de Relaxante, o Laxante Relax) e doces inovadores (pirulitos de pênis, alcaçuz de clitóris).

O saguão estava cheio de balcões, cada um dos quais atendia a diferentes... bem, Aurienne as chamaria de especialidades, baseado nas placas acima. Atrás de cada um havia um corredor, presumivelmente levando a cômodos onde essas atividades ocorriam.

Ela apertou os olhos para as placas obscenas na penumbra: aqui para mulheres procurando mulheres, aqui para mulheres procurando homens, aqui para chicotes e correntes, por aqui para grupos, por aqui para... objetos inanimados?

Fascinada pela imagem de um homem penetrando vigorosamente uma bota, Aurienne bateu contra um dos balcões. Esse estava adornado com a pintura de uma torta.

– Boa noite – disse o homem nu e musculoso atrás dele. – Como podemos inseminá-la hoje?

– Hã – disse Aurienne, articuladamente.

Mordaunt a pegou pelo cotovelo e a puxou para longe.

– Desculpe, colega – disse ele ao homem nu. – Balcão errado.

O homem assentiu amistosamente. Ele tinha o maior pênis que Aurienne já vira. A genitália também assentiu. Mordaunt a guiou na direção do corredor mais à direita. O pênis basicamente acenou em despedida para eles.

– Estamos aqui para os banhos, não seu fetiche reprodutivo – disse Mordaunt.

– Aquele homem era incrivelmente bem-dotado – disse Aurienne.

– O pessoal o chama de Garanhão. Já que fascinou tanto você, pode ir brincar com ele, mas só depois da nossa cura. Negócios primeiro.

– Obrigada, mas não – disse Aurienne.

– Não?

– Três palavras para você: lesão no cérvix. – Aurienne, ainda observando o Garanhão por cima do ombro, perguntou: – O que você acha que ele faz com o negócio quando não está ereto?

– Joga ao redor do pescoço, como um cachecol – disse Mordaunt.

Ele jogou moedas na mão de um atendente.

– Dois ingressos para os banhos, por favor.

Eles seguiram para lá, descendo uma escadaria íngreme que levava a uma espécie de spa subterrâneo. Saunas e salas de massagem se abriam de cada lado.

Esbarraram com um pequeno grupo que assistia a um espetáculo. O espetáculo consistia em um homem realizando autofelação. Aurienne teve que fazer uma pausa para admirar a flexibilidade espinhal do sujeito.

– Uma mobilidade lombar sagital impressionante – comentou ela.

O homem se desenrolou com um estalo e disse:

– Obrigado.

Mordaunt a encarou com uma sobrancelha erguida, mas a levou adiante sem dizer nada.

O ar foi ficando mais vaporoso conforme desciam para as profundezas do Unicórnio. Finalmente, chegaram a uma sala de teto baixo cheia de salas separadas por cortinas.

Aurienne presumiu que eram destinadas a mais atividades sexuais – cabines privadas, talvez?

Porém, uma atendente veio até ela, lhe deu uma toalha branca e a puxou na direção de outra cabine. Outro atendente fez o mesmo com Mordaunt.

A que puxou Aurienne viu sua confusão e explicou:

– Ah, é sua primeira vez aqui? Você tem que tomar uma ducha antes de entrar nos banhos. Tem uma cesta para suas roupas. A toalha é só para propósitos de modéstia. Por favor, não a leve para a água.

A atendente abriu a cortina para revelar um chuveiro e o ligou para Aurienne.

Ela olhou para Mordaunt para ver como ele estava lidando com aquela reviravolta e pegou um vislumbre dos lábios cheios de cicatrizes dele torcidos em divertimento antes que desaparecesse atrás da própria cortina. Então ele achava aquilo engraçado, é? Estava se divertindo à beça? Tudo bem. Logo ela ia acabar com o bom humor dele com outra cura fracassada. Que o Fyren se divertisse enquanto pudesse; ele era um cadáver ambulante.

Com seu bom humor reanimado pela ideia da morte inevitável de

Mordaunt, Aurienne tomou um banho. Enfiou seu revelador vestido Haelan e sua bolsa no fundo da cesta e a passou à atendente.

Saiu do chuveiro enrolada na Toalha para Propósitos de Modéstia. Ela oferecia a mais ínfima cobertura de peitos e bunda. A atendente simpática lhe ofereceu uma vara com um gancho e vários relevos, que disse ser para massagem de pontos-gatilho. Aurienne a aceitou, grata por ter algo para segurar e esconder o tăcn.

Mordaunt a esperava na entrada dos banhos, pingando e enrolado na própria toalha.

Aurienne já tinha ido a banhos comunais, que eram a norma em Swanstone. A perspectiva de se banhar com um Fyren, porém, era tão nova quanto desagradável. Ela sabia, racionalmente, que a degeneração moral dele não ia escorrer para as águas e infectá-la, mas a ideia de ficar mergulhada ali com ele era repugnante mesmo assim.

Mordaunt perguntou o que achava de sua aparência. Aurienne não respondeu, dado que ele se dirigia a um grande espelho, correndo os dedos pelo cabelo molhado e ajeitando a toalha baixo no quadril. Entretanto, descobriu que a pergunta era direcionada a ela quando ele se virou e disse:

– E aí?

Aurienne lançou um olhar avaliador para ele. Seu estado de nudez revelava proporções agradáveis: um peito bem desenvolvido, panturrilhas formosas, linhas do ombro aos pés sugerindo graça e atletismo. Mas, além da água, obscenidades morais escorriam dele, e Aurienne não contribuiria com sua arrogância ao admitir nada disso. Ele era um *belo espécime* da forma que um abscesso podia ser um *belo espécime*; o melhor, mais bem formado e mais lindo abscesso no mundo ainda transbordava pus e precisava ser cortado e drenado.

Enquanto sua gentil atendente passava, Aurienne optou por civilidade e disse que Mordaunt era *não objetável.*

– Não objetável? – repetiu Mordaunt. – *Não objetável?*

Ela tinha provocado o Abscesso, que comentou, de maneira ulcerosa, que ela parecia uma adivinha de água perdida com sua vara idiota, antes de levá-la para os banhos.

Aurienne observou as cicatrizes que cruzavam suas costas entre músculos esguios. *Não farás mal* à parte, se alguém fosse acrescentar algo à tapeçaria, a maioria das linhas exigidas para escrever FDP já estava lá, só faltavam duas diagonais.

Os banhos consistiam em cinco piscinas espalhadas entre formações naturais de rocha. A área estava iluminada com lâmpadas a gás tremeluzentes. Vapor pairava sobre a água, acompanhado por um cheiro de enxofre. Era difícil respirar aquele ar; os pulmões de Aurienne pareciam estar se enchendo de umidade. Seu cabelo, preso no coque de costume, ganhou vida e enviou gavinhas curiosas para apalpar a atmosfera.

Cá e lá, entre o vapor, ela conseguia distinguir a cabeça de outros clientes balançando na água.

Um atendente apontou uma placa quando eles entraram:

NADA DE SEXO DURANTE OS BANHOS.
POR FAVOR, MANTENHA SUAS SECREÇÕES PARA SI.

Quando passaram pela placa, Aurienne viu um acréscimo escrito à mão embaixo dela, que alguém tinha tentado apagar. Permanecia vagamente legível: *Ninguém quer nadar na sua porra, Scrope.*

E embaixo disso: *Tarde demais.*

Aurienne estremeceu.

Mordaunt a guiou até uma das piscinas mais distantes, vazia exceto por um casal em uma ponta, aconchegados sob o olhar vigilante de um atendente.

– Certo – disse Mordaunt. – Vai servir.

Sem aviso, ele tirou a toalha. Aurienne conseguiu desviar o olhar antes de ver mais um pênis não solicitado. Ela gostava de pênis e vulvas igualmente, mas os pênis pareciam, via de regra, mais propensos a exposições não requisitadas. O que era uma pena, porque não eram tão bonitos quanto vulvas – exceto, talvez, pelos doces reluzentes na loja lá de cima.

Mordaunt entrou na água e disse:

– Caralho, está quente.

Entre o Fyren, o calor e o esperma de Scrope, Aurienne não queria dar um mergulho tão comprometido. Optou por sentar-se à beirada da piscina, com a Toalha da Modéstia enrolada firmemente ao redor das partes importantes, e testar a água com um pé hesitante.

– Você não vai entrar? – perguntou Mordaunt, de algum ponto atrás de uma nuvem de vapor.

– Está fervendo – disse Aurienne.

– Não seja covarde – disse Mordaunt.

– Eu vou desmaiar.

– Quem fez a cura estava na água com o paciente, segundo a canção?

– O relato não especificava; só indicava que as águas eram curativas na lua cheia de março. E, mesmo se especificasse, eu não entraria. Não quero nadar no sêmen de Scrope. Aproveite seu tempo de molho na sopa de patógenos.

– Covarde.

– A água está incomumente leitosa, você tem que admitir.

– Você não está sugerindo que as leitadas de Scrope são tão vastas que ele encheu cinco piscinas com elas, está?

– Você *viu* o Garanhão? Tudo é possível.

Mordaunt fez um ruído estrangulado de exasperação. Ele desapareceu no vapor por um tempo, aparentemente nadando algumas voltas para desafogar sua irritação.

Quando voltou, perguntou:

– Isso parece um lugar tênue para você?

– Não – disse Aurienne. – Literalmente nunca respirei uma atmosfera tão espessa.

– Nem eu – disse Mordaunt. – Mas tente mesmo assim.

Ele se ergueu da água e foi na direção de Aurienne até estar ao alcance dela. Posicionou-se estrategicamente de modo que ela estivesse fora de vista do atendente e do outro casal na piscina.

Aurienne encarou o nexo branco de tecido cicatricial na base da nuca dele com irritação. Ela já tinha desperdiçado seith uma vez naquele dia. Além disso, estava quebrando o protocolo ao não higienizar as mãos, mas seu hlutoform estava na cesta, com o resto de seus pertences.

– É pra hoje? – perguntou Mordaunt.

– Eu deveria estar usando esse seith para ajudar alguém que vale a pena – disse Aurienne.

– Eu valho vinte milhões de thrymsas e uma cura da Peste – lembrou Mordaunt.

– Inoculação, não cura – retrucou Aurienne.

Com olhares furtivos ao redor, ela ativou seu tācn. Em algum ponto acima deles, a lua Cúsc brilhava. Sua palma encontrou a pele úmida do Fyren. Novamente, projetou seu seith para dentro dele. Novamente, sentiu a ausência de vida nas extremidades do sistema seith e a lenta putrefação infiltrando-se pelo resto.

E, novamente, seu seith não conseguiu fazer nada. O que estava morto continuou morto.

Ela recuou.

Não precisava dizer a Mordaunt que nada tinha acontecido. Ele sabia. Seu *puta merda* baixinho dissipou-se na névoa ao redor.

– Eu avisei para esperar fracasso – disse Aurienne.

Mordaunt a encarou. O vapor se condensava em seu rosto e se agarrava na barba rala em seu queixo.

– Sua hipótese tem algum mérito. Aquela Pedra também.

– Pode ser. Mas esse *algum mérito* pode levar anos para ser estabelecido. A conjunção certa de momento e lugar e... e quem sabe quais outros fatores podem estar envolvidos que simplesmente não foram capturados nos antigos relatos? Para os seus propósitos imediatos, a Pedra Monafyll é um beco sem saída.

– Qual era o nome daquele filólogo? – perguntou Mordaunt. – O que traduziu o idioma desconhecido da Pedra?

– Filólogo *caído em desgraça* – corrigiu Aurienne. – Que *alegou* ter traduzido. O nome dele era Widdershins. Suas descobertas foram desconsideradas. Ele perdeu seu posto de professor. Foi forçado a se aposentar. Posso te garantir que perseguir essa linha de investigação é uma perda de tempo ainda maior.

Aurienne enxugou gotas do rosto.

– Vou dar outra olhada nos dados. Estou acalentando uma ideia de que certos momentos e lugares podem ser mais poderosos do que outros. Ou talvez haja um efeito cumulativo se houver fatores suficientes sobrepostos: o lugar certo, o momento certo, o tempo certo, a lua certa. Não sei. É difícil estabelecer padrões quando as histórias só fornecem um ou outro detalhe circunstancial... detalhes que podem inclusive ter mudado entre uma história e outra.

Mordaunt parecia estar fazendo bico entre o vapor que se revolvia no ar.

Aurienne não tinha tempo nem inclinação para paparicá-lo.

– Não fique emburrado. Eu fui honesta sobre como essa ideia era absurda desde o começo.

– Não estou emburrado – disse Mordaunt, com uma cara emburrada.

– Eu disse que essa abordagem *ad hoc* não funcionaria – continuou Aurienne. – Vou mandar notícias quando tiver achado a melhor e mais próxima conjunção para a lua cheia de abril. Nesse meio-tempo, mantenha rédeas firmes nas suas expectativas.

– Você pode me dar um sermão sobre rédeas firmes quando conseguir controlar sua toalha.

Aurienne abaixou os olhos e descobriu que um seio quase escapara do confinamento. Ela colocou o culpado de volta no lugar.

A birra de Mordaunt se tornou presunção. Aurienne foi tomada pelo desejo de pisar na cabeça dele e afogá-lo.

O casal na outra ponta da piscina foi embora, e Aurienne e Mordaunt puderam dar vazão a seus sentimentos. Mordaunt disse que o que Aurienne realmente queria era um *espírito elástico*; ela era uma combinação insuportável de punho de ferro e mente fechada. Aurienne agradeceu; ela o consultaria da próxima vez que precisasse de conselhos de um Abscesso com cabelo inferior. Mordaunt, irritado, perguntou como ela ousava dizer aquilo quando seu coque parecia uma perfeita cebola? Aurienne o informou que, aliás, nunca mais ofereceria uma segunda cura na lua cheia, e ele teria sorte se ela sequer aparecesse. Mordaunt disse que ele tinha pagado por aqueles serviços, e será que ela tinha certeza de que o queria como inimigo? Aurienne retrucou que ele falava como se eles já não fossem inimigos. Mordaunt perguntou se ela queria parar de acenar aquele cajado como uma pastorinha aflita. Aurienne jogou a vara nas mãos dele e declarou que estava indo embora. Mordaunt perguntou o que devia fazer com aquele gancho idiota além de estrangulá-la com ele. Aurienne disse que podia usá-lo para se enforcar, se desejasse.

Com essas despedidas calorosas, cada um tomou o seu caminho.

6

OSRIC DESEJA ASSASSINAR UMA CRIANÇA

Osric

A Ordem Fyren tinha uma abordagem mais nomádica que a Haelan no que se tratava de sua sede. Eles mudavam sua base de operações a cada poucos meses, o que dava a Osric a chance de visitar partes realmente charmosas dos Tīendoms. Naquela noite, ele atravessava um beco iluminado por lâmpadas de banha tremeluzentes na cidadezinha pitoresca de Shanksby em Strathclyde, absorvendo a paisagem (um rato mordiscando uma cabeça humana decepada) e os aromas (mijo, sofrimento) do lugar.

Osric lançou um olhar breve à cabeça decepada para ver se a reconhecia – não – e seguiu entre construções em estados diversos de degradação. Seu destino enfim ficou visível: uma farmácia havia muito abandonada com janelas fechadas com tábuas. O entalhe rústico de presas de cão infernal na porta descascada a marcava como a localização atual da sede Fyren.

A placa acima da farmácia tinha perdido uma letra, e agora proclamava, sem perda de precisão:

ARMÁCIA

SERVIÇOS DE SANGRAMENTO DISPONÍVEIS

O sino na porta gorgolejou um tinido doentio quando Osric a empurrou. Suas narinas encontraram o cheiro acre de substâncias médicas em decomposição. Ao seu redor, na luz tênue, havia prateleiras e mais prateleiras de garrafas de vidro âmbar, algumas quebradas, outras intactas, suas etiquetas empoeiradas desbotando na penumbra. Resquícios do ofício do farmacêutico estavam espalhados no chão: blocos de prescrição desintegrando-se, uma balança de cobre destruída.

Atrás do balcão havia um homem esguio equilibrando uma rapieira na ponta de um dedo. Era o delicado Sacramore, o segundo-em-comando da Ordem Fyren – pequeno, extremamente sensível a correntes de ar e um espadachim absolutamente mortífero.

– Osric, querido, que prazer vê-lo – disse Sacramore.

– Quem perdeu o melão? – perguntou Osric, referindo-se à cabeça órfã do lado de fora.

– Um lordezinho qualquer – disse Sacramore. – Ofendeu Tristane tentando negociar. Ameaçou revelar nossa localização ao rei de Strathclyde. E Tristane, a alma pura que é, queria poupar o rei do trabalho de decapitá-lo. O resto está aqui. – Sacramore cutucou algo embaixo do balcão com um chinelinho de cetim. – Era para eu dar um jeito nele, mas, sinceramente, ele é um bom apoio de pés.

O apoio de pés destilava um fio de sangue na direção de Osric, que pulou de lado para evitá-lo e aproximou-se do balcão.

– Você tem algo para mim? – perguntou Sacramore, que era não só um excelente esgrimista, mas também um excelente receptador.

Osric jogou no balcão um punhado de pedras preciosas, roubadas após despachar seu último alvo.

Sacramore nem se deu ao trabalho de cutucar as gemas; determinou o valor, aparentemente, só pelo som. Ele olhou para Osric como um pavão decepcionado.

– Por que está desperdiçando meu tempo com ninharias, querido?

– Eu aceito o que você conseguir por elas – disse Osric.

– *Tsc* – disse Sacramore. – Estamos meio lisos, então?

Osric, que tinha acabado de pagar vinte milhões de thrymsas pelo privilégio de ser chamado de *abscesso de cabelo inferior* respondeu:

– Um pouco.

Sacramore coletou as gemas de maneira enojada com seu lenço, como se Osric tivesse defecado no balcão. Apontou o queixo na direção do anel de sinete na mão direita de Osric.

– Isso renderia uma bela bolada se você quisesse se separar dele um dia.

– Não está à venda – disse Osric.

– Vamos dar uma olhadinha mesmo assim – disse Sacramore, levando uma lupa ao olho.

Osric deslizou o anel de ouro pesado pela luva.

– Pedra de sangue, hein? – perguntou Sacramore.

– De Rùm.

– Entalho de um cão de caça à solta. Um lindo motivo de rosas. – Sacramore segurou o anel na palma aberta. – Espessura grande. Dezoito quilates. O aro é lindamente ornamentado. Gosto dos arabescos. Um tanto gasto... tem uns séculos de uso, hein? – Sacramore devolveu o anel a Osric. – Se você encontrasse o comprador certo, ficaria com uns bons trocados no bolso.

Osric pôs o anel de novo.

– Nenhum comprador poderia pagar o que me custou.

Sacramore, com a lupa ainda apertada no olho, estalou a língua.

– Garoto dramático. O que é um leve parricídio entre amigos?

– Tristane está aqui? – perguntou Osric.

Sacramore apontou a rapieira para um corredor atrás do balcão.

– A madame aguarda. Tome cuidado.

– Por quê? O que eu fiz?

– Nada. Prossiga.

– Como está o humor dela?

– Quixótico – respondeu Sacramore.

– Estou falando sério – enfatizou Osric.

– Canescente.

– Sacramore.

– Você não deve dizer meu nome em tons tão autoritários – avisou Sacramore. – Vou ficar todo afogueado.

Osric apoiou a mão sobre a de Sacramore no balcão e fez um contato visual vigoroso e íntimo.

– Você sabe o quanto eu confio em você.

Sacramore se abanou com o lenço e disse, timidamente:

– Seu filho da puta encantador.

– Diga.

– Não posso botar a boca no trombone.

– Pode botá-la em outras coisas?

– Osric – ofegou Sacramore.

– *Eu* posso.

– Você está sendo um tanto atrevido para alguém ao alcance imediato de um beijo – disse Sacramore.

Osric passou o polegar sobre os nós dos dedos de Sacramore e abaixou os olhos para a boca dele.

– Você parou de falar e está me deixando nervoso – disse Sacramore.

– Nem tudo pode ser dito em palavras – disse Osric. – É por isso que inventamos os olhares penetrantes.

– Ah, comporte-se.

– Diga.

Sacramore cedeu com um suspiro.

– Noldo saiu de lá tremendo como um cão cagão.

– Sério? Por quê?

– Não faço ideia. Só espero que você não tenha feito nada para merecer o desagrado da madame.

– Claro que não – disse Osric, que obviamente nunca sonharia em sair por aí com um membro de uma Ordem inimiga etc.

– Então não tem nada com que se preocupar – disse Sacramore. – Ouso dizer que vai ficar tudo bem.

Osric levou a mão de Sacramore à boca, plantou um beijo nela, fez os joelhos de Sacramore vacilarem e seguiu para o corredor. Entre caixas velhas encostadas nas paredes, havia um enorme barril imundo que emanava um odor fétido. A água lá dentro – mais limo do que água – se remexia com milhares de sanguessugas. Por qual capricho da natureza as criaturas ainda estavam vivas? Osric espiou por cima da borda para encontrar a reposta: estavam se alimentando umas das outras.

Interessante.

Ele chegou à porta do escritório do farmacêutico e bateu.

– *Entrez* – veio a voz de Tristane.

Ele *entrezou*.

Tristane era uma figura tão mítica no legendário Fyren que ainda era chocante para Osric vê-la fazendo coisas humanas normais, tal como comer um pastel da Cornualha.

– Sente-se – disse Tristane, com a boca cheia de farelo.

Seus olhos verdes seguiram Osric enquanto ele procurava um assento na penumbra; ela gostava de manter as coisas escurecidas em sua sala de guerra. A única luz emanava do brilho tremeluzente de um motor Lovelace.

Tristane era a chefe de guerra de Osric, uma Fyren com, diziam os boatos, mais de três mil mortes no currículo. Tinha o cabelo mais geometricamente correto que Osric já vira e era particularmente assustadora porque era francesa.

– Um pastel da Pornualha – disse Tristane, empurrando a cesta de pastéis na direção de Osric. – Devido ao fato de terem a forma de um pênis. Leofric os trouxe.

– Claro que foi Leofric – disse Osric, pegando um pau. (Leofric era o parceiro ocasional dele. E um importunador sexual consumado.)

– Você cuidou do mercador de Painswick? – perguntou Tristane.

– Sim – disse Osric. – Desmembrei o sujeito e o deixei à mostra na janela, como requisitado.

– Excelente. Sua governanta pode coletar o pagamento no Culhão do Cão. Você está procurando outro trabalho ou gostaria de um tempo livre para aproveitar os frutos da sua labuta?

– O que mais você tem?

Tristane deslizou um envelope na direção de Osric.

– Uma rixa entre cavalheiros. Londres. Nossa taxa regular para a morte, com cinquenta por cento de bônus se você conseguir fazer parecer um acidente.

Osric pegou o envelope.

– Feito.

– O cliente indicou que um afogamento seria preferível, mas deixa a decisão final a você. – Tristane rabiscou uma nota para si mesma, aí perguntou: – Como vão as coisas, fora isso?

A pergunta deixou Osric em alerta; Tristane não jogava conversa fiada.

– Tudo bem – mentiu Osric. – Por que pergunta?

– Você não veio na quinta – disse Tristane. – Eu queria apresentá-lo aos novos recrutas. Esqueceu?

Tristane fixou um olhar de trabalhadora diligente em Osric. A boca do homem ficou seca ao redor do salgado.

– Merda – disse Osric.

– *Effectivement* – disse Tristane.

– Desculpe. Tive outro compromisso.

– O compromisso envolvia seu pênis?

– Perdão?

Tristane recostou-se na cadeira. O triângulo isósceles perfeito que era seu cabelo balançou com o movimento, mas em seguida se reassentou em seus ângulos pretos afiados.

– Você foi visto no Unicórnio Tesudo. Teve alguma emergência? Estava com uma massagem testicular atrasada, talvez?

– Ah – disse Osric. – Sim. O Unicórnio. Eu *estava* lá. Você tem razão. Mil desculpas. Esqueci que tinha outro compromisso.

Tristane analisou Osric em silêncio. Mentir lhe era natural, porém, e ele encontrou o olhar dela com um que transmitia o quanto se sentia envergonhado pela punheta agendada no dia incorreto – e não por ter perdido o evento dela porque fora às termas na lua cheia com uma Haelan na tentativa maluca de encontrar a cura de uma doença incurável que o mataria se Tristane não fizesse isso primeiro.

– Desculpe – disse Osric de novo, produzindo uma careta encabulada só para garantir.

Osric raramente desagradava Tristane. Ela, portanto, compartimentalizou sua irritação e não questionou mais as massagens testiculares inoportunas dele.

Então, voltou ao assunto dos novos recrutas.

– Um grupo promissor. Quando estiverem treinados, não acho que será possível para o Dreor alcançar nossos números de novo.

Osric assoviou.

– Eles realmente não conseguiram reabastecer as fileiras desde a Guerra Invernal.

– Não. Até onde eu sei, estão funcionalmente extintos. Sempre disse que eram uma Ordem seletiva demais. Só há um número limitado de indivíduos com o físico correto, as inclinações corretas e a... mente correta.

– Ou a falta dela.

– Exatamente – disse Tristane. – Só que eu não posso ser muito arrogante. Vamos perder um dos nossos em breve.

– Ah, é?

– Noldovite.

– O que tem ele?

– Nosso querido Noldo fracassou em uma missão. – Tristane tamborilou longas unhas pintadas de preto na mesa de um jeito que sugeria que, naquele momento, Noldo não era particularmente querido; na verdade, que ela gostaria de fechar aquelas unhas na jugular dele.

– Ah – disse Osric. – Ele está meio avançado em anos, né? Talvez velho demais para trabalho de campo?

– Quem dera fosse só velhice – disse Tristane. – A realidade é muito pior: parece que ele desenvolveu uma consciência.

– Não – arquejou Osric.

– Uma enfermidade que afeta os melhores de nós – disse Tristane. – Noldo decidiu que o alvo, em suas palavras, "não parecia merecer ser assassinado".

– *Merecer?* – repetiu Osric, escandalizado. – Nós não arbitramos. Só executamos.

– Eu sei. Consegue imaginar se todos perdêssemos tempo tentando julgar o merecimento dos alvos? Essa é uma Ordem de oportunidades iguais. Não fazemos juízos. Só entregamos resultados. – Tristane sacudiu a cabeça; seu triângulo capilar balançou, alarmado. – Parece que o entendimento de Noldo dessa parte-chave da nossa *philosophie* enfraqueceu.

Osric estalou a língua.

– Ele praticamente se rebelou.

– O alvo da missão dele se escondeu – disse Tristane. – Eu vou ter que reembolsar o cliente, o que é humilhante, como você pode imaginar. Nós não fazemos reembolsos. Somos a Ordem Fyren, e não o Mercadinho do Assassinato.

– O que você vai fazer com ele?

– Eu poderia ter só feito uma excisão de tãcn... eu *gosto* dele, afinal, e ele sempre serviu bem à Ordem. Mas, dado que ele não tinha rins sólidos o bastante para completar um trabalho tão básico e fez a Ordem parecer incompetente no processo...

Tristane tinha o hábito charmoso de traduzir expressões idiomáticas francesas literalmente para o inglês; Osric em geral tinha medo demais dela para pedir esclarecimentos. Só aceitou os rins débeis de Noldo e perguntou:

– Quer que eu cuide dele?

– Não – disse Tristane. – Vou pessoalmente. Ele merece isso, ao menos.

– Tome cuidado. Ele é terrível com aquela lâmina blaec.

Tristane abriu um sorriso indulgente para Osric. Seus olhos se tornaram luas crescentes sobre as maçãs do rosto.

– Obrigada, mas... há poucas pessoas mais terríveis do que eu.

– Você vai contar para os outros?

– Só quando tiver o corpo. Vou trazê-lo aqui para queimar. Ele não merece nosso tãcn, mesmo na morte. – Tristane suspirou e, em seguida, retomou sua atitude pragmática. – Espero que você venha esta noite para conhecer os novos recrutas. E não vá se esquecer.

– É claro – disse Osric com uma mesura. – Sinto muito mesmo pela semana passada. Não vai acontecer de novo.

– Mantenha seu pau sob controle, Mordaunt.

Então, de um jeito meio ameaçador, ela deu uma grande mordida em um folhado de pênis.

Osric encarou isso como sua deixa para sair.

De volta ao fedor de sanguessugas, ele cruzou com dois outros Fyren entrando para falar com Tristane: lady Windermere e Brythe. Lady Windermere, com o chicote no quadril e a graciosidade de uma dançarina, sempre fazia Osric pensar em uma elegante louva-a-deus – formando um contraste drástico com Brythe, que era um bruto deselegante.

Lady Windermere piscou com um olho para Osric. Brythe estava ocupado arrastando um prisioneiro desafortunado. Seu malho estava preso ao cinto – o mesmo malho, por acaso, responsável pela lesão de treinamento de Osric alguns meses antes.

Pulverizada, sua coluna cervical, veio a voz precisa de Fairhrim enquanto Brythe se aproximava. *Que barbaridade.*

Osric, que nunca nutrira um rancor particular por Brythe pelo ferimento, agora se viu macerando no sentimento. Aquele malho tinha resultado em complicações. Havia forçado Osric a rastejar até uma Ordem inimiga e esvaziar seus cofres por uma chance minúscula de tratar o erro de Brythe. E ele nem podia pedir por justiça, porque revelar a extensão dos danos o colocaria na mira para ser eliminado pela sua Ordem.

Portanto, era muito tentador enfiar a adaga no peito musculoso de Brythe.

– Tudo bem aí, Mordaunt? – perguntou lady Windermere. – Você está com um brilho no olhar.

– Mordaunt? – Brythe se virou com um sorriso largo. Ele bateu no ombro de Osric e quase o arremessou até a parede. – Meu chapa. O melhor dos patifes. Tudo certo?

– Bom ver vocês dois – disse Osric, tentando parecer menos homicida. (Lady Windermere tinha uma antena sensível para esse tipo de coisa.)

Ela lhe lançou um olhar curioso, mas pareceu não detectar más intenções. Apontou o queixo para o prisioneiro.

– Acabamos de voltar de uma tocaia.

– Levou dias – disse Brythe. – Me matou de tédio. – Ele puxou uma corda, e o prisioneiro infeliz tropeçou e caiu na direção dele. – Mas achamos nosso homem para interrogar.

– Esse lugar cheira meio mal, não é? – perguntou lady Windermere.

Osric apontou o barril.

– São as sanguessugas.

Lady Windermere aproximou-se do barril e observou os movimentos lentos das sanguessugas.

– Coitadinhas.

– Eu sei – disse Osric. – Devem estar famintas.

Osric olhou para lady Windermere. Ela olhou para Brythe. Brythe inclinou a cabeça na direção do prisioneiro.

– Vamos amaciá-lo um pouco antes que conheça Tristane? – perguntou lady Windermere.

– Boa ideia – disse Brythe.

Brythe puxou o saco da cabeça do prisioneiro e o empurrou na direção do barril. O homem deu um berro dentro da mordaça ao ver a massa de criaturas famintas se debatendo sob ele. Bem quando as coisas estavam prestes a ficar interessantes – Osric prezava pelo bem-estar dos animais –, seu tācn formigou.

O deofol de Fairhrim estava pedindo para atravessar.

– Vou deixar vocês cuidarem disso – disse Osric. – Me contem como foi depois. Tudo isso é bem inovador.

Brythe agarrou o prisioneiro pelo cabelo e enfiou a cabeça dele no barril. Houve um gorgolejo alto e borbulhoso.

– Vamos compartilhar nossas observações – respondeu lady Windermere, mais alto que os sons do homem se debatendo na água.

Osric saiu da ARMÁCIA soprando um beijo para Sacramore (retribuído com um floreio feminino) enquanto saía.

Ele caminhou nas sombras até um telhado próximo. Seu tãcn zumbia insistentemente; o deofol de Fairhrim não tinha paciência alguma.

Como de costume, e porque Fairhrim era uma exibida, o gineto albino manifestou-se com cada bigode e pelo criado em um nível de detalhes extraordinário.

– Finalmente – disse o deofol, se materializando.

– O que você quer? – perguntou Osric.

– Estou aqui para transmitir uma mensagem. – O deofol flutuou até a altura dos olhos de Osric. – Aurienne passou a semana conduzindo análises estatísticas inferenciais.

– Matemática?

– Sim.

– Me parece mesmo um hobby dela.

O deofol se eriçou de irritação.

– Não foi por *diversão*. Você deve manter sua agenda livre na noite da lua Hara. Encontre Aurienne na waystone do Coisa Estranha. Às dez da noite.

– Ela achou algo promissor? – perguntou Osric.

– Mais promissor que tomar um banho de porra. – O deofol torceu o focinho. – Deixou sua pele macia, pelo menos?

– Como o bumbum de um bebê.

– Igual ao seu cérebro, então.

Osric tentou dar um tapa na criatura, mas sua mão a atravessou direto.

– Aurienne falou mesmo que você era meio lento – disse o deofol, estalando a língua. – Achei que era só metaforicamente.

Ele desapareceu. Osric não poderia dizer, naquele momento, quem era mais irritante: se o deofol ou sua mestre.

Março seguiu, às fungadas e espirros, rumo a seu fim chuvoso e infeliz. Osric não ouviu mais nada de Fairhrim pelo resto do mês, o que era excelente, porque não a suportava. Porém, depois de semanas de silêncio, que não trouxeram nada exceto o avanço da putrefação, ele se viu torcendo para que Fairhrim agraciasse seu tācn com o seith dela de novo. Queria que ela fizesse alguma descoberta espetacular e que seu deofol se materializasse e lhe lançasse insultos enquanto transmitia as boas notícias.

Ela não fez isso, ele não fez isso. Nesse sentido, ambos continuaram a provocá-lo.

Osric lidou com suas ansiedades roubando as melhores galerias nos Tīendoms e assassinando membros menores da nobreza.

– Talvez – sugeriu ele à sra. Parson quando o silêncio se estendeu demais – Fairhrim tenha morrido.

A sra. Parson lhe deu um daqueles olhares semicompassivos, semiafetuosos que às vezes lhe escapavam, como se ela não fosse a governanta, mas sim uma tia indulgente.

– Ela disse o que você precisa saber. O senhor não pode esperar que uma Haelan mantenha contato frequente com um Fyren.

Eles estavam comendo na cozinha. Bem, Osric estava comendo. A sra. Parson estava tentando fazer geleia de damasco, mas os damascos secos desapareciam antes de serem jogados na panela.

– Tenho o endereço que o senhor estava procurando – disse ela, tirando um papelzinho do avental e o entregando a Osric. – Vai encontrar a Haelan Fairhrim amanhã à noite?

– Sim. Às dez no Coisa Estranha, em algum ponto de Kent.

A sra. Parson, que estava medindo açúcar, deixou cair um pouco e estalou a língua.

– É a lua Hara amanhã – disse Osric. – Eu não sabia que luas tinham nomes. Você sabia?

– Aprendi com a minha mãe muito tempo atrás – disse a sra. Parson. – A Haelan Fairhrim me surpreende. Gente do tipo dela não respeita os Caminhos Antigos.

– Ela não respeita coisa nenhuma. É hostil com a ideia. Nunca sei se vai me curar ou me dar uma joelhada no saco. – Osric se jogou numa cadeira. – Eu não gosto de nada disso. Não gosto de precisar dela.

– Ela é sua única esperança – falou ela.

– *Aegri somnia,* é o que ela é. O sonho de um homem doente.

O tãcn de Osric formigou, mas não era a frieza contida do seith de Fairhrim. Era, pelo contrário, vivaz, exigente e afiado. Ele ergueu a palma. O deofol de Tristane surgiu sobre a tábua de corte da sra. Parson.

O deofol dela era uma doninha – uma criatura violentamente irritável, em geral, mas naquele dia estava com um bom humor incomum.

– Olá, olá. O que é isso? Estão fazendo geleia?

– Tentando – respondeu a sra. Parson. – Damasco.

– Encantador – disse a doninha. – *Un délice*. Sol em torrada.

– A que devemos o prazer de sua companhia? – perguntou Osric.

– Tristane finalmente capturou Noldo – disse a deofol, dando um giro encantado no ar.

– Ah, bravo – disse Osric.

– A queima vai ocorrer amanhã, ao pôr do sol – disse a doninha. – Todos os Fyren devem comparecer. O encontro será no Culhão do Cão.

– Estarei lá – disse Osric. – Transmita meus parabéns a Tristane.

A deofol alegremente exibiu suas presas.

– *Avec plaisir* – disse, antes de girar ao redor de si e desaparecer.

– Que sorte pútrida para Noldo – disse Osric.

– Isso é logo antes de você encontrar a Haelan – disse a sra. Parson.

– É mesmo – disse Osric. – Acha que ela vai notar se eu estiver fedendo a flambé de Fyren?

Piadas à parte, ver a queima do cadáver de Noldo foi um lembrete sombrio da disposição implacável da Ordem Fyren de eliminar aqueles que deixaram de servir a seus propósitos. Osric partiu para o Coisa Estranha assim que pôde, acompanhado por um novo senso de urgência para curar seu sistema seith debilitado e por um odor de carne queimada.

O Coisa Estranha era, de fato, uma coisa estranha. Nas longas sombras da noite de abril, parecia mais um barracão que um pub, sufocado por samambaias, inclinando-se contra a waystone de um jeito meio cansado. A waystone também era incomum – quase perfeitamente redonda, com um buraco bem no meio.

O pub era cercado por árvores, das quais uma figura ereta se destacou e avançou, feito um iceberg, na direção de Osric. Fairhrim tinha escondido seu vestido branco de Haelan sob uma capa de viagem azul. A capa, porém, camuflava muito pouco o que a tornava quem ela era – as maçãs do rosto afiadas, a inclinação superior do queixo, a linha desdenhosa da boca.

A maioria das pessoas caía no charme de Osric – ou, se sabiam quem ele era, morriam de medo. Fairhrim não fazia nenhum dos dois. Aproximou-se com a determinação sombria de um soldado partindo para a guerra.

Osric se viu quase ansiando pela discussão inevitável deles. Havia, afinal, algo curativo na extração de sangue.

– Você está atrasado – disse ela, farejando o ar. – E cheirando a queimado.

– Só estou cheirando a cadáver – disse Osric, sacudindo o sobretudo. – Fica meio grudado na gente.

A condenação de Fairhrim veio na forma de lábios apertados, que continuaram assim enquanto Osric ajeitava o casaco.

– Está esperando um beijo? – perguntou ele. – Era um Fyren, se isso faz você se sentir melhor.

Esperou Fairhrim assimilar essa informação. Ela assimilou. Os lábios se suavizaram.

– Acho que *é mesmo* uma boa notícia. Por que vocês estavam queimando um dos seus?

– Ele foi travesso – disse Osric.

– Todos vocês são travessos.

– Ele traiu um dos princípios mais fundamentais da minha Ordem.

Fairhrim perguntou asperamente:

– Não é isso o que você está fazendo agora mesmo?

– Sim.

– Então você será o próximo? – perguntou ela, com uma quantidade ofensiva de expectativa.

– Não se você fizer o que foi paga para fazer – retrucou Osric.

– Você pagou pelo impossível. Acha que posso comparecer à sua queima quando essa empreitada inevitavelmente fracassar?

– Não vai fracassar – disse Osric, desejando estar tão convencido quanto soava.

Fairhrim deu um passo à frente e examinou o rosto dele. Osric não se moveu para que ela não vencesse.

– Obstinação e esperança – disse Fairhrim. – Que combinação tola.

– Prefiro força de vontade – disse Osric.

– Mencionarei isso em meu discurso fúnebre quando for ao seu churrasco de despedida.

– Não haverá churrasco de despedida.

– Certo – disse Fairhrim, no tom que alguém usaria com um idiota com quem não quer mais falar. – Como está seu seith? Alguma mudança desde o mês passado?

– As flutuações estão piorando. A dormência se espalhou.

– Ainda consegue usá-lo, o que é uma boa notícia. – Os olhos de Fairhrim deslizaram sobre ele. Tão penetrante era o olhar que Osric sentiu que ela poderia cortá-lo e dar uma conferida em suas entranhas. – Eu só tenho seith suficiente para uma tentativa de cura. Decidi pôr minha fé na matemática, mesmo que tudo nesse curso de tratamento seja ingênuo, descontrolado e aquém do ideal. Montei um plano para hoje com base no que parecem ser os parâmetros mais bem-sucedidos conectados à lua Hara. Tenho pouca confiança que vai funcionar, claro, mas temos um número limitado de luas cheias... e eu tenho um seith limitado. –

Fairhrim apontou bruscamente para uma trilha de cavalos. – Vamos conversando no caminho. Temos que andar um pouco.

Osric a seguiu pela trilha.

– Aonde vamos?

– Pelas Colinas do Sul – disse Fairhrim. – Esse lugar tem o repertório completo: fica no limite entre terra e mar, tem uma longa história de fenômenos inexplicados na lua Hara, e é simplesmente repleto de montes tumulares antigos.

– Montes tumulares?

– Tumbas.

– Gostamos de tumbas?

– Gostamos. São bons lugares: estão entre os vivos e os mortos, entre nós e a eternidade. A matemática concorda, até onde é possível.

Essa última parte foi dita como se Fairhrim tivesse dó da matemática – como se a tivesse submetido a algo indigno e se sentisse mal por isso.

– E, é claro – continuou ela –, também estamos no limite temporal dessa época do ano, passando do inverno para a primavera. Vamos tentar a cura à meia-noite.

– Vamos andar muito? – perguntou Osric.

– Só uma hora de caminhada, creio – disse Fairhrim. – Essa área é território da Ordem Arbruxa, aliás. Vamos pisar com cuidado. E nos atentar para os nossos modos.

– Eu não estou preocupado com bruxas fora da lei – disse Osric.

Fairhrim o congelou com um olhar.

– Que foi? – perguntou Osric. – Elas só ficam perambulando por valas, plantando cogumelos e tal.

– Não que eu precisasse de mais uma confirmação de que você é um idiota, mas esse é mais um dado para a lista.

– *Perdão?* – disse Osric, com menos intenção de pedir *perdão* e mais intenção de decapitá-la.

– Você já conheceu uma Arbruxa? – perguntou Fairhrim, inabalada pelas intenções dele, homicidas ou não.

– Não – disse Osric.

– Seja educado se esbarrarmos com uma – ordenou Fairhrim, o que era hilário vindo dela. – Elas têm ainda menos respeito pela lei do que você... e consideram homens um transtorno.

Fairhrim olhou para Osric como se ele fosse o melhor exemplo de um espécime de transtorno masculino que já caminhou na terra.

– Como alguém pode ter menos respeito pela lei do que eu? – perguntou Osric, ofendido.

– Para você, a lei é algo a ser quebrado. Para elas, simplesmente não existe.

Osric ponderou sobre essa diferença filosófica em silêncio. Os bosques salpicados de luar ficaram para trás. Colinas de calcário escuras e ondulantes se abriram diante deles.

Fairhrim e Osric ergueram seu tãcn no escuro. Fairhrim iluminava o caminho com o dela, que lançava um brilho branco na trilha reta e estreita. Enquanto isso, Osric usava as sombras para avançar; seu seith mapeava contornos e perfis, rachaduras na terra, a forma da hera subindo pelas pedras. Havia uma ironia adorável em seus respectivos modos de encontrar o caminho: a luz dela criava um ponto cego para ele, e as sombras dele eram uma escuridão inescrutável para ela; topografias opostas guiavam-nos pelo mesmo percurso.

Eles chegaram a uma encruzilhada marcada por duas placas. Uma apontava à esquerda e dizia PARA CÁ, outra apontava para a direita e dizia PARA LÁ.

– Prático – disse Osric.

Fairhrim seguiu a placa que dizia PARA LÁ.

Eles chegaram a outra placa, que dizia IGNORE ESTA AQUI. A próxima dizia AVISO: PLACA FORA DE SERVIÇO.

Fairhrim não pareceu perturbada. Na opinião de Osric, porém, as Arbruxas deviam deixar de fazer placas e se concentrar nos cogumelos.

Nesse ponto, eles chegaram a uma placa que apontava para cima e dizia PARA BAIXO.

– Sério? – perguntou Osric.

Eles subiram *para baixo*.

O que o chateou.

Osric sentiu o cheiro de tomilho e festuca triturados no rastro de Fairhrim. Sob os dois, o solo foi ficando mais fino. Calcário reluzia por baixo como osso.

Eles passaram por uma porteira em V, cujas portas quase se beijavam. Ninguém quase se beijou ali.

Arbustos com espinhos açoitados pelo vento cresciam pelo caminho e ameaçavam extrair sangue dos viajantes descuidados.

– Cereja-do-mar – explicou Fairhrim enquanto eles passavam, acrescentando que seus frutos eram uma boa fonte de vitamina C. Osric não pedira aquela informação e não se importava.

O ar ao redor deles zumbia com mosquitos e gafanhotos do campo.

Osric ouviu uma vozinha minúscula e rouca dizer:

– Que botas feias.

Ele parou e olhou ao redor. Não havia ninguém lá.

Fairhrim parou também.

– Você disse alguma coisa?

– Não – disse Osric.

– Deixa para lá – disse Fairhrim, embora parecesse perturbada.

Ela se virou e continuou, seguindo com passos estreitos e precisos.

– Cabelo tão repuxado que ela nem consegue fechar os olhos – veio uma voz rouca de novo, desta vez do outro lado do caminho.

Osric, com sua lâmina blaec em mão, virou-se.

Nada havia lá exceto cardo subjugado pelo vento, soprando na brisa.

Fairhrim encarou o ponto de onde a voz tinha vindo.

– Isso não foi você?

Osric tinha muitos talentos, mas ventriloquismo não era um deles.

– Não.

– Por que ele é tão encurvado? – veio outra voz arranhada de algum lugar atrás deles. – Tem a postura de um croissant molhado.

– Ela tem uma vara no traseiro, não sei o que é melhor – respondeu outra. – Ela é tão... perpendicular.

– Mas a cara dele...

– Como um sofá estourado.

– Veja os olhos dela.

– O conteúdo de uma latrina.

– E o nariz dele?

– Um furúnculo, melhor dizendo.

Então uma nova voz interveio:

– Não deixem que eles os incomodem.

Osric e Fairhrim se viraram e encontraram uma menininha suja sentada em uma cerca. Seu cabelo preto refletia o luar. Suas roupas pareciam sacos e eram seguradas por fivelas no cotovelo e no joelho. Ela balançava os pés enlameados enquanto os observava. Eles a observaram de volta.

– Desculpe, mas não deixar *quem* nos incomodar? – perguntou Fairhrim.

– Os grilos gritantes – disse a criança. Havia uma flor roxa pendendo dos seus lábios; ela mordiscava o caule. – O que vocês estão fazendo aqui?

Os dedos de Fairhrim encontraram o antebraço de Osric e apertaram um aviso antes que ele pudesse abrir a boca. Dessa forma, Osric não disse para a menina ir para a puta que pariu com suas perguntas.

– Estamos procurando algum lugar para fazer uma cura – disse Fairhrim.

A criança apontou um dedo imundo para o topo do Para Baixo.

– Lá é Algum Lugar bom.

– Obrigada – disse Fairhrim.

– Pode ser perigoso – disse a criança.

– Ah, é?

– O véu é fino lá em cima. Não o atravessem. – A flor girou entre lábios sorridentes. – Mas há pouca chance de isso acontecer.

– Por quê? – perguntou Fairhrim.

– Gente como vocês nunca consegue atravessar – disse a criança, com um gesto casual para Osric e Fairhrim. (Isso foi dito como se Osric e Fairhrim fossem *parecidos*, o que decididamente não eram.)

– Vocês nem conseguem ver – continuou a criança. – Olham e não enxergam nada.

Após fazer esse pronunciamento impressionante e vagamente ofensivo, a criança saltou da cerca e saiu saltitando pelo caminho.

– Espere! – gritou Fairhrim.

Mas a criança já havia sumido. A grama dançava ao vento onde ela tinha pisado.

Osric não tinha paciência para crianças enigmáticas que desapareciam misteriosamente. Ele ia esganar aquela pirralhinha até arrancar respostas dela.

– Vamos atrás dela e...

– Não – interveio Fairhrim. – O que quer que queira dizer, não diga em voz alta.

– Ela era uma Arbruxa?

– Uma aprendiz, talvez. – Fairhrim parecia séria. – Se era mesmo, você não vai encontrá-la.

Osric encarou a declaração como um desafio. Era irritante que a criança tivesse desaparecido na frente deles tão silenciosa e facilmente. Nem os melhores caminhantes das sombras Fyren conseguiam realizar esse tipo de fuga. Ele queria uma *explicação*.

Ele fizera três trabalhos naquele dia e estava ficando sem seith, mas mesmo assim tirou a luva e despertou seu tăcn. Tateou nas sombras na direção em que a criança tinha desaparecido. Primeiro estendeu seu seith por uns quinze metros, sem encontrar nada, depois trinta, sem encontrar nada, e por fim o despejou além de sessenta metros (seu Custo se manifestou, fazendo seu olho direito ficar anuviado) – ainda sem encontrar nada. A criança tinha sumido.

Fairhrim, que observara essa investigação em silêncio arrogante, disse:

– Eu falei.

– Eu gostaria de saber mais sobre as Arbruxas – disse Osric, o que era o mais próximo que chegaria de admitir que Fairhrim estava certa.

– Boa sorte – disse Fairhrim. – Tem um motivo para você achar que elas só servem para chapinhar em valas.

– Como assim?

– Elas ficam mais seguras se todos acreditarem que são inúteis. Ninguém as incomoda. Em um ponto da nossa história, as bruxas foram incessantemente perseguidas. Nunca se esqueceram disso.

– E como você sabe tanto sobre elas?

– Eu já conheci uma. – Fairhrim tocou o próprio pescoço e, por um momento, pareceu nostálgica, triste até, mas aí seu rosto se fechou de novo.

Osric voltou-se para a cerca. Não havia uma única folha de grama, ou pedrinha perturbada, onde a garota estivera chutando os pés. Da flor que ela tinha mastigado, só sobraram uma folha e uma única pétala.

– *Campanula rotundifolia* – disse Fairhrim, observando a pétala. – Também conhecida como dedal-de-fadas.

– Você diz isso como se fosse significativo.

– Há alegações sobre suas propriedades. Não estão documentadas, claro... – Fairhrim se interrompeu e observou Osric com mais atenção. – Seu olho. Ele ficou branco.

– Meu Custo.

Fairhrim, que parecera brevemente preocupada, disse um "Ah" e voltou a ficar impassível.

Ela continuou pelo caminho. Osric se viu suando enquanto subiam. Os grilos começaram a opinar de novo, voltando sua atenção ao formato do coque de Fairhrim ("nabo frisado") e ao odor corporal de Osric ("chaminé e sovaco").

Os comentários foram esvanecendo conforme Osric e Fairhrim subiam. O que era bom, porque Osric queria rir, mas não queria rir com Fairhrim. Isso era algo que se fazia com camaradas, e eles não eram camaradas.

Ele deu um olhar de esguelha para ela. Seus lábios estavam mais apertados do que o comum e estremeceram quando um dos grilos o chamou de punheteiro sacal.

Eles chegaram ao topo das Terras Baixas.

– Bem – disse Osric, arquejando –, definitivamente estamos em Algum Lugar.

– Certo – disse Fairhrim, também ofegante. Ela usou as mãos para apontar posições opostas. – Céu acima, terra abaixo. Os vivos e os mortos. O presente e o passado. Inverno se transformando em primavera. E a lua Hara presidindo tudo.

– Parece potente – disse Osric.

– Vamos tentar.

Osric tirou a capa e o colarinho. Fairhrim soltou a bolsa e despiu a capa. Consultou seu relógio de bolso conforme a meia-noite se aproximava. O aroma acre e limpo demais de hlutoform alcançou as narinas de Osric enquanto ela o espalhava nas mãos.

Eles esperaram. O relógio tiquetaqueou até as onze e cinquenta e nove. Duas lebres de olhos grandes que refletiam a lua saltitavam sonhadoramente pela grama baixa. O vento aumentou. Fairhrim, com seu vestido branco sendo açoitado ao seu redor, parecia uma noiva em alguma espécie de altar selvagem. Festuca e cardo dançavam sobre os montes tumulares. O mar murmurava uma canção melancólica.

Eles estavam na fronteira entre morte e vida; estavam sobre ossos de reis.

Quando faltavam dez segundos para a meia-noite, Fairhrim abaixou as costas da camisa de Osric para expor sua nuca. Era a terceira vez que estavam tentando aquilo, e ele aprendera o que esperar. Havia o momento de silêncio em que Fairhrim não fazia nada além de analisar a nuca dele. Aí vinha o roçar da palma dela e o estremecimento no ar quando ela ativava o próprio tãcn. Ele sentiu a relutância do toque, seu desejo de se encolher e afastar, a força da vontade dela mantendo sua mão na pele dele.

Quanto a Osric, ele odiava ter pessoas às suas costas, e seus próprios instintos desejavam que saísse daquela posição vulnerável – mas era Fairhrim, então tudo bem. Francamente, ele conseguia pensar em pouquíssimas pessoas em quem confiaria mais do que nela para ficar atrás dele com uma mão em seu pescoço.

Que pensamento estranho, esse.

A palma fria de Fairhrim pressionou a pele dele. O seith dela também era frio. Como nas tentativas anteriores, Osric se viu impressionado pelo controle que ela exercia sobre ele. Nunca lhe diria isso, claro – ela já era arrogante o suficiente –, mas ele nunca tinha visto alguém com um domínio tão hábil sobre o seith. Como antes, pareceu salutar ter o seith dela fluindo através dele. Era como se a própria Deusa corresse através do seu sistema.

A lua pendia sobre eles, dura, esburacada, branca como osso. E Osric, sob a palma de Fairhrim, ficou imóvel naquele lugar entre mar e terra e inverno e primavera e os vivos e os mortos e teve esperanças. Uma nuvem translúcida passou na frente da lua; a paisagem ficou mais etérea e tremeluziu instavelmente entre pérola e preto. Na imobilidade, o ritmo do tempo parecia alterado. Um minuto se passou como uma hora. O horizonte alargou.

Fairhrim seguiu o sistema seith de Osric até a ponta dos dedos dele, permaneceu lá por um momento otimista, e recuou.

O seith de Fairhrim deixava um brilho ao passar, mesmo depois que ela afastava a mão. Uma vibração que o percorria, um lustro.

Mas não era a cura de que Osric precisava. Ele se sentia exatamente como antes. Novamente, nada aconteceu.

Ele era um idiota por insistir naquela baboseira absoluta. E ela era uma idiota por ir na dele.

– Caralho – disse Osric.

O suspiro exasperado de Fairhrim roçou a nuca dele. Isso o surpreendeu; ela estava tão convencida de que aquilo não funcionaria que outro fracasso devia ser esperado. Por que o suspiro de frustração? Que outro resultado ela estivera antecipando?

Também foi surpreendente como era íntimo sentir a respiração de Fairhrim em sua pele. Fazia cócegas. Era um pouco prazeroso.

Um pouco perturbador. Nada em Fairhrim era prazeroso.

Por um momento, eles ficaram parados em um silêncio amistoso em sua decepção mútua. Mas Osric não queria amizade: ele queria resultados.

Então, deflagrou de novo a guerra entre eles ao dizer, em um tom acusatório:

– Essa merda não está funcionando.

– Sério? – veio a resposta ácida de Fairhrim. – Não está? Eu não tinha reparado.

Da segurança da guerra renovada (oximoro, mas sem problemas), Osric subiu a gola de novo.

Fairhrim o deixou se vestir e andou de um lado para outro.

– Tem alguma coisa que eu não estou vendo.

– Bem, tem uma pista bastante crítica que você se recusou a examinar mais a fundo – disse Osric.

Fairhrim se virou. Sua saia girou ao redor dos tornozelos antes de se assentar de novo em linhas verticais rígidas.

– Uma *pista crítica*? Por favor, ilumine-me.

– A escrita na Pedra Monafyll. As partes na língua das fadas.

Fairhrim o encarou. Tensão percorreu sua mandíbula.

– As alucinações de um filólogo desacreditado sobre uma língua que não existe? Essa é minha pista ausente? Genial.

– Por que não? Nossa abordagem atual claramente não é a resposta.

Fairhrim retomou sua caminhada brusca, de um lado para outro. Osric esperou uma recusa ríspida e preparou-se para lançar as próprias alfinetadas – só que Fairhrim, para sua vasta surpresa, acabou concordando com ele.

– De fato, por que não? – ponderou Fairhrim.

Osric sentiu aquela sensação de tropeço... sabe? Como se estivesse subindo uma escada de maneira agressiva e o degrau de cima simplesmente não existisse porque você já tinha chegado ao patamar.

– Esse plano de tratamento inteiro já é baseado em pura fantasia – continuou a dizer Fairhrim. – Por que não ir mais longe? Ceder a essa ideia ridícula por inteiro?

– Devo lembrá-la de que essa ideia ridícula é minha única esperança de sobreviver – disse Osric.

– Contra conselhos de especialistas que apontam o contrário – disse Fairhrim, como a criatura impiedosa que era.

Osric tirou um pedaço de papel do bolso, que continha um endereço escrito na letra cursiva caprichada da sra. Parson, e o deu a Fairhrim.

– Vamos encontrar o filólogo desacreditado.

– Quê?

– Hoje à noite. Não vai envolver seu precioso seith. Você tem algo melhor para fazer?

– Milhares de coisas. – Fairhrim leu o bilhete da sra. Parson com uma sobrancelha erguida. – Tabefe Sulista?

– Ahh – disse Osric. – Meu jogo preferido: é um lugar ou um fetiche?

– Isso vai ser uma perda de tempo. Widdershins já era uma espécie de professor marginal antes de perder a cabeça de vez. Ele é completamente maluco. Eu te avisei, as descobertas dele foram desconsideradas. O doutorado dele foi revogado. Ele não tem nenhuma credibilidade acadêmica.

– Eu não me importo com credibilidade acadêmica – disse Osric. – Vamos dar uma chacoalhada nele de leve. Conseguir umas respostas. Ver como elas se encaixam com o resto dos textos apócrifos.

– Ele pode não querer falar com a gente.

– Eu faço ele falar – disse Osric.

– Como? – perguntou Fairhrim, como a criatura ingênua que era.

– Confie em mim.

– Confiar em *você*? – repetiu Fairhrim. – De jeito nenhum. Fazer ele falar? Seu plano é torturar o homem?

– Sim.

– Não.

– Sim.

– Você não tem compaixão? – perguntou Fairhrim.

– Não carrego esse fardo, não.

– Eu me oponho categoricamente à tortura.

– É mesmo? Eu não tinha notado – disse Osric, antes de sair andando.

– Mordaunt – disparou Fairhrim, e fez seu nome soar tão pejorativo que ele ficou um tanto encantado.

Eles brigaram sobre os méritos de torturar professores velhos durante toda a descida das colinas. Osric disse que era o especialista ali e apreciaria se Fairhrim reservasse suas opiniões afiadas para as próprias áreas de especialização. Fairhrim disse que ia revisar a literatura sobre a eficácia da tortura e amolar suas opiniões afiadas ainda mais, aí apunhalá-lo com elas. Osric perguntou por que ela tinha que ser tão irredutível. Fairhrim perguntou quando ele pararia de ser uma *ameaça à sociedade*. Osric a chamou de Peste Moralizadora. Ela o chamou de Crouton Afetado.

O ar noturno estava cheio do zumbido de insetos, mas os grilos gritantes não ofereceram mais insultos, talvez porque Osric e Fairhrim estivessem fazendo um trabalho tão excelente por conta própria.

Eles voltaram à waystone e à choça que fazia as vezes de pub. Em vez de se aproximar da pedra, como Osric tinha esperado, Fairhrim saiu na direção do Coisa Estranha.

– Você tem que estar de brincadeira – disse Osric. – Temos mais o que fazer.

– É mal-educado usar a pedra deles e não deixar nem uma moeda – disse Fairhrim.

Ela deixou uma moeda no peitoril da janela e fez Osric deixar uma também.

A Peste e o Crouton apertaram o tãcn à waystone e foram para o Tabefe Sulista.

7

AS VICISSITUDES DO ÓDIO

Osric

Osric e Fairhrim se materializaram em Tabefe Sulista (pub: o Birosquinha) e descobriram que o lugar era um belo vilarejo do interior. Eles chamaram uma mulher que estava pastoreando ovelhas gordas e sonolentas e perguntaram sobre Widdershins.

– Vocês querem ver o velho professor? – A mulher apontou para uma estradinha no campo. – Por ali. A casa queimada. Boa sorte para vocês.

– Por que boa sorte? – perguntou Osric.

– Ele está *longe*, não é? – disse a pastora.

– Hã... então ele não está em casa?

– Não – respondeu a pastora, como se Osric estivesse sendo obtuso. – Ele está *longe*. Está lá, claro, mas não está.

– Ele está lá, mas não está?

– Confundido por *pixies*, sabe – disse a pastora.

– Confundido por *pixies*? – repetiu Fairhrim.

– Acometido por fadas – disse a pastora.

Diante dos olhares perplexos de Fairhrim e Osric, ela aparentemente concluiu que estava lidando com dois cretinos de marca maior e desistiu. Afastou-se tranquilamente com suas ovelhas, murmurando que qualquer uma delas tinha mais cérebro do que os dois juntos.

A estradinha de terra os levou à casca queimada de um velho chalé nos limites do vilarejo. Osric bateu na porta coberta de fuligem.

– Nós o chamamos de professor? – perguntou Fairhrim. – Ele não é mais professor, não depois do fiasco com a língua das fadas. Acho que é só Widdershins agora. Sr. Widdershins. Deixe que eu falo, como a gente combinou. Não o ameace.

– Como *a gente* combinou? Eu nunca combinei nada – disse Osric.

– Claro que sim. Você disse *tudo bem.*

– Eu disse, *tudo bem, sua abordagem confirma que você não sabe nada sobre reunir informações.* Não *tudo bem, vamos prosseguir com o seu plano amador.*

– *Meu* plano amador? Deveríamos estar procurando as velhas publicações dele em arquivos para ver se conseguimos encontrar uma cópia do artigo cancelado sobre a Pedra, não o intimidando em sua própria casa no meio da noite. Esse é o *seu* plano amador.

– Sei que você gosta de ficar com o nariz enfiado no pó por horas a fio, mas *eu* preferiria ir direto à fonte.

– Suas técnicas são antiquadas e desnecessariamente cruéis.

– Seu método envolve um século de pesquisa, que é um tempo que eu simplesmente não tenho.

– Se tem tão pouco tempo, por que estamos saindo numa busca inútil em vez de seguir os dados?

– Os *dados* tiveram três chances de se provar e fracassaram toda vez.

– Eu te disse, essa é a natureza desse tipo de experimento. Com o qual *você* insistiu para seguirmos.

– Achei que tinha dito que não era um experimento.

Alguém pigarreou.

Osric e Fairhrim se viraram para encontrar um homem roliço e calvo na porta.

O homem estava com um escorredor na cabeça, o que não inspirava uma confiança imediata.

Fairhrim reassumiu sua impassividade habitual. Absorveu a visão do escorredor com o mero estremecimento de uma sobrancelha.

– Perdoe-nos por perturbá-lo nessa hora tardia. Estamos procurando o sr. Widdershins.

– Eu sou o *sr.* Widdershins – disse o homem, com uma ênfase um tanto raivosa em *senhor*. – O que cês querem?

– Temos algumas perguntas sobre a Pedra Monafyll – prosseguiu Fairhrim. – Estamos conduzindo uma espécie de investigação.

– Uma investigação, hein? – perguntou Widdershins. A raiva sumiu. Ele olhou para algum ponto acima da cabeça de Fairhrim e disse: – Do latim *vestigium,* uma pegada ou traço.

Fairhrim não reagiu diante da etimologia não solicitada.

– Sim. Precisamente.

Widdershins piscou e retomou a atitude arisca.

– E quais são suas qualificações, posso saber? São runologistas?

– Não.

– Filólogos? Dialetólogos? Semiólogos? Arqueólogos?

– Hã... eu sou uma Haelan – disse Fairhrim.

Widdershins fez um beicinho nada impressionado. Fairhrim pareceu ofendida.

– Se a Pedra tivesse um ferimento, tenho certeza de que apreciaria isso. – Widdershins virou-se para Osric. – E você, senhor com o olho branco de sêmen?

Essa referência ao Custo de Osric poderia ter garantido ao sujeito um pulmão perfurado, só que Fairhrim estava ali e sem dúvida objetaria.

– Sou um *observador interessado* – disse Osric, em vez de *assassino de aluguel.*

– Um *observador*? – repetiu Widdershins. – Com a metade do número usual de olhos? Como Woden, você deu seu olho direito para que o esquerdo pudesse enxergar?

– Ignore os olhos do meu... companheiro – disse Fairhrim. – O senhor publicou algo sobre a Pedra Monafyll há algum tempo, mas a publicação foi cancelada, e gostaríamos de pôr as mãos em uma cópia...

– Foi cancelada, sim – interrompeu Widdershins. – Sabe o que mais foi cancelado? Meu financiamento. Minha posição. Minha reputação. Meu *doutorado*. Aquele artigo acabou comigo. Essa é a natureza da academia, sabe. Você não deve ir muito além dos limites do *aceitável*. Pode perder tudo.

Fairhrim ficou séria.

– Estou ciente.

Osric sentiu uma onda de acusação cobri-lo, porque era culpa dele que ela estivesse se aventurando além dos limites do *aceitável*.

– Então, por que uma Haelan está investigando a Pedra Monafyll? – perguntou Widdershins. – Não é nada exceto uma banalidade arqueológica para o seu pessoal, não é? Ou você está determinada a mergulhar sua carreira diretamente na merda?

– Curiosidade pessoal – disse Fairhrim.

Widdershins a analisou como se ela fosse um texto misterioso a ser decifrado. Aí disse:

– Eu vou dar um conselho aos dois tolinhos. Um conselho conquistado a duras penas.

Ele gesticulou para que Fairhrim e Osric se aproximassem. Eles o fizeram. Osric pôde ver o único fio de cabelo branco remanescente de Widdershins, escapando por um buraco no escorredor.

Widdershins gesticulou outra vez. Eles se inclinaram mais ainda.

– Caiam fora daqui – disse Widdershins, bem alto, borrifando ambos com perdigotos.

E bateu a porta.

Fairhrim encarou a porta. Esfregou a ponta de um dedo sob o olho. Uma faca dançou sobre os dedos de Osric.

Eles ouviram outra porta ser aberta e fechada, desta vez nos fundos do chalé. Osric e Fairhrim se entreolharam e cortaram caminho através de um canteiro de lavanda alta para alcançar o jardim dos fundos.

Havia um riacho correndo atrás do chalé, na direção do qual Widdershins estava seguindo, usando um par de galochas. Ele tirou a camisa e entrou no riacho iluminado pelo luar, com o escorredor ainda na cabeça.

– Ele não tem mamilos – notou Osric. Para Widdershins, gritou: – Por que você não tem mamilos?

– Você não pode sair perguntando por que alguém não tem mamilos – disse Fairhrim.

– Perdi no incêndio – disse Widdershins.

Ele chapinhou no riacho, borrifando água para todo lado.

– Sr. Widdershins, o que está fazendo? – perguntou Fairhrim. Havia preocupação em seu tom.

– Pescando girinos. *Obviamente*.

– Estamos no meio da noite – disse Fairhrim.

– A melhor hora para isso. Aliás, caiam fora daqui.

– Queremos uma cópia do seu artigo, aí caímos fora com todo o prazer – disse Osric. – Você ainda tem uma?

– Não existe mais – disse Widdershins, ainda se movendo na água. – Queimei tudo.

– O que ele dizia? – perguntou Fairhrim. – Quais foram suas descobertas sobre a Pedra?

Widdershins os ignorou.

– Esqueça os anfíbios e responda às perguntas – ordenou Osric.

A expressão de Widdershins ficou distante de novo.

– *Anfíbios*. Do grego *amphi,* ambos, e *bio,* vida.

– Você suspeitava que as inscrições na Pedra fossem um idioma das fadas – insistiu Fairhrim. – Conseguiu traduzi-las?

Widdershins dirigiu-se a um ponto ao lado do ombro dela.

– *Traduzir*. Do latim *transferre,* levar através de algo. Há também uma versão grega, *metaphrasis*. Falar através de algo. Como essas coisas fazem, sabe? Elas falam conosco através dos abismos do tempo e de idiomas há muito esquecidos.

Widdershins tirou o escorredor da cabeça e o mergulhou no riacho.

Osric perdeu a paciência.

– Se esse velho caquético nos der mais uma etimologia...

– *Caquético* – disse Widdershins. – Do grego *kakhektikós*, que vem de *kakhexía*, mau hábito do corpo, má disposição da mente. *Tico* é acrescentado à raiz para formar adjetivos. E assim temos também *dramático* e *poético* e *hermético* e *estético*. – O olhar sonhador de Widdershins ficou focado de novo. Ele encarou Osric. – E, é claro, *patético*, mas você conhece bem esse, rapaz, sendo um exemplo estelar disso.

Osric virou-se para Fairhrim e disse, de maneira informativa:

– Estou a um pentelho de assassinar esse cara.

– Não estou familiarizado com essa unidade de medida – disse Widdershins. Ele também se virou para Fairhrim. – Quão iminente é a minha morte? Qual é o comprimento de um pentelho-padrão?

Osric estava interessado na resposta de Fairhrim – ela provavelmente tinha um almanaque de pentelhos com datas e médias e coisas do tipo –, mas ela não disse nada. Passando por Osric, parou na margem do riacho.

– Se pudéssemos retornar à tradução...

– Peguei um – disse Widdershins. Ele mostrou à Fairhrim o escorredor, no qual um girino se debatia.

– Muito bem – disse Fairhrim. – Lindo girino. Mas, retornando ao seu artigo, e se usarmos suas descobertas e provarmos que você estava certo?

– Ah, é? E como vão fazer isso? – perguntou Widdershins. – Convocando uma fada para corroborar?

– Se me contar o que achava que a Pedra dizia...

– Ela não dizia. Ela pode ter *transmitido algo*, no mais abstrato dos sentidos.

– Certo, o que ela transmitia. O ritual de cura. O padrão. Se eu descobrisse que havia alguma verdade nele, que o senhor não estava errado, ou iludido, ou insano, poderíamos desfazer alguns dos infortúnios que sofreu. Reverter o cancelamento. Reintegrá-lo ao posto de professor.

– Sua pobre criatura idiota – disse Widdershins, mas não estava claro se ele se dirigia à Fairhrim ou ao girino. – Tenho um balde para você.

Fairhrim hesitou, irresoluta por um momento, antes de perguntar:

– Perdão?

Widdershins apontou o queixo redondo para os fundos do jardim.

– No galpão. Essa é minha contribuição a sua empreitada imprudente, se está tão determinada a macular sua credibilidade com essa linha de investigação.

– Posso garantir que não estou. Entretanto – um olhar eloquente foi lançado na direção de Osric –, as circunstâncias são tais que eu não tive escolha.

– O balde galvanizado, então – disse Widdershins. – Pode ficar com ele. Afogue suas mágoas lá quando isso inevitavelmente acabar em lágrimas.

Widdershins avançou mais um pouco no riacho e desapareceu sob as longas frondes dos salgueiros que o cercavam.

– Galvanizado – veio sua voz enquanto se afastava, suave e sonhadora de novo. – De *Galvani,* sobrenome de um professor do século dezoito que fez as pernas de sapos mortos estremecerem.

Fairhrim o observou. Havia uma linha vertical entre as sobrancelhas contraídas dela.

– Será que vou acabar que nem ele?

– Como? Completamente maluca? – perguntou Osric.

– Desacreditada. – Fairhrim mordeu o lábio. – Excluída de tudo o que importa.

– Não precisamos nos preocupar até você começar a pular em poças procurando girinos – disse Osric.

– Você não é engraçado.

– E você não é insana. Pare de se preocupar.

– *Ainda* não sou insana. Receio que passar tempo com você me empurre cada vez mais para perto do limite.

– Rá – disse Osric, porque isso era, novamente, hilário vindo dela. – Vamos encontrar esse balde.

Eles passaram pelo jardim selvagem de Widdershins para encontrar um galpão dilapidado. Lá, entre pás quebradas e galochas rasgadas e mofo e fuligem, estava o balde. Continha uma dúzia de pedaços grandes e cinza-esbranquiçados de... alguma coisa se esfacelando. Calcário?

Osric teria gostado de ser o primeiro a descobrir isso, mas é claro que Fairhrim chegou antes.

Ela se ajoelhou ao lado do balde, tirou um dos pedaços e correu um dedo sobre as marcas fracas.

– É um modelo em gesso da Pedra – disse ela.

Ela tirou mais pedaços do balde e os dispôs no chão. Osric compreendeu suas intenções, mas quando se ajoelhou ao seu lado e começou a analisar o quebra-cabeça, Fairhrim já tinha terminado de juntar as peças.

O molde em gesso da Pedra Monafyll, com cerca de um metro e oitenta, jazia em toda sua extensão fragmentada diante deles.

– Como você foi tão rápida? – perguntou Osric.

– Já encarei reproduções da Pedra por horas – disse Fairhrim. – Ah, veja.

Cá e lá, ao longo da peça, havia pequenas anotações coladas, escritas em uma letra inclinada.

– As notas de tradução de Widdershins – disse Fairhrim, apalpando sua bolsa. – Preliminares, suponho. Leia-as para mim, fazendo o favor. Comece no topo, aqui.

Ela tirou o caderno da bolsa. Osric já vira aquela coisa horrorosa antes; era encadernado com uma espiral rosa brilhante e tinha um gato fúcsia na capa.

Osric leu os fragmentos de tradução.

– "Filhos da lua. Faerydom. Cura para todo o mal"... com três pontos de interrogação, não acho que ele estava confiante sobre essa.

– Certo – disse Fairhrim, erguendo os olhos do caderno. – E depois?

– "Começo de auroras e final de noites." Hã. Aí ele começa a falar do calendário lunar em si. "Lua Hrímfrost... janeiro... exílio. Lua Hyngre... fevereiro... feixe de luz..."

Fairhrim fez anotações enquanto ele prosseguia, resultando em uma tabela desenhada em uma letra ilegível. ("O que é isso?", perguntou Osric. "Deveria ser um número? Cinco ou três? Cenco? Tris?")

1. Lua Hrímfost (Geada)	exílio
2. Lua Hyngre (Fome)	feixe de luz
3. Lua Cúsc (Casta)	cheia de sonhos (?)
4. Lua Hara (Lebre)	... olhe através da tíbia de uma lebre...
5. Lua Blæd (Florescente)	... sol escurecido no fim da terra
6. Lua Begbéam (Silveira)	águas correntes se cruzam (?)
7. Lua Hunig (Mel)	arco-íris (???)
8. Loa Thunor (Trovão)	água puxa você para baixo
9. Lua Bédríp (Colheita)	aquela morada oculta
10. Lua Meodu (Hidromel)	o caminho cinza (?), o reino escuro
11. Lua Gnyrn (Pesar)	luz e sombra entre folhas
12. Lua Endeláf (Última)	extinto por sombras

– Eu esperava instruções mais precisas – disse Osric. – Não conseguimos muitas pistas.

– Não – disse Fairhrim. – Conseguimos *muitas* pistas.

– Mesmo?

– Bem, se fingirmos que está correto, claro – disse Fairhrim. – Posso usar algumas dessas coisas para validar minhas especulações mais fracas. Mas não faço ideia de como Widdershins começou a traduzir tudo isso. Até onde entendo, é uma língua isolada. Não há cognatos; nenhum relacionamento linguístico com qualquer língua conhecida. Imagino que ele também não conseguiu explicar satisfatoriamente para seus colegas.

– Talvez os girinos tenham soprado o significado para ele.

Fairhrim estava concentrada em seu caderno.

– Mas é um avanço. Podemos montar algo parecido com um plano. Essas traduções vão ajudar a reduzir consideravelmente as localizações em potencial. Veja a lua Blædnes: agora sabemos que estamos procurando um penhasco ou uma praia... enfim, um limite de algum tipo. Posso dar uma olhada nas minhas planilhas e selecionar o que for mais adequado.

– Acha que "uma cura para todo mal" inclui seith podre? – perguntou Osric.

Fairhrim ergueu o olhar, ainda ajoelhada.

– Se esse tratamento fosse uma cura para o mal, seria fatal para você.

– *Ei.*

– Então, de toda forma, talvez a gente nunca descubra. – Fairhrim devolveu os pedaços de gesso ao balde.

– Você vai levar o balde? – perguntou Osric.

– Sim. Para guardar minhas lágrimas, ou o que quer que Widdershins tenha dito, quando essa história toda inevitavelmente der errado. – Ela ergueu o balde contra o quadril. – Eu vou indo. Entro em contato antes da próxima lunação para podermos prosseguir com essa empreitada... lunática.

– Trocadilho terrível– disse Osric. – E essa empreitada não vai dar errado.

Fairhrim agitou o caderno exasperadamente na direção de Osric.

– Isso não é ciência. Não é medicina. É uma *fantasia,* uma ilusão, um castelo de vento, um sonho utópico, uma quimera impossível. E vai dar errado, porque tudo nisso é errado.

– Vai funcionar ou ambos vamos perecer miseravelmente.

Osric viu que tinha ofendido o seu Meio Para Um Fim e que ela estava com uma expressão particularmente *cruel.*

– *Você* vai perecer miseravelmente. Eu vou seguir minha vida como antes, feliz e livre de Fyren.

E, simples assim, eles estavam de volta em uma escaramuça. Saíram do galpão. Um vento turbulento começou a soprar, bagunçando o cabelo de Osric e puxando uma mecha ondulada para fora do coque de Fairhrim.

– Você vai me consertar ou vai morrer comigo – disse Osric.

– Ah, é? Estamos fazendo ameaças agora, então?

– É uma coisa chamada incentivo.

– Meu único incentivo aqui é uma ordem direta da Haelan Xanthe, que é o único motivo para eu não ter te jogado para os Guardiões.

– Talvez devesse; eu preferiria ser desmembrado a lidar com uma mulherzinha fresca e inflexível feito você.

– Talvez eu faça isso. Vai ser um alívio não ter que suportar mais um gânglio de homem tão inútil.

– Gânglio? – repetiu Osric.

– Fresca e inflexível? – disse Fairhrim.

Eles se encararam feio, Osric com vasta aversão, para que ela entendesse que era a mulher mais exasperante do mundo, e Fairhrim com puro opróbio, deixando claro que o achava deficiente em cérebro, além de moralidade.

Fairhrim era destemida, violentamente destemida, e o desafiava a continuar. Eles estavam perto um do outro. Era assim na guerra: cada confronto, cada batalha, trazia um cada vez mais perto do outro. Suas respirações se misturaram, cruzando limiares que os lábios nunca atravessariam. O absurdo daquilo era quase erótico.

Havia um rubor nas bochechas de Fairhrim. Osric se viu engolindo em seco. De repente, seu olho não estava satisfeito em vislumbrar; de repente, a boca queria sentir o gosto.

As respirações não foram mais trocadas, porque nenhum dos dois respirava. A lua esburacada pendia acima deles. Sua luz caía suavemente sobre faces coradas, sobre o fio de cabelo agarrado ao lábio de Fairhrim. O olhar dela estava sombriamente brilhante. O vento fez pétalas secas de lavanda dançarem ao redor deles como joio.

Até que Fairhrim, piscando, recuou. Ela recobrou sua impassividade usual, mas havia algo frágil em sua postura. Girou a capa ao redor de si, lançou um último olhar feio para Osric e se afastou sem sequer uma palavra de despedida.

Osric a deixou desaparecer na estradinha antes de segui-la até a waystone. Foi com calma; estava sentindo um mal-estar pós-Fairhrim que precisava dissipar com a caminhada.

Havia tanta feitiçaria em um par de olhos brilhantes.

Pena que tinham que ser os dela.

8

NOBLESSE OBLIGE

Aurienne

Das quatrocentas crianças trazidas a Swanstone ao longo do surto da Peste de Platt, os Haelan conseguiram tirar trezentas de perigo. Os pacientes restantes estavam na Ala 14, anteriormente o refeitório, então convertido em uma ala médica com quatrocentos leitos. Neles jaziam os pacientes restantes, ainda sofrendo da febre cerebral, sendo mantidos vivos pela dedicação dos Haelan e por pura obstinação.

Regulação emocional era uma das qualidades de Aurienne, mas, conforme o surto se alastrava, suas estratégias preferidas – supressão, compartimentalização – iam perdendo a eficácia. No turno daquele dia, na Ala 14, uma garotinha com menos de quatro anos, coberta de chagas e delirante, agarrou os dedos de Aurienne e a levou às lágrimas. Aurienne olhou ao redor para conferir se ninguém estava observando, ajoelhou-se ao lado da garota e abraçou seu corpo emaciado.

Ela tinha que seguir em frente. Outras pessoas precisavam dela. Respirou fundo – hlutoform e o odor enjoativo de doença invadiram sua boca –, enxugou as lágrimas, apertou a mão da menina pela última vez e passou para o leito seguinte. Covardemente, não olhou o nome na pulseira de paciente da garota; não queria notar sua ausência se ela não estivesse mais ali no seu próximo turno.

Aurienne viu sinais de exaustão nos outros também. Lorelei, a chefe de Pediatria, em geral era irritantemente alegre. Naquele dia, estava com os olhos encovados e funcionando por força do hábito, fazendo um relatório para Xanthe com indiferença atípica. A própria Xanthe, com quem Aurienne partilhava o turno, fervilhava com uma fúria contida. Ela ouviu o relatório de Lorelei enquanto passava por uma fileira de leitos, a pele enrugada das faces estremecendo cada vez que trincava a mandíbula.

Xanthe geralmente era explosiva. Aquela raiva fervilhante preocupava Aurienne mais do que uma explosão irritada teria feito.

O turno delas acabou às sete da noite.

– Venha – disse Xanthe a Aurienne depois que completaram os protocolos de higienização. – Vamos pegar o jantar e comer na minha sala.

Aurienne e Xanthe seguiram até o refeitório temporário, que fora instalado em um corredor. Aurienne sentia uma saudade tremenda da comida de sua família – saladas picantes, briouats recheados de frango da mãe, rfissa fragrante com feno-grego –, mas o seith se regenerava mais com comidas pesadas, densas em calorias, e era isso o que as cozinhas de Swanstone faziam de melhor. Em sua bandeja, ela empilhou pastelões de cogumelo encharcados em manteiga, um ensopado gorduroso, queijos e tortas de creme.

A sala de Xanthe era um cômodo agradável de teto baixo no piso térreo da ponta sul de Swanstone. Durante o dia, era banhada pelo sol; à noite, iluminada por uma lareira grande; e a todo momento havia uma chaleira cantando lá dentro. Aurienne tinha liberado para si um assento em uma otomana parcialmente enterrada sob periódicos de engenharia de tecidos, regeneração de membros e tratamento de falência de órgãos-alvo. Xanthe quase desapareceu nas dobras de uma poltrona, a bandeja apoiada nos joelhos esqueléticos.

– Há alguma patifaria acontecendo aqui – declarou Xanthe.

Ela deu um maço de cartas a Aurienne em troca do periódico sobre falência de órgãos.

– O que é isso? – perguntou Aurienne.

– Eu pedi a colegas nos Tīendoms para confirmarem se algum deles tinha recebido um financiamento adequado para o desenvolvimento da inoculação. Faz quatro meses do início desse surto, com milhares de crianças infectadas pelos Tīendoms, e ninguém recebeu nada substancial. Nem nós, nem as universidades, nem qualquer dos grupos de pesquisa. Isso apesar de múltiplos pedidos, cada vez mais estridentes.

– Eu estava preparada para culpar a incompetência, mas creio que passamos à crueldade – disse Aurienne. – Suponho que é porque a Peste só esteja afetando as crianças mais pobres, nas quais não "vale a pena" investir dinheiro?

Xanthe mordeu um picles de maneira agressiva.

– Seria de se pensar que, com dez malditos reis e rainhas disputando a supremacia por aqui, haveria pelo menos um para quem a *noblesse* iria *oblige*?

– Eles não são franceses o suficiente – disse Aurienne.

– É esse o problema. Deveríamos ter deixado os franceses terem sua maldita Conquista Normanda e acabar logo com isso. Mas não. Nós os rechaçamos. E agora, oito séculos depois, cá estamos, com dez reinos mesquinhos e dez palhaços no comando, em vez de um francesinho *noblesse obligedor*. – Xanthe comeu um pedaço de queijo e acrescentou: – Teríamos um brie melhor também.

Aurienne folheou as cartas dos contatos de Xanthe. Cada uma confirmava só ter recebido somas nominais em apoio ao desenvolvimento de inoculação.

– Os Tīendoms mais ao norte têm os menores índices da Peste, o que imagino que explique sua falta de interesse – disse Aurienne, recordando os números. – Danelaw e Dyfed contribuíram com algo. Não muito, mas algo. Kent e Mércia são revoltantes. Eles têm as incidências mais altas e foram os que menos deram a qualquer instituição.

– Dumnonia, também – disse Xanthe. – Palhaços. Todos palhaços.

– Palhaços com uma distinta falta de empatia.

– Eles não reconheceriam a empatia nem se ela mordesse o pau de cada um.

– O que você vai fazer? – perguntou Aurienne.

– Escrever uma carta muito enfática a cada palhaço – disse Xanthe. – Já tenho todas prontas.

Xanthe se contorceu para sair da poltrona e foi até sua mesa. Ao lado da máquina de escrever prateada, havia mais uma pilha de cartas. Misteriosamente, ela também pegou um tubo de ensaio selado que continha um líquido transparente.

– Hã... o que é isso? – perguntou Aurienne.

– Um acréscimo especial que vou incluir nas cartas – disse Xanthe. – Uma espécie de PS.

– Um PS? Etiquetado *risco biológico*?

– Sim.

– Haelan Xanthe, você não pode fazer isso.

– Não posso? Você não viu aquelas crianças cujas vidas, se é que podemos chamá-las assim, nós passamos as últimas três horas prolongando? E os monarcas jogando um punhado ofensivo de thrymsas para elas? E, enquanto isso, a vida nos castelos continua com bailes de máscaras, festas, banquetes?

– É terrível... horrendo... mas você não pode fazer isso. Sente-se e acalme-se.

– Eu não posso me sentar – disse Xanthe, agitando o tubo. – Vou ganhar verrugas na bunda.

– Quê?

– *Ignis papilomavirus* – disse Xanthe, dando uma batidinha no tubo. – Não me olhe assim. Umas verrugas não vão matar ninguém.

– Mas são... excruciantemente dolorosas – disse Aurienne.

– A Peste também.

– Você falou com os outros Chefes sobre isso?

– Prendergast é um diplomata – disse Xanthe, com um giro desdenhoso do tubo de verruga de fogo. – Às vezes, não sei qual a diferença entre *diplomata* e *burocrata*. Três ou quatro letras, mas dá quase na mesma. Abercorn é só um peido.

– Não é, não – disse Aurienne. (Abercorn era um endocrinologista altamente respeitado.)

– Nesse caso, tem sido tão efetivo quanto um.

Aurienne não ousava contradizer Xanthe com frequência, mas a raiva da mentora estava pendendo perigosamente para um desejo de vingança. Ela pegou o maço de cartas de Xanthe e descobriu que estavam dirigidas a reis e rainhas, a quem ela invariavelmente chamava de *Caro Idiota Inútil* ou *Cretino* ou *Seu Invertebrado Absoluto*.

– Élodie está trabalhando na inoculação – disse Aurienne. – Há um fim em vista. Se você mandar isso e infectar todo mundo com verrugas... eu sei, eu *sei* que elas não são letais, mas haveria impactos em nossa Ordem.

– Não devemos lealdade a nenhum desses palhaços.

– Certo, mas *estamos* no território do rei de Danelaw, que você chamou de... – Aurienne conferiu a carta. – "Porco anêmico, congênito e covarde." Ele poderia tornar nossa vida difícil. Poderia nos expulsar. Você sabe quanto demorou para construirmos nossas instalações em Swanstone.

– Eu poderia suavizar a carta – sugeriu Xanthe. – Só chamá-lo de porco.

Mas ela estava se acalmando, e tomou as cartas das mãos de Aurienne.

– Eu me senti melhor só de escrevê-las.

– Imagino.

A boca de Xanthe desapareceu quando ela sugou as gengivas. Com um gesto brusco, ela jogou as cartas no fogo.

– Eu tenho duzentos anos de idade, Aurienne. Acho que minha paciência simplesmente se esgotou.

Aurienne viu a raiva de Xanthe se enrolar e queimar na lareira. Lembrou-se do aperto da mão de uma garotinha, pensou nos monarcas em seus castelos, com seus banquetes e bailes e seus preciosos filhos bem isolados da Peste, e parte dela desejou que Xanthe tivesse mandado as cartas, com verrugas e tudo.

Havia *um* lado bom nos dias por vir, que era o fato de que, entre todos os causadores de estresse na vida de Aurienne, aquele chamado Osric Mordaunt ficaria ausente por um mês inteiro. Maio cintilava lindamente diante dela: quatro semanas até a lua Blædnes, quatro semanas de normalidade, quatro semanas sem interações com o delinquente homicida.

Mas, era óbvio, o Destino tinha outros planos. O destino, contemplou Aurienne, gostava de fazer chacota.

Essa contribuição à filosofia moderna não foi expressa em voz alta porque Aurienne estava presa atrás de sua mesa por Quincey, que organizava a pilha de correspondências dela.

A deofol de Mordaunt cutucou seu tācn. O destino lhe dera cinco dias de folga antes que o assassino se enfiasse de volta na sua vida. Que Frīa a salvasse. O dinheiro de Mordaunt fez muito bem em Swanstone; ele, porém, adicionava pouco valor à Aurienne, exceto pelo fato de que a fazia secretar cortisol adicional.

Quando sentiu a palma formigar enquanto a deofol dele pedia permissão para se materializar, Aurienne se viu incapaz de decidir o que era mais penoso: a perspectiva de lidar com o Fyren ou Quincey e sua *chatice administrativa*.

Esse era o preço – a maldição – de ser *a melhor*. Todo mundo queria um pedaço dela.

Aurienne ignorou o pedido da deofol. Não devia ao Fyren sua disponibilidade imediata. E se ele ficasse irritado por esperar, melhor ainda.

O pobre Quincey, familiarizado com a aversão de Aurienne pela *odiosa burocracia*, estava fazendo uma sessão veloz de perguntas e respostas. Aurienne recebeu pedidos para se juntar a uma miscelânea de Comitês, Grupos de Trabalho e Forças-Tarefa, desenvolver currículos para uma série de universidades, avaliar potenciais aprendizes Haelan, e dedicar mais tempo a clínicas comunitárias.

O formigamento em seu tãcn desapareceu. A deofol de Mordaunt tinha recuado, provavelmente voltando a seu mestre para relatar o fracasso.

– Temos dois pacientes indicados para consideração – disse Quincey, colocando cartas diante dela. – A primeira é uma lesão de compressão resultando em canais de seith danificados. A outra eu acho que você vai gostar: hemorragia de seith. A paciente é uma Ingenauta; ela tem começado incêndios toda vez que para ao lado de um motor.

– Pergunte a Whitman se ele aceitaria a lesão de compressão – disse Aurienne. – Eu pego o caso de hemorragia; ela parece uma boa candidata para o teste de micro-obstrução. Mas peça que seja transferida para minha ala aqui. Não vou perder tempo com waystones.

Quincey, satisfeito por ter adivinhado corretamente, fez uma anotação e prosseguiu para o item seguinte.

– Também recebemos isso. – Ele entregou uma circular a Aurienne. – Pede-se a cada Haelan que continue a trabalhar quinze horas por semana na ala da Peste, dada a crise atual. Os Chefes agradecem sua compreensão nesses tempos desafiadores.

Aurienne pegou a circular, grata por ter sido lembrada dos tempos desafiadores. Caso contrário, talvez tivesse se esquecido.

– Por fim, essas feras têm clamado por sua atenção. – Quincey passou a ela um maço de fichas de pacientes, que estavam presas com clipes vasculares e se contorcendo. – E é só isso. Você me avisa se eu puder ajudar com qualquer coisa?

– Aviso – disse Aurienne. – Obrigada, Quincey. Você é o único motivo de eu ainda não ter largado tudo e partido para o exílio.

Quincey corou. Ele tinha uma espécie de quedinha desesperada por Aurienne, que ocasionalmente exibia ao tagarelar sobre coisas inúteis, o que, para o horror dela, começou a fazer naquele momento. Ele se apoiou contra a mesa com o que provavelmente esperava ser um ar charmoso e discutiu seus planos para a sexta à noite, que envolviam um festival de ruibarbo e as disputas territoriais envolvidas.

O tãcn de Aurienne formigou de novo; a deofol de Mordaunt tinha voltado para outra tentativa. Mordaunt era a forma de vida mais baixa existente, mas até o protozoário mais inútil ocasionalmente ajudava em alguma coisa, assim como o Fyren.

– Tem um deofol me chamando – disse Aurienne, e acenou para Quincey. – Boa sorte com a... máfia de ruibarbo. Ou cartel. Fecha a porta quando sair?

Quincey fez suas mesuras e saiu, tentando fechar a porta atrás de si. Aurienne ouviu algumas objeções balbuciadas – “Sinto muito, vocês não podem entrar, ela tem um deofol a caminho, perdão, desculpe, não me ouviram?” – e então alguns sons de beligerância geral, e aí a Diretora de Trauma e Cuidados Intensivos entrou como um furacão, acompanhada pela principal virologista da Ordem Haelan.

A cabeça raspada de Cath contrastava fortemente com a exuberância dos cachos loiros de Élodie. Era um de seus muitos contrastes: Cath adorava cemitérios e amputações e boxe, enquanto Élodie gostava de piano, doenças obscuras e achatar flores em livros. Eram perfeitas uma para a outra.

– Aurienne não vai se importar, é só a gente – disse Cath a Quincey com um tom tranquilizador, como se não tivesse aberto caminho à força e o obrigado a se submeter. À Aurienne, ela disse: – Trouxemos lanchinhos.

Élodie, parecendo cansada e pálida, seguiu Cath para dentro e se deitou no chão.

– O que está fazendo? – perguntou Aurienne.

Élodie, em seu sotaque francês suave, respondeu:

– Lidando com a situação.

Aquilo parecia um mecanismo excelente para Aurienne, que abandonou sua cadeira para se deitar ao lado de Élodie, o vestido espalhado em um perfeito semicírculo. Havia, de fato, muitas coisas com que lidar.

Cath juntou-se a elas no chão, sentando-se de pernas cruzadas entre seus lanchinhos (pretzels, cubos de queijo, uvas, uma grande garrafa de chá). Ela enfiou a comida na boca de Aurienne e Élodie, onde estavam deitadas, e disse que eram os cadáveres mais lindos que já vira; tinham mortalhas e tudo.

Os Haelan podiam escolher quais roupas brancas usar. Aurienne, favorecendo estrutura e feminilidade, tendia às túnicas tradicionais da Ordem; o traje branco de Cath naquele dia era uma calça de cintura alta e uma longa sobrecasaca que se ajustava ao corpo, com um corte maravilhoso, que tinha o efeito de fazer todo mundo ao redor parecer estar usando sacos. Aurienne fez uma anotação mental para visitar os fabricantes de roupas da Ordem e investigar essa opção.

Todas as dragonas prateadas, porém, eram idênticas: Aurienne, Cath e Élodie tinham ganhado seus tācn na mesma época e, assim, cada um tinha dez linhas, denotando seus dez anos como Haelan.

– Chame aquela deofol – disse Élodie, com um toque gentil no braço de Aurienne. – A gente interrompeu você.

Era repulsivo mentir a suas amigas mais íntimas e queridas, mas, dado que a deofol era de um maldito Fyren, ela não tinha escolha.

– Não tem problema. É só minha mãe. – Ela optou por uma mudança súbita, mas tática, de assunto. – Vocês ouviram que estão nos pedindo para continuar trabalhando quinze horas na Pediatria?

Um suspiro explodiu entre os dentes de Cath.

– Não. Pelos mamilos pontudos de Frīa. Podemos pedir exceções? Eu não ousei cortar minhas horas de clínica, mas tudo o mais está na merda.

– Eu consegui – disse Élodie ao teto. – Uma exceção, quer dizer.

– Bem, obviamente *você* tem uma – disse Cath.

– Seu time fez progressos com a inoculação? – perguntou Aurienne.

Élodie conseguiu dar um sorriso fraco.

– Dados os limites de tempo insanos e a sensação de que somos de alguma forma responsáveis por toda criança que fica doente, estou satisfeita. Vamos instituir um programa de imunização em breve. Graças aos deuses. Nenhum dos nossos colegas nas universidades conseguiu fazer grande coisa.

– Nenhum? – perguntou Cath.

– Os laboratórios deles andaram paralisados, assim como aconteceu conosco – disse Élodie. – Nenhuma grana, exceto pelo financiamento interno. Ninguém conseguiu espremer nada substancial de nenhum dos conselhos de pesquisa ou dos Tīendoms.

– Xanthe me falou – disse Aurienne. – É uma vergonha.

– Todos se voltaram a novas prioridades estratégicas, aparentemente – disse Élodie, com um gesto vago para cima. – Não sei por quais motivos políticos.

– Eu não teria achado que prolongar mortes infantis em massa seria a jogada mais politicamente astuta – ponderou Aurienne.

– São crianças com quem ninguém se importa – disse Cath.

– Um dia, isso será um estudo de caso – disse Élodie. Ela desenhou *bullets* no ar enquanto planejava. – Doenças prevenidas por vacina. Financiamento de pesquisa. Variáveis socioeconômicas.

A sugestão de título de Cath era *Um estudo sobre políticas públicas por babacas da realeza e os inocentes que morreram como resultado.*

– No último surto da Peste de Platt, eles tinham uma desculpa: a inoculação não tinha sido desenvolvida ainda – disse Élodie. – Isso foi cerca de cem anos atrás.

– O que fez o surto acabar? – perguntou Aurienne.

– A extinção da população afetada – respondeu Élodie.

– Deuses.

A expressão de Cath era sombria.

– São muitas crianças mortas.

– Sim – disse Élodie. – O surto ficou restrito a pequenos assentamentos na Mércia. Lichfield e suas bandas. Foi antes das waystones entrarem em uso comum, então o vírus permaneceu relativamente local. Não é mais o caso. As fronteiras entre os Tīendoms ficam abertas, a não ser que haja uma guerra.

– E ninguém vai fechar as waystones para impedir a disseminação agora, claro – disse Cath. – Seria uma inconveniência para gente demais. E os únicos sofrendo são crianças pedintes e órfãos.

Cath passou a garrafa de chá para Aurienne, que a abriu.

Ela inalou o vapor fragrante de menta.

– Que delícia.

– Você tem xícaras? – perguntou Cath.

– Não, mas tenho isso – disse Aurienne, pegando uma caixa de recipientes esterilizados para amostras que chacoalhavam uns contra os outros. – Novinhos em folha.

– Perfeito – disse Cath.

Aurienne dividiu o chá em porções perfeitas de sessenta mililitros, e as três Haelan bebericaram.

O tãcn de Aurienne formigou de novo, mas de maneira pesada, quase dolorosa. A deofol de Mordaunt estava insistindo *outra vez*. Fervilhando com irritação reprimida, Aurienne pediu licença e foi ao banheiro.

No final do corredor e atrás de uma porta trancada, ela apontou o tãcn para o chão e deixou a deofol de Mordaunt passar. (Foi tentador apontá-lo para a privada, mas ela controlou o impulso; *Não farás mal* provavelmente também incluía afogar deofols no banheiro.)

Fios de fumaça preta infestaram o lugar e coalesceram em uma forma lupina. O sorriso branco da deofol de Mordaunt se materializou nas sombras, seguido por um par de olhos dourados.

– É melhor você ter um excelente motivo para ter forçado assim – disse Aurienne. – Estou tentada a cortar minha conexão com seu mestre.

A deofol tentou abrir um sorriso agradável, mas, uma vez que era só dentes afiados, o efeito foi o contrário.

– Saudações, Haelan. Como vai? Está muito bonita hoje, se me permite dizer...

Aurienne, operando à base de três horas de sono, dois pretzels e um recipiente para amostras cheio de chá, não tinha ilusões nesse quesito.

– Não permito. O que quer?

– Sinto muito por insistir – disse a deofol, abaixando-se de barriga no chão e abanando o rabo enfumaçado em varridas obsequiosas. – É urgente. Meu mestre está tendo... está tendo uma constipação de seith.

– Como é que é?

– Ele mal consegue projetá-lo para fora. Não sai do tācn dele. Ele quase não tinha o suficiente para me mandar.

– Um bloqueio? – perguntou Aurienne.

– Não sei. Você pode vir? – A deofol retomou as abanadas de rabo persuasivas. – Ninguém vai ver você. A governanta e o caseiro dele não estão em casa.

– Você é muito mais educada quando precisa de algo – disse Aurienne.

– Eu sei – disse a deofol, expondo os dentes mais ainda. – Sou manipuladora desse jeito.

– Onde ele está? – perguntou Aurienne.

– Na propriedade da família. Rosefell Hall. Tem uma waystone particular. Você vem? Por favor?

A deofol estava tentando fazer olhos de filhotinho, mas, sendo uma criatura sombria e devoradora de almas, a expressão era mais perturbadora que qualquer outra coisa.

– Tudo bem – disse Aurienne.

– Obrigada – exalou a deofol. – Vou avisar que você está a caminho.

– Daqui a pouco – avisou Aurienne. – Tenho que concluir umas coisas aqui. Vá embora. Ninguém pode te ver.

– É claro – disse a deofol, curvando a cabeça baixo enquanto esvanecia. – Obrigada, Haelan. Ele estará esperando por você.

Aurienne voltou a sua sala e encontrou Trauma e Virologia tirando uma soneca no chão. Soltou um bocejo invejoso enquanto arrumava sua bolsa. Graças a Mordaunt e sua crise mais recente, sua soneca teria que esperar.

Ela deslizou na ponta dos pés, reunindo suas coisas enquanto Cath e Élodie dormiam. Mas seus esforços não serviram de nada; assim que fechou a bolsa, gritos irromperam do pátio sob sua sala.

Aurienne foi até a janela, pretendendo abri-la e censurar os culpados – aprendizes exuberantes e felizes com a chegada da sexta-feira e a caminho do pub, provavelmente –, mas, quando abriu a janela, viu que a comoção não era causada por aprendizes exuberantes. Eram os Guardiões.

– Que droga é essa? – arquejou Aurienne.

Uma Élodie sonolenta e uma Cath rabugenta se juntaram a ela. Elas pegaram o finzinho de uma luta: o brilho azul do tãcn dos Guardiões (a cabeça com chifres de um auroque), o cintilar de suas proteções mágicas, e a captura de três ou quatro figuras vestidas de preto. Os Guardiões jogaram suas lanças contra as silhuetas – que tiveram um espasmo e ficaram imóveis no chão.

Do outro lado do pátio, aprendizes curiosos enfiaram a cabeça por uma porta. Uma Guardiã deu uma ordem ríspida para eles, que giraram nos calcanhares e voltaram correndo para dentro.

Guardas de Swanstone chegaram correndo no pátio, carregando tochas. À sua luz, Aurienne podia ver sangue manchando as pedras do lugar, e as figuras de três homens e uma mulher, com capas e capuzes, empaladas no chão.

Um membro dos Guardiões ergueu um morto pela nuca e arrancou seu capuz. A cabeça pendeu para a frente. Outra Guardiã arrancou sua lança do cadáver – ou puxou, melhor dizendo; ela fez parecer fácil, embora a tivesse espetado através da coluna do sujeito. A terceira Guardiã revistou o corpo dele, tirando as roupas no processo, até o morto estar nu, exceto pelo sangue escorrendo pelo torso do buraco sangrento do seu diafragma.

Os Guardiões prosseguiram assim com os três outros cadáveres. O primeiro homem se deu melhor, francamente; os outros tinham lutado contra as proteções, então um ou dois membros caíram no chão ao serem erguidos para a revista.

Aurienne não reconhecia nenhum dos corpos.

Cath deu um assovio baixo.

– Órgãos frescos para o pessoal de Transplantes.

– E material novo para o laboratório de Anatomia – disse Aurienne.

Cath apontou para um pé decepado.

– Amarra uma fita nisso e você tem um amuleto de sorte insano.

– *Regardez*, os Chefes estão saindo – disse Élodie.

A pequena figura de Xanthe entrou no círculo de tochas, junto com um Abercorn careca e um Prendergast magricelo.

– O que descobriram? – perguntou Abercorn, enquanto Aurienne, Cath e Élodie entreouviam como aprendizes travessas.

– Nós os detectamos há horas, fuçando ao redor do fosso – disse Verity, a mais alta dos Guardiões. – Então os atraímos com proteções defeituosas no muro leste. Eles foram cautelosos, mas por fim entraram. Não encontramos nada útil para identificação.

– O que são essas coisas? – perguntou Prendergast, indicando uma pilha perto dos cadáveres.

– Dispositivos incendiários – disse Verity. – Chame a Ingenauta residente. Eles devem ser inspecionados e desarmados.

Uma das outras Guardiãs, Haven, ergueu uma adaga cintilante à luz.

– Eles estavam bem equipados. Isso que é um kit de qualidade. Tinham muito ouro também.

– Alguma ideia do que queriam? – perguntou Xanthe.

O sapato de ferro de Verity cutucou uma pilha de cordas, luvas e ganchos de escalada.

– Eles estavam equipados para uma invasão. Não sei para que fim. Não queríamos deixar que entrassem em Swanstone para descobrir.

– Eram membros de alguma Ordem? – perguntou Prendergast.

– Não. – Haven virou as mãos flácidas dos cadáveres. – Sem tācn.

A voz áspera e irritada de Xanthe atravessou o pátio.

– Talvez da próxima vez possamos tentar capturar alguém vivo, para um interrogatório?

Haven virou a cabeça com capacete para Xanthe.

– Temos ordens de matar invasores de imediato. Você pode falar com o Chefe de nossa Ordem se deseja mudar o acordo.

Aurienne enrijeceu com o tom de Haven. Élodie soltou um pequeno arquejo de revolta.

Xanthe ficou menos ofendida que sua plateia.

– Muito bem. Se terminaram com os corpos, acharemos uma utilidade para eles. Obrigada por sua vigilância esta noite.

Os Guardiões, ao menos, tiveram a presença de espírito de bater continência para ela e os outros Chefes antes de voltarem a seus postos.

Aurienne, Élodie e Cath se acomodaram no peitoril da janela para observar os procedimentos feito Moiras. Os corpos foram colocados em carrinhos de mão; o sangue foi limpo com esfregões; as roupas foram levadas embora. Felicette, a Ingenauta de óculos levemente maluca que vivia em Swanstone, observou os dispositivos incendiários, reuniu-os nos braços e saiu saltitando como uma criança com novos presentes. Os três Chefes voltaram para a fortaleza com expressões sérias.

– O que será que eles queriam? – perguntou Élodie. – Não pode ter sido o jardim medicinal de novo, não com aquelas bombas. A não ser que quisessem destruí-lo.

Aurienne ofegou com aquela ideia tenebrosa.

– Temos um cofre saudável – disse Cath. – Talvez as bombas fossem uma distração.

– Acham que vão nos deixar sair? – perguntou Aurienne. – Eu preciso ver... meus pais esta noite.

Outra mentira por conta do Fyren. Asqueroso. O ressentimento fermentou dentro dela como uma espécie de levedura.

– Você tem que ir justo hoje? – perguntou Élodie.

– Ela vai ficar bem – disse Cath. – Um Guardião provavelmente vai escoltá-la até a waystone.

Cath tinha razão. Quando Aurienne se aproximou de Verity no portão da frente um quarto de hora depois, foi questionada sobre a necessidade de sair. Ela mentiu de novo, fermentando, e foi escoltada à waystone do Publique ou Pereça.

Verity estava tensa. Sua cabeça e o capacete viravam para um lado e outro enquanto elas cruzavam a ponte de Swanstone até o vilarejo; sua lança estava solta na manopla; seus ombros estavam tensos mesmo sob as dragonas. As proteções mágicas cintilavam sob seus pés.

– Vai haver uma investigação ou algo do tipo para descobrir quem aquelas pessoas eram? – perguntou Aurienne.

As frases de Verity estavam mais tensas que de costume.

– Não feita por nós. Não estamos aqui para brincar de detetive. Você terá que perguntar para os seus Chefes.

– Tenho certeza de que eles abrirão uma investigação – disse Aurienne. – Aqueles não eram ladrões comuns.

– Não. Havia dinheiro por trás.

– Não gosto disso.

– Não se preocupe, Haelan. – Verity bateu no ombro de Aurienne com uma mão pesada, envolta em aço. – Se mais vierem, vão encontrar o mesmo destino. Eles nem tinham tācn.

– Suponho que poucas coisas realmente preocupem você quando está postada em Swanstone.

– Poucas.

– Como o quê?

– A Ordem Agannor fazendo uma jogada. – O capacete de Verity se inclinou, pensativo. – Imagine ter que lutar contra sua irmã de lança porque ela foi possuída por um daqueles demônios. Ou talvez um ataque de Dreor. Improvável hoje em dia.

Aurienne achou interessante que a Ordem Fyren sequer aparecesse na lista de Verity. Mordaunt certamente ficaria ofendido.

– Mas é só especulação – disse Verity. – Os Acordos de Paz proíbem ataques entre as Ordens.

– Nunca conheci um Agannor ou um Dreor – disse Aurienne.

– Que bom – disse Verity. – Espero que nunca conheça. Uma vez tivemos um ataque de Dreor em Tintagel. A coisa estava aterrorizando o vilarejo fora das nossas muralhas. Foi preciso duas de nós para derrubá-la. Foi como lutar contra um cão raivoso, só que o cão tinha couraça e uma foice, e era maior do que eu.

– O que aconteceu? – perguntou Aurienne.

– Nós o capturamos. Dinadan, a Chefe dos Guardiões, convocou as outras Ordens em Stánrocc para chegar a um acordo sobre o que fazer com a criatura. Nossa posição era que o Dreor tinha cometido um ato de agressão contra a Ordem dos Guardiões e que deveria ser executado, seguindo os Acordos de Paz. Os Caminhos da Aurora todos votaram a favor; os Fyren e os Agannor votaram contra; as Arbruxas se abstiveram.

A Ordem Dreor não mandou um representante. Então, os Caminhos da Aurora venceram. Quando voltamos a Tintagel, colocamos uma proteção em cada uma das botas do Dreor e dividimos a criatura no meio. Aí a queimamos. A coisa ficou rindo o tempo todo.

– Eles são todos insanos? – perguntou Aurienne.

– Não. Eles têm diferentes... bem, acho que poderíamos chamar de hierarquias. Alguns ganham o tācn e seguem com a vida como você ou eu depois de recebermos os nossos. Alguns ganham o tācn e perdem a cabeça. Aparentemente, quanto mais fraca a força de vontade, maior o risco. Ao menos foi o que ouvi. Não sei muito. Não se deve saber muito sobre os Caminhos do Poente.

No Publique ou Pereça, Aurienne bateu uma moeda na janela para chamar a atenção de Grette, o taberneiro, e a deixou no peitoril.

Verity esperou enquanto Aurienne projetava o seith nas runas para o pub perto da casa dos pais dela em Londres.

– Obrigada pela escolta – disse Aurienne. – E por me tranquilizar. Espero que o resto da noite seja menos agitado. Wes hāl. Fique bem.

Verity fez uma continência ríspida enquanto Aurienne era puxada para a gratícula de waystones.

Em seguida veio mais diversão causada por Mordaunt; ao materializar-se na waystone de Londres, Aurienne topou com um dos vizinhos dos pais e teve que inventar outra história para evadir-se.

Ela tomou a waystone para um pub aleatório, e de lá finalmente conseguiu chegar ao seu destino: Rosefell Hall, a propriedade da família Mordaunt.

9

ROSEFELL HALL

Aurienne

Viagens de waystone sempre deixavam Aurienne enjoada, e mergulhos consecutivos na gratícula tornavam a experiência ainda pior. Ela fez um trajeto mal-humorado pela linha ley.

As moléculas que compunham Aurienne se reaglutinaram em Rosefell Hall, em algum lugar na Mércia. Ela se sentia clandestina, nauseada e saturada por suas próprias mentiras. Apertou o tãcn contra a testa para controlar o enjoo enquanto se situava. Estava ao lado de uma waystone na beirada de um caminho de cascalho largo e tomado pela vegetação.

A lua minguante, coberta por nuvens, oferecia pouca luz, então Aurienne seguiu na direção da casa com o tãcn erguido. O ar estava repleto dos sons de insetos noturnos, pontuado por seus passos amassando o cascalho.

Rosefell Hall ficou visível. A grande mansão assomava-se preta diante de Aurienne, uma estrutura larga com diversas subdivisões, janelas fechadas com tábuas cá e lá, um telhado sem metade das telhas e paredes asfixiadas por trepadeiras. Um catavento na forma de um cão de caça correndo girava, embora não houvesse vento.

Claro que era ali que o Fyren morava. Parecia praticamente assombrado. Era um covil.

Aurienne não gostava de trepadeiras. Trepadeiras eram escadas de ratos.

As grandes portas de entrada da mansão eram flanqueadas por galgos heráldicos segurando escudos adornados com pétalas. Nelas pendia uma aldrava de bronze enferrujada na forma de um galho de rosas silvestres. Aurienne deu batidas impacientes, fazendo os insetos se calarem de susto.

Ela esperava uma abertura dramática das portas, talvez um mordomo sinistro, e se preparou para formular um pedido ríspido para que buscasse seu mestre miserável. Entretanto, não houve abertura nem mordomo. Em vez disso, as maçanetas chacoalharam, acompanhadas por palavrões abafados.

Por fim, as pontas enluvadas dos dedos de Mordaunt apareceram em uma fresta entre as portas, seguidas por suas mãos e então seu rosto.

– Não recebe muitos visitantes, não é? – perguntou Aurienne. (Ela não o ajudou.)

Mordaunt parecia irritado.

– Você demorou tanto que as dobradiças enferrujaram.

– Eu sofri um atraso inevitável. Você tem sorte de eu ter vindo.

Mordaunt não se importava o suficiente para perguntar o motivo do atraso, o que não a incomodava; Aurienne estava reservando essa questão para algumas negociações futuras.

– Da próxima vez, use a entrada dos fundos, entre pela cozinha – disse Mordaunt.

Era presunçoso dele presumir que haveria uma próxima vez, mas tudo bem.

Mordaunt conseguiu puxar a porta o suficiente para Aurienne se espremer pelo vão.

– Venha.

Ele não estava tão alinhado quanto de costume. O colarinho não estava reto; a camisa precisava ser passada. Seu olhar estava desconfiado, beirando o selvagem. O cabelo platinado, em geral charmosamente desgrenhado, estava todo torto.

Ele fechou a porta atrás dela com um empurrão. Um pouco de gesso caiu em Aurienne. Uma aranha também. Mordaunt removeu ambos com uma passada de mão e uma desculpa murmurada por aqueles acréscimos desagradáveis à sua pessoa.

– Não me importo – disse Aurienne. – Eu moro num sótão.

Ela seguiu Mordaunt para o interior da casa. Seus passos ecoavam pelo piso de pedra do átrio cavernoso. Os vitrais das janelas – as que não tinham tábuas – exibiam mais galgos heráldicos e rosas. Grandes vigas percorriam os tetos escurecidos de mofo. Velas tremeluziam cá e lá, fornecendo pouca luz.

– Você vive sozinho nessa mansão vazia? – perguntou Aurienne.

– Sim – disse Mordaunt.

– É um misantropo, então?

– Por que acha que mato pessoas?

Mordaunt a conduziu para fora do átrio através de uma série de corredores altos e abobadados.

– O que aconteceu com sua família? – perguntou Aurienne.

– Matei todos.

– Ah.

– E comi seus corações.

– Hum.

– Você acredita em mim?

– Sim.

– Como ousa?

– Achei que queria que eu confiasse em você – disse Aurienne.

– Não quando obviamente estou mentindo – retrucou Mordaunt.

– Onde está sua família, então, se não matou todos eles?

– Bem – admitiu Mordaunt, como se pego em uma mentirinha inconsequente –, eu matei *meu pai*. Minha mãe morreu de... causas.

– Não naturais?

– Não.

De cada lado do corredor, vários cômodos escuros abriam-se como mausoléus. Móveis elegantes apodreciam no interior, envoltos em suas mortalhas brancas. O papel de parede estava descascando. As cortinas apodreciam. As tábuas do piso rangiam sob os pés deles. Tudo era de uma grandiosidade decadente.

Aurienne ficou feliz de ver a condição do lugar. Que o Fyren apodrecesse.

Um leve ataque de espirros acompanhou esse pensamento mesquinho. Ela não suportava poeira.

Eles enfim chegaram aos fundos da casa, em uma área que parecia um pouco mais habitada e, para a sorte dos seios nasais de Aurienne, menos empoeirada. Passaram por um piano de cauda, uma sala com retratos, outra abarrotada de vasos de prata e espelhos, e mais uma cheia de esculturas de mármore.

– Eu sou um grande apreciador da beleza – disse Mordaunt. Diante da sobrancelha erguida de Aurienne, acrescentou: – Você parece duvidar.

– Matar é a coisa mais feia que existe.

– A beleza precisa ser financiada de alguma forma.

Aurienne não fez nenhum comentário, exceto por um *tsc* cheio de julgamento. Eles passaram por um pequeno arsenal cintilante de armas e uma galeria de pinturas de paisagens ensolaradas e atordoantes.

– Que pinturas são essas? – perguntou Aurienne.

– Paisagens.

– Vistas num delírio de malária?

– É chamado Impressionismo.

Eles passaram por uma alcova profunda. Enclausurada por cortinas rosa e malva, a alcova formava uma espécie de tubo peculiar.

– Era para parecer um cólon? – perguntou Aurienne.

– Um cólon? – repetiu Mordaunt.

Aurienne apontou para os babados e dobras rosa.

– Vilosidades. Mucosa. Submucosa. Esses bolsões formam criptas intestinais interessantes.

Mordaunt ficou tanto horrorizado quanto ofendido.

– Quê? Não. Era parte da minha experiência de observação do meu lindo De Beauveau. *Rosas do crepúsculo*. Eu tive que vender.

Aurienne espiou o lúmen do cólon. Havia uma moldura vazia na ponta.

– Por quê?

– Você – disse Mordaunt. A palavra saiu impregnada de acusação.

– Eu?

– Vinte milhões de thrymsas.

– Ah.

– Eu devia ter optado pelo sequestro – disse Mordaunt.

– Foi sábio não fazer isso – disse Aurienne.

Mordaunt não pareceu convencido, e Aurienne não discutiu. Ele não precisava saber os danos que ela teria causado. *Não farás mal* se sustentava até ser confrontado com a autodefesa, e aí Aurienne podia... bem, fazer bastante mal. Um Haelan sabia exatamente como manter as pessoas vivas e, em contrapartida, também conhecia alguns jeitos interessantes de causar uma morte imediata. Havia um motivo para o tãcn da Ordem ser um aer.

– Também é sua culpa – disse Mordaunt, gesticulando para trepadeiras enrolando-se ao redor de um quadrado vazio na parede. – E aquele lá também – disse ele, apontando uma cascata d'água que não emoldurava nada.

Aurienne não pediu desculpas pelas lacunas na opulência. Na verdade, achou-as satisfatórias. Queria que ela e Xanthe tivessem insistido por trinta milhões. Não, quarenta e toda a propriedade de Rosefell Hall. Elas poderiam tê-la usado como uma unidade de isolamento depois de algumas reformas.

Enquanto caminhavam, uma vozinha declarou:

– Furúnculo de pau.

Aurienne olhou para Mordaunt, que, de sua parte, ficou novamente irritado.

– Um daqueles malditos grilos gritantes.

– Ele seguiu você das colinas?

– Deve ter pegado uma carona. Agora mora aqui. Não consigo achar o negócio para matá-lo.

– Cara de saco – disse o grilo.

– Vá se foder – disse Mordaunt.

– Chupe um peido do meu cu – instruiu o grilo.

– Quando eu encontrar você – disse Mordaunt, dirigindo-se à sala em geral –, vou te fazer sofrer.

– Talvez você devesse lidar com seus complexos com o papai primeiro – disse o grilo.

Mordaunt, com uma expressão sombria, conduziu Aurienne adiante.

Eles chegaram a uma sala de estar abundante em ouropel, alabastro e ouro. Havia quinquilharias sobre cada superfície: estatuetas de bronze em poses eróticas, castiçais na forma de cegonhas, tinteiros com joias, elegantes cachorros de porcelana, caixinhas de berloques incrustadas com pedras preciosas, cavalos, relógios, globos, bustos de mármore e uma enorme lagosta dourada. As paredes eram cobertas por tapeçarias e um grande mapa dos Tīendoms em ouro, prata e cobre finamente batidos.

Mordaunt levou Aurienne a uma cadeira de encosto alto e sentou-se diante dela em outra.

Graças ao fogo espreitando taciturnamente da lareira, aquele era o cômodo mais iluminado da casa. As chamas ardiam baixo e exalavam uma fumaça fragrante, levemente amarga. A luz dava um aspecto gótico ao ambiente, tremeluzindo contra os painéis de madeira e tocando as feições esculturais e cheias de cicatrizes de Mordaunt. Ele estava com as mangas arregaçadas naquela noite, enroladas até os cotovelos e exibindo antebraços particularmente vasculares. As veias que os percorriam eram o sonho de um flebotomista.

Um pensamento amaldiçoado e inoportuno saltou à mente de Aurienne: Mordaunt desalinhado, principesco e banhado pela luz taciturna do fogo, era atraente de forma genuína.

Desconcertante. Aurienne não achava ninguém de fato atraente desde... desde *ela*.

Mas não tinha problema. Ele tinha uma boca infeliz e uma moralidade ainda mais infeliz, então Aurienne estava perfeitamente segura. Ela tinha zigomas melhores, de toda forma.

Ficou surpresa ao encontrar uma série de cachorros velhos mancando ou dormindo na sala de estar. Eram um grupo arisco; a maioria fugiu assim que ela entrou. O único corajoso o suficiente para ficar, um terrier artrítico, não tinha voz. Ele soltou exalações agressivas que lhe ordenavam a partir ou perecer. Aurienne o encarou. O cachorro a encarou de volta. O terrier, satisfeito com a coragem dela diante da ferocidade, retornou à sua almofada.

Em uma mesa baixa havia um bule de chá e alguns biscoitos, na direção dos quais Mordaunt fez um gesto vagamente convidativo.

– Não, obrigada – disse Aurienne, que se lembrava do que Mordaunt dissera sobre os chás paramnésicos de sua governanta e não queria testar sua potência. – A deofol disse que seu seith não estava chegando ao tācn.

Pela primeira vez desde que chegara, Aurienne pôde distinguir o rosto de Mordaunt. Por baixo da barba de um dia, ele parecia atormentado.

– Eu notei uma flutuação no meio de um trabalho hoje – disse ele. – Consegui terminar, mas não consigo convocar meu seith de verdade desde então.

Ele tirou a luva e ergueu o tācn para Aurienne. O crânio daquele cão infernal detestável tremeluziu um vermelho fraco antes de esvanecer de volta para o marrom. Mordaunt xingou e tentou de novo, mas o tācn não respondeu, permanecendo tão inerte quanto uma mancha de sangue.

– Vamos dar uma olhada – disse Aurienne. Ela pôs a bolsa no chão e se levantou. – Tire a camisa, por favor.

Mordaunt se ergueu e desabotoou a camisa.

– É isso, então? – perguntou ele em uma voz que queria ser casual, mas soava engasgada. – A podridão avançou finalmente até aqueles... aqueles nódulos que você apontou?

– Não sei – disse Aurienne. – Vamos descobrir.

O terrier farejou o ar e espirrou em objeção quando Aurienne borrifou hlutoform nas mãos.

– Por que você tem tantos cachorros? – perguntou ela.

– Eu os encontro. Ou eles me encontram.

– E por que fica com eles?

– Por que não?

– Tudo o mais aqui é raro ou bonito ou caro.

Mordaunt cobriu as orelhas do terrier e disse a ele:

– Não a escute. – Ele se virou para Aurienne. – Qual é o seu problema? E, enfim, eles *são* caros; você tem ideia de quanto custa chamar um veterinário para oito cachorros?

Aurienne desistiu de entender a lógica dele; não parecia haver nenhuma envolvida.

– Certo. Vire-se. Vamos ver o que está acontecendo.

Ela limpou a espuma do hlutoform das palmas e entrou naquele estágio pré-fluxo de curiosidade calma, em agradável expectativa da resolução de problemas. Como Haelan, ela vivia por esses momentos de descobertas – ainda que o paciente fosse um Fyren. Era possível, supôs, se acostumar com qualquer coisa.

Mordaunt estava ansioso. Seu escudo de despreocupação escorregou; os olhos estavam de um cinza anuviado e preocupado. As bochechas ficaram ainda mais encovadas quando ele tensionou a mandíbula. A cicatriz que cortava seus lábios ficou branca. Ele quase rasgou o colarinho. Tinha aberto os botões, mas esquecera de tirar os suspensórios, que atrapalharam o processo de remover a camisa. Ele empurrou as alças dos ombros com as mãos desajeitadas. Não fez contato visual com Aurienne, preferindo fitar o lustre desligado, como um homem condenado miraria o sol uma última vez, esperando para ser enforcado.

– Eu ficaria surpresa se fosse a podridão – disse Aurienne. – O fato de você ainda conseguir fazer seu tãcn acender me faz pensar que é outra coisa.

Mordaunt não respondeu. Sem camisa, continuou com seu olhar de forca para o teto.

– Certo – disse Aurienne. – Eu tive um longo dia e não conservei meu seith. Não esperava precisar de mais antes de dormir. Talvez eu esteja lenta.

Mordaunt deu um aceno tenso.

Aurienne pressionou a palma em um ponto sob a clavícula dele e ativou seu tãcn. Como esperado, em vez de jorrar dela, como no frescor da manhã, seu seith estava praticamente letárgico. Ela o enviou para dentro de Mordaunt.

Na maior parte das sessões de cura anteriores, ele estivera de costas para ela. Dessa vez, ela podia ver seu rosto. A boca de Mordaunt, normalmente alargada em sorrisos insuportáveis, estava apertada em uma linha infeliz. Centímetro por centímetro exploratório, Aurienne abriu caminho através dos canais de seith deteriorados.

– É o fim da linha para mim? – perguntou ele.

– Quieto – disse Aurienne.

Mordaunt se calou. O foco de Aurienne era o próprio seith, mas ela podia sentir o olhar dele sobre si. A respiração do Fyren era lenta e deliberada, mas sua pulsação contava a verdade e disparava ansiosamente sob a palma dela.

Naquele momento, Mordaunt estava desprovido da única coisa que lhe dava poder – que o tornava intocável –, que o tornava um Fyren.

Naquele momento, ele era mortal.

Aurienne deveria ter desfrutado da vulnerabilidade dele. Queria tê-lo feito. Em vez disso, achou-a meramente patética.

A degeneração de seith podia causar uma deposição excessiva de proteínas de matriz extracelular nos canais de seith. No antebraço esquerdo de Mordaunt, Aurienne encontrou exatamente isso: uma obstrução onde as linhas deterioradas encontravam as saudáveis. Um lindo e típico êmbolo de seith, bloqueando o fluxo para o tãcn dele.

Aurienne tirou a mão do peito do homem.

– E então? – perguntou ele, em um meio sussurro, dando um passo espasmódico na direção dela antes de recuar.

Aurienne não era cruel. Não o manteve suspenso em agonia.

– Você vai ficar bem. Um acúmulo de células mortas bloqueou um dos seus canais de seith.

Mordaunt soltou um suspiro aliviado. Ele apertou os pulsos de

Aurienne, então os soltou imediatamente, como se tivesse sido queimado, e deu uma volta ao redor da sala com passos velozes. Balançou os braços, enganchou-os atrás da cabeça e encarou o teto.

Depois de gastar toda essa energia, reaproximou-se de Aurienne.

– Como um coágulo?

– Exatamente como um coágulo. – Aurienne assentiu. – Um êmbolo de seith.

– O que a gente faz? – perguntou Mordaunt.

– *A gente* não faz nada – disse Aurienne. – Eu vou liberá-lo.

– Graças aos deuses por você – disse Mordaunt.

– Por mim em particular, sim. Normalmente essa situação exigiria uma embolectomia, um procedimento desagradável com alto risco de dano permanente.

Aurienne esperou para ouvir que ela era arrogante. O comentário não veio. Em vez disso, Mordaunt a observou com uma expressão dividida de estima involuntária e apreciação relutante.

– Então você pode consertar? – perguntou ele. – Agora?

– Eu poderia – disse Aurienne.

– Poderia? – repetiu Mordaunt.

– Você não me perguntou por que eu me atrasei hoje – apontou Aurienne.

Mordaunt, demonstrando uma minúscula reserva de inteligência até então insuspeitada, ficou cauteloso. Ele tinha razão; naquele momento, Aurienne tinha uma *vantagem*.

– Eu devia ter perguntado – disse Mordaunt, com uma educação súbita e insincera. – Por que você se atrasou, querida Haelan?

– Nos seus negócios com o submundo criminal – Aurienne apontou para uma pilha de lixo imaginária –, já ouviu falar de alguém com a intenção de atacar Swanstone?

– Não – disse Mordaunt. – Por quê?

Não houve hesitação na resposta dele, mas isso dizia pouco a Aurienne sobre a veracidade da negação.

– Os Guardiões capturaram quatro invasores esta noite – disse Aurienne. – Não eram os intrusos de sempre. Ocasionalmente aparece um ladrão querendo entrar em nosso jardim, ou dependentes químicos que tentam invadir o depósito do boticário. Mas esse time estava armado até os dentes, com dispositivos incendiários, por sinal, e tinham sido bem financiados.

– Algum tãcn? – perguntou Mordaunt.

– Não.

– Idiotas. Passar por Guardiões é quase impossível, a não ser que seja eu. E civis, ainda por cima? Estavam querendo morrer.

– Ou estavam desesperados – disse Aurienne. – Ou foram coagidos. Ou estão atrás de algo ou alguém em particular e isso era importante o suficiente para arriscarem a vida.

– Interessante – disse Mordaunt.

– Você pode ver o que descobre? – perguntou Aurienne.

– Você não vai curar o êmbolo até eu concordar? – perguntou Mordaunt.

– Não – disse Aurienne.

O Fyren cruzou os braços na frente do peito nu, o que empurrou os peitorais um contra o outro. Aurienne notou, de passagem, que os peitos dele estavam mais à mostra que os dela.

– Então? – insistiu Aurienne.

Bem quando Mordaunt abriu a boca para responder, algo bateu em uma parte distante da casa.

Houve um grito:

– Eeeei! Tem alguém em casa?

O terrier sem voz latiu. Mordaunt girou bruscamente. Aurienne congelou.

– Merda – disse Mordaunt.

Antes que se desse conta do que estava acontecendo, Aurienne foi arrastada pela sala e enfiada em um guarda-roupa.

– Fique aqui – disse Mordaunt por cima das objeções abafadas dela. – Não se mexa.

Houve mais batidas, como se alguém estivesse topando com a mobília. Passos irregulares e fortes avançaram pelo corredor.

A porta do guarda-roupa estava entreaberta. Aurienne conseguia ver uma faixa da sala de estar. Mordaunt chutou a bolsa de Haelan dela para baixo do sofá.

O dono dos passos irregulares entrou cambaleando na sala. Julgando pela capa e capuz, também era um Fyren. Como Mordaunt, ele tinha uma abundância de coldres de armas amarrados à sua pessoa, mas, entre facas e espadas, eles também continham uma tesoura rosa de segurança e um rolo de macarrão.

Mordaunt, ainda sem camisa, foi na direção do invasor e sibilou:

– Leofric. O que está fazendo aqui?

Leofric abaixou o capuz para revelar uma compleição pálida e uma massa de cabelo ruivo afofado e incongruentemente espetado.

Os cães anciões voltaram para a sala, rangendo e mancando ao redor dele com os rabos abanando. Leofric trocou saliva com os cães através de beijos vigorosos (Aurienne estremeceu) e se jogou na direção de Mordaunt para um abraço desleixado. Mordaunt retribuiu com um braço rígido contra o ombro do outro.

– Eu tenho uma *preocupação* – declarou Leofric.

Ele ficou flácido e se soltou nos braços de Mordaunt.

– Você está completamente chumbado – disse Mordaunt.

– É – disse Leofric, com um soluço. Ele apertou os olhos na direção da mesa. – Ui. É biscoito de chocolate?

Leofric se jogou na direção dos biscoitos, mas não conseguiu encontrar a coordenação para enfiá-los na boca. Mordaunt enfiou alguns lá dentro por ele.

– O que você quer? – perguntou Mordaunt. – Qual é a *preocupação*?

Leofric fechou os olhos para se concentrar na mastigação. Mordaunt olhou para baixo, viu que a alça da bolsa de Aurienne ainda estava à vista debaixo do sofá e a chutou mais para dentro.

– Preciso te mostrar uma coisa, p-porque eu confio em você – disse Leofric.

– O que é? – perguntou Mordaunt.

Aurienne não sabia o que esperava que Leofric mostrasse a Mordaunt, mas com certeza não envolvia a remoção de sua calça e roupa de baixo.

O mesmo valia para Mordaunt.

– *O que* está fazendo?

– V-você tem um culhão que pende mais baixo que o outro? – perguntou Leofric, apontando para o testículo em questão.

– Vista as calças, seu paspalho.

– Mas você tem?

– Não sei – disse Mordaunt. – Nunca os inspecionei para conferir a simetria.

– Mostra aí, então – disse Leofric, gesticulando para a virilha de Mordaunt.

– Vá se foder – disse Mordaunt.

– O q-que eu faço? – perguntou Leofric. – É melhor ir ao médico?

– Sei lá.

– Dar um tapa, talvez? Um beliscão? Será que sobe de volta?

– Você precisa ir embora.

Leofric ficou filosófico.

– Sabe, acho que meus pentelhos não são encaracolados o suficiente. O que você acha? Seja honesto.

Mordaunt estava fora do campo de visão estreito de Aurienne, mas ela ouviu o rosnado exasperado dele.

– *Vá. Embora.*

– Por quê? – perguntou Leofric, magoado e fazendo bico. – O que cê tá fazendo de tão importante? E por que tá sem camisa?

– Não é da porra da sua conta.

Leofric lançou um olhar malicioso.

– Estava prestes a dar uns tapas nos *seus* culhões, aposto.

– Não – disse Mordaunt.

– Estava prestes a brincar com eles, então. Deixa eu te falar uma coisa sobre isso. – Leofric apontou um dedo na cara de Mordaunt, como se estivesse prestes a transmitir um conselho profundo. Aí ele disse: – Não prenda os dedos nos pentelhos.

Mordaunt soou ofendido.

– Quão longos você acha que são meus pentelhos?

– Sei lá. Aposto que você trança eles.

– Vá se foder.

– Trançador de pentelhos.

– Não vou pedir de novo. Vá embora.

Leofric ficou truculento.

– E se eu não for?

– Vou te estrangular com minha trança de pentelhos.

Leofric jogou a cabeça para trás e deu uma risadinha aguda.

Mordaunt, perdendo paciência com os procedimentos, puxou a calça de Leofric para cima, o agarrou pelos ombros e o guiou até a porta.

– Vá para casa.

– Trança de pentelhos – resmungou Leofric.

– Vá até a waystone, e eu nunca mais quero ouvir nada sobre os seus pentelhos – disse Mordaunt, empurrando-o até a porta.

Leofric soltou um lamento de cortar a alma sobre seus culhões irregulares.

Houve silêncio, rompido por baques ocasionais à medida que Leofric topava com os móveis enquanto Mordaunt o empurrava para fora. Finalmente, uma porta bateu e se ouviu o deslizar e o clique de vários ferrolhos.

Mordaunt voltou para a sala emanando exasperação. Ele abriu o guarda-roupa, onde encontrou Aurienne sentada às lágrimas, tentando se recuperar de um acesso de riso silencioso.

Mordaunt estendeu uma mão para ajudá-la a se levantar. O movimento foi brusco, mas o aperto foi mais gentil. Aurienne se levantou, enxugou os olhos e reencontrou sua seriedade habitual. Ou quase.

Como era trágico não poder compartilhar aquela história com Élodie e Cath.

– Isso foi... – começou Aurienne.

– Não vamos falar sobre isso nunca mais – disse Mordaunt. Ele parecia extremamente irritado, com um rubor envergonhado nas bochechas.

– Seu amigo é...

– Não é meu amigo – disse Mordaunt.

– Quem é ele?

– Leofric. Ele só tem um neurônio e o usa para não cagar na própria cabeça.

– Ele parecia simpático...

– É um imbecil com um instinto perfeito para o caos. Impossível dizer se ele é o prenúncio ou a causa. Eu o odeio.

– Sabe, os pelos pubianos dele eram *mesmo* incomumente lisos – disse Aurienne. – Quase rígidos.

– Não me importo com os pentelhos de Leofric.

– Ele poderia perfurar o olho de alguém.

Mordaunt fechou o guarda-roupa atrás de Aurienne com um baque. Com um ar de imenso sofrimento, ele perguntou:

– Temos mesmo que discutir o assunto?

Aurienne discutiu o assunto.

– O deofol dele é um porco-espinho?

– Vejo que chegamos ao estágio das piadas baixas.

– Só havia uma coisa baixa lá – disse Aurienne. – É *mesmo* um porco-espinho?

– Ouriço-do-mar.

Em vez de se desintegrar em uma crise de riso, como gostaria de fazer, Aurienne disse:

– Um ouriço-do-mar. Naturalmente.

– Naturalmente.

– Diga a ele que assimetria testicular é normal. Porém, ele deveria consultar um médico se estiver com dor ou notar novos caroços.

– Eu *não vou* falar nada disso a ele. Podemos continuar com sua tentativa primitiva de coerção?

Aurienne recobrou o autocontrole diante desse comentário condescendente. Primitivo? Como ele ousava?

– É uma *negociação* – enfatizou ela. – E estou mantendo os termos simples, dadas as capacidades limitadas do meu interlocutor. Eu ajudo você com seu êmbolo; você me ajuda a descobrir o que aquelas pessoas queriam.

Em face dessa troca – na opinião de Aurienne – eminentemente justa, Mordaunt soltou um suspiro dramático.

– Se eles foram bem financiados, como você disse, e ousados o suficiente para tentar entrar em Swanstone, qualquer um pode estar por trás disso. Pode levar um baita tempo. E ser excepcionalmente arriscado.

– Devo te lembrar que você é um especialista em reunir informações? – perguntou Aurienne.

– Devo *te* lembrar que as pessoas me pagam muito bem por esse conjunto específico de habilidades?

– Curar seu êmbolo não é um pagamento bom o bastante?

Mordaunt parecia irritado. Aurienne piscou para ele com toda a inocência do mundo.

– Sua sorte é que eu preciso de você – disse Mordaunt.

– Então temos um acordo?

– Sim, mas é um acordo de merda e eu não estou feliz com ele.

– Conheço a sensação – disse Aurienne.

Mordaunt estreitou os olhos para ela.

– Vamos logo com isso, então.

Eles retomaram suas posições na frente do fogo.

Aurienne fez uma pausa antes de apertar o tãcn no peito de Mordaunt.

– Devo observar, simplesmente porque não confio em você, que à medida que sua condição piorar haverá um risco significativo de recorrência de mais bloqueios como esse. Espero que cumpra com a sua palavra, caso contrário não vou ajudar da próxima vez que acontecer.

– Ah, é? – disse Mordaunt. – Chegamos às ameaças agora, então?

– Pode culpar a si mesmo e à sua influência nociva.

– Parabenizar a mim mesmo, você quer dizer – disse Mordaunt, como um inseto presunçoso.

Aurienne pressionou seu tãcn logo abaixo da clavícula de Mordaunt e desceu pelas linhas de seith dele na direção do bloqueio. Ela estava fatigada, e seu seith fluía devagar, mas esse procedimento específico exigia mais delicadeza do que força. Ela se aprofundou no Fyren até encontrar o bloqueio de novo. Com um empurrãozinho infinitesimalmente gentil, quebrou o êmbolo.

O efeito foi imediato. Mordaunt estendeu a mão. Seu tãcn de cão infernal brilhou vermelho, em toda sua glória de olhos mortos.

– Você conseguiu. – O sorriso de Mordaunt voltou rápido, largo, brilhante. – Pelas tetas de Hel, você fez parecer fácil. Achei que eu estava acabado. Você é genial.

O brilho vermelho do seu tãcn deixou Aurienne dividida entre satisfação por ver a coisa funcionar como deveria e horror por ter colocado um Fyren fora de serviço de volta à ativa. Ele tinha um Coágulo de Supressão de Assassinato e ela o removera.

O horror superou a satisfação. Aquele tãcn era um instrumento de massacre. Seu ânimo despencou mais que o culhão de Leofric. De repente, ela não sabia se tinha tomado a decisão correta. Uma coisa era aceitar seguir um ritual lunar absurdo que nunca funcionaria; outra coisa era de fato curá-lo.

Mordaunt notou o desconforto dela e seu sorriso desapareceu.

– Você está transbordando arrependimento.

– Eu coloquei um assassino de volta ao trabalho.

Mordaunt vestiu as luvas para esconder o tãcn, como se Aurienne fosse um tipo de avestruz que esqueceria o Caminho que ele seguia se não pudesse vê-lo.

– Estou grato por ter funcionado, mesmo que você não esteja – disse Mordaunt. Ele ofereceu uma mesura baixa e cortês que parecia errado receber. – Obrigado, Haelan Fairhrim.

Aurienne não respondeu *o prazer é todo meu,* porque não era.

Uma camada levíssima de suor umedecia sua testa. Ela tinha forçado o limite do seu seith um pouco naquela noite, embora não o suficiente para engatilhar seu Custo.

Mordaunt abotoou a camisa – meio sem jeito, devido às luvas – e jogou a capa nas costas com um floreio jovial. O homem atormentado e patético de antes voltou a ser o Fyren de sempre: charmoso, confiante, alegre.

– Fordyce e Shuttleworth estavam certos sobre você, no fim – disse ele. – Você *é* um fenômeno.

– Não me elogie – disse Aurienne.

– Deixa você desconfortável?

– Sim.

– Bom. Gosto de vê-la sofrer.

Isso foi acompanhado por uma piscadela.

Odioso.

– Vou investigar seus amigos bem financiados – continuou Mordaunt. – Mas já aviso que pode levar meses até descobrir algo útil.

Ele foi até um espelho, dos quais havia uma abundância na sala, para fazer alguns ajustes finais no colarinho e no cabelo. Aurienne considerou o exercício vão; uma pústula com bom cabelo ainda era uma pústula.

– Eu acompanho você à waystone – disse Mordaunt.

– Não é necessário – disse Aurienne.

– É, sim – disse Mordaunt. – Leofric pode ainda estar cambaleando lá fora. Eu vou primeiro. Você tem seith suficiente pra voltar a Swanstone?

Uma pergunta galante; Mordaunt tinha bons modos quando decidia usá-los.

– Ficarei bem – disse Aurienne, que jamais se drenaria a esse ponto por conta dele.

Mordaunt a acompanhou através da cozinha. Como a maior parte da casa, o cômodo dava uma impressão geral de abandono, exceto por uma seção da bancada onde panelas de cobre brilhantes secavam sob um jardim de ervas suspenso.

– Espere aqui – disse Mordaunt. – Eu chamarei quando for seguro.

Ele desapareceu na escuridão. Aurienne ficou parada sob o dintel caindo aos pedaços e observou a paisagem daquele lado da casa. A lua continuava encoberta e oferecia só uma sugestão velada de si através das nuvens. Charnecas verdes e pretas estendiam-se no horizonte sob sua luz incerta, em ondas de urze e capim-algodão, presas à terra cá e lá por uma árvore atrofiada.

– Pode vir – chamou Mordaunt.

Aurienne juntou-se a ele no canto, na entrada de cascalho.

O ar noturno estava úmido com o frio do fim da primavera e, saindo da casa embolorada, era maravilhoso respirá-lo.

Eles caminharam em silêncio até que Mordaunt, incapaz de manter a paz, começou a tagarelar.

– Estive pensando em Widdershins e o sol escurecido – disse ele.

– É mesmo? – perguntou Aurienne, em um tom que sugeria que as opiniões de Mordaunt sobre o assunto eram de interesse limitado.

Mordaunt não captou a indireta. Ele era ao mesmo tempo grudento e espesso, como um muco tenaz.

– Sim – disse ele. – Para a lua Blædnes de maio. Achei que poderia ser uma referência a um eclipse, só que não há nenhum eclipse, solar ou lunar, previsto para os próximos meses. – Ele olhou para ela de esguelha. – Mas vejo que você já sabia disso.

– Claro – disse Aurienne.

– Então o que o sol escurecido no fim da terra significa? – perguntou Mordaunt. – Nuvens? Fumaça?

– Significa que toda a tradução de Widdershins é pura invencionice – disse Aurienne. – Não sei sobre o sol escurecido, mas se suspendermos nossa descrença... o que esse plano todo exige, afinal... talvez encontremos intersecções interessantes com os dados em locais onde a terra acaba. Penínsulas. Promontórios. Cabos. Há um anal obscuro de Fortriu focando casos de... Hã, perdão, qual é a graça?

– A maioria dos casos anais não são obscuros?

– Anal no sentido de registro escrito, não de ânus.

– Ambos podem ser obscuros, então – disse Mordaunt.

– Sim.

– Meio escuro lá dentro.

Aurienne lançou um olhar demorado ao Fyren. Ele estava rindo muito sobre ânus para alguém que parecia ter saído de um.

– Terminou? – perguntou Aurienne.

– Sim.

– Vou mandar meu deofol com instruções quando descobrir onde devemos nos encontrar para a lua cheia de maio.

– Eu odeio aquele ratinho infernal – disse Mordaunt.

– O sentimento é mútuo. Ele se refere a você como "o Parasita".

As nuvens se abriram quando eles alcançaram a waystone. O luar caía como geada ao redor deles. O caminho de cascalho seguia como uma fita até as charnecas escuras, uma estriação de branco.

Sob a luz de peltre, tudo era distinto, afiado, separado. Sombras espelhavam seus objetos em detalhes vívidos. A luz realçava a escuridão; a escuridão amplificava a luz.

Aurienne encostou seu tãcn na waystone.

Eles não deram boa-noite.

10

GUANO

Osric

Duas serviçais seduzidas; um serviçal, idem; um soldado nortumbriano morto em sua cama. Osric estava tendo um bom dia.

Não podia durar, devido à existência de Fairhrim.

Ela tinha sido espetacularmente útil no caso do êmbolo, mas qualquer boa vontade que Osric tivesse desenvolvido por ela foi erradicada pela chegada do seu deofol.

– Pare de me interromper no trabalho – disse Osric quando o gineto albino de Fairhrim se materializou.

– Parece que não consigo achar um momento em que você não esteja matando alguém – disse o rato infernal. Seus bigodes estremeceram ao ver o cadáver na cama. – Ele está morto o suficiente? Tem certeza? Não quer apunhalá-lo mais um pouco?

– Isso dificilmente é excessivo – disse Osric. – É o padrão da indústria.

– Pode parar de dedá-lo enquanto estou falando com você? – perguntou o deofol.

– Na verdade, não. Ele enfiou um pergaminho no cu. O exato pergaminho que eu, infelizmente, fui pago para recuperar.

– Terrível – respondeu o deofol.

– Eu sei – disse Osric. – Essas luvas são novas.

Osric recuperou o pergaminho e o guardou em uma bolsinha.

– Você terá que dizer para a sua mestre que posso confirmar a obscuridade dos anais.

– O que tem no pergaminho? – perguntou o deofol, inclinando a cabeça pontuda. – Fora a giardíase.

Osric jogou suas luvas arruinadas no fogo que tremeluzia na lareira do morto.

– Planos para as fortificações de Nortúmbria que interessam a Strathclyde.

– Quanto eles pagaram?

– Uma fração muito pequena da fortuna que paguei pelo prazer da assistência de Fairhrim. Que notícias você tem para mim?

– Você deve encontrá-la uma hora antes do pôr do sol no dia da lua Blædnes, em Muckle Flugga.

– Onde? – perguntou Osric, sem saber se o deofol estava limpando a garganta.

– Muckle Flugga – repetiu o deofol. – Em Fortriu. É o ponto mais boreal dos Tīendoms.

– Que nome encantador.

– Tem um farol lá. A waystone fica no Lobo. Faça o favor de tomar banho antes de ir. Você está cheirando a latrina.

Com esse comentário final, o deofol desapareceu.

Alguns dias depois, sem feder nem um pouco a latrina, Osric materializou-se no Lobo. O pub em si estava abandonado havia tempos e consistia em algumas paredes desmoronadas. A waystone era tão gasta e baixa que servia como um assento razoável, onde Osric colocou suas (formosas e tonificadas) nádegas.

Diante dele estendia-se uma paisagem adorável de litoral rochoso dissolvendo-se no mar, e lá, na ponta de um afloramento, o farol. Exceto por uma brisa salgada e o rodopiar dos pássaros, tudo estava imóvel.

Osric desejou tirar um momento para pausar e apreciar a beleza – e então, é claro, Fairhrim chegou com a delicadeza de uma pequena nevasca.

A waystone a cuspiu no colo de Osric. Ela se ergueu em um turbilhão de saias e coisas, atipicamente desalinhada. Estava diante dele com os pés em meias-calças, o cabelo solto e molhado sobre o ombro, e não inteiramente vestida.

– O quê...? – começou a dizer Osric.

– Segure isso – disse Fairhrim, empurrando a bolsa no peito de Osric. – E isso – então jogou a capa em cima dele – e essas aqui – disse, acrescentando as botas à pilha.

Com a ajuda de um ganchinho de metal, ela foi fechando a longa fileira de botões do vestido. Uma pedra redonda com um buraco no centro, geralmente escondida pela gola alta do vestido, pendia em sua clavícula. A pedra de serpente e seu cordão de couro gasto eram incongruentes com os outros adornos de Fairhrm, todos pontudos e prateados.

– Chocante – disse Osric, referindo-se ao fato de que ela tinha um pescoço.

Fairhrim não se dignou a responder; a função principal dele, no momento, era servir de suporte enquanto ela calçava uma bota.

– Indecente – disse Osric, uma vez que ela tinha um tornozelo.

Os dedos afiados de Fairhrim se apoiavam no ombro dele.

– Tive que correr. Não podia perder a maré.

A água dos cachos encharcados dela pingou na capa de Osric. Ele sentiu cheiro de sabonete.

– Posso perguntar por que parece que você acabou de sair do banho?

– Porque acabei de sair do banho – disse Fairhrim.

– Por que você tomaria banho logo antes de subirmos para um farol?

– Houve um incidente com o meu último caso.

– Um incidente?

– Eu estava drenando uma úlcera. Foi... explosiva. Incrivelmente purulenta. Borrifou meio litro de pus no meu cabelo. Quer saber mais?

– Não – disse Osric.

– Foi o que pensei.

Fairhrim enfim conseguiu calçar as duas botas. Ela torceu seu monte de cabelo e o prendeu no seu Coque da Repressão costumeiro, atravessado com uma cureta prateada. Então fez um gesto brusco com o pulso para Osric, que obedientemente lhe passou a capa e a bolsa.

Após alisar a saia pela última vez, Fairhrim reassumiu sua aparência e calma usuais. Mantinha o queixo empinado, como se não tivesse pousado em Osric como um cataclisma seminu.

– Bem – disse alegremente –, vamos perder tempo de novo?

– Ah, vamos sim – disse Osric.

Eles trocaram sorrisos falsos e sem alegria e seguiram na direção do farol.

– Alguma mudança no seu seith desde o êmbolo? – perguntou Fairhrim.

– Nenhuma que eu tenha notado – disse Osric.

– Que bom. E você descobriu algo sobre aqueles intrusos em Swanstone?

– Estou seguindo uma pista. O seu pessoal está investigando?

– Sim, mas com sucesso limitado. Sabemos que os invasores não chegaram por nenhuma das waystones próximas. Os dispositivos incendiários eram caseiros; nossa Ingenauta não conseguiu identificar a origem. E os cadáveres não revelaram nada. – Fairhrim soltou uma bufada impaciente. – Eu disse para Xanthe que você está nos ajudando em troca da cura do êmbolo.

– Disse?

– Sim. Ela ficou satisfeita e espera que você consiga justificar sua existência ao ser de alguma utilidade ao mundo.

– Otimista.

– Foi o que eu respondi.

Fairhrim o levou na direção do mar. Abaixo deles dançava uma mistura de ervas marinhas e flores silvestres cujo nome Osric não conhecia – brancas, roxas, amarelo-pálido.

– Seu precioso Widdershins disse que tínhamos que estar no fim da terra, e esse é um dos pontos mais finais dos Tīendoms – disse Fairhrim. – Meu conjunto de dados para a lua Blædnes favorece o pôr do sol sessenta por cento das vezes, isso quando as histórias faziam o favor de especificar um horário; então essa é a dimensão temporal intermediária de hoje. Esse local também oferece vários daqueles limiares que os dados, se podemos chamá-los assim, indicam: entre terra e céu, entre marés, está num litoral. E o farol fica numa antiga encruzilhada.

– Romana?

– Nórdica. Uma rota marítima.

– E quanto ao sol escurecido do meu precioso Widdershins? – perguntou Osric, dado que o sol percorria um arco brilhante acima deles, distintamente nada escurecido.

– Não sei – disse Fairhrim. – Você terá que perguntar a ele. Eu conferi o barômetro, e é para estar nublado hoje. Talvez até chova.

– Ah, sim – disse Osric, observando o céu violentamente azul. – Vai chover pra caralho, dá para ver.

– Isso é o Mar do Norte. O tempo muda a cada cinco minutos.

Quando se aproximaram da praia, a brisa ficou mais forte. Osric tinha esperado um aroma revigorante e salgado, mas em vez disso foi atingido por algo que só podia ser descrito como fedorento.

– Que cheiro é esse? – perguntou ele, as narinas se enchendo de acridez.

Fairhrim farejou e disse:

– Guano. Tem uma grande colônia de gansos-patola em algum lugar por aqui.

– É pútrido – disse Osric, engasgando.

Fairhrim não se abalou com o odor de merda e mijo fermentados pelo sol.

– Depois da drenagem purulenta de hoje, é quase agradável.

A Haelan seguiu em frente em meio ao odor fétido.

– Uma vez eu tive um paciente com múltiplas fístulas gastrointestinais. O líquido que saiu delas... *isso sim* era pútrido. Mas fascite necrosante é pior. Você fica sentindo o gosto por dias.

Osric extraiu um lenço e o pressionou ao rosto.

– Melhor? – perguntou Fairhrim.

– Sim – disse Osric, em uma voz abafada. – Não consigo mais sentir cheiro nenhum. Acho que meu septo se dissolveu.

Conforme se aproximavam do farol, eles avistaram algumas figuras robustas perambulando na base.

Fairhrim parou. Osric esbarrou nela.

– Que foi? – perguntou Osric.

– Eles – disse Fairhrim, apontando para as silhuetas.

Obviamente, era *isso* que a deixaria preocupada – alguns imbecis andando de um lado a outro, não a imolação dos seios nasais de Osric.

– Era para o farol estar desguarnecido – disse Fairhrim.

– Parece muito bem guarnecido – disse Osric.

– Talvez sejam turistas – disse Fairhrim. – Se houver algum lá em cima, vou pedir com jeitinho para eles saírem e podermos perder nosso tempo sem sermos observados.

– Deixa que eu peço – disse Osric. – Sou mais jeitoso que você.

Fairhrim jogou a cabeça para trás, disse "Rá!" como se Osric tivesse feito uma boa piada e seguiu em frente.

Isso irritou Osric, porque ele *era* mais bonito que ela. Não era? Será que ela era mais bonita que ele? Impossível. Ele avaliou Fairhrim de um jeito novo e invejoso, mas só suas costas estavam visíveis agora, e só pôde concluir que ela tinha uma bela aparência.

– Não é hora para suas piadas – disse Fairhrim sobre o ombro. – Vamos focar na missão.

– Eu *sou* a missão.

Com a capa apertada ao corpo contra o vento, Osric seguiu Fairhrim através de uma trilha de grama amassada até beira-mar, e eles discutiram sobre sua beleza relativa, e Osric a provocou dizendo: "Pelo menos admita que eu sou bonito", e Fairhrim perguntou, filosoficamente, se uma doença podia ser bonita, o que só o irritou mais.

Os turistas no farol pareciam incrivelmente bem armados.

– Um alegre grupo de excursão – disse Osric. – Prestes a fazer um piquenique familiar, eu diria. As espadas são para cortar o assado.

Fairhrim não partilhou do seu divertimento.

– Quem são eles e por que estão aqui?

– Eu vou descobrir – disse Osric. – Você fica aqui. – E aí, porque pareceu que a instrução desagradou Fairhrim, acrescentou: – Preciso de você viva, não empalada por Boçal Suspeito e companhia limitada lá embaixo.

– Tudo bem. Tente ser diplomático, tá?

– O que quer dizer com isso?

– Não machuque ninguém.

– Ah – disse Osric.

Essa resposta, aparentemente, não bastou.

– *Prometa* que não vai machucar ninguém – disse Fairhrim.

O problema de Fairhrim era que ela tinha princípios demais.

– E se for em autodefesa? – perguntou Osric.

– Autodefesa – disse Fairhrim, usando palavras de que Osric imediatamente planejava fazê-la se arrepender – obviamente é diferente.

– Certo.

– Promete que não vai assassiná-los?

Osric fingiu considerar, aí disse:

– Não.

Ele seguiu em frente. O vento abafou a maior parte da réplica de Fairhrim – algo sobre ele ser horrendo. Osric não respondeu, porque era mesmo.

Ele avançou rumo ao farol. A maré tinha recuado e deixado um caminho escorregadio de pedras. Cracas faziam barulho sob seus pés enquanto Osric cruzava essa ponte provisória.

Sua aproximação foi desafiada por um "Ei!" rude.

– Que foi? – perguntou Osric.

– O que você está fazendo aqui? – perguntou o homem desafiante. Com sua armadura de couro mal ajustada ao corpo e a espada batida, havia um ar de banditismo nele.

– Caminhando – disse Osric.

– Bem, você não pode caminhar aqui.

Ao Bandido Um juntaram-se outros dois colegas com o mesmo ar de reputação questionável, que observaram o equipamento de Osric com interesse.

– Gostei dessas botas – disse o Bandido Dois.

– Eu quero a capa – complementou o Bandido Três. – Isso é ouro de verdade na bainha?

Osric decidiu exercitar suas habilidades de diplomacia limitadas, já que estava sendo observado.

– Vocês precisam se mandar por umas horas.

– O farol é nosso – demarcou o Bandido Um, enganchando os polegares na cintura da calça e inflando o peito. – É propriedade privada.

– Dá as botas pra gente – disse o Bandido Dois.

– Tem mais alguém lá dentro? – perguntou Osric, apontando o queixo para o farol.

– Vinte homens – respondeu o Bandido Um, ao mesmo tempo que o Dois disse "cinquenta homens".

– Ninguém, então – disse Osric. – Ótimo. Se mandem. Não me obriguem a machucar vocês.

Os homens o encararam enquanto processavam a audácia dele. Osric não era do tipo paciente e normalmente já teria cortado gargantas àquela altura. Porém, considerando o olhar afiado de Fairhrim, deu mais uma chance a eles.

Ele tirou a luva e mostrou o tācn aos três.

– Último aviso.

– Um Fyren – arquejou o Bandido Um.

– Foda-se isso aqui – disse o Bandido Dois.

Ambos fugiram. Isso o deixou com o Bandido Três, o mais idiota do trio. Osric vestiu a luva de volta e o observou com um leve interesse. Como se livrar dele sem fazer Fairhrim apertar suas pérolas em horror?

– Aposto que essa marca é falsa – disse o Bandido Três. – Aposto que é só uma tatuagem.

Ele decidiu testar essa teoria, aparentemente, dando um soco em Osric. O Fyren o bloqueou; por mais fraco que fosse o golpe, ele considerava seu nariz bonito e preferia mantê-lo assim.

Como outra pessoa tentara atacar primeiro, a aventura de Osric na diplomacia chegou ao fim. Ele nocauteou o Bandido Três com um soco naquela boca idiota.

Aí acenou para Fairhrim se aproximar. Ela seguiu a trilha com cuidado na direção do farol enquanto Osric amarrava as mãos e os pés do homem com seu próprio cinto.

– Esse era realmente o único curso de ação? – perguntou Fairhrim.

– Sim – disse Osric, tirando um dente da própria luva.

– Achei que os Fyren eram sutis.

– Não vou desperdiçar meu seith num tipinho desses.

– Deve ser agradável poder escolher – foi a resposta árida de Fairhrim.

Osric jogou o dente nela.

Ele subiu as escadas em espiral do farol na frente dela. Era impressionante como Fairhrim conseguia encarar bem o meio das suas espáduas tão intensamente que ele conseguia sentir. Era um pouco como ser apunhalado, na verdade.

Eles continuaram a subida laboriosa, passando por um depósito com os pertences espalhados dos bandidos. A pungência de guano deu lugar a um ranço de mofo. As escadas estavam cobertas de pó, exceto onde os pés dos bandidos tinham pisado.

Acima do depósito ficava a antiga sala de observação, que tinha sido convertida em dormitório.

– Humm – disse Osric.

– Que foi? – perguntou Fairhrim.

– Tem umas dez camas aqui – disse Osric.

Ele se arrependeu de ter deixado os Bandidos Um e Dois irem embora. Devia ter sido proativo e matado ambos.

– Devemos nos preocupar? – perguntou Fairhrim.

– Nos preocupar? – perguntou Osric. – Não seja ridícula. Eu estou aqui.

A sobrancelha erguida de Fairhrim dizia que ela o achava um palerma.

– Se eles subirem, estão mortos – disse Osric. – Porém, eu *gostaria* que não fôssemos interrompidos. Me ajude aqui.

Com a melhor tentativa de auxílio de Fairhrim (ela girou os pulsos débeis e grunhiu), ele empurrou e puxou alguns caixotes até a escada. Eles não impediriam uma gangue determinada de bandidos, mas dariam um aviso mais que suficiente de que alguém estava tentando subir.

O próximo lance de escadas levou à cozinha do antigo faroleiro, onde havia várias caixas de suprimentos de frescor questionável.

Finalmente – depois de muito ofegar e bufar, o que tanto Osric como Fairhrim fizeram seu melhor para esconder –, chegaram à sala da lanterna. Era circular, com paredes de vidro, e oferecia uma visão esplêndida do mar.

A luz, preta e ociosa, ficava no centro da sala.

Fairhrim examinou o dispositivo.

– Nunca vi tantas lâmpadas... você já? Que trabalho fascinante dos Ingenautas. Suponho que se acenda ao pôr do sol. Onde será que ficam os sensores?

A engenharia de faróis não estava no topo das prioridades de Osric.

– Ficamos dentro ou fora? – perguntou ele.

– Fora – disse Fairhrim.

Depois de procurar um pouco, eles encontraram uma maçaneta em um dos painéis de vidro que levava a uma plataforma externa.

Osric deu um passo para fora e foi seguido, com nítida hesitação, por Fairhrim.

– Não gosto de altura.

– Você mora numa torre.

– A torre tem paredes de pedra com mais de três metros de espessura. E janelas me separando da morte.

Osric não pôde mais interrogá-la sobre suas contradições porque ambos foram açoitados pelo vento. Lá em cima, o vento era uma coisa viva. Atingiu a parte de trás da cabeça de Fairhrim e desfez seu coque. Agitou a capa de Osric e tentou estrangulá-lo com bastante sucesso. Girou e assoviou ao redor deles, e toda tentativa de corrigir seu caos – prendendo o coque, afixando a capa, segurando a saia, recuperando o cravat – se tornou um jogo.

Osric desistiu primeiro. Capa e cravat foram jogados de volta na sala da lanterna.

Fairhrim era mais determinada, mas após uma batalha vã com seu cabelo, capa e saia, ela também jogou as coisas destacáveis lá dentro. O cabelo se agitava em um longo rabo de cavalo volumoso, ora batendo nos olhos dela ora entrando na boca de Osric.

Osric achou prazeroso vê-la tão desconcertada pela segunda vez naquele dia. Um pouco de caos em meio a sua ordem poderia lhe fazer bem.

– Menos guano aqui em cima, pelo menos – disse Osric.

O vento penetrou a boca aberta dele – que rude – e saiu pelas narinas.

Fairhrim se colou contra a parede de vidro, o mais longe do parapeito possível. Sua voz soou fina no vento.

– O pôr do sol é em alguns minutos.

– Certo. E cadê suas nuvens? – perguntou Osric, porque Fairhrim era, óbvio, pessoalmente responsável pela ausência delas.

– E onde está seu sol escurecido? – perguntou Fairhrim, devolvendo a culpa.

Um novo redemoinho açoitou os dois como se estivesse lhes dando um tapa. A saia pesada de Fairhrim ergueu-se até acima do joelho. Osric, vendo um flash de meia-calça branca e, acima dela, uma liga preta, descobriu que Fairhrim usava suas cintas-ligas segundo a moda mais recente: na coxa. Uma coxa formosa – redonda, com uma pequena indentação deliciosa onde a liga pressionava a pele macia.

O que poderia ter sido uma visão interessante se Osric tivesse uma queda por cintas-ligas, o que ele não tinha, e se achasse Fairhrim remotamente atraente, o que também não achava. (Foi o que disse a si mesmo com grande confiança, suprimindo qualquer lembrança de olhos escuros e brilhantes e um fio de cabelo em um lábio úmido.)

Dado que a visão era tão desinteressante que ele preferiria olhar qualquer coisa que não as pernas de Fairhrim, Osric voltou sua atenção ao mar.

O oceano se revirava abaixo deles, vivo e inquieto. A maré começou a subir enquanto o sol se punha. O azul incessante do céu abriu caminho para um roxo profundo.

Houve um rangido atrás deles. O enorme conjunto de lâmpadas na sala das lanternas se acendeu e lançou um primeiro facho sobre o mar. A luz refletiu-se nas ondas agitadas e transformou-as, brevemente, em ouro.

– Lá – disse Fairhrim. A única sílaba foi esticada e arrastada pelo vento.

Além do lampejo das ondas douradas reluzentes, uma névoa estava crescendo no horizonte. Pelo menos, Osric achava que era névoa. Mas, ao contrário de qualquer névoa, movia-se por vontade própria. Foi ficando mais espessa até se tornar uma massa de nuvens vindo na direção deles – uma massa de nuvens que avançou, impossivelmente, para dentro do vento.

A nuvem aproximou-se em solavancos, visível apenas quando o feixe luminoso do farol a atingia.

Osric enfim percebeu que era uma única massa revolta de pássaros.

– Os gansos-patola – disse Osric.

– *Sort sol* – arquejou Fairhrim. – É o que chamam de murmúrios em Danelaw. *Sort sol*, sol escuro.

Com um estrépito enlouquecedor, a colônia – milhares, centenas de milhares de pássaros – avançou feito um vagalhão rumo ao farol, como uma única entidade fervilhante.

Osric deu um passo para trás, assim como Fairhrim. A luz brilhou novamente; eles viram as próprias silhuetas tremeluzindo contra o muro de pássaros que se aproximava. A batida das inúmeras asas e corações agitou o ar até fazê-lo vibrar. A vibração atravessou Osric, preencheu-o, reverberou em seus ossos.

O farol piscou seu pulso luminoso contra a revoada. Osric viu coisas lá dentro enquanto a nuvem mudava de direção, indo de um lado para o outro – ora uma fileira de árvores, ora cascatas, ora ondas batendo em rochas. Coisas escuras, coisas cintilantes, coisas *despertas*.

Ele se sentiu desorientado e nauseado. Queria tocar algo sólido.

Buscou a mão de Fairhrim no mesmo instante em que ela buscou a dele. A Haelan apertou os dedos enluvados de Osric; o polegar dele apertou o dela.

O turbilhão girou. Eles eram o único ponto fixo no universo; tudo o mais rodopiava ao redor.

O turbilhão estava em cima deles.

E apagou o mundo.

11

TRANSCENDÊNCIA FUGAZ

Aurienne

Não havia mar, céu ou farol. Só o ar estilhaçado por asas, só o aperto da luva de Mordaunt contra os dedos dela.

Uma brancura cercada de preto preencheu a visão de Aurienne, dobrou-se sobre si mesma, despencou, mergulhou. A luz fraturou-se em cacos entre asas e através de penas, uma luz de um mundo dourado onde brilhava um sol incessante.

Havia algo agindo no clamor celestial – algo semiconsciente, algo que não era bom mas ao mesmo tempo não era mau. Aurienne sentiu algo se afrouxar. As regras se tornaram menos rígidas. As coisas não resistiriam; as coisas não recusariam.

Ela hesitou. O ar tremeu contra sua bochecha. Uma janela tinha se aberto.

Será que ela conseguiria?

O farol reluziu. Cem mil olhos brilhantes estavam sobre ela.

Aurienne, virando-se para Mordaunt, levou a mão à nuca dele e o segurou em um abraço simples. Sua palma encontrou a pele dele – quente, cortada por tecido cicatricial, e coberta, no momento, por arrepios. Ela sentiu o sopro de asas contra a bochecha e de Mordaunt contra seus lábios.

Cem mil olhos giraram acima, abaixo, através, ao redor, dentro, fora.

Aurienne acordou seu tãcn, e lá, na borda do mundo, na luz de um outro lugar, entre os seres alados e os atados à terra, entre o mar e o céu, entre o escuro e a luz reluzente, ela projetou seu seith para dentro de Mordaunt.

Ele estremeceu. O espaço entre paraíso e terra se contraiu; o céu tornou-se algo que podia ser tocado. O seith dela se expandiu; os pássaros se expandiram; o próprio ar se expandiu. Os gansos-patola, em suas infinidades, voaram mais para cima, bem além do farol, rumo aos céus violeta.

O vento tornou-se um murmúrio e disse algo baixo demais para ouvirem.

A janela se fechou.

Aurienne afastou a mão do pescoço de Mordaunt. Eles ficaram imóveis ali, se encarando, sem fôlego, suspensos, pasmos.

O colarinho de Mordaunt estava torto; seu cabelo, um desastre. Aurienne sentia-se em um estado similar, e drenada também – na emoção do momento, tinha vertido quantidades desaconselháveis de seith nele.

Ela ergueu seu tãcn até a clavícula de Mordaunt. Seith baixo ou não, precisava saber se tinha funcionado. Fez um diagnóstico vivo.

Os olhos de Mordaunt estavam cravados nela. Ele ainda apertava a mão esquerda de Aurienne. Havia desespero em sua intensidade; sua pulsação disparava; seus lábios formaram um *por favor* silencioso.

O único som agora era a respiração baixa do mar, como se alguma criatura gigante tivesse voltado a dormir.

A imagem diagnóstica de Aurienne brilhou fraca na luz intermitente do farol. Suas mãos começaram a rachar com seu Custo; cada segundo mantendo a imagem drenava o seith já baixo.

Nada no sistema seith de Mordaunt tinha mudado.

Aurienne balançou a cabeça.

– Mas eu pensei que... – começou Aurienne, na mesma hora em que Mordaunt disse:

– Mas eu senti que...

Mas não. Eles tinham pensado e sentido errado.

– Caralho – disse Mordaunt.

Aurienne não disse nada. Decepção e alívio se reviravam dentro dela. Decepção porque sentira que estava tão perto... tão perto de uma impossibilidade. Alívio porque não tinha conseguido, porque sempre soubera que aquilo terminaria em fracasso e a situação confirmava que ela estava certa e... e, acima de tudo, porque um Fyren não merecia ser curado. E então veio a decepção de novo, porque ela quisera conseguir. E então o alívio, porque não conseguira.

Eles ainda estavam de mãos dadas.

Ao embrulho emocional somou-se uma onda de náusea. O diagnóstico vivo tinha extraído demais das reservas de Aurienne. As bordas de sua visão começaram a ficar pretas. Suas mãos ardiam; os nós dos dedos racharam; as unhas ficaram ensanguentadas.

– Fairhrim? – veio a voz de Mordaunt.

– Preciso me sentar – disse Aurienne.

Ela tateou em busca da porta de vidro.

Mordaunt a abriu para ela. Soltou a mão de Aurienne e segurou seu cotovelo. Ela tentou se afastar; ele manteve o aperto.

– Não preciso que você... – começou Aurienne, mas aí uma das pernas vacilou.

Mordaunt a ajudou a atravessar a porta. Ele não disse *não seja idiota,* mas ela sentiu as palavras no jeito irritado como Mordaunt cerrou a mandíbula.

Aurienne agarrou a maçaneta ao passar. Não havia perda de visão periférica nem tremores – ela ficaria bem. Só tinha exagerado um pouquinho.

– Esgotamento de seith? – perguntou Mordaunt.

– Sim.

Houve uma inspiração suave. Ele notara as mãos dela.

– Seu Custo?

– Só o começo.

– Merda.

Mordaunt apoiou Aurienne no parapeito que percorria o interior da sala da lanterna. Ficou diante dela, irresoluto, com as sobrancelhas unidas e a boca apertada de ansiedade. A preocupação em suas feições era perturbadora. Aquela boca só devia ser mordaz, não transmitir preocupação por ela.

– Estou bem – disse Aurienne.

Os olhos de Mordaunt permaneceram nas suas mãos ensanguentadas.

– Feio, né? – perguntou ela.

– Não escolhemos nosso Custo – disse Mordaunt, sentando-se ao lado dela. – Se essa cura acontecesse um dia, eu imaginava que seria num momento... num momento como esse.

Aurienne assentiu. Eles tinham chegado à beira de alguma coisa naquele dia. Algo muito parecido com o que as histórias descreviam: um tremeluzir e desfiar do seu mundo e a revelação de outro mundo além de sua fronteira diáfana. No trovejar de asas, parecera que estavam em algum ponto naquele limiar, onde o impossível era possível, onde o incurável podia ser curado.

A empolgação que Arienne sentira em suas primeiras investigações a respeito dessas histórias tinha retornado; ela quase acreditou – queria acreditar. Só que precisaria esperar um mês inteiro até a próxima lua cheia. (Era desconcertante estar ansiosa por um encontro com Mordaunt, mas, bem... ela estava um tanto animada para tentar de novo.)

– Está se sentindo melhor? – perguntou Mordaunt.

– Um pouco. Pode parar de bancar o preocupado. É perturbador.

– Eu preciso de você. Preciso das suas mãos. Ficarei tão preocupado quanto quiser enquanto elas estiverem parecendo carne moída.

– Quando eu recuperar meu seith, vou curar essa bagunça.

– Você deveria descansar – disse Mordaunt.

Aurienne inclinou a cabeça para trás e se apoiou, a princípio, contra o painel de vidro. O vidro era desconfortável e escorregadio. Exausta, e sem se importar com o que ele pensava, deslizou e apoiou a bochecha no veludo macio da capa de Mordaunt.

Ela fechou os olhos e respirou até sincronizar o ritmo à cadência das ondas lá embaixo – inspirações longas, expirações lentas. O farol lançou seu facho em busca de algo no escuro. Por léguas e léguas sobre o mar, sombras se dividiram, se fecharam e se dividiram de novo.

A fraqueza recuou. Ela abriu os olhos.

A cor de lavanda do céu tinha dado lugar ao preto. A lua Blædnes tinha se erguido.

A noite transformara as janelas em um espelho escuro. Mordaunt a estava observando no reflexo. O farol brilhou e jogou o rosto dele em um forte relevo – a cicatriz na boca, as feições que ela não admitiria que eram belas, os olhos pálidos refletindo a luz.

Fyren.

Mas também... era apenas um homem.

Ele estava sentado, cheio de cicatrizes e imperfeições, sob uma lua cheia de cicatrizes e imperfeições. Imóvel, alerta, focado em Aurienne. Sua respiração tocando a têmpora dela, lenta como batidas de um coração, a lentidão cuidadosa e comedida de um homem controlando sua respiração. A forma da sua boca importava. A barba por fazer chamou a atenção dela.

Apenas um homem. Estar tão perto dele naquele momento fez aquele pensamento se libertar. Apenas um homem que, enquanto estava na luz de outro lugar, quase encostara os lábios nos dela. Só um homem que tinha sussurrado desesperadamente "por favor".

Ele se aproximou dela, ou ela se aproximou dele, até seus braços se tocarem. Seu reflexo unido na janela formava uma trigonometria suave e agradável. Havia uma estranha intimidade no calor irradiando dele. Aurienne se perguntou se ele pensava o mesmo. Nenhuma resposta veio, exceto a pressão silenciosa do braço contra o dela.

Não significava nada. Não podia significar nada por causa do que ela era e do que ele era. Só sensações doces, mas insignificantes. Fúteis.

Mordaunt se remexeu. Seu anel de sinete roçou contra ela; a pedra entalhada, quente como sangue, acariciou seu pulso. A pele dela recebeu a sensação como um beijo.

Aurienne vacilou entre repulsa e atração, entre querer mais e desejar se afastar, um fluxo e refluxo tão cambiante quanto as ondas abaixo, tão latejante e intermitente quanto a luz do farol. Aquele era o verdadeiro estado intermediário. Será que ele também sentia aquelas contradições?

A luz brilhou. Ela ergueu os olhos. Pegou-o com a guarda baixa. Em vez da prata de espelhos, encontrou um cinza de abismos. A intensidade de seu olhar a chocou, mesmo quando ela encontrou a resposta. Ele a olhava como alguém que desejava venerar, e alguém que desejava profanar.

A próxima vez que a luz brilhou, o espelho estava de volta.

Eles ficaram sentados por um longo tempo, inclinados um contra o outro, existindo em dois estados simultâneos.

Era estranho como o ódio podia parecer outra coisa.

Aurienne geralmente não precisava aplicar suas estratégias de regulação emocional à vida fora das alas, mas ocorreu-lhe que, se começasse a pensar que era uma boa ideia, por exemplo, dormir no ombro de Osric Mordaunt, seria sábio utilizá-las. Um pouco de repressão não faria mal.

– Desculpe – disse ela, afastando-se do homem em questão.

– Não tem problema – respondeu Mordaunt. Sua garganta parecia seca; ele pigarreou.

Ambos se levantaram. Mordaunt balançou a capa como se a arejasse.

Aurienne correu os dedos doloridos pelos cachos desordenados e os prendeu de novo com a cureta prateada.

– A maré realmente subiu. Por quanto tempo eu dormi?

– Não sei – disse Mordaunt. – Uma hora, talvez.

– Estamos presos aqui por mais algumas horas, então.

– Eba.

Aurienne espiou lá embaixo.

– Com o mar tão alto, aqueles homens não vão voltar. A não ser que tenham um barco.

– Bem que podiam – disse Mordaunt. – Assim eu teria um pouco de entretenimento.

– Imagino que você tenha que matar pessoas regularmente, senão enlouquece de tédio.

– Fico completamente maluco – disse Mordaunt. – Está com fome?

– Sim – disse Aurienne. – Eu nunca saio de Swanstone sem uns petiscos na bolsa, mas minha partida foi tão apressada que não como nada há... hã, aonde você vai?

Mordaunt já estava descendo a escada em espiral.

– À cozinha. Você tem que comer.

– Eu não vou roubar a comida de ninguém – disse Aurienne.

O suspiro de Mordaunt ecoou na direção dela.

– Eles roubaram a comida de outras pessoas. Melhor assim?

– Só piorou.

– Não, dois erros fazem um acerto. É matemática básica.

Aurienne, ainda se sentindo um pouco zonza, decidiu que não podia se dar ao luxo de ser exigente. Portanto, não discutiu mais sobre a matemática questionável do Fyren.

A luz intermitente da sala de lanterna esvaneceu enquanto ela descia as escadas. Ela descobriu o local da bancada da cozinha ao bater o quadril nela.

– Esqueci – disse a voz de Mordaunt. – Você é inútil no escuro.

Aurienne ergueu a luz fria do seu tãcn.

– Como você enxerga qualquer coisa aqui?

– Segredos do ofício – disse Mordaunt.

– Tem a ver com a habilidade de caminhar nas sombras?

– Não é da sua conta. – Mordaunt achou uma lâmpada a gás e a acendeu. – E pare de desperdiçar seu seith; era para você estar se recuperando.

– O gasto para acender meu tãcn é mínimo... mas tudo bem. Obrigada pela luz – disse Aurienne. Ela fez uma anotação mental sobre os segredos do ofício de Mordaunt para bisbilhotar mais tarde.

Mordaunt mexeu ruidosamente em tudo da bancada e reuniu os suprimentos dos bandidos em uma pilha. Ele e Aurienne os analisaram à luz da lâmpada. Era uma pilha de destroços de uma geladeira, na verdade – batatas cinza, uvas maduras além da conta, coisas elusivas demais para serem identificadas. O aroma de suco de lixeira flutuou até eles.

– Que magnificência principesca – disse Mordaunt.

– Como escolher entre todos esses deleites? – perguntou Aurienne.

Mordaunt comeu uma uva.

– Parece com... olhos.

– O que é isso? – perguntou Aurienne, erguendo uma tigela de coisas.

– Orelhas – disse Mordaunt.

Aurienne achou um prato de ovos mexidos que pareciam meleca de nariz, e o empurrou na direção de Mordaunt. Ele o trocou por um salame enrugado. Aurienne inspecionou a borda branca embolorada.

– Esmegma – disse Mordaunt.

– Não seja nojento – disse Aurienne.

Mordaunt encontrou uma caixa de alguma coisa, que jogou no centro da mesa. Ela explodiu como uma fralda cheia.

– Bechamel? – propôs Aurienne.

– Acha que pode estar meio estragado?

– Está azul.

– Aqui – disse Mordaunt, e ergueu uma abóbora enorme na mesa.

– Como você quer que eu coma isso?

– Desloque a mandíbula.

– Está podre – disse Aurienne, apontando para uma fenda agourenta na abóbora.

Mordaunt recebeu a informação com dignidade estoica, dizendo:

– Tem cheiro de cu de Dreor.

– Quanto você sabe sobre esse cheiro?

– Estou supondo com base em um encontro anterior.

– Você lutou contra um Dreor?

– Claro que não. Não sou *tão* maluco. Eu fugi. – Mordaunt ergueu a tampa de uma bandeja de, possivelmente, macarrão. – O que acha?

Aurienne examinou o conteúdo.

– Você já viu o que sai quando alguém toma um comprimido contra tênia?

– Deuses – disse Mordaunt. – *Você* é nojenta.

– Eu mataria por uma simples xícara de chá – disse Aurienne. Ela procurou nos armários.

Mordaunt disse que ele mataria por uma xícara de chá também, só que literalmente, ao contrário dela, que era covarde. Aurienne encontrou um bule todo arranhado. Mordaunt encontrou uma lata etiquetada CHÁ contendo restos ressequidos de alguma coisa. Quando consultada, Aurienne opinou que talvez tivesse sido chá mesmo, ou talvez coisas varridas do chão; Mordaunt disse que eram os pelos do sovaco de uma sereia. Eles ferveram o negócio.

Mordaunt deu uma fungada aristocrática sobre sua xícara, como alguém faria para distinguir as notas de um vinho caro.

– Tem aroma de... peixe punhetado numa panela.

Eles deixaram o chá de lado.

Por fim, a maré recuou, e Aurienne e Mordaunt desceram a escada em espiral do farol e voltaram à ponte.

Quando se aproximaram da waystone junto aos escombros do Lobo, perceberam um problema iminente.

Havia um grupo grande de homens reunidos na waystone – sentados, de pé, andando de um lado a outro. Homens que pareciam muito os bandidos que tinham saído correndo para chamar apoio.

Aurienne disse que aquilo era *muito inoportuno*.

Mordaunt fez a sugestão nada original de que ele devia matar todos.

– Não – disse Aurienne. – Podemos achar outra waystone.

– Essa é a única por aqui – disse Mordaunt.

– Podemos negociar.

– Você acha que eles parecem dispostos a negociar? – perguntou Mordaunt, e com razão, porque os homens estavam desembainhando suas armas. Havia um brilho nos olhos dele enquanto analisava os sujeitos reunidos. – Eu poderia derrubar todos daqui mesmo.

– Não – disse Aurienne.

– Ou podia me aproximar e...

– Não.

– Então que tal...

– Não.

– Mas a gente realmente precisa puni-los por aquele chá – disse Mordaunt. – Eu vou matá-los só um pouquinho.

– Matá-los *um pouquinho*? A morte não é divisível.

Os dois não tiveram a chance de concluir a discussão sobre assassinato como uma atividade fracionável porque os homens se dispersaram e começaram a se aproximar. Aurienne reconheceu dois deles do confronto anterior com Mordaunt. Os reforços – cerca de cinquenta homens, talvez – lhes deram uma coragem renovada para enfrentar o Fyren.

Pelas conversas do grupo, Aurienne entendeu que eles tinham aplicado certa lógica bandida à situação; eles decidiram que, se uma dama tinha contratado um Fyren por proteção, ela devia *valer alguma coisa*. Alguns dos homens observavam Aurienne; outros, a bolsa dela. (Esta continha apenas gel para queimaduras, emplastros e uma tipoia, que valiam um total de trinta thrymsas.)

Os bandidos tinham convocado seu chefe, um homem grande que se movia com a confiança encorajada pela superioridade numérica. Ele esfregou as mãos como uma mosca que encontrara fezes particularmente suculentas.

Quanto a Mordaunt, havia uma expectativa alegre em seus olhos. Aurienne sabia que ele não teria quaisquer escrúpulos em assassinar todos aqueles homens. Escrúpulos não faziam parte de sua composição.

O chefe dos bandidos abriu um sorriso malicioso para Aurienne. Ele não tinha dentes, exatamente; parecia mais um ou dois blocos de arenito.

– Uma coisinha bonita que nem você veio até aqui nos visitar? Que sorte.

Aurienne esticou uma mão na direção dele – um drama necessário, dado o Fyren – e disse:

– Não se aproxime mais, por favor. Você não precisa morrer hoje.

– Bonita? – interveio Mordaunt. – Quem é mais bonito, ela ou eu?

Isso fez o chefe dos bandidos hesitar. Ele levou um dedo carnudo ao queixo e consultou os colegas.

Aurienne implorou aos bandidos que fugissem enquanto podiam; Mordaunt a silenciou e disse:

– Deixa eles falarem.

Um bandido opinou que ela tinha cílios melhores, mas ele tinha maçãs do rosto melhores, e, assim, insultou mortalmente ambos.

O chefe dos bandidos emergiu da conferência e disse:

– Dá mais ou menos na mesma.

Aurienne arquejou de revolta. Mordaunt, agindo sob a ilusão de que era mais bonito, também arquejou.

– Bem – disse Mordaunt –, agora vocês definitivamente vão morrer.

– Não seja idiota – disse o chefe dos bandidos. – Fyren ou não, somos quarenta, e você é só um.

Aurienne esperou que Mordaunt jogasse vinte facas e massacrasse os homens ali mesmo. Entretanto, ele só se curvou para arrumar o cadarço da bota.

O chefe dos bandidos viu aquilo como um gesto de submissão.

– Agora – disse ele –, venha até aqui bem devagar, querida.

– Você está cometendo um erro – disse Aurienne. – Ele vai matá-los. Permita que cheguemos à waystone e deixaremos você em paz. Eu não tenho dinheiro. – Ela sacudiu a bolsa aberta. – Olha: não tem nada de valor aqui.

– Você não tem dinheiro aqui – disse o chefe –, mas tem em algum lugar. Custa milhões contratar um Fyren.

– Eu não o contratei – disse Aurienne.

– O papai contratou, então, e ele vai pagar uma fortuna para recuperar a filha.

– Não. O Fyren não foi contratado. Ele está aqui por vontade própria, e não por dinheiro.

O chefe dos bandidos bufou.

– Um Fyren? Fazendo algo sem receber?

– Você tem razão em duvidar – disse Aurienne –, mas dessa vez é verdade. Por favor, acredite em mim. Deixe-nos ir.

– Os Fyren são bons, mas não são deuses, garota. Ele é só um homem.

Mordaunt ainda estava agachado ao lado dela, mexendo na bota.

– O que – sibilou Aurienne – você está fazendo?

– Temos que manter o espírito esportivo – disse Mordaunt. Ele tirou um cadarço. – Além disso, não quero sujar minhas facas. Você fique aqui e aperte suas pérolas.

– Apertar minhas... Não os mate – disse Aurienne, entrando na frente dele. – São idiotas totalmente sem juízo. Devemos dar uma chance a eles.

– Você já deu uma chance – disse Mordaunt. – Além disso, eles ameaçaram sequestrar você.

– E daí? *Você* ameaçou me sequestrar.

– Exato: só *eu* posso fazer isso. Você não pode me dizer que esse grupinho vai ser uma grande perda ao mundo.

– Não cabe a você decidir isso.

– A morte é uma parte normal da vida – disse Mordaunt.

– Você não pode brincar de deus e acelerá-la – disse Aurienne.

– *Tsc.* Você brinca de deusa e a desacelera; qual é a diferença?

– Porque é para o *bem*.

– Eles não são *do bem*.

Um dos bandidos, aparentemente cansado desse diálogo teórico, lançou um machado na direção de Aurienne e Mordaunt. Mordaunt o pegou enquanto girava entre eles (com reflexos, era preciso admitir, impressionantes), virou-se para os bandidos e comentou:

– Isso foi um erro.

Ele largou o machado. Avançou na direção dos bandidos armado apenas com o cadarço, tão despreocupado que, se ela fosse da gangue, teria ficado ofendida.

O laço balançou. A luva saiu. O tācn vermelho brilhou como uma mancha de sangue.

Houve um estremecimento entre os membros mais inteligentes do grupo ao ver o crânio de cão infernal. Em seguida, vieram gritos de incentivo sobre como a mulher valia milhões, e aquele era *só um homem*. Ele não podia enfrentar todos do grupo, óbvio – *óbvio* – que era só um showzinho – para, tipo, intimidar –, o tãcn provavelmente nem era real – o que ele ia fazer, matar todos eles?

Mordaunt rodopiou o cadarço enquanto avançava.

– Filho da puta arrogante – disse o chefe dos bandidos.

– Não posso negar – disse Mordaunt.

– Fujam, seus idiotas – disse Aurienne, apertando as mãos na boca.

– Você vai aprender umas lições hoje – disse o chefe dos bandidos.

– Acho que a instrução será mútua – disse Mordaunt.

O chefe gesticulou para seus mirmidões avançarem. A estratégia deles, na medida em que existia, consistia em partir em conjunto para cima de Mordaunt. De sua parte, ele virou-se a Aurienne e, com outra de suas piscadelas odiosas, disse:

– Autodefesa.

Uma estranha luta se seguiu, durante a qual Mordaunt, com um ar de divertimento maroto, estrangulou homens a torto e a direito com o cadarço da bota, enquanto eles golpeavam com suas lâminas e matavam uns aos outros. Ele estava em vasta desvantagem numérica e, no entanto, a cada passo de bailarino, dois ou três bandidos desabavam, e seu tãcn brilhava em um vermelho diabólico, e corpos caíam no chão. Então ele já tinha caminhado nas sombras até parar atrás da próxima vítima. Ele era, de fato, muito bom no que fazia. O problema era que o que ele fazia era *muito ruim*.

Teria sido um massacre generalizado de um só cadarço até que o chefe dos bandidos, empunhando uma lança, atingiu Mordaunt de raspão no ombro. Então Mordaunt ficou sério, tirou a lança da mão dele, e o empalou junto com outros dois homens em um espetinho de bandidos grotesco.

Todos os quarenta morreram.

Aurienne apertou suas pérolas.

12

OSRIC, O MICRÓBIO

Osric

Alguns dias depois, nas profundezas de uma floresta, Osric concluiu um trabalho arrastando cadáveres e organizando-os em poses trágicas ao lado de uma carruagem virada. O efeito era comovente: um terrível acidente acometera o grupo. Eles tinham rolado desastrosamente por uma colina, resultando em muitos pescoços quebrados. E, simples assim, o rei da Mércia tinha perdido um dos seus principais vassalos e Osric ganhara uma gorda pilha de thrymsas, cortesia do rei de Danelaw.

Fairhrim tinha um instinto para pegá-lo pós-assassinato. O deofol dela pressionou o tācn de Osric com insistência até receber permissão de atravessar.

O deofol se materializou no canto mais alto da carruagem virada. Do seu ponto de observação, estudou o banho de sangue e saltou sobre o ombro de Osric.

O gineto era só uma criatura de seith, mas Fairhrim era tão habilidosa que ele tinha peso. E, descobriu Osric quando vinte alfinetes perfuraram sua capa, minúsculas garras de seith.

– Ai – disse Osric.

– Eu não queria chafurdar no sangue – disse o deofol.

– Mal tem uma poça aí – disse Osric.

– Uma poça? É tão grande que quase tem a própria maré.

– Você compartilha da propensão de sua mestre para exageros dramáticos.

– Que engraçado – disse o deofol, passando para o outro ombro. – Ela acusa você do mesmo.

– O que você quer? E retraia essas malditas garras.

O deofol retraiu uma única garra.

– Você soltou os cavalos?

– Sim.

– Por quê?

– São animais inocentes.

– E você é um campeão dos inocentes, não é? – perguntou o deofol.

– O que você quer? – repetiu Osric.

– Aurienne deseja consultar sua disponibilidade para um encontro. Ao meio-dia, daqui a dois dias. – Com relutância, e parecendo ter praticado essa parte, o deofol acrescentou: – Ela reconhece sua preferência por encontros noturnos. Entretanto, será o único momento livre dela.

– Onde?

– Pegue uma waystone para o Ostra Monstra. Siga as placas indicando a clínica para infestações de *Pthirus pubis*.

– A clínica para o quê?

– Só siga as placas. Ela tem algo para te mostrar. Perguntou se você poderia evitar cometer assassinatos em massa no caminho, mas vejo que cheguei tarde demais.

– Estarei lá – disse Osric. – Posso ter uma descoberta interessante para compartilhar também.

O deofol fez um barulho de vômito.

– Não quero ouvir nada dessa baboseira de reciprocidade, obrigado.

– Foi ela que pediu.

– Ah, foi? Bem, então tudo bem. Ela é perfeita e não pode fazer nada errado. Ao contrário de você.

Com um último apertão do ombro de Osric, o deofol desapareceu.

Da waystone no Ostra Monstra, Osric seguiu as placas até a clínica. Ele descobriu, a propósito, que *Pthirus pubis* era piolho púbico.

Não havia fila na porta da clínica.

Osric bateu. Fairhrim abriu a porta.

– Você tinha algo para me mostrar? – perguntou Osric.

– Não – respondeu Fairhrim. – Eu o convidei pelo simples prazer da sua companhia.

Deuses, como ela podia ser seca. Os lábios de Osric racharam na hora.

Fairhrim o levou para dentro. Ela parecia severa, como se estivesse prestes a aplicar nele uma prova oral sobre a tabuada de multiplicação.

– Você vai me dar um sermão sobre assassinatos em massa? – perguntou Osric.

Desconcertantemente, Fairhrim respondeu:

– Não.

– Não?

– Você é uma *calamidade*...

– Obrigado.

– ... mas temos coisas mais importantes a discutir.

– Mais importantes do que eu?

– Veja este mapa – disse Fairhrim, como se um pedaço de papel fosse realmente mais importante do que Osric.

Na mesa de exame havia um mapa amarrotado da gratícula de waystones. Um item bastante esquecível; todo mundo tinha dois ou três pendurados em casa ou deixados em bolsos, que consultavam ao viajar para um lugar desconhecido.

– Waystones – disse Osric. – E daí?

Fairhrim apontou para a parede atrás da mesa de exame, em que um mapa regular estava pendurado, cheio de tachinhas vermelhas.

– Estes são os locais aproximados de cinquenta histórias... aquelas que continham detalhes suficientes para eu identificá-los com algo que se assemelha à precisão, de todo modo. Está vendo agora?

Osric comparou alguns dos pontos vermelhos com os locais das waystones.

– Alguns estão perto de waystones... não surpreende, já que as usamos... e algumas não estão. Eu deveria estar chegando a alguma conclusão?

Fairhrim pegou um projetor empoeirado e pôs o mapa de waystone nele. O mapa era fino o suficiente para projetar um fantasma de si na parede. Após alguns ajustes, Fairhrim sobrepôs a imagem dos mapas.

E então Osric conseguiu ver. Os pontos vermelhos das histórias das fadas estavam aglomerados não ao redor das waystones em si, mas onde as linhas ley conectando-se às waystones se interseccionavam.

– Cruzamento de linhas ley – disse Osric.

– Sim. Encruzilhadas de estradas aparecem nas histórias, claro... são um ponto intermediário clássico. Mas nenhuma mencionou as linhas ley em si.

– Você é brilhante – disse Osric.

Fairhrim lhe lançou um olhar austero por cima do afiado ombro prateado.

– Não me elogie. Foi um lapso não ter notado antes. – Ela passou o dedo pelo mapa. As linhas ley projetadas decoraram as costas de sua mão como novas veias. – Minha primeira pista foram essas aglomerações nas encruzilhadas. Muitas de nossas estradas foram construídas paralelas a linhas ley importantes. E, coincidentemente ou não, temos esse conjunto de dados localizando as histórias precisamente nessas interseções.

– Onde fica o farol? – perguntou Osric.

Fairhrim estendeu a mão para o ponto mais ao norte do mapa.

– Aqui.

Três linhas ley se interseccionavam na ilha.

– E os pontos onde mais linhas ley se cruzam? – perguntou Osric.

Ele apontou para pontos que irradiavam como estrelas, onde quatro ou cinco linhas se entrecruzavam. – Seriam ainda melhores?

– Talvez. Nossas excursões à lagoa e às termas, com só uma linha ley por perto, foram evidentes fracassos. Eu disse a você que pensei que uma acumulação de fatores intermediários poderia tornar o lugar e o momento mais potentes. Porém, não vai ser tão simples. Veja isso aqui.

Ela roçou em Osric para ir ao outro lado do mapa. Ele se viu distraído pela sensação, pelo movimento casual. As pessoas não simplesmente roçavam em Osric Mordaunt. Fairhrim assumiu uma nova posição a uma distância decorosa, e Osric focou de novo no mapa.

Ela apontou para um ponto na ponta sul da ilha. Cinco linhas ley se interseccionavam ali. Osric viu uma marcação borrada indicando a waystone no Coisa Estranha.

– As Colinas do Sul – disse Osric.

– Em um cruzamento de cinco linhas ley – disse Fairhrim. – *Cinco*. E não tivemos o menor sucesso.

– Merda.

– Essas descobertas são agressivamente inconclusivas. E, é claro, nem podemos chamar o farol de sucesso. Tivemos um... momento *estranho,* mas nenhum resultado concreto. Isso apesar de uma lua cheia, três linhas ley, o sol escurecido de Widdershins e toda dimensão intermediária de tempo e local que pudemos incluir.

Fairhrim estava parada ereta na frente do mapa. Havia algo metálico no seu olhar e na linha dura e insatisfeita da sua boca. Ela suprimiu um suspiro; o menor tremor das narinas o revelou.

– O que fazemos agora? – perguntou Osric.

Fairhrim não respondeu, só se curvou para fazer anotações.

Ninguém ignorava Osric Mordaunt. Osric ou encantava ou aterrorizava todas as pessoas ao seu redor. Ele nunca era *ignorado*. Quem ela achava que era?

Ele olhou o coque de Fairhrim com irritação. Os cabelinhos que escapavam na nuca dela. E o pescoço também, porque estava em uma posição perfeita para ser torcido. Pena que ela era o Meio Para Um Fim; ele teria adorado apresentar-lhe ao próprio Fim.

Ele foi parar atrás dela para ler sobre seu ombro. As notas eram quase ilegíveis, mas ele distinguiu alguns fragmentos: *foco no cruzamento de linhas ley – apesar de pouca evidência para apoiar nova estratégia – selecionar localizações para lunação de junho.*

– Certo – disse Fairhrim, pontuando a última frase com um ponto-final.

Ela se endireitou. Seu coque bateu na boca de Osric.

– Cuidado – rosnou Osric.

Fairhrim passou a mão sobre o coque para conferir os danos (imagina se ele tirasse um fio de cabelo de lugar com seus lábios rachados?).

– Cuidado *você*. Por que estava tão perto?

– Para conferir o que *você* estava fazendo – disse Osric.

– Eu não preciso da sua supervisão – disse Fairhrim.

Ela deslizou para um quarto dos fundos – o giro da saia transbordando de desdém – e, após muitos ruídos, reapareceu com o difrator Franklin e seus emaranhados de fios.

– Vamos dar uma olhada no seu progresso, já que temos o equipamento aqui.

Fairhrim apontou para um armário e mandou Osric se despir e, por favor, se possível, que escolhesse uma camisola adulta desta vez.

Osric foi deixado para analisar uma pilha de peças enigmáticas. Enfiou a mão ali e tirou pedaços de tecido misteriosos: coisas flácidas, coisas longas, coisas que pendiam além do tridimensional, coisas incompreensíveis, enigmáticas, arcanas.

Ele amarrou uma delas como uma toga.

A batida brusca de Fairhrim o sobressaltou, mas ele recuperou sua postura relaxada de *flanêur* antes que ela entrasse. Inclinou-se na mesa de exame. Suas cicatrizes sensualizaram; a mandíbula era heroicamente esculpida; os peitorais, virilmente inflados – não por Fairhrim, e sim porque era o estado normal deles. Ela não poderia ignorar esse catálogo de atrações.

Fairhrim entrou e não olhou para nada disso.

Mas observou seu traje.

– Isso – disse ela – é uma toalha de mesa.

– Eu acho – disse Osric – que me cai bem.

Fairhrim não opinou.

– Sente-se – disse ela.

Em um arroubo higiênico, pegou seu hlutoform e borrifou-o nas mãos – e em Osric, como se ele fosse um micróbio charmoso que tinha se aproximado demais. Osric sentou-se dentro da nuvem de higienização. Fairhrim ocupou-se com a máquina.

Osric passou uma mão pelo cabelo. Ela o ignorou. Ele flexionou os músculos abdominais. Sem reação. Mordeu o lábio. Ignorado. Fez um som grave e gutural quando ela passou o hlutoform frio em sua pele. Ela lhe pediu para agir como um homem adulto.

Fairhrim era a *pior*.

A toga foi afastada; o hlutoform completou suas responsabilidades acres; o tentáculo do difrator foi pressionado ao peito de Osric e começou a dar suas risadinhas.

– Por que seus ombros estão arranhados? – perguntou Fairhrim.

– Estou tendo um caso – disse Osric com um ar sexy.

– Com um roedor? – perguntou Fairhrim.

Osric, que não fodia ratos, muito obrigado, esclareceu:

– Foi seu maldito deofol que me arranhou.

– Ah – disse Fairhrim.

Notavelmente, ela não pediu desculpas.

Fairhrim prendeu coisas gosmentas em fios a várias partes de Osric (não *aquelas* partes, mas outras menos empolgantes). (De todo modo, ele não tinha o menor interesse em Fairhrim tocando suas partes.)

Como antes, uma silhueta brilhante, vagamente parecida com um homem, foi projetada na parede pelo difrator. Linhas brancas representando canais de seith saudáveis cintilaram; linhas pretas as entremeavam morbidamente.

– Não se mexa – disse Fairhrim, estudando a imagem.

Osric ficou perturbado ao ver pontinhos brilhantes ao longo dos canais de seith, que certamente não estavam lá antes.

– O que são esses pontos? – perguntou ele.

A imagem na parede se distorceu e tremeluziu quando ele falou; as risadinhas do difrator viraram resmungos.

– Eu disse para não se mexer – repreendeu Fairhrim. – Aqueles são meus marcadores de seith.

Fairhrim encarou a figura na parede por uma eternidade que durou dois minutos inteiros. Ela pôs um dedo sob o queixo e resmungou um "humm", mas Osric não sabia se era um *humm* bom ou um *humm* ruim.

Ela pegou um instrumento de prata complicado, tirou medidas da figura na parede e anotou os resultados na ficha de Osric. A ficha era temperamental e espasmódica, mas ficou dócil quando começou a ser preenchida. Osric notou que sob NOME DO PACIENTE ela inserira um pseudônimo – o que não tinha problema, exceto que o pseudônimo era U. Gânglio, o que o ofendeu.

– Pode relaxar – disse Fairhrim, enquanto fazia suas anotações. Ela falou distraidamente enquanto escrevia. – Seu sistema seith é maravilhosamente robusto, excetuando a doença. Realmente um prazer de estudar. Meu trabalho geralmente envolve civis, que só usam seu seith para viajar com waystones ou enviar um deofol quase sem forma. Os canais deles quase nem aparecem no difrator. Você tem linhas muito bem desenvolvidas. Muito suculentas. – Fairhrim ergueu os olhos. – Como vai a torpraxia? A dormência?

– Perseverando.

– Me diga quando parar de sentir meu dedo – disse Fairhrim.

Osric respondeu enquanto ela corria um dedo pelos braços dele, então por suas coxas e pernas, e por seu peito e costas. As devidas anotações foram feitas. Nenhum pensamento surgiu sobre a proximidade de dedos a certas partes; e, se o dedo era macio, Osric não notou.

Fairhrim voltou a sua ficha.

– Você tem alguma notícia boa para mim? – perguntou Osric.

– Não – veio a resposta impiedosa.

– Por que não? – perguntou Osric, em um tom que era, admitidamente, um pouco lamurioso.

– A taxa de deterioração permanece dentro dos parâmetros esperados – disse Fairhrim.

– Então nada que fizemos teve qualquer impacto?

– Não mensurável. Não no seu sistema seith, de toda forma – disse Fairhrim, com a implicação de que ocorreram diversos impactos nefários em outros aspectos.

– Então só perdemos tempo – disse Osric.

– Sim. Como eu avisei desde o começo.

– Puta merda.

– Não há muito mais que eu possa fazer a essa altura.

– Me abrace e diga que vai ficar tudo bem.

Fairhrim ergueu os olhos – primeiro céticos, depois sérios e, por fim, céticos de novo.

– Você quase soou sincero – disse Fairhrim. – Parabéns.

Osric, que obviamente não tinha sido sincero, inclinou a cabeça para ela como um ator satisfeito.

– Obrigado.

Fairhrim tirou os tentáculos do difrator de Osric e rolou o aparelho para longe. Ela o instruiu a se vestir e saiu da sala, privando-se assim de ver mais daquela esplêndida masculinidade. A perda era toda dela.

Quando Osric estava vestido, Fairhrim voltou e guardou seus vários mapas e anotações e coisas espalhadas pela clínica. ("Vou levá-los comigo, não posso arriscar que outra pessoa os veja", disse ela, como se o conteúdo fosse vergonhoso e perverso.)

Com essa atividade concluída, ela espanou as mãos com o ar de alguém passando para o item seguinte de uma lista, virou-se com expectativa para Osric e disse:

– Então?

Osric, tendo sido promovido de micróbio a *bullet point*, perguntou:

– Quê?

– Meu deofol me diz que você tem descobertas a compartilhar comigo.

– Ah. Isso.

– Sim, isso. Você descobriu algo sobre os invasores de Swanstone?

– Descobri.

Fairhrim continuou o olhando com expectativa e, de fato, com muito mais interesse do que quando ele era um micróbio. Agora Osric tinha sua atenção. Agora ele não seria ignorado.

Ele seria contido. Não ia abusar do poder.

O poder foi imediatamente abusado.

– Sei não – disse Osric. – Não sei se vale a pena partilhar.

Isso foi um convite sutil para Fairhrim tentar convencê-lo com jeito.

Ela não tentou convencê-lo com jeito. Lançou uma ordem imperiosa:

– Me diga.

– É muito vago. Eu prefiro te contar quando tiver algo tangível.

O foco de Fairhrim sobre Osric era intenso. Seus olhos perfuraram os dele. Pela primeira vez, não era Osric que precisava de algo dela, que precisava exigir ou coagir ou implorar. Ele sentiu uma espécie de prazer terrível por ter algo que ela queria.

Osric se virou, como se fosse até a porta.

Fairhrim deu um passo para o lado para permanecer na sua linha de visão.

– Me diga.

Sim. Ele gostava daquilo.

– Talvez eu tenha um contato – disse Osric.

– A pessoa que ordenou a invasão?

– *Tsc* – bufou Osric. – Isso seria fácil demais. Uma pessoa que pode saber algo sobre quem ordenou a invasão.

– Quem é esse contato?

– Você não precisa saber. Eu vou encontrá-lo esta noite. Conto se descobrir algo que vale a pena.

– Posso ir? – perguntou Fairhrim.

– Quê?

– Posso ir? – repetiu Fairhrim. – Hoje à noite? Encontrar essa pessoa?

– De jeito nenhum – disse Osric.

– Por que não?

– Primeiro, uma Haelan toda certinha aparecendo no Cuzão levantaria perguntas demais.

– No... no Cuzão? – repetiu Fairhrim, levemente consternada.

– O pub com a pior reputação de Londres. A clientela é bem grosseira.

Fairhrim digeriu essa informação antes de se aprumar e insistir de novo.

– Eu estaria numa posição melhor para falar com a pessoa, descobrir a verdade.

– Não. Você vai estragar tudo.

– Eu não confio em *você* para não estragar tudo – disse Fairhrim. – Isso é importante.

– Deixa que eu faço o meu trabalho e você faz o seu. Vamos nos encontrar quando eu tiver a informação e você tiver ajudado alguns inválidos, ou o que quer que seja.

– Seu trabalho – disse Fairhrim – é assassinato.

– Espionagem é uma das minhas muitas áreas de especialidade. Além disso, a ameaça de assassinato leva a confissões interessantes.

– Esse é seu plano?

– Não. Meu plano é sair agora e informar você das minhas descobertas depois. – Osric considerou dar um tapinha na cabeça de Fairhrim para aumentar ao máximo a condescendência do comentário; porém, pelo jeito que ela o estava encarando, achou que talvez pudesse mordê-lo. – Você fica quietinha aqui.

– Encontre respostas sem usar coerção – disse Fairhrim.

– Não.

– Não me importo como você faz normalmente; *dessa vez* precisamos de informações confiáveis.

– Não.

– Eu revisei a literatura sobre o uso de tortura...

– Poupe-me.

– ... e o consenso científico majoritário é que técnicas coercitivas não funcionam. É uma das ferramentas de reunir informações mais ineficientes. Você vai obter confissões falsas. As pessoas admitem qualquer coisa sob tortura. Preciso que você obtenha informações *reais* desse contato. Além disso, não quero mais mortes na minha consciência...

– Solução: pare de ter uma consciência.

Fairhrim fitou Osric com uma arrogância de rainha, e Osric, reduzido a um plebeu, viu que tinha cometido *lèse-majesté* ao interrompê-la.

– Obrigada – disse ela – por essa recomendação incisiva.

– A alternativa é continuar apertando suas pérolas.

Pela primeira vez, Fairhrim pareceu estar lutando contra seu gênio. Ela jogou uma mão para o alto.

– Estou indo embora.

– Bom. Vá. Pare de agitar seu cisne idiota para mim.

– É um aer.

– Um ar o quê?

– Um aer. *A-E-R*. Um dos companheiros de Frīa. Símbolo da pureza e da cura. Aqueles que tentam matar um aer sofrem uma morte imediata.

– Bobagem – disse Osric.

– É preferível aos restos chamuscados de um cachorro, de toda forma – foi a réplica de Fairhrim, acompanhada de um olhar azedo para o tācn de Osric.

Ela avançou rápido para a porta.

– Volte para sua Casa de Pestilência – disse Osric –, embora eu não saiba qual é a maior Pestilência, você ou a Casa.

– Volte à sua pilha de escombros no interior e apodreça lá.

Eles se separaram com os níveis costumeiros de estima e afeição.

13

O CUZÃO

Osric

Fairhrim ocupava uma porção irritante dos pensamentos de Osric. Ele passou tempo demais naquela tarde continuando a conversa deles em sua mente, resultando em uma discussão imaginária na qual ele tinha um papel superior, com réplicas afiadas e espirituosas. Cogitou mandar sua deofol até Fairhrim com um roteiro, para ela saber do que ele era capaz.

Mas voltou a si quando entrou no Cuzão. Precisava estar alerta, e não pensando em Fairhrim e na língua dela.

Osric era um cliente ocasional do Cuzão, um daqueles pequenos covis de pecado encardidos tão competentes no seu ofício, onde noites em que ninguém estava ativamente em chamas eram consideradas tranquilas. O pub era pequeno, com um odor e charme distintos. Os azulejos amarelados na parede evocavam algo entre a sala dos fundos de um abatedouro e um banheiro masculino. O bar era largo o suficiente para talvez um cliente e meio ficar em pé. Havia imagens pornográficas coladas atrás dele, para o caso, supôs Osric, de os clientes estarem no clima para uma punhetinha atrevida enquanto esperavam suas cervejas.

Do bar pendia uma placa que dizia PROIBIDO CANIBALISMO.

Osric, com o capuz erguido, o lenço cobrindo a metade inferior do rosto e óculos escuros escondendo o restante, misturava-se perfeitamente à clientela, a maior parte da qual usava capuzes e tinha um ar sinistro. Ele pediu uma cerveja e recuou para uma mesa de canto, de onde tinha uma vista excelente das duas dúzias de merdinhas espremidas no Cuzão.

Ele assistiu ao vaivém da fauna local. Aquele era o tipo de pub onde todo cliente regular tinha um nome, que Osric aprendeu enquanto eles se cumprimentavam com graus variados de cordialidade: Perry Pentelho, Caspa, Steve Construtor, Raspa e Cheira, Trapaceiro Malandro.

Dividindo uma mesa com Osric estava o encantador Dentinho, resfolegando nos bigodes e bebericando algo que chamava misteriosamente de "suco longo", que cheirava a cânfora pura, antes de mandar para baixo com terebintina. Osric suspeitou que era um seguidor de um dos Caminhos do Poente – por causa das luvas –, particularmente um Agannor, dado o excesso de roxo nos trajes.

A fonte de Osric o tinha aconselhado a achar um homem com uma tatuagem de lobo no pescoço. Osric avistou o alvo curvado sobre uma mesa, papeando com dois outros sujeitos que pareciam tão desagradáveis quanto ele. O homem estava fumando um charuto particularmente fedorento. Ele se inclinou para trás para se alongar e revelou a barriga, na qual tinha tatuado as palavras *Cuidado: Risco de Engasgo*, com uma seta para o próprio pau.

Encantador.

O plano de Osric era simples: seguir Risco de Engasgo para fora do pub, caminhar nas sombras com ele até um telhado, interrogá-lo sobre a história de Swanstone e, se ele não servisse mais para nada, matá-lo.

A simplicidade do plano foi estilhaçada pela entrada de duas mulheres, uma de vermelho e outra de azul. O vestido da de vermelho era quase inteiro de arrastão escarlate; em um aceno à modéstia, ela cobrira os mamilos com protetores em formato de coração. A de azul era alta, com um busto menor, mas quadris mais largos, usando botas até a coxa e a menor saia que ele já vira, atrás da qual havia as palavras: *Balança gostoso*. As duas pararam para conversar com madame Miffle, que estava em sua cadeira de rodas perto da porta.

– Uuh. – Dentinho acotovelou Osric. – A garota de vermelho é Cerys. Não é uma beleza? Vi uns filmes dela no *ssinema*. – O hálito potente de Dentinhos esfoliou o rosto de Osric enquanto ele continuava: – Miffle normalmente a faz trabalhar no lugar mais chique lá pro fim da rua. O que será que Cerys veio fazer aqui hoje?

Dentinho fitou amorosamente a mulher de vermelho e atualizou Osric sobre sua filmografia (*Morte por mil vadias* e *Peitões 4*) e informou-o, ainda, de que os peitos dela tinham seguro, além de nomes (da esquerda à direita, Pêsames e Preces).

– Não reconheço a outra – ofegou Dentinho. – Acho que é nova. Mas é bonita a garota.

A garota nova estava atrás de Cerys. Ela usava um lenço translúcido que cobria parcialmente o cabelo e as luvas de renda. Mas, sim, pensou Osric quando ela se virou em sua direção e ele viu a curva de uma bochecha e a forma da boca; era uma garota bonita. Seus olhos subiram pelas botas até a bainha da saia. Uma garota bonita com exatamente o tipo de coxas que o interessavam – até que o lenço, as luvas e o vislumbre do seu rosto coalesceram em uma imagem completa e ele percebeu quem estava olhando.

Apertou sua cerveja.

– Que foi? – perguntou Dentinho.

– É a porra da... quer dizer... deixa para lá – gaguejou Osric.

Uma distração abençoada ocorreu. Sem nenhum motivo discernível, o Trapaceiro Malandro arrancou a camisa e desafiou Raspa e Cheira para uma briga. Caspa se jogou em cima dos dois. Risco de Engasgo e sua comitiva jogaram bebidas nos combatentes e foram arrastados para a briga.

Osric juntou-se a Cerys, madame Miffle e a desgraçada da Fairhrim no canto para onde elas tinham recuado.

– Olá – disse ele a Fairhrim, querendo dizer *Eu vou te matar*.

Cerys se enfiou entre Osric e Fairhrim. Pêsames e Preces criavam, francamente, uma barricada bem impressionante.

– O que você quer?

Osric estava prestes a mandar Cerys se foder, mas notou que madame Miffle, embora não tivesse as pernas, tinha um sabre antigo, que estava apontado para a virilha dele naquele momento.

– De que museu você roubou esse negócio? – perguntou Osric.

Cerys assomou sobre ele. A ameaça dupla de sufocação por tetas e tétano no saco fez Osric mudar de tática.

– Sua nova garota capturou minha atenção – disse Osric.

– Ela não vai sair com ninguém hoje – disse madame Miffle. – Ainda está aprendendo.

– Eu só queria falar com ela. Ver se a gente, hã... se conecta.

Madame Miffle e Cerys se viraram para Fairhrim, que também mirou Osric com um olhar de ódio. Porém, assentiu para elas.

– Tudo bem – disse madame Miffle. – Nossa taxa por meia hora de conversa é trezentas thrymsas.

– Isso é um assalto de estrada – disse Osric.

– Pague logo ou se mande – disse madame Miffle, chacoalhando o sabre de modo agourento.

Osric pagou logo.

Cerys e seus protetores de mamilo se afastaram.

– Fique à vista. E nada de encostar nela.

Como se Osric fosse sonhar em tocar a Haelan mais irritante e intrometida que já caminhou sobre a terra. Exceto para matá-la, claro.

Além disso: Fairhrim não tinha nada que ter *coxas interessantes*.

Osric cuspiu uma proposta para ir ao bar. Fairhrim deu um aceno rígido.

Eles deslizaram contra a parede para evitar a briga e se espremeram até o bar. Ficaram de costas para o salão, o que era ideal, uma vez que a conversa ia parecer tudo, menos amigável.

Osric pediu um uísque. Fairhrim pediu uma água.

Deuses.

– Você não me contou que tinha mudado de carreira – disse Osric.

– É um arranjo temporário – disse Fairhrim.

– Como você consegue andar nessas botas ridículas?

– Como você consegue enxergar nesses óculos ridículos?

– São para privacidade.

– Você parece uma abelha.

O bartender voltou com as bebidas, e então, por motivos só conhecidos por ele, se lançou de cabeça no meio da briga.

– Você não devia ter falado comigo – disse Fairhrim através dos dentes cerrados. – Achei que era para você ser bom em subterfúgios.

– Sua presença atrapalhou um pouco as coisas, já que agora eu tenho que me certificar de que você não vai ser carregada e fodida até desmaiar no fundo de uma carruagem. Que decisão estúpida vir aqui. Aquelas mulheres vão te vender para quem pagar mais.

– Certamente não vão. Eu as conheço. Trabalhamos juntas. Pedi que me ajudassem a me infiltrar hoje. Quem é o nosso informante?

– Ele é *meu* informante, encontrado através das *minhas* fontes, e *eu* vou falar com ele.

– Você está aqui a *meu* pedido, pela segurança da *minha* Ordem, e está fazendo isso em troca da *minha* cura do seu embolozinho.

Osric buscou uma réplica, mas seus roteiros espirituosos tinham evaporado. Ele desejou poder fulminar Fairhrim com o olhar, talvez lançando raios literais, mas não queria que madame Miffle fosse até lá com seu dispositivo de castração. Em vez disso, ficou olhando feio para a pornografia atrás do bar. Fairhrim fez a mesma coisa.

– Por que tantas vulvas? – perguntou ela, com irritação renovada. – Seria de se pensar que haveria mais ânus, dado o nome do lugar.

– Não acredito que paguei trezentas thrymsas para ouvir você reclamar sobre a falta de ânus.

Fairhrim parecia sombria. Eles encararam a Parede de Vulvas em silêncio. A briga seguia a toda atrás deles. Alguém, sangrando de ambos os olhos, foi carregado para fora. Um bando de homens entrou, pegou Steve

Construtor e o arrastou para uma salinha dos fundos. Ele se defendeu com uma espátula. O bartender agarrou Perry Podre e o jogou contra o alvo de dardos; não acertou no centro, mas quebrou o pescoço de Perry. Copos de cerveja voaram sobre a cena feito fogos de artifício espumantes.

– Então, o que fazemos agora? – perguntou Fairhrim.

– Atingimos um impasse – disse Osric.

– Já que seu plano consistia em ameaças de assassinato, e, suponho, assassinato em si, deixe-me falar com o informante primeiro e ver o que descubro. Se ele não cooperar, podemos fazer do seu jeito.

Isso era, ele tinha que admitir, uma proposta lógica. Se fizessem o oposto, Fairhrim não teria muita chance, considerando a morte e tudo o mais. Além disso, era muito mais provável que Osric fizesse as coisas do seu jeito no final.

– Tudo bem – disse Osric.

Fairhrim pareceu desconfiada. Aparentemente, Osric não concordava com ela com muita frequência.

– Quem é o informante? – perguntou ela.

Osric apontou para Risco de Engasgo, que estava apertando o rosto de Caspa contra uma pilha de cacos de vidro. Risco de Engasgo passou a afogá-lo com uma garrafa de cerveja.

Fairhrim o observou como alguém observaria a sujeira de um mictório.

– Entendi.

Caspa desmaiou. Risco de Engasgo apagou o charuto no olho dele e seguiu até o bar. Osric e Fairhrim pararam de falar quando o homem se aproximou. Ele abriu espaço entre eles e bateu a mão no balcão.

– Aquilo me deu sede – declarou ele. – Um uísque duplo.

Risco de Engasgo olhou de relance para Fairhrim com um leve interesse, desviou os olhos, e em seguida, arregalando-os, virou-se de novo para ela. Osric testemunhou o homem ficar imediata e desesperadamente enamorado por Fairhrim: seus olhos ficaram suaves, a boca se abriu e ele suspirou um "Uau" ofegante.

Fairhrim dirigiu um sorrisinho tímido para Risco de Engasgo. (Ela nunca tinha se dignado a dar um sorrisinho tímido para Osric. Só para constar.)

O bartender se materializou com o uísque, que empurrou para a palma de Risco de Engasgo antes de voltar ao jogo de dardos.

Risco de Engasgo, despertado do seu estupor, disse:

– *Uff*. Você é uma coisinha linda. De onde veio? Nunca te vi por aqui antes.

Ele tentou virar o copo de uísque e derrubou a maior parte, porque estava encarando Fairhrim, atordoado e de queixo caído.

– Sou nova – disse Fairhrim. Ela olhou recatadamente para baixo e enfiou uma mecha solta atrás da orelha.

(Desde quando Fairhrim era *recatada*?)

– Você é linda pra caralho – disse Risco de Engasgo. – Pra quem trabalha?

(Ela era linda? Não. Osric era um grande conhecedor de beleza. Ela não era linda. Tudo que havia ali era um olhar irritantemente destemido e uma boca de enlouquecer que alternava em intervalos aleatórios entre falar besteiras e palavras sensatas e desnecessariamente afiadas. Ela era bonita, no melhor dos casos. Só bonita.)

– Acabei de começar a trabalhar com madame Miffle – disse Fairhrim.

– Onde ela arranjou você? – perguntou Risco de Engasgo.

– Eu precisava de ajuda e ela fez a gentileza de me acolher – disse Fairhrim.

Cerys, puxada por Pêsames e Preces, enfiou-se na briga para vir até eles e acompanhar a situação. Osric deu um pulo quando descobriu madame Miffle ao seu lado. Ele perguntou, em um sussurro assustado, como em nome de Hel ela tinha chegado ali, ao que ela respondeu:

– Túneis.

Fairhrim dispensou suas duas guardiãs com um aceno baixo. Cerys e madame Miffle se afastaram, e, a propósito, não cobraram de Risco de Engasgo sua taxa absurda por conversar com Fairhrim, o que era claramente injusto.

Risco de Engasgo não notou nenhuma dessas sutilezas porque estava encarando as palavras *Balança gostoso* na bunda de Fairhrim.

– O que cê quer beber? – perguntou Risco de Engasgo.

– Ah, hoje nada – disse Fairhrim. – É minha primeira noite. Não posso beber nem aceitar clientes.

– Madame Miffle vai me perdoar por te pagar uma bebida. Eu sou cliente dela há tempos. – Risco de Engasgo gesticulou ao bartender e pediu um uísque duplo para Fairhrim também.

Ele pegou ambas as bebidas em uma mão, e o braço de Fairhrim na outra, levando-as à mesa.

Osric lhes deu alguns minutos, então se juntou ao jogo de cartas na mesa ao lado. Ele notou que Fairhrim estava sendo observada por uma enorme quantidade de olhos; toda mulher no local encontrava desculpas para passar na mesa dela e avaliar seu bem-estar. Cerys era particularmente vigilante, ao ponto de Risco de Engasgo erguer as mãos e dizer:

– Não tô fazendo porra nenhuma.

Cerys deu um tapinha na cabeça dele e seguiu em frente.

Osric não pensou em *Balança gostoso*.

Fairhrim não pareceu gostar do uísque, mas bebericou obedientemente enquanto Risco de Engasgo descrevia suas garotas favoritas entre as funcionárias de madame Miffle, o que gostava de fazer com elas, e em seguida, com detalhes vulgares, o que desejava fazer com Fairhrim.

– Você tem um vestido? – perguntou ele. – Um vestido grande e bufante?

– Hã... eu teria que dar uma olhada...

– Isso, vê lá. Quero que se vista como uma princesa. Você parece ter saído da porra de um castelo de contos de fada.

(Que imbecil. Fairhrim vivia em uma fortaleza.)

Risco de Engasgo gritou na direção do bar para pedir algo para comer. O bartender gritou para ele ir se foder.

– Falando em castelos – disse Fairhrim, se aproximando um pouco de Risco de Engasgo –, você ouviu falar que alguém atacou Swanstone?

(Sutil, Fairhrim. Muito sutil.)

– Onde você ouviu isso? – perguntou Risco de Engasgo.

– Uns homens estavam discutindo mais cedo – disse Fairhrim, com um gesto extremamente vago para o pub.

– Quais?

– Hã... não sei. Acho que já saíram.

Fairhrim não era boa em fingir burrice, mas a performance aparentemente foi passável para Risco de Engasgo.

– Não – respondeu ele. – Eu não ouvi nada disso.

O assunto deveria ter naturalmente acabado nesse ponto, claro, mas Fairhrim não tinha cumprido seu objetivo. Ela não permitiu que a frustração transparecesse no rosto; Osric só a viu em uma luva de renda se retorcendo sob a mesa.

Risco de Engasgo puxou a cadeira de Fairhrim para mais perto da sua, tão perto que a coxa dela se esfregou na dele. Ele a segurou com uma mão no seu joelho.

Houve uma imobilidade súbita entre as mulheres no salão. Osric só a notou porque ele mesmo tinha ficado imóvel, enquanto decidia em qual ponto amputar o braço de Risco de Engasgo porque ele tinha tocado na sua Haelan.

Uma mulher passando atrás de Risco de Engasgo ergueu sua bandeja sobre a cabeça dele, pronta para nocauteá-lo.

Risco de Engasgo, alheio a tudo isso, disse:

– Você é tímida. Eu gosto disso. A gente vai se divertir quando as supervisoras tirarem sua coleira.

Fairhrim removeu a mão de Risco de Engasgo; ele a agarrou de novo. Ela se contorceu na cadeira; ele agarrou a coxa dela e a segurou perto de si.

Osric devia ter desfrutado do desconforto dela – ele gostava de vê-la sofrer. Mas, em vez disso, viu-se fervilhando com uma raiva lenta. Sua lâmina blaec estava se coçando para abrir uma linha funda no pescoço oleoso de Risco de Engasgo.

Fairhrim foi pegar o copo vazio de Risco de Engasgo.

– Posso pegar outra bebida para você, sr... hã, eu nem sei seu nome...

– Scrope – disse Risco de Engasgo.

Os dedos de Fairhrim estremeceram ao redor do copo. Osric engasgou com sua bebida.

– Scrope? – confirmou Fairhrim.

– Aham. Já ouviu falar de mim? – perguntou Scrope, nascido Risco de Engasgo, com um sorriso que pretendia que fosse malandro, provavelmente. (Dentes insuficientes. Osric tinha um sorriso malandro muito melhor.)

– Acho que sim – disse Fairhrim. – Dizem por aí que você sabe tudo sobre... bem, tudo. Mas devo estar te confundindo com outra pessoa. Afinal, você não sabia do boato de Swanstone. Eu já volto. Era uísque, não era?

Após cutucar Scrope com essa agulha, Fairhrim foi até o bar. Ela pediu outro uísque, aí pediu licença para ir ao toalete.

Osric se levantou do jogo de cartas.

– Diarreia explosiva – disse, e o grupo não pediu mais explicações.

Osric não precisava perguntar onde eram os banheiros; bastava seguir o aroma de urina estagnada. Ele empurrou a porta do toalete e encontrou Fairhrim realizando um tipo de exercício de respiração profunda na pia enquanto lavava o braço onde Scrope a tinha tocado.

– Qual é o próximo passo do seu plano de mestre? – perguntou ele.

– Não sei – disse Fairhrim. – Estou improvisando.

– Você podia ter me avisado que ia tentar seduzi-lo.

– Não era o plano. Mas, bem... se eu sou o tipo dele...

– É medonho de assistir.

– Assistir? E eu? Estou vivendo isso. – Fairhrim estremeceu. – Aquele homem é um adstringente vaginal.

– Enfie outro uísque nele e tente a indireta do castelo de novo. E, se não funcionar, volte para a segurança das suas amigas e aí fazemos do meu jeito, como a gente deveria ter feito desde o começo.

– Tudo bem – disse Fairhrim.

– Não acredito que paguei trezentas thrymsas para assistir você ser apalpada por Scrope.

– Ele é *aquele* Scrope? O Scrope que ejacula nos banhos?

– Pergunte a ele. Tenho certeza que ficará encantado em te contar sobre os hábitos de punheta.

Houve uma batida na porta.

Osric e Fairhrim a abriram e encontraram Cerys, madame Miffle e outras duas mulheres esperando do lado de fora. Todas olharam feio para Osric como se fosse ele o encrenqueiro, e não Fairhrim. Nos punhos seguravam facas, o sabre e duas garrafas quebradas. Estavam prontas para destroçá-lo.

– Tudo bem aqui? – perguntou Cerys.

– Tudo certo – disse Fairhrim. – Obrigada. Quase consegui o que preciso.

Osric se demorou um pouco no corredor para dar a Fairhrim a chance de voltar à sua conversa. As mulheres foram embora com olhares desconfiados por cima do ombro.

Ele voltou ao jogo de cartas e evitou algumas perguntas espirituosas sobre seu cuzão no Cuzão. Scrope e Fairhrim voltaram a conversar. Dentinho ganhou um número suspeito de rodadas. Osric achou difícil focar em suas cartas, apesar de o ás de copas ficar aparecendo com frequência em suas mãos.

Scrope estava... deuses, sério? Sim, estava pedindo à Fairhrim para apalpar seus músculos.

(Osric nunca se entregaria a uma ostentação tão ridícula.)

– Você parece um dos Guardiões – disse Fairhrim.

– *Pah* – cuspiu Scrope. – Aqueles *merdas*.

– Não gosta deles?

– Filhos da puta arrogantes. Igualzinho aos Haelan e todos aqueles seguidores dos tais Caminhos da Aurora. Acham que são melhores que todo mundo.

Era uma surpresa para Osric ver-se concordando com Scrope. A impassividade de Fairhrim serviu-lhe bem; ela não reagiu ao insulto, exceto por uma mínima diminuição no seu sorriso.

– Mas são bons pra porra no que fazem, aqueles Guardiões. – Scrope sugou as últimas gotas de seu uísque.

– Ah, é?

Scrope parecia dividido entre discrição e o desejo de impressionar Fairhrim. O desejo de impressionar venceu. Ele se inclinou para perto dela e sussurrou algo em seu ouvido.

– Sério? – arquejou Fairhrim.

Scrope sussurrou de novo.

Fairhrim arregalou os olhos.

– Mas como você faria algo assim?

Scrope sussurrou outra coisa.

Fairhrim parecia... bem, parecia estar tentando ser coquete.

– Eu sabia que você era *aquele* Scrope. O que sabe de tudo.

Scrope puxou Fairhrim mais para perto sem muita gentileza e murmurou mais alguma coisa que Osric não captou.

– Nunca ouvi falar dele – disse Fairhrim, empurrando a boca de Scrope para longe, já que estava tentando se afixar à orelha dela. – Ele é importante?

– É, sim, mas não o suficiente pra importar pra você. Concentre-se em aperfeiçoar as suas mamadas, tá?

A refeição de Scrope chegou. Ele enfiou enormes colheradas na boca. Uma vez que tinha a informação de que precisava, a paciência de Fairhrim estava tão esgotada quanto seu sorriso. Osric viu a fachada de debutante tímida esvanecer. A mandíbula dela reassumiu a firmeza usual. Seus ombros caíram e recuperaram a rigidez. Sua postura ficou fria, autoritária, severa.

Scrope, ocupado no seu cocho, não notou essas mudanças. Ele coçou a barriga. Sua camisa subiu. Fairhrim leu a tatuagem de Risco de Engasgo e pareceu, se é que era possível, ainda mais sombria do que ao ver a Parede de Vulvas. Scrope devorou suas batatas.

– Você tem que mastigar tão alto? – perguntou Fairhrim.

– Quê? – foi a resposta genial.

Fairhrim fez um som impaciente e se levantou.

– Onde cê tá indo? – perguntou Scrope, em um gorgolejar de batatas.

– Embora – disse Fairhrim.

– Não, cê não vai pra lugar nenhum. Eu vou te comer hoje à noite. Madame Miffle vai me abrir uma exceção. – Scrope esticou uma mão pesada até a cintura de Fairhrim, deslizando-a para baixo até desaparecer sob a saia para apertar sua bunda. – Ei, madame Miffle, você vai abrir as pernas dessa aqui para o serviço hoje à noite, está ouvindo?

Fairhrim empurrou a mão de Scrope. Osric pensou em vinte e seis meios de matá-lo usando só a batata. Madame Miffle materializou-se na mesa com uma rapidez inexplicável. Seu sabre apoiou-se no antebraço de Scrope.

– *Eu* decido e digo não – disse madame Miffle.

– Ah, vai, Mags. Eu pago o dobro da sua taxa, que tal?

– Não.

– O triplo.

– Não.

Scrope, que obviamente considerava aquela uma oferta irresistível, disse:

– Não? *Não?* O que essa garota tem de tão especial?

– Estou treinando ela como acho melhor – disse madame Miffle.

– Você é uma vaca imbecil sem jeito para os negócios.

– Cuidado com a língua ou eu te ponho na lista de embustes e aí você não vai mais conseguir uma garota em qualquer lugar de Londres. Pode desenterrar o cadáver da tua mãe e foder os ossos dela.

Scrope ergueu as mãos.

– Tá bom. *Tá bom*. Sempre tem o amanhã. Você vai estar aqui amanhã, garota?

Fairhrim, espremendo-se para passar pela cadeira de Scrope com os olhos na saída, não respondeu. Scrope agarrou a coxa dela. Seria um dos últimos atos dele na terra.

Scrope enfiou o garfo em uma salsicha e a ergueu para Fairhrim.

– Dá uma chupadinha na minha salsicha pelo menos.

– Isso – disse Fairhrim – se parece exatamente com um mamilo que acabou de ser arrancado.

Após essa história de horror de dez palavras, ela deixou o pub.

Scrope a encarou; em seguida, também seguiu para a porta.

Ele estava errado, aliás. Não havia sempre o amanhã. Não haveria, por exemplo, um amanhã para ele.

14

TALHERES, OS PERIGOS DOS

Aurienne

Aurienne fez uma careta ao sair do pub. As apalpadelas de Scrope se transformaram em apertões dolorosos enquanto ela escapava. Um único toque do tãcn dela o teria deixado inconsciente – mas também revelado sua identidade, então ela se conteve.

Não importava. Ela tinha conseguido o que queria.

A alguns passos da entrada do pub, Cerys e algumas das garotas de madame Miffle se juntaram a ela e devolveram sua bolsa. Elas conversaram por alguns minutos – como ia o bebê de uma; como a infecção de outra estava sarando; alguém precisava de contraceptivos? – antes que Aurienne conseguisse se despedir e seguir para a waystone do pub. Estava desesperada por um banho e uma troca de roupas.

No caminho, pensou ter ouvido os passos pesados de um homem atrás dela. Uma olhadela por cima do ombro, porém, não revelou nada, e chegou à waystone sem ser interrompida.

Havia uma sombra alta esperando-a lá; o Fyren decidira aparecer.

– Deuses – disse Mordaunt, abaixando o capuz enquanto saía da penumbra. – A grande sedução do bandido punheteiro. Que espetáculo. O que ele disse para você? Qual era o nome?

– Não podemos conversar aqui – disse Aurienne. Ela viu algo brilhante na mão de Mordaunt. Brilhante e pingando de um jeito suspeito. – Hã, o que é isso?

– Nada – disse Mordaunt, jogando o objeto por cima do ombro.

O objeto brilhante saiu girando no ar – uma adaga?

Não. Um garfo.

– Por que você está com um garfo pingando sangue? – perguntou Aurienne quando a peça caiu no chão com um barulho metálico.

– Eu estava usando.

Aurienne deu um passo na direção do garfo.

– Para quê?

Mordaunt entrou na frente dela.

– Achei que você ia embora.

– Eu ia, mas...

Uma espécie de grunhido veio da direção do garfo. Aurienne tentou contornar Mordaunt, mas topou com o peito dele.

– É melhor você ir embora – disse Mordaunt.

Aurienne empurrou-o para passar – um exercício não muito fácil, para dizer a verdade – e foi até a esquina. Lá ela encontrou Scrope apunhalado pelo menos duas dúzias de vezes. Não exatamente morto, mas não exatamente vivo também.

– O que você fez? – arquejou Aurienne.

– Ele caiu – disse Mordaunt.

– Ele *caiu*?

– Sim. No garfo.

– Ele caiu no garfo? Vinte vezes?

– Sim. Devido ao... medo.

– Do que ele estava com medo?

– Do garfo.

Aurienne arrancou a luva para curar o homem moribundo.

– Você é completamente desequilibrado.

– Eu sou perfeitamente equilibrado – disse Mordaunt. – Você, por outro lado, tem os instintos de sobrevivência de uma panqueca.

– Como é que é?

– Ele te seguiu pub afora. Não vai me dizer que achou que fosse para convidá-la para jantar. Ele viu você falando com Cerys e as garotas. Poderia ter espremido qualquer uma delas pra ter informações sobre você. E eu preciso que fique sã e salva, então...

– Você não pode simplesmente matar pessoas que o incomodam – disse Aurienne. A pulsação de Scrope estava fraca sob seu tãcn; ele estava quase morto.

– Eu posso e vou – disse Mordaunt.

– As pessoas vão querer saber por que ele foi assassinado, e por quem. Vão sentir falta dele.

– Sentir falta dele? Um homem desses? – Mordaunt cutucou Scrope com a bota como alguém faria com um saco de lixo. – Quero só ver.

Scrope estrebuchou e morreu.

– Deixa para lá – disse Mordaunt. – Acabamos de ver. E repare: ninguém veio correndo.

– Ele é um ser humano.

– Era. Um humano ele era.

– Sério? Pedantismo? Agora?

Mordaunt puxou Aurienne de volta à waystone.

– Aperte suas pérolas ali.

– Será – perguntou Aurienne – que poderíamos ir a qualquer lugar sem você sair subtraindo a população?

– Você preferiria – perguntou Mordaunt – incrementar os números?

Ele arrastou o corpo de Scrope para a fossa atrás do Cuzão. Houve o som de algo caindo na água e aí se ergueu um odor nauseabundo. Mordaunt repôs a tampa da fossa com um baque metálico e perguntou de um jeito alegre:

– Para onde vamos? Temos que conversar.

Aurienne apertou mãos descrentes nas bochechas.

– Ele vai só... vai só apodrecer na fossa.

– É. Essa é a ideia. – Mordaunt limpou as luvas. – É assim que a gente se livra de merda. Vamos a uma clínica?

– Eu quero um banho. Ainda consigo sentir as mãos dele em mim.

– Minha casa, então.

– Quê?

– Bem, não podemos ir a Swanstone para um banho e um papo.

– E por acaso você *tem* uma banheira funcional na sua grande mansão decrépita?

– Não – disse Mordaunt, com um sarcasmo violento. – Eu tomo banho na privada.

– Tudo bem – disse Aurienne. – Sua casa, então.

Eles empurraram o tācn contra a waystone, foram lembrados de tomar *cuidado com o vão*, e foram puxados para a linha ley.

Rosefell Hall estava nas mesmas condições da visita anterior de Aurienne, exceto pela presença da governanta de Mordaunt, a quem ele apresentou Aurienne da seguinte forma:

– Ah, sra. Parson, cá está você. Conheça o meu Meio Para Um Fim, a Haelan Fairhrim. Ignore a roupa dela; ela não faz bico como dama da noite. A história é longa e imbecil demais para lhe contar. Fairhrim, essa é minha assistente, a sra. Parson.

A sra. Parson era uma mulher corpulenta, de pele branca e cabelo preto, exceto por alguns fios grisalhos correndo pelo coque. Ela fez uma mesura com a cabeça.

– Haelan Fairhrim, é uma honra.

A impressão de Aurienne foi de uma certa competência robusta. A sra. Parson parecia tão respeitável em seu avental limpo que Aurienne se perguntou se a pobre coitada sequer sabia que estava trabalhando para um Fyren. Talvez ela fosse normal?

– Como vai, sra. Parson? – cumprimentou Aurienne, curvando a cabeça também.

A sra. Parson se virou para Mordaunt e disse em um tom beirando a censura:

– Gostaria que o senhor tivesse me avisado que estávamos esperando companhia.

– Foi uma decisão de última hora – disse Mordaunt. – A Haelan Fairhrim gostaria de tomar um banho; ela teve um encontro infeliz com um assediador de merda.

– O quê? – arquejou a sra. Parson.

– Eu cuidei dele – disse Mordaunt. – Não poderia deixar que incomodasse a nossa Haelan.

– Espero que o tenha feito sofrer, senhor – disse a sra. Parson.

– Eu fiz.

– Ele está morto, senhor?

– Sim.

– Envie um dedo do pé para a mãe dele, senhor.

– Boa ideia.

Enfim, refletiu Aurienne, foi gentil que a sra. Parson tivesse confirmado tão rápido que ela também era desequilibrada.

A sra. Parson desapareceu por alguns minutos para preparar o banho e voltou com toalhas sob um braço e duas lâmpadas a óleo. Em seguida, conduziu Aurienne escada acima. À luz das lâmpadas, Aurienne notou que faltavam alguns dedos na mão esquerda da mulher. Um ferimento antigo, com base na maturidade das cicatrizes, mas traumático. Não tinha sido uma amputação limpa.

As lâmpadas projetavam sombras trêmulas sobre pinturas cobertas e tapeçarias desbotadas. O segundo andar de Rosefell era ainda mais desolado que o primeiro, e fedia a podridão seca. Aurienne, cujo inimigo mortal era poeira, começou a soltar uma série rítmica de espirros na cadência de seus passos.

A sra. Parson assumiu uma postura entre envergonhada e defensiva sobre o estado do lugar.

– Você terá que perdoar a condição da casa. Sou só eu e meu marido aqui, ele é o caseiro. O sr. Mordaunt não deseja empregar mais ninguém e não consigo cuidar de todos os cômodos. Eu me certifico de que os aposentos dele estejam habitáveis, é claro, e acabei de fazer uma faxina na Sala Magnólia.

– A senhora está com a família há muito tempo?

– Ah, sim. Algumas décadas. Claro, não resta muito da família agora. O sr. Mordaunt é o último de sua linhagem.

Elas chegaram aos quartos da mansão, onde cada porta era adornada com uma pequena moldura de bronze. Algumas ainda continham, em tinta desbotada havia tempo, nomes fantasmagóricos de convidados de épocas mais prósperas. Um caminho estava gasto no tapete felpudo. Ao longo do corredor viam-se móveis que deviam ter sido elegantes, mas emanavam um ar decadente, com castiçais enferrujados.

– Houve uma época em que qualquer um desses quartos teria estado pronto para recebê-la sem aviso prévio – disse a sra. Parson.

– O que aconteceu? – perguntou Aurienne.

– Dissipação.

– Mordaunt?

– O jovem? Ah, não. Ele está recuperando a fortuna da família. Ou estava. Até você, claro. – A sra. Parson disse isso de modo casual, sem a cerimônia que entremeara os comentários de Mordaunt sobre o assunto. – O pai e os predecessores dele eram muito menos sábios.

A sra. Parson não ofereceu mais informações sobre esses ancestrais tolos. Aurienne não insistiu.

– Posso perguntar se...? – A sra. Parson lançou um olhar para Aurienne por cima de um ombro redondo, hesitou e se calou.

– Sim? – incentivou Aurienne.

– Ele vai ficar bem? – perguntou a sra. Parson. – Há alguma esperança?

– Não posso comentar o prognóstico – disse Aurienne. – A senhora terá que perguntar para ele.

– Ele disse que não há muita esperança. Suponho que não muita ainda seja um pouco.

– Suponho que seja – foi a resposta diplomática de Aurienne.

– Ele me disse que você recorreu aos Caminhos Antigos.

– Em desespero, sim – disse Aurienne. – Não há cura conhecida para essa doença.

– É um grande alívio que ele esteja, ao menos, nas melhores mãos possíveis – disse a sra. Parson. – Embora eu saiba, dado seu tãcn e o dele, que suas mãos não sejam as mais dispostas.

Aurienne produziu a resposta mais educada que pôde.

– De fato. Parecemos diametralmente opostos em todos os assuntos possíveis.

– Talvez se surpreenda ao achar pontos em comum.

Para isso, Aurienne não podia dar uma resposta educada.

A sra. Parson parou na frente de uma porta coberta em entalhes de flores de magnólia caindo.

– Aqui estamos. Você primeiro, Haelan.

Aurienne entrou na suíte de teto alto. Não havia luzes exceto pelas lamparinas da sra. Parson. O ar estava estagnado e abafado; os sons dos passos eram absorvidos pelos lençóis jogados sobre os móveis.

O banheiro incluía o luxo de uma lareira. A sra. Parson se dera ao trabalho de acender o fogo. Aurienne cheirou a fumaça – era a mesma fumaça fragrante que tinha sentido na sala de estar, com aquela subcorrente amarga.

– Qual madeira vocês queimam aqui? – perguntou Aurienne.

– Abrunheiro – disse a sra. Parson. – Ele cresce por toda a propriedade, não conseguimos dar conta. Metade das horas despertas do meu marido são gastas cortando as árvores. Mas não é tão ruim, elas dão uma lenha decente. Queima suavemente e devagar.

Ela girou a torneira adornando a grande banheira de cobre, murmurou algo sobre a caldeira, e convenceu a torneira a produzir água quente ao esmurrá-la com o punho.

A sra. Parson deixou Aurienne com uma lamparina.

– O sr. Mordaunt não gosta muito de luzes – disse ela, deixando a luz ao lado da banheira. – Cogitamos trazer eletricidade para a casa alguns anos atrás, mas, bem... só com ele aqui, seria de pouco uso.

A sra. Parson saiu. Aurienne despiu as roupas que comprara das garotas de madame Miffle e entrou. Dedicou uma atenção especial a esfregar os lugares que Scrope tinha tocado – as últimas lembranças vivas de um homem morto.

Graças a Mordaunt e ao garfo dele, ela também tinha sangue literal nas mãos, que lavou com uma pontada de culpa. Ela e o Fyren tinham deixado uma pilha de bandidos mortos no farol e outro corpo já apodrecia no Cuzão. Aquilo não podia continuar.

Aurienne se secou. Em sua bolsa havia um dos seus vestidos Haelan, uma versão mais leve para o verão do seu traje de sempre. Sacudiu a peça, que estava enrolada, vestiu-a e, sentindo-se bem mais ela mesma, saiu da suíte equipada com a lâmpada. Fez uma ou outra curva errada entre corredores deprimentes e abandonados. Descobriu mais coleções de Mordaunt – uma parede de relógios; um quarto que abrigava crânios antigos, humanos e animais. (Aurienne também colecionava crânios e ficou irritada por ter descoberto um ponto em comum tão rápido.)

Em busca das escadas, ela topou com um par de portas duplas. Uma estante envidraçada e cheia de livros sugeria que era a biblioteca. A curiosidade de Aurienne foi bloqueada pelo cadeado nas portas; ela se voltou, em vez disso, ao conteúdo da estante. O brilho do seu tãcn revelou textos anatômicos – uma coleção de todos os sete *De humani corporis fabrica* de Vesalius.

Aurienne seguiu seu caminho espirrante até a escada sob os rostos nobres dos ancestrais de Mordaunt. Viajou por séculos enquanto descia, de retratos escurecidos pelo tempo a daguerreótipos modernos. Havia marcas das feições de Mordaunt em cada rosto: um queixo com covinha aqui, um cabelo prateado ali, olhos cinza, bocas que sugeriam sorrisos largos e insuportáveis. Armaduras de cavaleiros abundavam. E o único descendente da família era um Fyren. Que decadência. Ou era uma regressão? As ordens cavaleirescas não tinham começado sua existência sendo pagas por violência?

O grilo crítico de Mordaunt ainda estava por ali; uma vozinha avisou Aurienne, enquanto ela passava, que ela cheirava a maionese estragada.

Ela encontrou Mordaunt esparramado em uma grande poltrona na sala de estar. Ele também tinha se banhado – presumivelmente encontrara alguma privada. Reclinava-se em uma pose byroniana com uma camisa abotoada pela metade, o cabelo úmido afastado charmosamente para um lado, os calcanhares da bota apoiados na grade da lareira. A única luz vinha do fogo. Aurienne reprimiu parte do cérebro que queria que ela notasse que o Fyren estava, de novo, *sendo atraente*.

Ao redor de Mordaunt, estavam espalhados sua meia dúzia de cães idosos. Dessa vez eles não fugiram da presença de Aurienne; um ou dois rabos abanaram fracamente em reconhecimento tímido. Só o terrier sem voz emergiu de seu repouso. Ele latiu com tanta ferocidade para Aurienne que caiu sozinho, e aí, após a troca mútua de olhares, retornou a sua almofada.

Um whippet frágil, sem uma perna e um olho, estava na poltrona com Mordaunt, que corria uma mão enluvada gentilmente pelas costas esqueléticas do cachorro. A estranha gentileza reverberou em retrospecto e colidiu violentamente com o que Aurienne sabia de Mordaunt; aquela mesma mão tinha matado um homem com um garfo.

Presidindo sobre os canídeos adormecidos como uma rainha primitiva estava a forma sombreada da deofol de Mordaunt. A luz das estrelas entrava por uma janela de vitral e lhe dava a forma de um galgo elegante. Ela estava deitada na pose de uma esfinge. Seus olhos dourados sempre abertos encontraram os de Aurienne quando ela entrou na sala. A loba não ofereceu nenhum cumprimento. O abanar de rabo obsequioso do último encontro tinha ficado para trás.

A grande loba virou sua atenção para Mordaunt, que disse:

– Você pode nos deixar.

A deofol abaixou o focinho e desapareceu de vista como uma névoa sombria.

Um dogue alemão velhíssimo aproximou-se de Aurienne e enfiou o focinho na virilha dela.

– Sente-se, Rigor Mortis – disse Mordaunt.

– Você chamou o cão de Rigor Mortis? – perguntou Aurienne, enquanto Rigor Mortis ignorava a instrução.

– Dou os nomes deles com base no que estava acontecendo quando os encontrei – disse Mordaunt. Ele apontou para os cães enquanto listava. – Incêndio. Perjúrio. Falsificação. Indecência pública. Alta traição. O terrier é Crimes Diversos. O whippet é Crème Brûlée.

– O crème brulée foi um crime?

– Foi a arma do crime.

Mordaunt fez um gesto para Aurienne sentar-se em um sofá.

– Você vai ter que perdoar minha aparência casual. Eu decidi que você não era importante o suficiente para amassar um lenço novo.

– Vai ter que perdoar a minha também – disse Aurienne, esticando um pé sob a saia. – Não estava com vontade de calçar as botas de Cerys de novo e esqueci meus sapatos na pressa de sair.

Mordaunt, com os olhos hipnotizados pela bainha do vestido dela, disse:

– Um pé. Um *tornozelo*. Esconda isso aí. Você vai agitar as minhas entranhas.

Aurienne acomodou-se no sofá diante dele e obedientemente escondeu o pé indecente.

– Culpa de Cerys, que me dobrou aos gostos dela.

– Isso foi praticamente pornográfico – disse Mordaunt. – Talvez a sra. Parson possa te emprestar uns tamancos para voltar para casa.

– Isso, tamancos. O calçado perfeito para me esgueirar silenciosamente até meus aposentos.

O olhar penetrante de Mordaunt passou para o rosto de Aurienne. Ele a observou com algo muito parecido com interesse masculino, o que Aurienne enfrentou com uma sobrancelha erguida.

– Você está ciente de que seu pescoço está exposto? – perguntou Mordaunt.

– É só você.

– *Só?* Como ousa?

– Eu me perdi um pouco no caminho de volta do banho – declarou Aurienne. – Vi sua biblioteca.

– Qual delas?

A pergunta deixou Aurienne levemente pasma.

– Você tem mais... mais de uma?

– Você não?

Aurienne ignorou essa réplica cretina de gente privilegiada.

– Tinha uma estante com cópias de *De humani corporis fabrica* do lado das portas.

– Ah. História natural, então. A outra é de história da arte e literatura clássica.

– Por que você tem uma cópia de *De humani*?

– Tenho uma pequena coleção de textos anatômicos clássicos.

(Aurienne ficou novamente irritada; outro ponto em comum.)

– Que foi? – disse Mordaunt em resposta à testa franzida dela. – Você achou que os Haelan eram os únicos a estudar o corpo humano?

– Suponho que você precise saber onde apunhalar.

– Exatamente – disse Mordaunt. – Além disso, não me insulte chamando-a de cópia; é uma edição original. Tem cerca de trezentos anos e...

Mordaunt se calou. Ele tinha acabado de reparar no antebraço de Aurienne, onde o manuseio brusco de Scrope tinha deixado uma marca. Seus olhos, cujas pálpebras geralmente pesavam com indiferença, real ou fingida, se abriram bruscamente. Seu rosto perdeu todo o cinismo. A coluna se endireitou. A cicatriz se tornou uma linha branca vívida sobre os lábios.

Um segundo depois, a emoção passou. Ele caiu de volta na poltrona, abaixou as pálpebras de novo, recuperou o cinismo e disse:

– Pena que Scrope já esteja morto. Eu podia ter me divertido mais com ele. Está com fome? Eu pedi chá e uns lanchinhos. Ou quer algo mais forte?

Aurienne curou as marcas em seu braço.

– São mais de três e meia. Deixe a sra. Parson dormir.

– A sra. Parson consegue lidar com uma ocasional aventura noturna – disse a própria, entrando na sala com uma bandeja de prata e porcelana.

– Como você toma seu chá? – perguntou Mordaunt, servindo uma xícara. – Com uma colher de leite?

– Não, obrigada – disse Aurienne.

– Açúcar?

– Não.

– Nada divertido. Eu devia saber.

Aurienne viu Mordaunt verter aproximadamente cinquenta decímetros cúbicos de leite na sua xícara de chá.

– Divertido? É assim que você chama essa devassidão?

– Cada um com seus vícios – disse Mordaunt, colocando uma quantidade igualmente grotesca de açúcar.

A sra. Parson serviu uma pilha de biscoitos e uma tigela de frutas e os deixou a sós.

– Romãs – comentou Aurienne.

– Sim – disse Mordaunt. – São uma metáfora.

Na tigela ainda havia uma banana grande e levemente flácida. Aurienne não perguntou se essa fruta também era uma metáfora.

Ela deixou o chá, as romãs e a banana flácida intocados.

– O que aconteceu com a mão da sra. Parson? – perguntou ela.

– A mão? Ah, aquilo. Um acidente com um moedor de carne quando era menina. Ela faz uma pantomima hilária da ocasião, você devia pedir para ela fazer.

Aurienne não achava tais acidentes divertidos, mas deixou o assunto de lado em vez de lançar-se em um sermão moralista.

– Precisamos falar sobre esta noite.

– Sim, precisamos – disse Mordaunt. – Foi estúpido de sua parte ter ido lá. Faça o favor de reservar suas escapadas idiotas para quando terminar de me curar. Aí não vou mais me importar com o que acontecer com você.

– Não é disso que precisamos falar – disse Aurienne. – Mas minha escapada idiota resultou na informação que eu precisava.

– Você nem sabe se a informação é válida.

– E talvez nunca saiba, porque você, falando em gente idiota, matou nossa fonte. É sobre isso que precisamos falar: o rastro de cadáveres que estamos deixando para trás. Não é assim que eu conduzo os meus negócios.

– É como conduzo *os meus* negócios – disse Mordaunt.

– Bem, não podemos mais fazer do seu jeito.

– Não estou falando para você fazer do meu jeito. Estou falando para você fazer do jeito certo.

– Não há nada certo em trauma torácico induzido por garfo resultando em morte.

Uma luva foi acenada na direção de Aurienne.

– Você tira a poesia de tudo.

– Sinto muito. Gostaria que eu falasse de novo em pentâmetro jâmbico?

– Sim.

Aurienne não tentou, porque não conseguia lembrar o que era um pentâmetro jâmbico. Recuperando-se, disse:

– Gostaria que concordássemos em usar violência como um último recurso.

– Parece meio chato.

– Não assassinar pessoas por cinco minutos é meio chato?

Mordaunt inclinou a cabeça para trás e suspirou para o teto.

– A violência é o primeiro e melhor recurso. Mas tudo bem, vou deixar você ter suas ilusões.

– Então estamos de acordo: chega de cadáveres – disse Aurienne.

– Menos cadáveres – disse Mordaunt.

– Nenhum.

– Menos.

Eles se encararam. Aurienne sentiu a enormidade do abismo entre eles – moralmente, eticamente, constitucionalmente. Os pontos em comum esvaneceram e sumiram.

– Por que a morte te assusta tanto? – perguntou Mordaunt.

– A morte não me assusta. Eu estou familiarizada *até demais* com a morte. É você, concedendo-a a torto e a direito, que é o problema.

– Não há nada nem torto nem direito na minha abordagem – disse Mordaunt. – Eu sou um profissional; avalio as situações e ajo de acordo.

– *Eu* sou uma profissional e estou conduzindo um tratamento, não um abatedouro.

– Um abatedouro. É uma boa ideia.

– Uma boa ideia para o quê?

– Ignore – disse Mordaunt. – Não é importante.

– Podemos voltar ao que é *de fato* importante: o nome que Scrope deu?

– Sim – disse Mordaunt. – Qual é?

– Bardolph Wellesley.

Mordaunt endireitou-se na poltrona.

– Wellesley? Sério?

– Você o conhece?

– Ele é um dos vassalos da rainha de Wessex. Poderoso. Rico. Como você não o conhece?

– Eu não acompanho as notícias de reis e rainhas – disse Aurienne. – Minha Ordem é apolítica.

– Assim como a minha, em teoria, mas isso não significa que saio por aí completamente alheio ao mundo – disse Mordaunt. – Todas as Ordens estão sob o controle de algum rei ou rainha em algum ponto da hierarquia, incluindo a sua.

– Você está errado.

– Você é ingênua.

Eles se encararam de novo.

Mordaunt seguiu falando com um dar de ombros.

– A rainha de Wessex é a monarca mais poderosa dos Tīendoms. Mas Bardolph Wellesley… isso é interessante, se for verdade. Pode não ser; Scrope poderia estar tentando impressionar com esse nome.

– Se *for* verdade, por que um dos homens da rainha de Wessex enviaria alguém a Swanstone? – perguntou Aurienne. – Ninguém é tão estúpido. Com exceção, é claro, de um idiota notável que invadiu a fortaleza para falar comigo e depositar suas esperanças em contos de fada.

O Idiota Notável recebeu o insulto com os olhos estreitos.

– O que temos que Wellesley não poderia obter sozinho? – perguntou Aurienne, refletindo. – Ou o que ia querer destruir? Registros de pacientes? Material pré-publicado? Nossos arquivos? Nosso cofre?

– Wellesley é rico – disse Mordaunt. – Ele não estaria interessado no seu cofre.

– Se Scrope ainda estivesse vivo, poderíamos interrogá-lo mais a fundo sobre a fonte de sua informação – disse Aurienne.

– Se ele ainda estivesse vivo, teria feito Cerys sangrar até ela contar quem você é e onde te encontrar. E aí ele saberia demais e eu teria que matá-lo de qualquer jeito.

– Não seja ridículo. Ele não teria feito isso.

– Qual de nós está mais familiarizado com vermes e seus hábitos?

– Você – admitiu Aurienne. – É um deles, afinal.

– Como é que *é*? Eu? Um rato de sarjeta como Scrope? Você viu onde eu moro?

Aurienne olhou ao redor. Dado que não havia sarjeta imediatamente à vista, ela aceitou o argumento.

– Tudo bem. Suponho que você seja só um rato, então. Um rato normal.

– Obrigado. – Mordaunt, apaziguado, acomodou-se de volta na poltrona.

Aurienne acordou seu tãcn para convocar seu deofol.

– Tenho que informar Xanthe desses desenvolvimentos.

– Desenvolvimentos? – bufou Mordaunt. – Uma informação mísera de uma fonte de merda, melhor dizendo.

– Devo lembrá-lo de que a fonte de merda era sua – disse Aurienne, antes de sussurrar o nome de Cíele no seu tãcn. (O nome de um deofol era algo particular, e Mordaunt certamente não era digno de saber o nome do seu.)

Seu amado Cíele materializou-se em seus braços e se enrolou em seu ombro. Seu pelo contra a bochecha dela era tão suave e intangível quanto uma respiração.

Quando notou o Fyren, Cíele disse:

– Eca.

– Você se lembra de Mordaunt, claro – disse Aurienne ao deofol.

– Como alguém se lembraria de uma hemorroida particularmente distinta – respondeu Cíele.

Aurienne não riu, embora quisesse.

– Eu pedi para você ser educado.

– Eu tenho sido educado – disse Cíele. – Nem tirei sangue dele.

– Você absolutamente tirou sangue de mim – disse Mordaunt.

– Ele é só um ginetozinho – disse Aurienne. – Foi um acidente.

Mordaunt chamou Cíele de bostinha belicoso com rosto de doninha. Cíele expressou espanto por uma hemorroida conseguir juntar tantas palavras de uma vez.

– Você terá que tolerá-lo pelo futuro próximo – avisou Aurienne.

– Eu sei – disseram Mordaunt e Cíele ao mesmo tempo.

– Ela estava falando comigo – disse Cíele.

– Ela obviamente estava falando comigo – disse Mordaunt.

– Eu estava falando com ele – disse Aurienne, apontando para o deofol.

Mordaunt fez beicinho e comeu um biscoito.

Aurienne virou-se para Cíele.

– Agora, meu querido, você precisa ir até Xanthe. Diga a ela que o Fyren me ajudou a descobrir quem pode ter enviado os invasores a Swanstone: um homem chamado Bardolph Wellesley, que é, aparentemente, um dos vassalos da rainha de Wessex. Mencione que a fonte da evidência era um tarado bêbado que está morto, porque o Fyren não consegue manter seus garfos sob controle...

– Sim – interrompeu Mordaunt. – Já estabelecemos que ele está morto. O que você quer que eu faça? Uma sessão espírita?

– ... e aí pergunte a Xanthe como ela gostaria de proceder – continuou Aurienne. – E não esqueça de fazer suas mesuras.

– Pode deixar – disse Cíele.

Houve a pressão suave, quase inexistente, de quatro patas de seith contra o braço de Aurienne; e então, em uma nuvem branca, Cíele sumiu.

Aurienne e Mordaunt mal tiveram tempo de rosnar um para o outro sobre Cíele e se ele merecia continuar vivendo (Aurienne estava fortemente a favor; Mordaunt, contra), quando um empurrão de seith, suave mas encouraçado, formigou no tãcn de Aurienne. A deofol de Xanthe, Saophal, queria atravessar.

A salamandra enrugada se materializou e olhou ao redor para os ocupantes da sala, piscando lentamente.

– Aurienne: olá. Vista umas meias antes que pegue um resfriado. Fyren: as saudações mais mornas. Nada de tutu hoje?

– Marrom não era a minha cor – disse Mordaunt.

– Sério? Achei que combinava bem com seu fígado amarelo. – As guelras coriáceas da salamandra tremularam na direção de Mordaunt. – A evidência sobre o envolvimento de Wellesley parece fraca, no melhor dos casos.

– Claro, eram as palavras arrastadas de um saco de merda – disse Mordaunt. – Mas admito que ele *era* um saco de merda bem conectado.

– É uma via para investigação futura – disse Aurienne. – O que é melhor do que o que temos agora.

Saophal flutuou na direção do rosto de Mordaunt e voltou um olho preto redondo para ele.

– Xanthe gostaria de algo mais concreto.

– Bom para Xanthe – disse Mordaunt.

– Sem dúvida será um desafio infiltrar-se no Castelo de Wellesley – disse Saophal.

– Mandem os Guardiões – disse Mordaunt.

– Os Guardiões não estão sob nossas ordens e não fazem infiltrações – disse Saophal. – Eles marchariam lá para dentro cantando uma canção de guerra e pendurariam Wellesley em suas próprias ameias com os membros arrancados. A situação exige uma abordagem sutil. Nós estamos na posição interessante de precisar de um Fyren.

– Quanto vão me pagar? – perguntou Mordaunt.

– Pagar? – repetiu Saophal. Ela se virou para Aurienne. – Aurienne, qual é a taxa de recorrência de êmbolos para um paciente sofrendo de deterioração avançada de seith?

– Cinquenta por centro nos primeiros três meses; noventa e cinco por cento nos seis meses seguintes – disse Aurienne.

– Você está exagerando – disse Mordaunt.

– Os dados estão em repositórios públicos – disse Aurienne. – Você pode conduzir sua própria revisão, se desejar. Avise-me se sua conclusão diferir.

A salamandra inflou as guelras de um jeito satisfeito.

– Seu pagamento, portanto, é a assistência de Aurienne no seu próximo e inevitável êmbolo de seith.

– Desde quando os Haelan negociam com Fyren? – perguntou Mordaunt.

– Você abriu essa porta quando se infiltrou na sala de Aurienne – disse Saophal. – Não se faça de sonso agora. Reúna informações sobre Wellesley e nós o salvaremos da traição do seu corpo.

– E eu sou dispensável, se as coisas derem errado – disse Mordaunt.

Saophal soltou uma risada borbulhante.

– É claro. Reflita sobre nossa oferta. No meio-tempo, nada de favores, Aurienne. Se ele ficar bloqueado, continuará bloqueado. Pode procurar um cirurgião para uma embolectomia de seith se quiser. Elas são *muito* divertidas.

Aurienne curvou a cabeça.

– Entendido.

Saophal girou em um círculo lento e desapareceu com um chiado.

– Não vou fazer isso – disse Mordaunt, encarando o ponto onde Saophal tinha flutuado. – É uma coerção desavergonhada. Os Haelan não deviam ser bondosos?

– Xanthe achou um recurso útil e vai usá-lo para proteger nossa Ordem – disse Aurienne. – Além disso, você me coagiu primeiro. Não merece nada além do pagamento na mesma moeda.

– Eu sou só um *recurso útil*, é?

– Eu sou só um *meio para um fim*, não sou?

Mordaunt pareceu taciturno à luz dessa resposta. Mas algo mudou em seus olhos quando capturou os de Aurienne – ele a olhou mais profundamente; sondou-a; questionou. Ela retribuiu seu olhar diretamente nessa interrogação. Era nisso que consistia aquela situação, não era? Uma troca puramente utilitária entre uma Haelan e um Fyren. Não havia nada além da transação. Nada além da dicotomia. Havia?

As perguntas pairaram, inauditas, no ar indiferente.

Mordaunt deu um sorriso forçado e teatral.

– Você tem razão, Haelan Fairhrim. E assim devemos permanecer um para o outro: Recurso e Meio, deste lado da eternidade.

– Só teremos que nos suportar mais um pouquinho.

– A dose cria o veneno.

– Um dia vai tudo acabar e podemos nos esquecer.

– Você vai se esquecer de mim? – perguntou Mordaunt.

– Espero que sim.

– Meu coração está partido.

– Você não tem coração – disse Aurienne. – Além disso, não é melhor eu esquecê-lo do que continuar te odiando?

– Eu preferiria que você me odiasse do que não pensasse em mim.

Nenhuma resposta apresentou-se à luz dessa confissão, então Aurienne não falou nada. Ela ajeitou a saia – desnecessário; ela estava impecável – e olhou para a lareira.

Mordaunt inspirou fundo, do jeito que alguém faz quando quer mudar subitamente de assunto.

– Suponho que você nem faria um diagnóstico em mim agora, para ver se um êmbolo está crescendo.

– De jeito nenhum – disse Aurienne. – Você tem que se infiltrar na fortaleza de Wellesley. Ouviu a deofol de Xanthe, eu não devo lhe fazer favor algum.

– E você sempre faz o que mandam?

– Eu precisaria de um excelente motivo para ir contra uma ordem direta de Xanthe.

– Meu pedido educado não é um excelente motivo?

– Você pedindo qualquer coisa educadamente é um excelente motivo para *não fazer* alguma coisa.

– Eu não vou invadir a fortaleza de Wellesley. Há pouca vantagem para mim.

– Pouca vantagem? – repetiu Aurienne. – Que tal me ter à mão para o próximo bloqueio?

Mordaunt, que viu pelo modo como Aurienne endireitou a coluna bruscamente que a tinha ofendido, deu para trás.

– Bem, eu só quis dizer que...

– *Pouca vantagem*? Eu? Uma Haelan especializada em seith?

– Quando você põe a questão assim... obviamente, sim, há uma vantagem. Eu quis dizer vantagens *monetárias*. Geralmente, sou bem recompensado por missões dessa natureza.

Aurienne se ergueu em meio aos balbucios dele. Com uma calma nascida da ardente irritação, ela disse:

– Sua compensação é acesso a mim. Se isso não for o suficiente, não é um problema. Nós nos ateremos ao acordo original. Eu deixaria um cirurgião a postos, se fosse você. Posso recomendar alguns que conduziram embolectomias de seith com danos mínimos. Eles geralmente têm dificuldade em encontrar o coágulo, claro, então terão que fazer algumas incisões e fuçar um pouco. Mas você é um Fyren durão, vai ficar bem. Sua torpraxia está tão avançada que mal vai sentir. Só espero que não cortem acidentalmente suas linhas de seith no procedimento. Você tem poucas ainda intactas.

Mordaunt pareceu perturbado.

– Você não precisa ir embora. Eu falei sem pensar.

– É um hábito seu – disse Aurienne. – Estou indo. Agradeça à sra. Parson pelo chá.

Com a bolsa sobre um ombro e as botas de Cerys sobre o outro,

Aurienne saiu da casa com passos pesados. O grilo crítico a chamou de gnu no caminho.

Pouca vantagem? Anos de trabalho, décadas de aprendizado e treino, para ser chamada de *pouca vantagem* por um imprestável que era a encarnação de uma úlcera cheia de bolhas? Ele que sufocasse com o próximo êmbolo.

A casa decadente de Mordaunt ficou para trás. A noite parecia grande, clara e imóvel. O ar, carregado com o aroma de urze e trevo, a acalmou. Ela inspirou grandes sorvos desintoxicantes; uma parte significativa da noite tinha sido passada em um pub malcheiroso e, depois, na carcaça decadente de Rosefell Hall.

Colaborar com Mordaunt tinha lhe parecido possível por um breve momento. Mas talvez fosse melhor não se envolver em outro acordo com ele. Era melhor manter a um mínimo os pactos com demônios.

Estrelas brilhavam em suas eternidades, encobertas pelos fios de uma nuvem fina. Névoa se erguia do vale, redolente com o aroma lento de samambaias.

Sob a curva da lua minguante, uma coruja desenhou uma espiral no céu.

Aurienne seguiu o caminho de cascalho que levava à waystone de Rosefell. Seus pés descalços mal faziam barulho sobre as pedrinhas.

Outra pessoa era ainda mais silenciosa.

– Fairhrim – veio a voz de Mordaunt.

Aurienne não se virou.

– Não temos nada mais para discutir essa noite.

– Fairhrim.

– Meu deofol o encontrará com instruções para a próxima lua cheia.

– Espere.

Dedos enluvados por couro pegaram a mão dela.

Aurienne se virou. O Fyren estava atrás dela, ainda com as mangas arregaçadas, o pescoço exposto, sério.

Ele nunca ficava sério.

Aurienne parou, a mão na sua, a dois passos dele, como se estivessem começando uma dança. Mesmo através da luva, a mão dele era quente.

Ela esperou. Uma brisa abafada passou entre eles. O luar, que tudo tocava e tudo perdoava, dispersou-se em uma dança na névoa, roubou cores, apagou detalhes. O mundo se tornou brumoso; as coisas ficaram mais suaves, perderam seus contornos, tornaram-se fracas e tenras.

Noitibós voaram entre a charneca e a lua das fadas. Suas sombras mergulhavam aos pés de Aurienne em linhas velozes; significados surgiram e sumiram, visíveis apenas se ela não olhasse perto demais.

Mordaunt continuou parado, com os ombros tensos, infeliz, apertando os dedos dela. Aurienne sentiu o conflito dele com a mesma clareza com que percebia a noite.

Ele precisava dela, e a odiava por isso.

– Eu vou me infiltrar – disse Mordaunt.

15

OSRIC DÁ NOS NERVOS DE AURIENNE

Osric

Não fazia parte do plano essa história de negociação, essa nova rodada de barganha, essa pequena coerção em uma charneca preta transformada em um mar prateado. Não fazia parte do plano tentar alcançar, com desespero extenuado, as únicas mãos que poderiam curá-lo, contrair uma dívida com uma Haelan brilhante, ficar parado ali, com a alma exposta na sombra de waystone, e, ali, curvar-se à vontade dela.

– Eu vou me infiltrar.

Onde estava a guerra dele agora? Ele deveria retomar a briga, não ficar naquela suspensão entre guerra e paz.

Esperou a resposta dela, nauseado, segurando o fôlego, contando o tempo por batidas condenadas do coração, até que ela disse:

– Tudo bem.

Ele odiou o alívio que sentiu, a gratidão, e odiou mais do que tudo a onda de admiração por Fairhrim explodindo em seu peito.

Ela era a única que podia salvá-lo da carnificina de um cirurgião. Ele tinha que admirá-la. Era a única com a habilidade, com o controle.

Ele não tinha escolha exceto admirá-la. Ela era a única que podia sequer tentar curar a doença dele. Como podia não a admirar? Ele gostava de coisas raras. Prezava as excepcionais.

Fairhrim suavizou quando ele sussurrou:

– Obrigado.

Osric ficou parado por tempo demais naquele mar prateado, segurando a mão dela como se estivesse prestes a beijá-la. Ocorreu a ele, insanamente, que poderia puxar Fairhrim e apertá-la contra si. Seria tão fácil. Para que finalidade? Por qual vantagem? Ele não sabia. A lacuna tinha que persistir. O limiar não deveria ser cruzado. Era a isso que estavam condenados: a um limiar. Na beirada, e sempre apenas na beirada. Um quase. Era isso o que ele era; era isso o que ela era.

Ela nunca cruzaria aquele limite.

O ar pesado de névoa orvalhou-se no pescoço de Fairhrim, em sua testa, seu pescoço, lançando uma estranha rede de luz sobre ela. Ela estava entre Osric e uma escuridão imensurável – não só o vazio da noite, mas o vazio da morte.

Seus olhos eram largos e gentis. Osric caiu neles como se cai em águas profundas.

– Podemos ajudar um ao outro – disse ela.

– Eu sei – disse ele.

Eles escorregaram um pouquinho sobre a fronteira entre inimizade e parceria, entrando em um novo lugar de incerteza.

– Não precisamos gostar disso – disse ela.

Osric não respondeu. Ele já gostava. E odiava o fato de que gostava.

A mão dela na dele ficou inquieta. Ele a tinha segurado por tempo demais. Ela a afastou e se foi.

Ele odiou ter ido até a waystone inteiro, mas voltado sem um pedaço de si, perdido em dois olhos brilhantes como estrelas.

Nada daquilo importava. Osric se convenceu disso no dia seguinte, quando as coisas estavam menos enluaradas. Não importava que... O quê? Que tivesse visto Fairhrim perambular descalça e visto um tornozelo bonito sob o luar?

Desde quando ele se importava com tornozelos bonitos?

Nada jamais tinha importado menos.

Ele precisava tomar cuidado para não confundir Fairhrim com o que precisava dela. Eram coisas diferentes. Ele tinha uma necessidade desesperada pela cura, não por *ela*.

O que importava, de fato, era que, com essa história de êmbolo, Fairhrim o segurava pelas bolas. (E por que, diga, não podia ter sido alguém gentil? Por que não podia ter sido alguém que as massagearia um pouco, aproveitando a oportunidade? Por que precisava ser Fairhrim e seu punho de ferro?)

Como prometido, Fairhrim enviou seu deofol alguns dias depois, com instruções para a lua cheia seguinte. Depois dos cumprimentos amistosos de sempre – Osric ameaçou transformar o deofol em uma escova de privada; o deofol lhe avisou que seu queixo parecia um testículo –, Osric recebeu orientações para chegar a uma clínica no vilarejo de Mortehoe, em Dumnonia.

As placas para a clínica o informaram de que estava sofrendo de mamilos rasgados.

Fairhrim se achava muito engraçada.

Osric bateu na porta, decidido a aconselhar Fairhrim de que a próxima *morte* em Mortehoe seria a dela, se não tomasse cuidado.

Ele soube que algo estava errado quando ela abriu a porta da clínica com um "Bem-vindo, entre" educado em vez de um insulto.

Um sorriso fixo e triangular estava estampado em seu rosto.

Osric estava prestes a perguntar sobre a trigonometria bucal, mas Fairhrim apontou para os próprios peitos. Osric os encarou. Não viu motivos para preocupação. De fato, vira-os quase nus antes e pensou que eram adoráveis. Fairhrim apontou para os peitos mais vigorosamente, até Osric entender que ela estava indicando algo atrás de si e tentando ser discreta.

Ele olhou além da Haelan, onde uma cortina dividia a sala no meio. Duas pernas peludas se projetavam de trás da cortina.

Osric ergueu uma sobrancelha para Fairhrim. A sobrancelha perguntava se ele deveria matar aquela pessoa.

Fairhrim não balançou a cabeça em negação imediatamente, o que foi um pouco surpreendente.

Ainda naquela voz educada, ela pediu a Osric que se sentasse na área de espera. Com uma expressão de profissionalismo congelada no rosto, desapareceu atrás da cortina para cuidar do paciente.

– O que você acha das minhas tetas de homem? – veio a voz do paciente.

Osric conhecia essa voz. Só havia um homem no mundo com essa voz.

– Por favor, pare de flexionar os peitorais – foi a resposta de Fairhrim. – Você vai piorar as coisas.

Osric se ergueu de um salto e puxou a cortina.

– O que, em nome de Hel, você está fazendo aqui? – perguntou ele.

Leofric – porque claro que era Leofric – ergueu os olhos.

– Osric? O que *você* está fazendo aqui?

Leofric estava sentado em uma cadeira, parcialmente coberto por uma das camisolas marrom-arroxeadas. Um de seus mamilos estava ensanguentado.

– Perdão – disse Fairhrim, agarrando a cortina da mão de Osric. – Isso precisa permanecer fechado.

Leofric estava encantado.

– Não tem problema. Ele é meu melhor amigo.

– Não somos amigos – disse Osric.

– O que aconteceu com os seus mamilos, Os? – perguntou Leofric. – Vai, mostra para a gente. Não seja tímido.

– Eu espero a minha vez – disse Osric, e voltou rigidamente ao seu assento, de onde passou a fulminar Leofric com o olhar e entregar-se a algumas fantasias sobre sua morte, ritos funerários, obituário etc.

– Foi um golpe de sorte encontrar essa clínica – disse Leofric a Osric por sobre o ombro de Fairhrim. – Eu tava só passando quando vi a placa. Exagerei nos fetiches ontem à noite.

Fairhrim, com a coluna ainda mais rígida que o normal, disse:

– Tenho que pegar uns suprimentos. – E desapareceu em uma sala dos fundos.

– Boa garota, essa Haelan – disse Leofric em um sussurro. – Mas meio rígida demais. Capaz de fazer um pompoarismo e cortar seu pau no meio. Mas começou a gostar de mim. Todas gostam, no fim. Eu encantei ela com minha inteligência e minhas tetas. É uma gostosa.

– Eu não tinha notado – disse Osric. Ele estava distraído por uma visão não solicitada de Fairhrim no seu pau, fazendo exercícios de assoalho pélvico.

– Acha que eu devo perguntar a ela sobre meu culhão caído? – perguntou Leofric.

– Isso é uma clínica para mamilos rasgados.

– Como você rasgou o seu?

– Jogando polo.

– Ricaço do caralho – disse Leofric. – Eu vou perguntar pra Haelan se ela tem uma clínica de saco também. Ei, o que acha que ela vai fazer se descobrir que somos Fyren? Devemos mostrar nossos tācn na saída? Ia ser engraçado, não ia?

Leofric ergueu a palma, na qual ele tivera a prudência leofrítica de enrolar uma atadura. Como se qualquer Haelan minimamente competente não fosse ver aquilo e exigir saber o que havia por baixo.

Felizmente, essa Haelan em particular sabia exatamente o que Leofric era e tinha ignorado o estratagema sagaz dele.

– Não faça isso – disse Osric. – Ela vai relatar aos superiores e causar problemas entre nossas Ordens.

– Quando você ficou tão chato? – Leofric se jogou para trás na cadeira e pareceu desolado. Depois de se remexer um pouco, ergueu-se e vagou na direção da bancada, onde achou um grande tubo de ensaio, que estendeu para Osric. – Enfie isso na bunda.

Fairhrim voltou para instaurar a lei e a ordem. A sugestão de Leofric não a agradou.

– Largue isso – disse Fairhrim, em um tom que incentivaria um molusco a se mover.

Leofric deu um pulo e obedeceu.

– Sente-se – disse ela.

As sílabas entrecortadas foram ditas com tamanha autoridade que Leofric caiu mudo na cadeira.

Fairhrim devolveu o tubo de ensaio ao suporte. Leofric abriu um sorriso largo e hesitante para ela. Não foi retribuído. Em vez disso, ela o fez sibilar enquanto, com um ar um tanto vingativo, aplicava um curativo encharcado em espuma ao mamilo dele.

– Que porra é essa? – perguntou Leofric.

– Hlutoform – disse Fairhrim.

– É usado em todos os Tīendoms – disse Osric, muito conhecedor.

– Sua mãe é usada em todos os Tīendoms – respondeu Leofric.

Osric girou uma faca na mão.

Houve o flash do tācn de Fairhrim e um estremecimento no ar enquanto ela projetava seu seith no mamilo ferido. Sua expressão estava impassiva, mas Osric a conhecia bem o suficiente para ler a contração das narinas: como outro Fyren idiota ousava fazê-la desperdiçar o seu seith?

– Você tem planos de abrir uma clínica de saco? – perguntou Leofric.

Fairhrim, que os deuses a abençoassem, era uma campeã do autocontrole.

– Não. Você devia consultar um médico. – Ela colocou uma atadura sobre o mamilo de Leofric. – Feito. A pele ainda está nova, então não vá brincar com grampos de mamilo novamente por pelo menos uma semana. E, pelo amor de Woden, esterilize-os antes do uso. Essa garrafa contém um ciclo de antibióticos; tome um por dia até acabarem.

Leofric pegou os comprimidos.

– Eles vão me dar uma ereção que dure mais que quatro horas?

– Não.

– Você não pode dar um beijinho no meu mamilo para garantir que sarou?

A tolerância de Fairhrim para besteiras nunca foi muito alta, mas despencou a um novo mínimo. A temperatura ambiente da sala caiu enquanto ela encarava Leofric.

O paciente flexionou o peitoral para ela de um jeito um pouco esperançoso.

– Vá embora ou eu vou desfazer tudo e ainda arrancar seu outro mamilo – disse Fairhrim.

– Ai – disse Leofric.

Fairhrim, em um borrão de gestos eficientes, reuniu as roupas de Leofric e as empurrou para os braços dele.

– Vista-se rápido. Tenho outro paciente para atender. Adeus.

Ela voltou para a sala dos fundos. Osric a viu convocar seu deofol, que se materializou e a ouviu atentamente enquanto ela examinava os armários e fazia uma lista de suprimentos para reabastecer o inventário da clínica:

– Estamos ficando sem gel de dextrose, comprimidos para indigestão, kits de sutura, cotonetes...

– O esfigmomanômetro parece extremamente antigo – disse o deofol. – Pedimos uma substituição?

– Acrescente à lista, embora eu duvide que será aprovado – disse Fairhrim. – E, já que estamos sonhando, um novo carrinho. Este aqui só tem uma roda funcional.

A cabeça pontuda do deofol se virou para Osric e Leofric.

– Vejo que reunimos todos os contraceptivos em um só lugar.

Fairhrim virou seu olhar frio para eles também.

– Eu gosto mesmo de organização.

Osric lançou-lhe um olhar frio. Leofric era burro demais para ficar ofendido. Fairhrim fechou a porta com um baque.

– Gosto dela – disse Leofric enquanto se vestia.

– Não acho que seja mútuo – disse Osric.

– Não? Sinto que temos uma conexão – disse Leofric. – Enfim, não me importo com o que você acha. Não sabe nada sobre sentimentos delicados.

– E você é um especialista, suponho?

– Mais do que você – disse Leofric. – Nunca tinha conhecido uma Haelan. Sinceramente, ela não é tão ruim, né? Meio certinha, mas isso é de esperar; todos eles têm um varejão enfiado na bunda. Ela não me julgou nem um pouco pelos grampos de mamilo. Quer que eu espere você? Quer que segure sua mão enquanto ela faz cócegas no seu mamilo?

– Não.

– Certo. Estou indo então. Tenho um advogado para assassinar. – Leofric virou-se para a porta dos fundos, juntou as mãos ao redor da boca e disse: – Adeus, doce Haelan, nosso amor esteve sempre condenado.

Fairhrim não respondeu.

Leofric foi embora.

Ela emergiu da sala dos fundos parecendo tão horrorizada quanto suas feições permitiam.

– Bem, isso foi traumático.

– Obsceno – disse o deofol, antes de desaparecer para cuidar de sua tarefa em uma nuvem branca.

– Foi gentil da sua parte não o julgar pelos grampos de mamilo – disse Osric.

– Com um varejão inteiro na bunda, não sobrou espaço para julgamento – disse Fairhrim. – Eu quase gritei quando o vi. Só consegui pensar em ouriços-do-mar.

Ela levou Osric à bancada da sala dos fundos, na qual havia uma pilha bagunçada de documentos e um mapa meio dobrado, parecendo ter sido rapidamente arrancado da parede.

– Eu não queria que Leofric visse – disse Fairhrim. Com gestos precisos, ainda que irritados, ela organizou os documentos de novo. – Arranquei tudo enquanto ele estava tirando a roupa. Segure isso para mim.

Osric empurrou os cantos do mapa contra a parede. Fairhrim se abaixou sob os braços dele para prendê-lo, junto com suas tabelas de dados, um desenho da Pedra Monafyll, e suas notas sobre as observações de Widdershins.

Como da última vez, a proximidade casual dela o surpreendeu.

Havia um total de zero pessoas que se aproximavam de um Fyren conhecido sem um pingo de medo.

Bem, um total de uma pessoa. Pena que tinha que ser Fairhrim.

Essas reflexões foram interrompidas por um súbito:

– Ai. Ai!

Fairhrim tinha batido o coque contra ele. A cureta prateada que segurava o cabelo dela no lugar enganchou-se na bainha de faca no antebraço de Osric. Ele tentou desemaranhar a bagunça, mas dedos enluvados não eram adequados para uma tarefa tão delicada, e tudo que conseguiu fazer foi prender mais fios de cabelo finos ao redor de uma fivela. Fairhrim lhe concedeu dois segundos para se atrapalhar antes de estapear a mão dele e fazer o serviço ela mesma.

Quando se desvencilhou, três fios tinham sido cortados e ficaram flutuando da bainha de Osric como teias de aranha, ou renda rasgada, ou uma prenda secreta de uma dama.

– Pode parar de ficar andando de um lado para o outro e prendendo seu cabelo em todo canto? – perguntou Osric.

Fairhrim ajeitou o coque de volta no lugar.

– Talvez se você não vivesse armado até os dentes eu pudesse evitar escalpelar meu couro cabeludo.

E o deofol dela ainda disse que Osric era propenso a exageros.

Fairhrim, com o cabelo em ordem, voltou sua atenção ao mapa.

– Certo. Onde eu estava?

– Você transpôs suas linhas ley no mapa – disse Osric.

– Sim. Mais fácil do que lidar com dois mapas. Também troquei minhas tachinhas.

Osric tinha notado, de fato, que o mapa estava pontilhado com corações rosa.

– Hã... isso são...?

– Os protetores de mamilo de Cerys, sim – disse Fairhrim, agitando uma página. – Eu gosto do adesivo, não danifica o mapa.

Fairhrim tinha colocado os corações em áreas que eles haviam visitado, mas também em localidades novas: um lugar em Somerset, um lugar em Dyfed, e o mar vazio da costa das Colinas do Sul, onde as Arbruxas tinham estado. ("Essas cinco linhas ley", murmurou Fairhrim a respeito do último, com um *tsc*. "Estou considerando voltar e tentar de novo. Mas só quando esgotarmos as outras opções.")

– A lunação de junho será em três semanas. – Fairhrim bateu no adesivo de coração em Somerset. – Minha proposta para nossa próxima tentativa é aqui. Eu fui capaz de localizar conclusivamente uma dúzia de histórias nessa área específica, todas ocorrendo durante a lua Begbéam.

– Fica num cruzamento de três linhas ley – disse Osric. – Promissor.

– Sim. E na intersecção de dois cursos d'água, o que combina com a tradução do seu precioso Widdershins para junho. – Fairhrim apontou para suas anotações, que devidamente indicavam *águas correntes se cruzam*. – Porém, mais interessante de tudo, se formos precisamente aqui – a ponta do seu dedo parou novamente no coração –, acrescentaremos um labirinto à mistura.

– O que tem de tão bom em labirintos?

– São outro tipo de lugar intermediário. Caminhos sagrados, caminhos de peregrinos... são jeitos de alcançar um novo estágio de consciência, de se aproximar do Outro Mundo. Desorientadores. Tênues. – Um esgar nada impressionado puxou os lábios de Fairhrim. – Um tema recorrente é a importância de confiar no caminho, mesmo que pareça estar vagando sem propósito.

– Extremamente apropriado para nossa situação atual – disse Osric.

– Não é? Odiei.

– Então vamos para Avalon?

– Sim. Para Færwundor em Glastonbury Tor, para ser específica.

– Ah – disse Osric, significativamente.

– O que foi?

– Isso é uma fortaleza druida.

– E?

– Hã... eu posso ter um histórico com eles.

O olhar de Fairhrim estava cheio de suspeita.

– Um histórico?

– Talvez tenha despachado o vidente-chefe deles um tempo atrás – disse Osric, tão inocentemente quanto se podia ser ao confessar um assassinato.

– Você fez o *quê*? Por quê?

– Dinheiro – disse Osric.

Fairhrim apertou as têmporas.

– Mordaunt.

(Ela disse o nome dele como se fosse um palavrão. Ele gostou um pouco.)

– Fiquei meio decepcionado que ele não me viu chegando, para ser sincero – disse Osric.

Fairhrim era tão imune ao humor dele quanto a seus atrativos, e permaneceu gélida.

– Por que – sussurrou ela – você tem que complicar tudo?

– Vamos tentar qualquer um desses lugares – disse Osric, gesticulando para os corações no mapa. – Um lugar onde eu não vá ser submetido à Morte Tripla.

– A quê?

– A Morte Tripla dos druidas. Empalamento, apedrejamento, afogamento. Você nunca ouviu falar? Precisa sair mais de casa. Aqui, que tal esse lugar...? – Osric, apontando para o mapa, percebeu que estava falando sozinho e se virou. – Onde você está?

– Por *aqui* – veio a resposta de Fairhrim, erguendo a mão na altura da testa.

Ela voltou com sua bolsa, de onde tirou traduções marcadas com as próprias anotações.

– Veja. Há múltiplas referências específicas à lua Begbéam, todas dentro de um raio de um quilômetro dessa área.

Osric folheou os documentos. Quando as histórias faziam o favor de informar tais coisas, Fairhrim tinha identificado seus marcadores temporais, que, de fato, mencionavam a lua Begbéam em várias formas – a lua no enverdecer da urze sobre os montes, a lua cheia no mês da colheita de morango, a sexta lua cheia, o florescimento do corniso...

– Você arruinou minha ideia de uma forma espetacular – disse Fairhrim, virando-se para o mapa. Embora estivesse tão empertigada quanto sempre, tinha um ar meio desanimado: os braços cruzados, o queixo um pouco virado para baixo.

– Vamos lá, então – disse Osric.

Fairhrim lançou um olhar sombrio para ele.

– Você é procurado pela lei druídica. Não podemos simplesmente dar uma volta pelo Færwundor. Eu tinha tudo resolvido, sabe. Ia pedir a Xanthe que requisitasse uma visita do enclave deles para um projeto de pesquisa. Você posaria como meu assistente. Mas agora, assim que virem você...

– Deixe-me apresentar o conceito de "leves travessuras" – disse Osric.

Fairhrim fez um gesto brusco de repúdio.

– Eu não vou invadir o Færwundor. Os druidas são aliados dos Haelan.

– Você não vai invadir – disse Osric.

– Ótimo.

– *Eu* vou.

– Não vou entrar em território druida com o homem que assassinou o vidente-chefe deles – disse Fairhrim. – Seremos pegos.

– Você sabe tão pouco das minhas habilidades – desdenhou Osric. – Se formos pegos, o que não seremos, eles vão vir atrás de mim. Você mostra seu tācn para eles e diz que eu a obriguei a me obedecer. Eles não vão ferir uma Haelan.

Ela se recusou.

Osric disse que ela era *inflexível.*

Ela concordou.

Fairhrim deu as costas para ele e começou a arrumar a bancada, impelida, ao que parecia, pela frustração.

– Por que você tinha que atrapalhar meu plano? Era para ser uma simples caminhada sob o luar. Os dados sobre esse local particular nessa lua específica são os mais completos até agora.

– *Eu* estou focado em soluções – disse Osric. – Você deveria tentar.

– Focado em soluções? – perguntou Fairhrim. Ela virou-se para ele, alta e ereta. Em sua mão havia uma caixa de bisturis. Seu olhar passou de Osric às lâminas e de volta, e ela pareceu muito focada em soluções, de fato, presumindo que a solução fosse meter bisturis goela abaixo de Osric.

Ele se perguntou se ela não teria sangue de Valquíria em algum ponto da sua árvore genealógica.

– *Não farás mal* – murmurou ela, entre dentes cerrados.

– Temos outra complicação, já que estamos no assunto – disse Osric. – Wellesley.

– O que tem ele?

– Tem enchido meu saco – disse Osric.

– Elabore.

– As coisas estão tensas entre as rainhas de Kent e de Wessex. Ambos os lados estão aumentando as defesas de suas fortalezas. Wellesley tem quinhentos homens reunidos na Fortaleza Wellesley, é praticamente uma guarnição.

– Achei que você era bom no seu trabalho – disse Fairhrim. – Não pode caminhar nas sombras para passar por eles?

– Normalmente, sim. Mas fiz um pouco de reconhecimento e descobri que Wellesley instalou medidas anti-Fyren.

– O que diabos é uma medida anti-Fyren?

– Ele inundou a fortaleza inteira com luz – disse Osric. – Não consigo entrar lá se não há sombras.

– Por quê? O que ele está escondendo?

– Não sei. Podem ser informações. Pode ser paranoia. Pode ser que ele tenha medo de que Kent vá contratar um Fyren para ir atrás dele. O custo de iluminar uma fortaleza inteira e seus arredores por semanas a fio é exorbitante. Ele é um idiota por fazer algo assim; a mensagem que está mandando é que tem algo muito valioso lá dentro.

– Não pode ser de propósito? – perguntou Fairhrim. – Uma estratégia para chamar atenção para outra coisa?

– Se é uma *ruse de guerre*, é arriscada, cara e estúpida.

– Certo. Então, o que você vai fazer?

– Não vou me infiltrar na Fortaleza Wellesley, dado que não desejo ter quinhentas lanças enfiadas a seco no meu cu.

– Foque em soluções – disse Fairhrim.

Esse era o problema com Fairhrim: você tinha que escolher suas palavras com sabedoria, porque ela as pegava e jogava de volta, mais afiadas do que antes. (Ocorreu a ele, aliás, que se um homem gostasse de coisas afiadas e bonitas, Fairhrim era o tipo de mulher que tal homem poderia começar a apreciar, se não tomasse cuidado. Porém, o homem não deveria ser idiota. Nessa direção só havia loucura.)

– Isso não é mais uma simples infiltração – disse Osric. – Eu não posso apenas entrar andando pelas sombras.

Fairhrim o estudou, então disse com um ar de extrema importância:

– Humm.

– Que foi?

– Seu húbris deu lugar à razão; é refrescante.

– Estou encantado que minha inadequação a agrada.

– Conhecer seus limites não é inadequação – disse Fairhrim. – Mas Xanthe vai me proibir de ajudar você com outros êmbolos. Wellesley era a única coisa que você tinha para negociar.

– Não tive nada além das flutuações usuais desde o último bloqueio – disse Osric. – Estou convencido de que suas estatísticas não eram nada além de táticas de intimidação... intimidatísticas, se quiser chamá-las assim...

– Não quero.

– ... mas estou, de toda forma, escolhendo depositar minha confiança em você.

– Não faça isso. Não sei onde você a enfiou antes.

– Cruel. Eu estava sendo vulnerável.

Fairhrim ergueu uma mão para se proteger.

– Pode guardar isso para si também.

– Como pode ser tão má com seu próprio paciente?

– Você não é um paciente.

– Você está cuidando de mim.

– Estar cuidando de você não quer dizer que me importo.

– Ai.

Fairhrim, impiedosa, continuou seu interrogatório.

– Como vai a torpraxia?

– Pior. Derrubei um jarro de soda cáustica no pé e nem senti.

– Um jarro de soda cáustica?

– Eu estava dissolvendo um corpo.

– Dissolvendo um corpo. – Fairhrim deu um aceno tenso e sofrido. – Claro. – Ela não comentou mais nada sobre o assunto e só disse: – Falarei com Xanthe.

– Você é a cachorrinha de Xanthe? Tudo tem que passar por ela?

– Foi decisão dela me envolver nesse fiasco, então Xanthe pode compartilhar do fardo de tomar decisões, sim.

– E o que vamos fazer quanto à lua cheia? – perguntou Osric.

– Temos semanas para descobrir. Eu vou achar um local alternativo. *Não vou* invadir o Færwundor com o homem que assassinou o vidente deles. Por que você faria isso? Os druidas são inofensivos.

– Era uma oferta que não pude recusar.

– Monstro.

– O pagamento financiou boa parte da sua cura da Peste, aliás – disse Osric.

– Não é uma cura, é uma imunização – disse Fairhrim. – E não torna o assassinato certo. Você podia ter obtido o dinheiro através de muitos outros meios. Mas estou desperdiçando meu fôlego. – Com o ar de alguém *seguindo em frente*, ela perguntou: – Vamos checar seu progresso, já que você está aqui?

– Tudo bem.

– Você conhece a rotina – disse Fairhrim.

– Desnudar-me etc.

– As coisas estão naquele armário – disse Fairhrim, deixando a sala.

Dessa vez, Osric fez questão de reparar precisamente qual armário foi indicado por Fairhrim. Dentro, ele achou não camisolas marrom-arroxeadas, mas grandes pantalonas de flanela da mesma cor. Ele ajeitou uma delas em um ângulo ousado na pélvis.

Então notou que a calça estava com a braguilha aberta e sem um botão, deixando a parte mais nua do seu desnudamento exposta.

Recorreu ao caderno fúcsia feioso de Fairhrim como uma peruca pubiana.

Fairhrim, precedida pelo chacoalhar do difrator Franklin, voltou à sala. Primeiro notou a calça e perguntou:

– Você vai pescar vieiras?

Então viu o próprio caderno e o arrancou dele.

– Minha peruca pubiana – arquejou Osric.

– Feche sua braguilha.

– Não tem botão – disse Osric. – Desvie os olhos, não deixe seu olhar se tornar libidinoso.

Fairhrim, extraordinariamente inabalada pelo pau balançando à sua frente – *ofensivamente* inabalada, se Osric fosse honesto –, tirou um alfinete de segurança enorme de algum lugar.

– Aqui. Isso é uma clínica, não um mictório.

Osric prendeu a calça com grande *délicatesse*.

– Não há botões em nenhuma dessas calças, então anote isso na nossa peruca pubiana.

Fairhrim mirou o difrator no peito de Osric e anexou os tentáculos da coisa na sua pessoa com – pareceu a ele – uma força desnecessária.

O desinteresse dela nos acontecimentos da sua braguilha esmagou Osric, transformando-o em uma polpa espiritual. Não que quisesse que Fairhrim olhasse para o pau dele, necessariamente, era só o princípio da coisa. Ela não o achava charmoso; não o achava intimidador; não era seduzida ou intrigada ou remotamente curiosa sobre qualquer coisa que tinha a ver com ele. Quem essa mulher achava que era? Sua total falta de interesse o matava.

Ele a odiava.

Fairhrim ordenou rispidamente que ele se sentasse reto, na medida em que uma polpa conseguia se sentar. Ela mexeu em vários instrumentos prateados contra a figura projetada na parede, medindo os canais de seith, intactos e apodrecidos, contra seus marcadores brilhantes. Novamente, tirou uma ficha de paciente irascível e agitada (*Pc: U. Gânglio*), que se acalmou quando ela registrou as medições. E, novamente, correu um dedo pelos apêndices de Osric (menos o mais interessante) e notou onde a dormência dele começava e terminava.

Com as sobrancelhas franzidas, Fairhrim analisou os documentos à sua frente. Desligou o difrator, limpou os tentáculos com uma dose fresca de hlutoform, reafixou-os e ligou a máquina de novo. Seus instrumentos de prata voltaram para um bis da dança de cliques e estalos sobre a figura projetada. Fairhrim passou o dedo por Osric outra vez, perguntando se ele tinha certeza de que a dormência acabava bem ali, e não mais longe.

– Sim – disse Osric. – Por quê?

– Bem – disse Fairhrim a si mesma –, não passou nem uma quinzena desde nossas últimas medições.

– Qual é o problema?

– E ainda estamos bem dentro dos parâmetros normais... embora não dentro dos *seus* parâmetros normais.

– Que parâmetros? O que foi?

Fairhrim, absorvida pelos números diante de si, não disse nada. Voltou em um pulo até o difrator, mexeu em medidores, murmurou que estava tudo em ordem, *e no entanto...* Ela voltou a suas anotações, desarranjada, inquieta; sua calma era frágil. Apertou a ponta dos dedos nos lábios. Seus olhos correram pelas colunas de informações sem parar.

A esperança ergueu-se descontroladamente no peito de Osric.

– Fairhrim, o que foi?

Novamente, Osric mediu o tempo por batidas condenadas do coração até Fairhrim abrir os lábios. Seu olhar, vívido de curiosidade, encontrou o dele. Ela respirou fundo. Cem anos se passaram. Ele esperou, completamente à mercê da Haelan. Queria se ajoelhar. Queria agarrar a saia dela nos punhos e se prostrar aos pés dela. Por favor, por favor, por favor.

– Sua degeneração, por mais brevemente que seja, desacelerou – disse Fairhrim. – Pelo menos, tal como medida por esses instrumentos. Hesito em dizer *parou*, claro, embora tecnicamente seja correto. Venha aqui, deixe-me mostrar.

Ela tirou os tentáculos grudentos do difrator e o acenou para ele se aproximar da bancada; Osric se inclinou sobre o ombro dela; Fairhrim mostrou os números e deu explicações; ela cheirava a hlutoform e sabonete; a esperança martelava selvagem e trovejante no peito dele; ela lhe disse para adiar a celebração, já que havia muitos outros fatores a ser considerados; os números e colunas mesclaram-se uns nos outros; Fairhrim fez observações inteligentes; ele ouviu e não absorveu absolutamente nada, porque estava de volta no mar prateado, arrebatado pela mulher com olhos brilhantes como estrelas, a única capaz de curá-lo, a mulher que estava salvando a vida dele.

– Você e seu cérebro – disse ele, sem fôlego. – Você e todas as suas lindas arestas. Você está conseguindo.

– Acabei de dizer que pode haver uma série de explicações...

– Mas isso é bom?

– Sim. Também é medicamente impossível. Mas é bom.

Novamente, Osric ficou ofegante e com o coração quente e transbordante de admiração. A mão nua de Fairhrim, rachada e ressecada, estava apoiada na mesa ao lado da mão enluvada dele.

Ele a levou aos lábios.

Fairhrim, pela primeira vez, arquejou de surpresa.

Osric plantou um beijo galante nas costas da mão dela. Devia ter parado por ali, mas, como um tolo enamorado, deu beijos menores e reverentes sobre os nós dos seus dedos.

Ele poderia ter continuado beijando-a até o pulso, o antebraço, além do ombro e do pescoço. Bem que poderia. Sentindo a pele fria dela sob sua boca quente, queria muito. Em momentos como aquele, a pessoa tinha vontade de venerar um pouco sua salvadora.

Os olhos arregalados e chocados dela o lembraram que aquela mão não era, e nunca seria, dele para ser beijada.

– Desculpe. – Osric abaixou a mão. – Não devo maculá-la com meus beijos.

Fairhrim ergueu a mão e apertou gentilmente a própria clavícula.

– Um crime passional. Está perdoado.

– Você está conseguindo. Juro, você está conseguindo.

No rosto dela, insinuou-se um sorriso que não chegou a se abrir.

16

ASSASSINATO NA FORTALEZA WELLESLEY

Aurienne

Qual era a sensação de ter a mão beijada por um Fyren? Temerária. Inebriante. Como a vida sendo vivida. Como um desastre iminente.

O momento foi uma convergência de vários estranhos milagres – os números (uma emoção), a súbita e selvagem expressão devotada de Mordaunt e, o que era o maior milagre de todos, partilhar da alegria dele.

Um rubor atormentava Aurienne toda vez que se lembrava do momento. O jeito como ele tinha se aproximado dela e tomado sua mão. O aperto do anel de sinete. Os beijos ardentes demais para serem platônicos. Ela disse a si mesma que era a empolgação pelos resultados. A alternativa era terrível.

Aurienne compartimentalizou os rubores (etiquetados claramente como *inapropriados*) e concentrou-se em sua manhã, que começou com um turno na ala da Peste. A garotinha da última vez estava bem melhor – capaz de enxergar e falar; se sentia tão bem, de fato, que pedira um picolé a Aurienne. A Haelan, encantada, rapidamente mandou um aprendiz ir atender a esse importante pedido.

Então chegou a hora das rondas. Os pacientes de Aurienne no Centro para Pesquisa em Seith estavam competindo por sua atenção. Uma colega Haelan estava sofrendo seu Custo mesmo sem ter usado seith. Uma senhorinha gentil de Cardiff subitamente começara a invocar os deofols de outras pessoas. Uma Ingenauta com hemorragias de seith que recebera alta algumas semanas antes estava de volta. Ela tinha respondido lindamente ao tratamento de micro-obstrução de Aurienne, mas ficara empolgada demais com – se Aurienne tinha entendido direito a história – ímãs, e seu seith tinha saído do controle e ateado fogo em uma embarcação de ley.

Depois do almoço, Aurienne compareceu a uma cerimônia de entrega de túnicas Haelan. Quatro novos Haelan estavam ganhando suas asas, incluindo Corinne e Nym. Uma multidão se reunira no maior pátio de Swanstone, aos pés de uma estátua de Frīa flanqueada por dois aer em voo. Prendergast, um dos Chefes da Ordem Haelan, presidia a cerimônia. Os novos formandos estavam com as mãos unidas à frente do corpo, ouvindo o discurso.

– Eu me sinto velha – sussurrou Cath a Aurienne e Élodie. – Olhem essas carinhas de bebê.

– São mais jovens do que nós, quando recebemos nossos tācn – disse Élodie.

– Por favor – disse Cath. – Eles são legalmente crianças.

– A da direita é a sua, não é, Cath? – perguntou Aurienne.

Cath assentiu.

– Ela é boa. Aprendeu depressa que Medicina de Emergência é a ciência de como tornar algo problema da Medicina Interna. E as duas na direita são suas?

– Corinne e Nym. Elas vão me superar em alguns anos.

– Bom – disse Cath. – Você vai precisar de ajuda; vai estar no comando desse lugar até lá.

– Nunca – disse Aurienne.

– Já consigo ver – disse Cath.

– Eu não.

– Eu sei. Você tem a imaginação de uma berinjela.

Depois do discurso de Prendergast, vieram os discursos de sempre, a respeito de viver os valores de *não fazer mal* a ninguém, e sempre colocar os interesses dos pacientes à frente dos próprios, e de profissionalismo, e de compaixão – cada um dos quais Aurienne recebeu como um sermão direcionado especificamente a ela. Quando a ética de pesquisa foi discutida, ela começou a procurar uma saída.

Élodie a cutucou.

– Tudo bem aí?

– Você está com uma cara abatida – disse Cath.

Aurienne teve uma vontade intensa de explicar seu desrespeito flagrante a tudo que sua Ordem defendia, de confessar que tinha feito o contrário de tudo que aqueles palestrantes respeitáveis aconselhavam, de dizer que quase valia a pena porque ela podia estar se aproximando de uma descoberta incrível, mas *não* valia a pena por estar trabalhando com um Fyren – e, pior de tudo, que o Fyren tinha beijado sua mão e lhe provocado rubores em vez de arrepios de asco mórbido, e tudo estava *errado*.

Obviamente, ela disse:

– Indigestão.

Ficou grata pelo fim dos discursos e o fim simultâneo das reprimendas.

Em seguida veio a Marcação: os candidatos a Haelan ajoelharam-se diante da estátua de Fria e seus braços abertos benevolentes. Estenderam a mão direita. Prendergast apertou um ferro chiando de seith, na forma do tācn Haelan, em suas palmas abertas.

Aurienne, observando os rostos ansiosos das figuras de túnica prateada, lembrou de quando ela mesma estava naquela posição. Apesar das garantias de Xanthe, ela temera o que todo aprendiz temia – que seus anos de estudo não teriam desenvolvido seu seith o suficiente e que o tācn não ficaria marcado. Mas tinha ficado, claro – ela trabalhara demais, e treinara demais, para que não ficasse – e o mesmo ocorreu com o tācn dos quatro jovens Haelan ajoelhados no pátio naquele dia.

A multidão reunida aplaudiu. Os novos Haelan ergueram os tãcn recém-gravados ao coração, e foram vestidos, pela primeira vez, no branco da Ordem. A partir de então, seu seith estaria aberto ao mundo e a usos que superavam em muito as tarefas pequenas e cotidianas realizadas por civis. A partir de então eles eram membros de uma Ordem. Fizeram seus juramentos de *não fazer mal* e prometeram ser dignos do privilégio de portar o título de Haelan. Dragonas prateadas e brilhantes foram colocadas sobre seus ombros.

Alguém puxou a saia de Aurienne.

– Perdão – disse o aprendiz que a tinha puxado, com uma mesura baixa. – Você está sendo requisitada urgentemente na Ala 14. Transferência de seith. É a Haelan Xanthe.

– De novo não – disse Aurienne. Ela deu um aceno triste a Cath e Élodie, e seguiu o aprendiz para a fortaleza.

Os Haelan às vezes drenavam seu seith ao socorrer pacientes particularmente desafiadores. Xanthe era notória por fazer isso. Aurienne a encontrou desabada ao lado de uma cama entre as crianças doentes da Ala 14, cercada por um punhado de Haelan preocupados da Pediatria. Ela estava inconsciente e encharcada em suor. Tinha disparado seu Custo – gastroparesia – antes de desmaiar; havia uma bandeja de alumínio de vômito no seu colo contendo os restos de seu almoço.

Lorelei ergueu os olhos quando Aurienne se aproximou.

– Um dos recém-chegados piorou esta tarde, estava por um fio. Xanthe se recusou a perdê-lo. Ele está bem; ela não.

Aurienne era uma das poucas em sua Ordem que dominava as transferências de seith; o procedimento exigia um controle raro do seith mesmo entre os Haelan. Ela apertou o tãcn contra o peito suado de Xanthe e, com enorme gentileza, infundiu seu próprio seith nas reservas de Xanthe – o suficiente para trazê-la de volta à consciência e evitar outra rodada do Custo dela.

Xanthe acordou murmurando:

– Estou bem.

– Você não pode levar seu sistema seith ao limite desse jeito – disse Aurienne. – Exige demais do seu corpo.

– Sim, bem, uma criança vai ver outro dia. Então valeu o esforço. – Xanthe sentou-se com a ajuda de Aurienne. Ela olhou tristemente para os restos do seu almoço na bandeja. – Pena que perdi o cheesecake. Estava excelente.

– A gente pega outra fatia – disse Lorelei, e gritou para um aprendiz: – Você, vá até as cozinhas e pegue o cheesecake inteiro para ela!

– Mais pessoas da equipe precisam acrescentar transferências de seith a nossas competências – disse um dos outros Haelan da Pediatria.

– Corinne e Nym vêm fazendo progresso – disse Aurienne. – Acho que Corinne conseguiu. A competência técnica de Nym é excelente; sua confiança que é baixa. As duas ganharam seus tăcn hoje.

– Ah, muito bem! – disse Lorelei.

– Sim. Elas vão avançar depressa a partir de agora.

– Já tentaram com cadáveres? – perguntou Xanthe.

– Não, ainda estão no laboratório. Mas logo vão.

A cor foi retornando aos lábios de Xanthe enquanto o seith de Aurienne restituía suas reservas. Aurienne afastou seu tăcn.

– Está se sentindo melhor?

– Muito. Voltem para o trabalho, todos vocês – disse Xanthe aos Haelan reunidos ao redor da cama. – Aquelas crianças precisam mais de vocês do que eu.

Lorelei e os Haelan da Pediatria se dispersaram. Aurienne aproveitou seu *tête-à-tête* com Xanthe para discutir a investigação de Wellesley feita por Fyren. Ela explicou a posição atual e nada promissora de Mordaunt.

– Deixa eu ver se entendi – disse Xanthe, em um sussurro exausto. – A invasão que queremos que o Fyren faça ele não consegue fazer, e a invasão que não queremos que faça ele consegue.

– Correto – disse Aurienne. – Ele não pode se esgueirar para a Fortaleza Wellesley por conta daquelas medidas anti-Fyren. Mas está *feliz* em invadir o Færwundor para a próxima sessão de cura, ao que eu objeto veementemente.

– Fantástico – disse Xanthe, rouca.

– Mas, por favor, Haelan Xanthe, vamos conversar mais tarde. Você tem que descansar.

– *Shh,* vamos falar agora. Eu nem estou vomitando.

– Espero que da próxima vez você...

– Poupe-me do sermão – cortou Xanthe. – Eu conheço os riscos. Vá fuçar aquela pilha ali; tem algo que eu quero mostrar para você.

Aurienne engoliu seu não sermão gentil e respeitoso, e seguiu na direção da pilha indicada: a bolsa e a capa de Xanthe, jogadas ao lado da cama.

– O arquivo amarelo – disse Xanthe.

Aurienne reconheceu o arquivo de folhas soltas como o registro de requisições por serviços Haelan. Ocasionalmente ela auxiliava Xanthe a priorizar as requisições, que variavam de pedidos por ajuda em vilarejos infestados de disenteria a hospitais sobrecarregados. Uma única Haelan e seu seith podia virar a maré em qualquer uma dessas circunstâncias – embora, devido à Peste, todos os pedidos recentes tivessem sido rejeitados.

Entre as cartas no arquivo estavam os suspeitos de sempre; Aurienne reconheceu os rabiscos do rei da Nortúmbria, a letra angulosa do rei de Danelaw, a caligrafia elegante da rainha de Kent (sempre invejada por Aurienne, cuja letra parecia os borrões abstratos de uma amostra de fezes em uma placa de petri).

Xanthe extraiu uma carta do arquivo e a estudou com suas sobrancelhas escassas e franzidas.

– Estaria jogando você aos cães, possivelmente – murmurou. – Mas você teria um lobo consigo, então talvez...?

Aurienne lhe retribuiu um olhar interrogativo educado, mas Xanthe não se dignava a dar explicações para ninguém mesmo nas melhores circunstâncias e estava particularmente perdida em pensamentos no momento.

– Acho que você tem os cocos para fazer isso – disse Xanthe. – A questão real é se quero arriscá-la.

– Os... cocos?

– As bolas. Os culhões.

– Ah.

Xanthe enveredou em uma digressão desarticulada sobre o tamanho relativo dos culhões de Aurienne, sua propensão a se arrastar no pavimento e seu potencial para servir de lombada quando necessário.

Despertando do seu devaneio, ela bateu um dedo enrugado no arquivo.

– Talvez a gente tenha pegado o maldito.

– Que maldito? – perguntou Aurienne, pois havia muitos.

– Wellesley – disse Xanthe.

– Como?

– Wellesley pediu assistência Haelan para uma criança doente alguns meses atrás – disse Xanthe, passando a carta para Aurienne. – A Pediatria estava se afogando em casos da Peste, obviamente, então recusamos. Sei que sua fonte sobre o envolvimento de Wellesley era questionável, mas é uma coincidência interessante.

– Você acha que a invasão a Swanstone pode estar ligada à criança? – perguntou Aurienne.

– Um pai desesperado desejando uma cura para a filha doente?

– Por que você soa desconfiada? – perguntou Aurienne, correndo os olhos pela carta. – Ele não parece sincero?

– Soa um pouco melodramático. E havia umas cem coisas diferentes que podia ter tentado antes de invadir Swanstone, se é que foi ele, e com dispositivos incendiários, ainda por cima. Mas se quisermos acesso à Fortaleza Wellesley e um jeito conveniente de contornar quaisquer medidas anti-Fyren, essa carta nos dá ambos. Eu posso organizar tudo.

– Certo – disse Aurienne. – Mas se Wellesley quiser uma Haelan por motivos nefastos até agora desconhecidos, estaríamos entregando-a numa bandeja de prata.

– Certo – disse Xanthe. – Mas a Haelan poderia explodir o coração dele com o toque do seu tãcn, se a situação exigisse. E se ela estivesse acompanhada por um guarda de Swanstone, como dita o protocolo, e ele na verdade fosse um assassino Fyren, então os dois poderiam descobrir algo útil e mantê-la protegida no meio-tempo.

– Certo – disse Aurienne. – E Wellesley não seria idiota o bastante para ferir uma Haelan. Ele despertaria a fúria de quase todas as Ordens.

– Certo – disse Xanthe. – E os Guardiões estariam a uma mera chamada de deofol de distância, se Wellesley fosse burro a esse ponto.

– Certo.

– Certo.

Aurienne olhou para Xanthe. Xanthe olhou para Aurienne.

– Que bom que eu tenho culhões do tamanho de lombadas – disse Aurienne.

– Que eles te carreguem rapidamente por ventos favoráveis – disse Xanthe.

Foi assim que Aurienne se apresentou no portão da Fortaleza Wellesley com Osric Mordaunt retinindo atrás dela em uma armadura completa de Swanstone.

Ele tinha reagido ao plano com o nível esperado de serenidade; isto é, histeria imediata.

Essa histeria acalmou-se e transformou-se em fúria enquanto eles se aproximavam da Fortaleza na chuva torrencial. Era noite, mas ninguém saberia só de olhar para a fortaleza, que estava iluminada por centenas de holofotes enchendo o ar com um zumbido constante.

– Mas que merda completa e absoluta – murmurou Mordaunt entre os tinidos da armadura.

– Ah, não precisa parir um filho – disse Aurienne.

– Eu vou parir quantos eu quiser. Está vendo todas essas luzes? Não há uma sombra a ser encontrada. Se alguma coisa acontecer, serei inútil.

– Vai ficar tudo bem quando estivermos lá dentro – disse Aurienne.

– Bem? *Bem?* Estamos pondo você em perigo. Levando você direto para dentro da fortaleza do homem que achamos que atacou sua Ordem. Qualquer um que erguer uma mão contra você vai morrer, fique sabendo.

Que imbecil projetou essa armadura desconjuntada? Por que estou anunciando meus movimentos a todo idiota em um quilômetro e meio de distância? Meu tācn está coçando.

– Pare de se remexer. Endireite a coluna. Você tem que ser convincente.

Aurienne e Mordaunt aproximaram-se da guarita em uma chuva medonha que vinha de dezessete direções.

Mordaunt, ainda furioso, não bateu na porta: espancou-a com o punho.

Com muitos rangidos metálicos, ele olhou ao redor, estreitando os olhos atrás da viseira contra as luzes fortes. A fortaleza brilhava como se estivesse sob o sol do meio-dia.

Um vigia deslizou do outro lado da porta. Um olho desconfiado aproximou-se de Aurienne.

– Quem é? – perguntou o olho.

– Haelan Fairhrim e seu acompanhante – disse Aurienne. – Lorde Wellesley está me esperando.

O olho ficou respeitoso.

– Só um momento.

A porta foi aberta. Aurienne e seu guarda *soi-disant* avançaram para uma espécie de vestíbulo, também fortemente iluminado. Ao lado do porteiro a quem o olho pertencia, havia uma pequena tropa de guardas, assim como um homem rotundo de aspecto oficioso que se apresentou como Pipplewaithe.

– Eu sou o camarista de lorde Wellesley – disse Pipplewaithe, usando seu chapéu com pena para varrer o chão em uma mesura. – A seu serviço, Haelan Fairhrim. E permita-me dizer que honra é ter um membro de sua Ordem aqui.

– Agradeço as boas-vindas calorosas.

Pipplewaithe devolveu o chapéu à cabeça; a folha de avestruz endireitou-se em uma postura atenta.

– Antes de seguirmos para a Fortaleza... perdoe-me por pedir; as medidas de segurança estão fora do meu controle, infelizmente... Posso ver seu tācn?

Aurienne tirou a luva e obedientemente mostrou o tãcn de Haelan para o camarista. Houve um coro de *uuh* dos homens reunidos, a quem os Haelan eram, aparentemente, criaturas numinosas de lendas.

Mordaunt rangeu significativamente ao lado de Aurienne.

– Parece estar em ordem – disse Pipplewaithe. – Ou devo dizer em Ordem? Rá! Perdoe-me pelo transtorno processual. Nunca se pode ter cuidado suficiente nesses tempos turbulentos.

– As coisas estão tão turbulentas assim? – perguntou Aurienne.

– Não vou aborrecê-la com os detalhes, mas as tensões estão grandes com um vizinho que não vou nomear. – A pena de Pipplewaithe virou-se interrogativamente a Mordaunt. – Posso indagar sobre seu companheiro?

Mordaunt foi rangendo até parar ao lado de Aurienne em uma imitação da postura de um guarda.

– Esse é meu protetor, Phlegmley – disse ela. – Ele é um dos sargentos em Swanstone. Acredito que minha Ordem avisou lorde Wellesley dos nossos protocolos; eu devo estar acompanhada a todo momento. Receio que ele terá que permanecer armado e ao meu lado. Mas você entende, é só outro transtorno processual.

– É claro – disse Pipplewaithe com outra mesura. – Bem-vindo, sargento.

Houve um *clinc* metálico quando Mordaunt acenou a cabeça na direção dele.

– Realize todas as inspeções que julgar necessárias – disse Aurienne, apontando para Mordaunt. – Ele não tem um tãcn, mas suponho que você gostaria de conferir as mãos dele e ver por si só.

Mordaunt tirou a manopla direita.

– Ah, sinceramente, quase não parece necessário – disse Pipplewaithe, que ainda assim observava os movimentos de Mordaunt atentamente. – Ele está com uma Haelan comprovada. Mas, processualmente falando, seria melhor, de fato.

Mordaunt mostrou a palma esquerda para o homem, livre, é claro, de qualquer tãcn.

– Excelente – disse Pipplewaithe. Então, com um pouco mais de trepidação, porque seguidores dos Caminhos da Aurora tinham seu tãcn do lado direito, mas os dos Caminhos do Poente o tinham no esquerdo, ele esperou que Mordaunt lhe mostrasse a outra mão.

Mordaunt retirou sua manopla esquerda e apresentou a mão ao homem. Pipplewaithe gesticulou para pedir uma luz, inspecionou a palma de Mordaunt de vários ângulos e esfregou os dedos nela.

– Tudo certo – disse ele. – Obrigado, senhor. Vamos entrar.

Mordaunt pôs a manopla de volta. Ela deslizou sobre um hidenxerto perfeito, cortesia de Xanthe.

Eles seguiram através de dois pátios inundados de luz, populados, ao que parecia, pela maior parte dos quinhentos homens da Fortaleza Wellesley.

Pipplewaithe estremecia com empolgação reprimida na direção de Aurienne. Ela lhe deu um sorriso. Ele fez outra mesura – a pena se virou em adoração – e declarou:

– É um privilégio poder servir a uma Haelan, mesmo que brevemente. Tenho o maior respeito por sua Ordem. Na verdade, tenho uma dívida com vocês, de coração e alma.

Uma bufada escapou de Mordaunt. A pena de Pipplewaithe se ergueu em ofensa febril. Mordaunt transformou a bufada em um espirro fingido.

– Desculpe, são as alergias – disse ele, fungando.

A pena se acalmou.

– Ah, é mesmo? Como eu dizia, Haelan... uma dívida. Meu marido foi selecionado para um dos seus estudos clínicos muitos anos atrás. Lipossarcoma. Com um prognóstico muito ruim. Bem, por *ruim* quero dizer que esperávamos a morte. Mas a sua Ordem o salvou.

– Ah, fico muito feliz de saber – disse Aurienne. – Foi sob a supervisão da Haelan Londren?

– A mesma. Uma profissional brilhante. Ela ainda está por lá?

– Aposentou-se há alguns anos.

– Bem merecido. Certo, me siga por aqui e vamos acomodá-la confortavelmente.

– Acomodar-me? – repetiu Aurienne. – Não vamos ver a paciente?

A pena vacilou.

– Ah, sim, a jovem Gwendolen. Hã... Dada a hora tardia, lorde Wellesley propôs que eu lhe mostrasse seus aposentos. Você pode comer alguma coisa, descansar e encontrá-lo amanhã de manhã para que ele possa discutir o caso de sua filha com você.

– Eu não deveria vê-la agora mesmo? – perguntou Aurienne. – Ela melhorou tanto assim?

– Ah, sim, muito – disse Pipplewaithe. A pena ficou evasiva. – Não está de forma alguma correndo um risco imediato, ao meu olhar amador. Seria de se perguntar até por que incomodamos sua Ordem por algo tão... Mas, claro, a preocupação parental, não há nada igual. Ainda assim, ter trazido uma Haelan é muito extraordinário... Mas ele a adora tanto.

Com esses comentários conclusivos, Pipplewaithe conduziu Aurienne e Mordaunt para dentro da Fortaleza. A enormidade da tarefa diante deles começou a pesar sobre Aurienne: o que exatamente estavam procurando e como iam fazê-lo?

Mordaunt parecia inabalado. Na sombra do capacete, seus olhos pulavam de uma porta a outra, lembrando, ou contando, ou fazendo coisas que invasores faziam, enquanto Aurienne mantinha a conversa-fiada. O interior da Fortaleza, pelo menos, não estava iluminado.

Eles subiram outro lance de escadas. A mobília foi ficando mais suntuosa.

– Cá estamos – disse Pipplewaithe, levando-os até portas duplas com detalhes em prata. – Espero que esteja tudo satisfatório. As serviçais estão a suas ordens. – As duas serviçais que flanqueavam as portas fizeram uma mesura. – E eu a buscarei amanhã de manhã, quando lorde Wellesley estiver pronto. Ele está tendo algumas discussões um tanto difíceis com os comandantes. Você sabe como é.

Aurienne não sabia como era. Pipplewaithe fez uma mesura; a pena curvou-se em respeito; ambos saíram.

As serviçais se lançaram sobre Aurienne, sufocando-a em um borrão de atividade – podiam ajudá-la com seu cabelo? Vestido? Bagagem? –, até que a Haelan as afastou, alegando cansaço. Elas trouxeram uma bandeja repleta de comida e atiçaram o fogo para ela não pegar um resfriado com a umidade.

Mordaunt era muito menos interessante para as duas. Na saída, apontaram uma cama para ele, que consistia em um colchão de palha na antecâmara.

– Essa coisa era pra ser uma cama? – perguntou Mordaunt, no tom de alguém com um excesso de privilégios e uma correspondente ausência de massa cinzenta.

As serviçais ficaram chocadas ao ver um guarda questionar a hospitalidade deles. Aurienne deu uma cotovelada nele, mas se machucou mais do que o Fyren devido à armadura.

– Hã, obrigado – grunhiu Mordaunt. – Parece ótima.

As serviçais ficaram apaziguadas e fecharam a porta ao sair.

Aurienne entrou no quarto. Mordaunt a seguiu, rangendo, e arrancou o capacete.

Quando entrou atrás dela – com o capacete sob o braço, o peitoral da armadura reluzindo com as asas brancas platinadas de um cisne, o cabelo bagunçado puxado para um lado –, ele pareceu, por um momento, nobre. Cavaleiresco. Valoroso. Suas cicatrizes poderiam ter sido conquistadas em feitos heroicos, em vez de covardes.

Então ele abriu a boca – "Você *viu* aquela cama? Achei que era pro cachorro" – e a miragem esvaneceu, e ele era o Fyren de novo.

– Está olhando o quê? – perguntou Mordaunt.

– Um mundo alternativo – disse Aurienne.

Sua resposta metafórica atraiu menos o interesse de Mordaunt do que o espelho sobre a lareira, que ele foi inspecionar.

– Por que não permitiu que dessem um jeito no seu cabelo? – ele perguntou acusadoramente, como se Aurienne tivesse deixado passar uma oportunidade.

– Não estou aqui para darem um jeito no meu cabelo – disse Aurienne.

– *Eu* teria deixado, embora seja você quem precise mais.

(Um cavaleiro em armadura reluzente ele não era, mas um cavaleiro em passivo-agressividade reluzente, isso sim.)

Mordaunt tirou um momento para ajeitar o cabelo naquele estilo charmosamente bagunçado de sempre.

– E isso – disse ele, puxando a espada-padrão de Swanstone da bainha. – Que lixo. Um equilíbrio horrendo. Quase sem fio.

– Você consegue perfurar alguém com ela? – perguntou Aurienne.

– Sim.

– Então vai servir.

Mordaunt, que estivera analisando a extensão da lâmina com um olho fechado, lançou um olhar intrigado na direção dela.

– Achei que tentaríamos deixar menos cadáveres.

– E vamos – disse Aurienne. – Porém, eu gostaria de não me tornar um deles. Nossa recepção foi estranha.

– Essa situação inteira é estranha.

– Qual a sua perspectiva?

Mordaunt pegou uma pedra de amolar e sentou-se com muitos retinidos em uma otomana, onde começou a trabalhar na espada.

– Não acho que a garota esteja doente. Não acho que o bom lorde Wellesley tenha trazido uma Haelan aqui por suas habilidades também. Pelo menos, não para a criança.

– Talvez ele queira curar outra pessoa? Ele mesmo?

– É possível. Além disso, aqueles homens lá fora estão prontos para marchar. Não sei se isso coincide com a sua chegada.

– Se ele acha que vai me manter aqui para me usar como médica de campo particular, vai receber um choque e tanto.

Mordaunt passou a pedra na lâmina meticulosamente.

– Você também seria útil se ele tiver um prisioneiro teimoso com informações críticas. Tortura, cura; tortura, cura.

– Isso é horrendo – disse Aurienne.

– Eu faria – disse Mordaunt. – Mas duvido que ele tenha o cérebro para isso. Existe uma lady Wellesley? O camarista não falou, né? O tal de... Pumpypipple ou sei lá o quê. Não conseguia ouvir nada com esse capacete, parecia um peido raivoso.

– Pipplewaithe.

– Certo.

– A esposa de lorde Wellesley morreu no parto – disse Aurienne. – Wellesley mencionou isso na carta a minha Ordem, entre outras tragédias de arrancar lágrimas.

– Talvez a meta dele seja encontrar uma nova esposa com um conjunto de habilidades úteis durante uma guerra. Talvez ele vá seduzir você.

– Boa sorte – disse Aurienne.

– Eu sei. Causa perdida.

– Você fala como se tivesse experiência no assunto.

– E tenho – respondeu Mordaunt. – Tentei seduzir você durante nosso primeiro encontro, e a reação foi inexorável. Adamantina.

– Você? Tentou me seduzir? No nosso primeiro encontro?

– Bem, agora você só está me ofendendo – disse Mordaunt.

Ele pareceu tão magoado que Aurienne sentiu uma risada borbulhando no peito. Ela a abafou.

– Desculpe. Qual parte era para ser sedutora: a parte em que você invadiu minha sala, a parte em que você queria me sequestrar ou a parte em que subornou minha Ordem para eu curá-lo contra minha vontade?

– Como eu disse: causa perdida – disse Mordaunt, decididamente aborrecido.

– Eu te irritei – disse Aurienne.

– Não se machuque na pressa de pedir desculpas.

– Se não nos enfurecermos até quase voar no pescoço um do outro, o dia foi desperdiçado.

Mordaunt contemplou sua espada junto com as palavras dela e, por fim, admitiu:

– É verdade.

– Como vamos vasculhar a Fortaleza? – perguntou Aurienne. – Esse lugar é enorme.

– Isso você deixa comigo – disse Mordaunt. – Estou animado para dar uma olhada esta noite.

– Mas... mas como você vai saber por onde começar? Nem sabemos o que estamos procurando.

– Seres humanos são gloriosamente previsíveis. Lordezinhos afetados, ainda mais. Se tem algo interessante nessa fortaleza, eu vou achar.

– E se ele for tão paranoico que mantém a coisa consigo? O que quer que seja *a coisa*?

– Eu vou encontrar, não importa em que buraco ele esteja escondendo *a coisa*. Já mergulhei mais fundo em homens melhores por prêmios menores. E não estou falando de um jeito sexy. Embora também já tenha feito de um jeito sexy. Seu deofol transmitiu minha observação sobre anais?

– Sim. Fico feliz que você se julgue tão divertido. Não mergulhe fundo demais em Wellesley. Se ele morrer, as repercussões podem resultar em guerra.

– E? – perguntou Mordaunt.

– Eu não estou aqui para deflagrar uma guerra.

– Eles vão culpar Kent.

– Mas eu vou *me* culpar por todas as centenas ou os milhares de mortos – disse Aurienne.

Mordaunt a olhou como se ela fosse de outro planeta.

– Que foi? – perguntou ela.

– Uma consciência deve ser um fardo tão grande... – disse Mordaunt.

– Lidar com a ausência de uma exige um esforço ainda maior.

– Será que você poderia se esforçar mais um pouquinho e me passar aquela bandeja?

Aurienne virou-se para o aparador elaborado à sua esquerda, no qual havia uma bandeja igualmente elaborada.

– Você vai comer? Confia na comida deles?

– Claro que não – disse Mordaunt. Ele começou a pegar itens da bandeja e a jogá-los, com precisão irritante, na lareira. – Vamos fazer parecer que você desfrutou da oferta.

O quarto ficou enfumaçado com coxa de ganso queimada, torta de queijo e alho-poró chamuscada e bolos de marzipã reduzidos a cinzas. O vinho foi vertido em um vaso de plantas.

Mordaunt examinou a etiqueta depois.

– Se isso não tiver sido adulterado, o que fizemos foi criminoso.

– Sério? – disse Aurienne. – *Essa* é a parte criminosa da nossa empreitada?

– Eu vou ter que dar uma olhada na adega desse sujeito – disse Mordaunt, farejando a garrafa. – Hum, campeão. Cheira isto aqui.

Aurienne tinha acabado de verificar que o bordeaux de fato tinha um aroma maravilhoso – luxuoso, encorpado, com notas agradáveis de especiarias – quando um grito agudo ecoou pela fortaleza.

O grito se transformou em uma risadinha estridente. Houve o som de passos correndo pelo corredor. Mordaunt pôs o capacete e abriu a porta.

Uma criança passou em disparada, seguida por duas babás pedindo que se comportasse e voltasse para a cama. Pelas reprimendas, Aurienne concluiu que a criança – de bochechas coradas, olhos cintilantes e cachos lustrosos – era Gwendolen, a filha de lorde Wellesley.

A garota parou o suficiente para fazer um barulho com os lábios para Mordaunt, e então saiu correndo de novo, ainda dando risinhos. As babás desapareceram atrás dela.

Aurienne e Mordaunt se fitaram em silêncio. Ele fechou a porta.

– Eu nunca vi uma criança mais enérgica na vida – disse Mordaunt.

– Normalmente eu lembraria você de que nem todas as doenças são visíveis – disse Aurienne –, porém o pai descreveu uma litania de sintomas, cada um mais preocupante que o anterior, e aquela criança não parecia acamada, tossindo sangue ou vomitando sem parar.

– Tem alguma patifaria acontecendo aqui – disse Mordaunt. – Você sabe que horas são? Não tenho espaço para um relógio nessa armadura idiota; não tem bolsos.

– Devia ter posto na sua braguilha – disse Aurienne, consultando o relógio de bolso.

– Minha braguilha já está cheia.

– Com o quê?

– Meus bagos.

Aurienne deu um olhar cético para a peça.

– Tive que enrolar e tudo – disse Mordaunt.

– São onze e meia – disse Aurienne, entre o som de batidas enquanto Mordaunt testava a resistência de impacto da braguilha.

– Certo – disse Mordaunt. – Me ajude a sair disso aqui.

Nem Aurienne nem Mordaunt eram versados em armaduras e suas particularidades; muitos dedos foram apertados e palavrões murmurados enquanto eles tentavam removê-la.

A capa do Fyren estava no fundo da bolsa de Aurienne, como a coisa profana que era. Ela quis uma pinça para extraí-la, mas se conformou com um indicador e polegar.

– Isso é o veludo genovês mais fino que existe – disse Mordaunt. – Não precisa manuseá-lo como se fosse a porra de uma fralda.

Aurienne tirou as luvas de couro dele da sua bolsa da mesma forma. Mordaunt as arrancou da mão dela, sacudiu a capa e a jogou sobre os ombros. Em um raro lampejo de genialidade, escondeu a armadura de Swanstone na cama de cachorro com um cobertor por cima, o que fez parecer que um homem poderia estar dormindo ali.

Só faltava uma coisa para completar a transformação de Mordaunt de cavaleiro galante a assassino: a remoção do hidenxerto que camuflava seu tãcn. Ele enfiou um atiçador entre as portas do quarto para garantir que não seriam perturbados.

– Excelente – disse ele quando Aurienne pegou seus instrumentos. – A coceira é insuportável.

– Prurido. É normal.

– Esse procedimento todo foi inesperadamente perturbador – disse Mordaunt. – Acho que os Haelan estão mais perto de seguir os Caminhos do Poente do que alegam.

Aurienne encharcou as mãos dela e dele em hlutoform.

– Xanthe é especialista em regeneração. Não fique incomodado.

– Ela cortou a própria palma – disse Mordaunt.

– E a curou em um minuto.

– Por que ela não pode regenerar meus canais de seith, então?

– Eu já disse: os mecanismos envolvidos na gênese de fibras de seith ainda estão sendo estudados. Em mamíferos eles ocorrem durante o desenvolvimento embrionário; ninguém encontrou um jeito de replicar isso em adultos.

– Pena.

– De fato – disse Aurienne, que tinha apertado experimentalmente a borda do hidenxerto. – Parece uma pena tirá-lo; o enxerto se adaptou perfeitamente.

– Tire isso de mim. Abafa meu seith.

– O crescimento capilar foi adorável – disse Aurienne, virando a palma de Mordaunt para a luz. – Está completamente vascularizado. Tem certeza de que quer remover? Profissionalmente, me dói tirá-lo, mas, além disso, você tem uma rara chance de começar uma vida nova sem a marca de um monstro.

– Eu *gosto* da minha marca. Eu *gosto* de ser um monstro.

– Que pena. Sente-se, então. Vai ser rápido.

Mordaunt juntou-se a ela na cama. Aurienne posicionou a mão dele em um travesseiro. Era uma situação bem aquém do ideal; ela teria tido uma discussão séria com qualquer aprendiz operando em tais condições.

Pouco a pouco, com uma cureta de prata, ela removeu o hidenxerto, como se estivesse debridando um enxerto que não vingara e removendo uma aba de tecido necrótico. E, pouco a pouco, o tãcn de cão infernal foi ficando visível – os chifres curvos, as órbitas vazias, os dentes sorridentes.

Ela apertou seu tãcn à borda da mão de Mordaunt e o curou onde o hidenxerto tinha aderido à palma e a pele estava em carne viva.

Agora ele era realmente o Fyren de novo. Por dentro dos olhos de Aurienne, como uma queimadura de sol, permanecia aquela visão do que poderia ter sido – daquele homem em armadura reluzente, com feições orgulhosas e nobres.

Mas era só um espectro. Ela piscou para fazer a imagem desaparecer.

Mordaunt tentou empurrar um pouco de seith para seu tãcn. Os olhos e a boca do cão infernal brilharam com seu vermelho profano.

– Melhor.

Aurienne discordava, o que ela expressou ao arrumar as coisas com uma energia desnecessária.

Mordaunt puxou o capuz sobre a cabeça e ergueu o lenço sobre o rosto.

– Voltarei em algumas horas. Vou deixá-la com você.

– Quem? – perguntou Aurienne, mas Mordaunt respondeu à pergunta invocando sua deofol.

A forma enfumaçada da grande loba se materializou. Normalmente, ela tinha uma tendência perturbadora de flutuar seus dentes no nível dos olhos de Aurienne, mas daquela vez ficou baixa. Seus olhos dourados brilharam insolentemente, depois se fixaram na porta.

– Ela vai me encontrar se você precisar de mim – disse Mordaunt.

– Certo.

Ele se tornou uma sombra na escuridão da antecâmara.

– E Fairhrim...

– O quê?

– Não faça essa cara feia. É do monstro que você precisa hoje, não do homem.

Aurienne revirou os olhos com tanta força que viu seu córtex frontal.

O monstro, rígido de aborrecimento, desapareceu.

Aurienne poderia não ter se incomodado com a reflexão filosófica amadora sobre monstros e homens se o monstro tivesse sido bem-sucedido. Porém, ele voltou às cinco da manhã, fazendo bico e sem ter encontrado nada útil. Sua deofol se dissipou em uma nuvem mal-humorada de fumaça.

– A fortaleza inteira está limpa – disse Mordaunt, empurrando o capuz para trás. – Encontrei algumas coisas, claro: planos militares, bilhetinhos de amantes, algumas informações... mas nada que conecte Wellesley a Swanstone.

– Talvez ele não estivesse envolvido, então – disse Aurienne.

Mordaunt pareceu tão desconfiado quanto ela se sentia.

– Por que chamar uma Haelan hoje, então? Para uma criança transbordando de saúde?

De baixo da capa ele tirou cartas, pergaminhos com selos reais, mapas e punhados de joias reluzentes, que começou a enfiar na bolsa de Aurienne.

– O que é tudo isso e o que você acha que está fazendo? – perguntou Aurienne.

– Descobertas – disse Mordaunt. – Vou vender as informações militares a Kent. Repassar as joias. Quanto às cartas, Wellesley tem sete amantes, uma para cada dia da semana, imagino, e alguma delas deve valer a pena chantagear.

– Como é que é? Você disse que encontrou coisas, não que *roubou* coisas.

– Obviamente roubei coisas. Não matei ninguém, aliás, não que você tenha perguntado. Não está valorizando meu esforço, na minha opinião.

– Não foi para isso que viemos aqui – disse Aurienne enquanto Mordaunt continuava a enfiar contrabando na bolsa dela. – Você não pode levar essas coisas.

– Claro que posso. O que você vai fazer, chamar os guardas?

Aurienne arrancou a bolsa das mãos dele e a virou na cama.

– *Eu* não vou me envolver com isso. Você tem ideia de como ficariam as coisas para a minha Ordem se encontrassem tudo isso na minha bolsa? Planos militares? Sério?

– Bem, onde eu vou pôr meus achados? – perguntou Mordaunt.

– Não sei. Não me importo. Enfie tudo na sua braguilha.

– Também encontrei uma gatinha.

– Você encontrou uma gatinha.

– Sim.

Uma bola preta sibilante e encharcada foi colocada nas mãos de Aurienne.

– Não podemos deixá-la aqui – disse Mordaunt. – Os guardas quase a afogaram num balde. E não posso levá-la pra casa. Rigor Mortis vai comê-la. Leva você.

A gatinha saltou das mãos de Aurienne e entrou na bolsa dela, de onde sibilou com ódio para ambos.

– Também preciso fazer algo a respeito disso – disse Mordaunt, extraindo duas garrafas de uísque das profundezas da capa. – Wellesley tem uma bela coleção e sabe disso. A adega é bem vigiada. Levei quinze minutos inteiros para entrar.

Aurienne o encarou.

– Nós *não vamos* contrabandear o uísque altamente estimado de Wellesley da fortaleza.

– Você realmente sabe como esvair a alegria de tudo.

– Eu não precisaria fazer isso se você não injetasse estressores desnecessários em situações já tensas.

Movimentação e conversas começaram a soar pelos corredores enquanto serviçais seguiam até os quartos para atiçar fogos e servir o desjejum. A Fortaleza Wellesley estava acordando.

Aurienne interrompeu seu sermão.

– Volte para a armadura. Podemos ser chamados para ver Wellesley a qualquer momento.

Eles enfiaram Mordaunt na fantasia bem a tempo; as serviçais chegaram alguns minutos depois, trazendo uma bandeja de café da manhã inteira para Aurienne. Para Mordaunt, trouxeram um único ovo cozido.

Mordaunt não tinha vestido o capacete. As serviçais ficaram o encarando enquanto arejavam o quarto, e Aurienne ouviu uma sussurrar para a outra que, se soubesse que ele era *assim* embaixo do capacete, teria lhe oferecido a própria cama em vez da palha. Mordaunt, porém, só tinha olhos para Aurienne – estreitados, acompanhados por murmúrios de que ela era um *flagelo*.

Enquanto Aurienne terminava seu desjejum (espalhando os ovos e vertendo o chá no pobre vaso de planta), houve uma batida à porta.

– Olá de novo, Pumpypip... hã, Pipplewaithe – disse Aurienne.

– Bom dia, Haelan Fairhrim, sargento. – Pipplewaithe tirou o chapéu. – Lorde Wellesley está pronto para recebê-la. Gostaria de me seguir?

– É claro – disse Aurienne. – Aliás, tive um vislumbre da paciente ontem.

– É mesmo?

– Por acaso. Ela escapou das cuidadoras. Uma garota vivaz. Seu olhar amador estava correto. Ela não parecia estar em perigo imediato.

A pena de Pipplewaithe murchou de vergonha.

– Você acha? Bem, tenho certeza de que lorde Wellesley ficará feliz em ouvir essa avaliação. Ofereço minhas desculpas pessoais pela sua viagem possivelmente desnecessária até aqui desde Danelaw. Embora eu tenha certeza de que vai perdoar a preocupação de um pai. Ele gosta de ter os melhores à mão, como sem dúvida notou, mas chamar uma Haelan para... Bem, quem pode entender de fato as mentes dos grandes homens? Rá, rá. Vamos lá?

A pena de Pipplewaithe estremeceu, a armadura de Mordaunt retiniu, e eles partiram.

Entraram em uma sala de espera repleta de assentos macios, onde os visitantes de Wellesley esperavam antes de suas audiências com o lorde. Aurienne e Mordaunt eram os únicos visitantes naquela manhã. Pipplewaithe pediu que se sentassem, bateu em uma grande porta de carvalho para assinalar àqueles lá dentro a chegada dos visitantes, e partiu.

Aurienne e Mordaunt se entreolharam em um silêncio cauteloso.

Após algum tempo, a porta da antecâmara foi aberta, revelando um salão de pé-direito alto. Para a consternação de Aurienne – e de Mordaunt, sem dúvida –, as medidas anti-Fyren estavam de volta lá dentro; havia holofotes em cada canto do salão e até o chão estava banhado de luz. Não havia sombras a serem vistas, muito menos caminhadas.

Lorde Wellesley e seus soldados sentavam-se ao redor de uma mesa com os restos do café da manhã. Julgando pela decoração, o principal hobby de Wellesley era o assassinato de megafauna. Cabeças taxidérmicas de feras se projetavam das paredes – um rinoceronte-lanudo, uma hiena-das-cavernas, um tigre-dentes-de-sabre, um auroque.

Abaixo desse cemitério estava sentado o próprio lorde Wellesley – calvo de cabeça, ruivo de barba, astuto de olho. O crânio dele, notou Aurienne generosamente, tinha a forma de um supositório.

Lorde Wellesley exclamou palavras de boas-vindas, enquanto observava Aurienne e suas vestes de Haelan com satisfação e virava um olhar calculista para Mordaunt. Ele pareceu contente com os resultados da aritmética. Gesticulou para Aurienne entrar com uma mesura.

– Entre, entre, querida Haelan – disse Wellesley. – Eu tinha perdido as esperanças de que alguém da sua Ordem viria.

– Estamos muito sobrecarregados – disse Aurienne. – Mas estou feliz por ter vindo agora. Como está sua filha?

– Muito melhor. Posso lhe oferecer alguma coisa? Chá? Você já comeu?

– Comi, obrigada – disse Aurienne. – Fico feliz que ela esteja melhor. Você listou alguns sintomas preocupantes em sua carta.

– Parece ter quase passado. Eu fui precipitado demais, talvez, ao chamá-la. Mas por que não se senta? Tem certeza de que não quer nada?

Ele estava tramando alguma coisa. Normalmente, Aurienne o teria repreendido por ter desperdiçado o tempo dela e saído batendo os pés – mas ela também estava tramando alguma coisa.

Sentou-se bem na beirada de uma cadeira.

– Eu não deveria dar uma olhada na sua filha, já que vim até aqui?

– Claro. Eu ficaria aliviado em ter sua opinião profissional. Mas venha, descanse um momento.

Uma breve conversa-fiada se seguiu, conduzida por Wellesley e respondida em sílabas breves mas educadas de Aurienne. Os soldados estavam tensos e imóveis.

Mordaunt estava em pé a alguns passos atrás dela – o tinido de metal contra metal a informava de suas mudanças de posição –, e Aurienne sentiu-se reconfortada. Sim: era reconfortante ter o Fyren ali.

O que era de longe o pensamento mais bizarro que já lhe ocorrera.

Wellesley direcionou a conversa para a Ordem Haelan, inclinou-se para a frente e pareceu, enfim, chegar ao xis da questão.

– Ouvi dizer, aliás, que sua Ordem recebeu um presente anônimo de proporções incomuns.

– Sim – disse Aurienne, apertando as mãos no coração. – Um ato de estupenda generosidade; ainda mal consigo acreditar.

Mordaunt deu uma fungada alta.

– Foi um tanto incomum, não acha? – perguntou Wellesley.

– Muito – disse Aurienne.

– Temos alguma ideia de quem pode ter sido o doador?

Essa linha de questionamento era hilária, dado que o generoso doador estava bem atrás de Aurienne.

– Não fazemos ideia. Foi uma doação anônima, como você deve ter ouvido. – Aurienne inclinou a cabeça, fez um ar coquete e perguntou: – Foi você?

Wellesley puxou a cadeira mais para perto dela. Deu-lhe um sorriso caloroso, mas não havia concordância de sentimento entre o sorriso e seus olhos, que permaneceram frios.

– Acho que pode ter sido?

– Talvez – disse Aurienne, retribuindo o sorriso. – Eu tenho a honra de conhecer nosso incrível benfeitor?

Eles sorriram um para o outro estupidamente, até que o sorriso de Wellesley desapareceu e ele disse:

– Com toda a seriedade, Haelan, não. Não fui eu. Mas gostaria de contatar o doador, na verdade, para fazer uma doação própria. Talvez possamos fazer uma contribuição conjunta à sua Ordem.

– Ah, isso é muito gentil de sua parte – disse Aurienne. – Os Chefes ficarão encantados.

Wellesley se aproximou mais um pouco.

– Será que alguém na sua Ordem conhece a identidade do doador para me auxiliar nessa tarefa?

Aurienne queria que ele investisse em um raspador de língua.

– Receio que nenhum de nós saiba – disse ele. – O montante foi literalmente deixado em sacos na nossa porta. Ninguém viu nada. E temos Guardiões em Swanstone; se alguém tivesse visto algo, teriam sido eles.

O sorriso de Wellesley voltou, sofrido dessa vez.

– Sim, vocês têm Guardiões. Não seria de se esperar tal nível de proteção em um lugar de cura.

– Infelizmente, nem todos vêm a Swanstone com a melhor das intenções – disse Aurienne.

– Você me perdoará por insistir, mas tem certeza de que ninguém na sua Ordem faz qualquer ideia de quem doou esses fundos?

– Tenho.

O sorriso de Wellesley estava esvanecendo.

– Eu preciso saber quem fez a doação.

– Não posso ajudá-lo – disse Aurienne, em perfeita e inocente confusão.

– Gostaria que me desse os nomes de pessoas que podem saber. Pessoas de quem eu possa me aproximar. Minhas investigações não deram em nada. É vital que eu saiba a proveniência desses fundos.

– Por que é vital?

– Os motivos não são da sua conta – disse Wellesley. – Pense. Você é uma Haelan; conhece o funcionamento interno da Ordem. Se você não sabe, quem saberia? Um dos Chefes, certamente?

– A doação foi *anônima* – repetiu Aurienne.

– Essa não é uma resposta boa o suficiente – disse Wellesley.

– Não vou lhe dar nomes. Você parece prestes a intimidar alguém por essa informação.

– A essa altura, sim, é o que vou fazer – disse Wellesley.

– Eu me recuso – disse Aurienne

– Então você *tem* nomes.

– Não tenho. – Aurienne se levantou. – Estou indo embora. Seu comportamento se tornou alarmante. Pensei que tinha sido convocada para ver uma criança doente, não para ser submetida a um interrogatório.

Wellesley olhou para Mordaunt, que estava relaxando contra a parede de um jeito decididamente pouco apropriado a um guarda.

– Você vai embora quando eu disser que pode ir – disse Wellesley.

Seus soldados se levantaram. Cinco ou seis permaneceram perto dele; os outros se aproximaram da porta.

– Preciso de algumas informações – disse Wellesley. – Indicações. Sugestões na direção certa. Só isso.

– Eu não vou apontar você e seus homens na direção de ninguém da minha Ordem – disse Aurienne. – Já te disse: ninguém sabe quem nos deu aquele dinheiro.

– Pense com cuidado, Haelan.

– *Você* deveria pensar com cuidado – disse Aurienne. – Você me aborreceu, mas estou disposta a sair daqui e não mencionar esse interrogatório equivocado a ninguém. Considerarei uma decisão imprudente de um pai angustiado. Deixe-me ir embora. Posso lhe garantir que as consequências de enfurecer a minha Ordem serão drásticas.

– Há coisas muito maiores em jogo aqui do que a sua Ordem insignificante brincando de casinha naquela maldita fortaleza.

– É mesmo? Você está à beira da guerra. Minha Ordem pode retirar cada Haelan em Wessex e dobrar seus números em Kent. Qualquer homem seu que cair vai permanecer caído. Tem certeza de que quer me manter aqui?

Wellesley apertou as mãos até os nós dos dedos ficarem brancos.

– Não precisamos recorrer a ameaças. Me dê pistas que eu possa seguir, informalmente, por baixo dos panos, e poderá partir livremente. Ninguém precisa sair ferido. Só preciso saber quem foi o completo imbecil que fez uma doação de vinte milhões de malditas thrymsas para salvar pirralhos miseráveis pestilentos.

Aurienne sentiu o aperto dos dedos de uma das pirralhas miseráveis pestilentas e controlou sua revolta.

– Ninguém sabe – repetiu ela devagar, para que as palavras penetrassem o supositório. – Estou indo embora. Você desperdiçou meu tempo de maneira abominável.

Enquanto seguia para a porta, os soldados de Wellesley olharam para ele de relance. Ele fez um gesto curto. Em uníssono, o grupo se reuniu na frente da porta, todos armados com espadas e lanças e escudos.

Não havia sombras para o Fyren trabalhar. Aurienne fez contato visual com ele para perguntar se deveriam estar preocupados. Mordaunt estava recostado contra a parede, inabalável. O que provavelmente era uma má notícia para Wellesley e companhia.

– Diga a seus homens para me deixar passar – disse Aurienne a Wellesley. – Eles não precisam morrer hoje.

Era a segunda vez em poucos meses que ela pedira a um homem para deixá-la ir a fim de evitar um massacre. Será que esse escutaria?

Não. Wellesley só olhou para ela descrente. Os homens gargalharam.

– Você percebeu – disse Wellesley – que só tem um homem aqui?

– Não – disse Aurienne, com uma desolação nascida da triste verdade. – Eu tenho um monstro.

Mordaunt se moveu. Com um retinido de metal, uma manopla atingiu o chão. Com outro, a segunda caiu. *Clang*. O capacete saiu. *Clang*. As espaldeiras. *Clang*. O peitoral.

Os homens de Wellesley assistiram à performance com as sobrancelhas erguidas, e com um bom motivo: o guarda dela estava tirando sua armadura, em vez de reforçá-la, como alguém imaginaria que um sargento de Swanstone faria quando sua Haelan estava sendo ameaçada.

Finalmente, Mordaunt parou diante deles com as mangas arregaçadas e com braçadeiras, tirando a sujeira das palmas.

– Oi – disse ele, dando um aceno tímido aos homens de Wellesley. Seu tācn brilhou vermelho entre as luzes brancas do salão.

Houve arquejos. Houve confusão. Os homens recuaram.

– Fyren – sussurrou alguém.

– Não há sombras aqui, ele não tem poder – disse Wellesley, que tinha se afastado vários passos. – Ele não tem onde se esconder. Matem o desgraçado.

Mordaunt deu um sorriso sinistramente parecido com o da sua deofol.

– Não – disse Aurienne. – *Vocês* vão morrer. Abram caminho, todos vocês. Só abram caminho, pelo amor de Frīa, e me deixem ir.

– Acabem com ele – rosnou Wellesley, e seus homens avançaram.

– Suas luzinhas engraçadas não se livraram de *todas* as sombras – disse Mordaunt aos homens que se aproximavam.

E caminhou nas sombras até os únicos lugares escuros no salão: o interior deles.

O primeiro homem explodiu em uma pasta ensanguentada quando Mordaunt se materializou em seu tórax. Os segundo se tornou uma anomalia de muitas pernas quando Mordaunt o atravessou. O terceiro desabou em uma pilha de órgãos, ossos e membros. Depois o seguinte. E o seguinte. Para aumentar a eficiência, Mordaunt segurou a espada de Swanstone na altura do pescoço e decapitou aqueles que não estava atravessando.

Quando tinha despachado os homens, Mordaunt, pingando entranhas e sangue, olhou para si mesmo e disse:

– Bem, essa camisa está arruinada.

Um longo pedaço de intestino deslizou do seu ombro. Um pâncreas estraçalhado caiu ao chão com um *splash* baixinho. Ele tirou uma patela das calças.

Wellesley, ainda ao lado de Aurienne, cometeu o erro – o erro muito grave, o último erro que jamais cometeria – de pôr as mãos nela.

Ele a puxou contra si com uma faca no pescoço e cuspiu para Mordaunt.

– Fique para trás.

– Isso – disse Mordaunt – foi uma má ideia.

Mas Aurienne, que não gostava de facas em seu pescoço, não esperou o resgate. Apertou seu tãcn às costas da mão de Wellesley, mandou seu seith para dentro dele e bloqueou a artéria carótida.

Um ato que não deveria tê-lo matado, exceto pelo fato de que, como tudo mais naquele dia, deu espetacularmente errado – em vez de desmaiar em cima dela, Wellesley caiu para trás e, com um baque nauseante, estourou o crânio e espalhou seu cérebro no chão de pedra.

Houve um longo silêncio.

– Merda – disse Aurienne.

Mordaunt a olhou com interesse renovado.

– Como você fez isso?

– Não importa *como* – enfatizou Aurienne. – Acabei de matar o lorde Wellesley.

Mordaunt estalou a língua.

– Assassina. – Ele parou sobre o cadáver de Wellesley e agitou um dedo sobre ele em um círculo. – Era para ter sido meu trabalho. Eu ia gostar. Mas perdoo você.

Aurienne encarou o espetáculo sanguinolento ao redor deles.

– De que... de que importa o maldito nome do doador? Não é *bom* que alguém tenha doado? Por que ele precisava tanto saber? Por que ia ferir uma Haelan para descobrir? De que valia *isso*?

– Não sei – disse Mordaunt. – Mas precisamos sair daqui. Tem uma guarnição inteira do outro lado dessas paredes, e quando isso for descoberto...

– Certo. Volte para a armadura. Nunca estivemos aqui.

Aurienne – agora, oficialmente, uma *assassina* – mergulhou de volta na sala de espera, endireitou o vestido, sentou-se empertigada na cadeira e tentou parecer irritada em vez de horrorizada. Mordaunt, com as roupas encharcadas de sangue escondidas pela armadura reluzente e a espada higienizada nas calças de Wellesley, veio correndo atrás dela, fechou a porta da carnificina e ficou parado em posição de atenção ao seu lado. Um mero segundo depois, Pipplewaithe enfiou a cabeça na sala de espera com um estremecimento inquisidor da pena.

– Olá! – disse ele. – Ainda não entraram, não é? Eles sempre estão atrasados.

– Não, não entramos – disse Aurienne. – Estou farta de esperar, na verdade. A essa altura, gostaria de ver a paciente, em vez do pai dela.

– Sinto muitíssimo, Haelan Fairhrim – disse Pipplewaithe. – Eu vou interrompê-los. É simplesmente inaceitável fazê-la esperar desse jeito.

Pipplewaithe bateu, bateu de novo, abriu a porta e soltou um grito estridente.

Aurienne e Mordaunt atuaram como se suas vidas dependessem disso conforme a notícia do massacre se espalhava pela fortaleza. Foram interrogados por horas, mas se ativeram a suas histórias – muito auxiliados, em termos de credibilidade, pelo testemunho de Pipplewaithe – de que tinham ficado presos na sala de espera, não ouviram nem viram nada, e descobriram os assassinatos só quando Pipplewaithe abriu a porta.

O consenso foi que uma Haelan (*Não farás mal* etc.) e um único guarda de Swanstone simplesmente não podiam ser responsáveis por uma carnificina naquela escala contra dez dos melhores homens de Wellesley, plenamente armados, e portanto a culpa deveria ser de Kent.

O segundo-em-comando de lorde Wellesley, recém-chegado de alguma excursão, bateu o punho em várias mesas e declarou que Wessex deveria entrar em guerra contra Kent.

– Ops – disse Mordaunt.

Aurienne e Mordaunt eram mandados a seus quartos entre rodadas de interrogatório. Ninguém reparou no olho semifechado de Mordaunt sob o capacete; quando os interrogadores saíram, ele explicou a Aurienne que pular entre sombras que não estavam conectadas exigia muito mais do seu seith e, por isso, tinha disparado seu Custo.

Os momentos a sós com ele deram a Aurienne muito tempo para gorgolejar e se remoer de culpa. Ela não tinha *não feito mal*. Tinha feito o contrário. Ela matara. Não era melhor do que o Fyren.

Ela olhou para ele. Parecia entediado; ele tinha matado dez vezes mais homens, e de propósito, e não se importava nem um pouco. Aurienne, enjoada com convulsões de culpa, desejou poder ser tão indiferente, mas não – ela era o oposto disso.

Mandou Cíele a Xanthe com os últimos desdobramentos e muitos pedidos de desculpas, como se desculpas fossem suficientes para se redimir por começar uma guerra.

A deofol axolote de Xanthe, Saophal, levou a resposta a eles:

– Merda.

– Foi o que eu disse. E eu matei alguém.

– Quem? – perguntou Saophal.

– Wellesley – disse Aurienne. – Quis só fazê-lo desmaiar quando me atacou, mas ele caiu de mau jeito, abriu o crânio e esparramou o cérebro no chão. Morreu na hora.

Saophal parecia séria.

– Ele atacou primeiro?

– Sim.

– Autodefesa, então.

– Foi. – Aurienne segurou a cabeça nas mãos. – Ainda me sinto enjoada.

– Quem presenciou, além do Fyren? – perguntou Soaphal.

– Ninguém – disse Aurienne.

– Então ninguém vai saber – disse Saophal. – Se o Fyren contar a alguém, ninguém vai acreditar, de toda forma.

– Ei – disse Mordaunt, que relaxava na cama.

– Se não a liberarem logo, envie seu deofol – disse Saophal. – Xanthe vai falar diretamente com a rainha de Wessex. Não há prova do seu envolvimento nessa bagunça. Eles não podem segurar você por muito tempo.

A axolote desapareceu. Aurienne, a Assassina, chafurdou em mais culpa. Mordaunt seguiu calmamente até a mesa, onde suas garrafas furtadas de uísque ainda estavam.

– Sério? – disparou Aurienne. – Você vai beber? Agora? Entre interrogatórios? O uísque roubado de um homem morto?

Mordaunt sacudiu uma garrafa para ela.

– Eu sou um *bon vivant*.

– Você é um ladrão comum.

– *Comum?* Como ousa?

Mordaunt encontrou um cálice, abriu uma das garrafas e inspirou fundo.

Aurienne antecipou muitos elogios exagerados sobre o uísque e, lutando contra a própria agonia pela morte de Wellesley, fez um comentário breve sobre como aquilo cheirava a *malfeitoria e atos de brutalidade injustificáveis*, mas Mordaunt tossiu e se engasgou e a interrompeu.

– Que diabos é isso? – perguntou sobre a garrafa.

– Se estragou, foi bem feito – disse Aurienne.

Mordaunt inclinou o vidro para espiar o líquido no interior.

– Não. Não é uísque.

Ele passou a garrafa sob o nariz de Aurienne. O cheiro era levemente químico, ácido e familiar. Aurienne levou duas ou três fungadas para identificá-lo.

Então, com um arquejo, ela o reconheceu:

– Isso é caldo sofoglicolado.

– Demitam o chef. Nunca cheirei um caldo pior na vida.

Aurienne pegou a rolha da mão de Mordaunt e a enfiou de volta na garrafa.

– É um meio líquido, uma mistura de estabilizadores e tampões de pH. Enfim, esqueça os detalhes. Esse caldo sofoglicolado é usado para preservar vírus.

Aurienne deixou a garrafa na mesa ao lado da sua gêmea.

Ela e Mordaunt a encararam.

Por fim, Mordaunt perguntou:

– Eu estava prestes a beber um vírus?

– Não sei.

– Por que Wellesley tinha vírus na adega?

– Não sei.

– Que vírus?

– Não sei, mas tenho um palpite astuto.

– A Peste?

– A Peste. – Aurienne pegou as duas garrafas. – Vou levá-las para serem testadas.

– Ah, *agora* vamos contrabandear garrafas da fortaleza – disse Mordaunt enquanto Aurienne as enfiava na bolsa.

A gatinha preta ainda estava dormindo e sibilou para ela. Aurienne tinha interrompido sua soneca.

– Havia outras garrafas? – perguntou Aurienne.

– Uma adega inteira – disse Mordaunt.

– Você disse que estava incomumente bem vigiada?

– Sim. Dezesseis homens.

– Nenhum deles viu você?

– Sua pergunta me ofende.

Aurienne escondeu as garrafas no fundo da bolsa. Se suas suspeitas estivessem corretas, ela deixaria de se sentir mal por assassinar Wellesley.

Eles chamaram a gatinha de Atos de Brutalidade Justificada.

17

SR. BENDOTADO

Osric

No fim, Osric teve que admitir (só para si mesmo, nunca para Fairhrim) que tinha sido uma ideia genial se infiltrar na Fortaleza Wellesley. Ele se saiu brilhantemente. Quando foi vender as informações de Wellesley para Kent, aproveitou a oportunidade para roubar informações de Kent e vendê-las, por sua vez, a Wessex. Campeão.

No momento, estava esperando as joias de Wellesley serem avaliadas por Sacramore na Armácia.

– Qualidade, qualidade – disse Sacramore, examinando-as com uma lupa. – Descobertas adoráveis.

(Eram sempre *descobertas* com Sacramore. Como se Osric tivesse topado com um rubi que valia cem mil thrymsas por puro acaso. Encontrado-o na sopa.)

O imbecil inútil do Brythe emergiu do corredor que levava ao escritório de Tristane.

– Belas pedras, Os – comentou ao passar.

– Você pode gargarejar com as minhas pedras – disse Osric.

– Eu gargarejaria com as suas pedras – disse Sacramore a Osric.

– E as minhas? – perguntou Brythe, agarrando o próprio saco sobre a calça e erguendo-o na direção de Sacramore.

Sacramore apontou a lupa na direção da virilha de Brythe.

– Me mostre o que tem à venda.

– Sem tempo hoje – disse Brythe. – Tenho lugares para ir. Respostas para obter. Pescoços para torcer.

– Vai se juntar com a gente no trabalho de Carnegie? – perguntou Osric.

– Não. Estou indo para Danelaw a trabalho.

– Que trabalho? – perguntou Sacramore, a lupa apontada para o rosto de Brythe.

– Segredo.

– Que segredo? – perguntou Osric.

– Só Fyren importantes sabem. – Brythe abriu a porta. – Tenho que tomar banho, cagar e me mandar. Vejo vocês mais tarde, pobretões.

Brythe saiu. A porta de vidro da Armácia se fechou com um baque atrás dele.

– Por que ele está com o rei na barriga? – perguntou Osric.

Sacramore encarou a porta através da sua lupa e virou-a na direção da sala de Tristane.

– Ela aceitou, então.

– Aceitou o quê?

– Um pedido que não achei que ia atender. Eles devem ter oferecido uma maldita fortuna.

– Eles?

Havia vasta desaprovação nos olhos estreitados de Sacramore na lupa.

– Não é convencional. Eu não gosto disso. Não aceitamos missões que são um ataque direto contra outras Ordens. Pode desequilibrar as coisas.

– Que Ordem?

– Eu já falei demais – disse Sacramore. Ele voltou sua atenção para as gemas, ainda com cara de desaprovação.

Não importava. Brythe tinha mencionado Danelaw. Só havia uma Ordem com sede em Danelaw.

Osric materializou-se na waystone no Publique ou Pereça alguns minutos depois. A waystone ficava encostada na parede leste do pub, oferecendo, à luz do fim de tarde, sombras progressivamente mais escuras de grande conveniência a um Fyren perseguindo outro Fyren.

Osric convocou Cinzas. A loba assumiu uma forma parcial nas sombras mais escuras entre a waystone e a parede de pedra do pub.

– O que foi? – perguntaram seus dentes cintilantes.

– Encontre Fairhrim – disse Osric. – Diga a ela para ir a algum lugar seguro. Tem um Fyren indo a Swanstone, e eu não sei por quê.

Os olhos dourados da deofol brilharam.

– Imediatamente – disse ela, desaparecendo enquanto ainda falava.

Osric inclinou-se contra a parede e esperou. Por que Brythe tinha sido enviado a Swanstone? E, mais importante, quais pescoços ele fora instruído a torcer, e será que o de Fairhrim estava entre eles?

Será que ele fora contratado para se vingar da carnificina que Osric e Fairhrim causaram na Fortaleza Wellesley? Impossível. Eles foram liberados e deixaram a fortaleza livremente; Kent tinha levado a culpa. Mas e se Fairhrim estivesse no caminho do alvo de Brythe? Ele a mataria sem pensar duas vezes.

Será que Brythe sequer conseguiria passar pelos Guardiões? Osric tinha conseguido se infiltrar em Swanstone empregando o máximo de sua habilidade e sutileza. Brythe era um palerma estabanado.

Mas *e se* Brythe passasse por eles?

Pela meia hora seguinte, Osric observou viajantes saírem da waystone do pub – alguns Haelan (mas não a dele), empregados de Swanstone, moradores do vilarejo e até, para a consternação súbita de Osric, um dos Guardiões –, mas não Brythe.

Ninguém reparou no Fyren derretido nas sombras a meros passos dali, sua lâmina blaec apertada contra a coxa.

Porque, sim: após muito debate interno, Osric decidira que Brythe morreria naquele dia. Osric o interrogaria e o mataria. Não havia outro jeito de proceder. Brythe estava trabalhando em algo secreto que não contaria a Osric de livre e espontânea vontade. Se o deixasse vivo, relataria o interesse de Osric a Tristane, e Tristane faria perguntas que Osric não conseguiria responder, então Brythe precisaria morrer. Responder às perguntas de Osric, depois morrer.

Cinzas voltou para o lado de Osric. As orelhas dela estavam para trás e retas; sua voz estava baixa.

– A Haelan não me deixou passar.

– De novo? – rosnou Osric, porque não era a primeira vez que Fairhrim rejeitara sua deofol.

– Estive tentando de poucos em poucos minutos. Ela pode estar na companhia de outras pessoas.

– Volte. Insista até ela deixar. Machuque-a, se necessário.

Cinzas despareceu com um rosnado irritado.

Osric tinha acabado de se reencostar confortavelmente com uma perna contra a parede – sua postura de tocaia preferida – quando uma figura encapuzada surgiu na waystone com uma cintilação.

Brythe, materializando-se em uma vilazinha modesta em Danelaw, não estava com a guarda erguida. Osric deu dois passos para a frente. Sua lâmina blaec encontrou o ponto favorito entre pescoço e ombro e deslizou deliciosamente para baixo.

Um momento depois, ele estava golpeando o ar; Brythe tinha caminhado nas sombras. A lâmina de Osric pingou em vermelho na luz do fim de tarde. Ele ergueu seu tācn na direção da sombra de um toldo à frente – o lugar para onde teria pulado se tivesse sido esfaqueado – e foi até lá, onde encontrou Brythe curvado, segurando o pescoço com uma mão, arquejando. Osric talvez tivesse se entusiasmado um pouco demais. O ferimento era fatal. Eles teriam poucos minutos para uma breve conversa antes que Brythe morresse.

Brythe, ainda sem saber que estava lidando com um Fyren, empurrou seu tãcn para a frente e caminhou nas sombras rumo a um jardim escuro.

Osric materializou-se atrás dele e, querendo que o outro parasse de correr para que pudessem papear, cortou seus dois tendões.

Brythe se arrastou nas sombras até um velho muro de pedra que limitava o pátio de uma enorme fábrica de vidro. Uma chuva desesperada de facas voou na direção de Osric – a maior parte do arsenal de Brythe, pelo visto –, mas a mão direita pendia inútil, então ele usou a esquerda e atingiu Osric só com alguns golpes de raspão. Brythe apertou seu malho onde estava escondido, mas era uma ameaça inútil sem o ímpeto que o tornava mortífero.

Osric enfiou a lâmina blaec no braço esquerdo de Brythe, entre o rádio e a ulna.

A malho caiu.

– Osric? – arquejou Brythe, finalmente pegando um vislumbre dele. – O q-quê... por quê?

Osric sentou-se nos calcanhares e apertou uma mão amigável na hemorragia descontrolada no pescoço de Brythe.

– Quem passou o trabalho de Swanstone a Tristane?

– Vá se f-foder – disse Brythe.

– Quem você foi mandado para matar?

As palavras de Brythe saíam com dificuldade.

– Vá. Se. Foder.

Osric tirou a lâmina blaec do braço de Brythe com um puxão e a apertou contra o tãcn de Brythe.

Brythe gritou.

– Quem você foi mandado para matar? – repetiu Osric. A ponta da faca abriu um olho no tãcn de Brythe.

– Nunca vou... você é um traidor. Hel vai te amaldiçoar por isso...

– Eu sou o favorito de Hel. – Osric enfiou a lâmina entre dois metacarpos na palma de Brythe. – Responda.

A perda de sangue o afetava; Brythe ameaçava perder a consciência.

Osric torceu a lâmina. Os metacarpos delicados na mão de Brythe se separaram. Ele voltou à vida berrando enquanto seu tācn era destruído.

– Eu tornarei seus últimos momentos um inferno – disse Osric. – Quem você foi mandado para matar?

A mandíbula de Brythe estava cerrada. O esgar da morte estava se esgueirando sobre ele. Ele preferiria contrariar Osric por despeito e morrer do que entregar o que ele queria.

De novo, a lâmina de Osric se torceu. De novo, Brythe gritou.

O som atraiu atenção no vilarejo silencioso. As pessoas saíram das casas, perguntando umas às outras o que estava acontecendo.

Osric moveu a lâmina blaec ao pescoço de Brythe.

– Fale.

Brythe, cheio de despeito, caiu para a frente com o que restava de suas forças. A lâmina de Osric, afiada ao máximo, cortou tecido, artéria e veia. Brythe tombou contra o braço de Osric, parcialmente decapitado.

Nada de últimas palavras, então.

Era hora de ir. As chamas da enorme forja da fábrica de vidro forneciam um lugar conveniente para se livrar do corpo.

Osric recuou para a segurança do teto de turfa do Publique ou Pereça enquanto os moradores do vilarejo saíam para investigar a fonte dos gritos.

A frieza do seith de Fairhrim tocou o tācn dele. O deofol dela estava pedindo para passar.

– Finalmente – cuspiu Osric enquanto o gineto branco assumia sua forma.

– O que você quer? – sibilou o deofol, suas orelhas tão para trás que desapareciam e tornavam sua cabeça um triângulo plano. – Ela está ocupada; sua deofol não sabe captar uma indireta?

– Um Fyren estava indo para Swanstone – disse Osric.

– Quê?

Osric ergueu a lâmina blaec úmida.

– Ameaça extinguida. Você vai encontrá-lo assando na forja da fábrica de vidro.

A calma do deofol se esvaiu. O pelo em seu dorso se arrepiou.

– Por que ele estava indo a Swanstone?

– Ele se matou antes que eu pudesse terminar de perguntar – disse Osric.

– Você sabia que está sangrando? – perguntou o deofol.

– São só arranhões – disse Osric, olhando para baixo para avaliar a situação.

– Esse é um arranhão bem considerável – disse o deofol.

A lâmina blaec de Brythe estava enfiada na lateral do torso de Osric. Sua torpraxia estava tão avançada que ele nem tinha notado; não havia dor, só um incômodo embotado que ficou mais agudo quando ele soube do ferimento.

– Caralho – disse Osric.

Ele não precisava do conselho do deofol sobre como aquilo *não* era bom, mas o deofol disse, mesmo assim:

– Isso *não* é bom.

– *Não*. Jura?

– Você precisa de um Haelan – disse o deofol.

– Por acaso, eu conheço uma – disse Osric. Ele seguiu pelo telhado na direção da silhueta de torreões altos de Swanstone.

O deofol de Fairhrim saiu na frente dele.

– Não, espere. Aurienne não está em Swanstone.

– Não está em... quê? Onde ela está?

– Na ópera – disse o deofol. – É por isso que ela não podia deixar sua deofol passar. Meio constrangedor ter uma loba gigante se materializando no meio do terceiro ato...

– Na ópera? *Na ópera?* Eu acabei de ser estripado por ela, e Fairhrim está na ópera?

Os bigodes do deofol estremeceram em consternação. Estava pensando depressa.

– Pegue a waystone até o Trouxe-Mouxe em Londres. Vá para a casa número 3, logo do outro lado da rua. É a casa dos pais dela. Ela vai estar a caminho de lá em breve, se é que já não saiu. Tentarei avisá-la de que você está indo, mas ela está cercada de pessoas. Seu *timing* é terrível, como de costume. Não tire a faca, o que quer que faça. Esconda o ferimento. Para a waystone, *agora*.

O deofol desapareceu.

O pequeno vilarejo de Swanstone-no-Mar estava iluminado com tochas enquanto seus habitantes buscavam a fonte dos gritos. Alguém descobriu a poça do sangue de Brythe sob o toldo.

Osric desceu do teto do pub, foi à waystone e apertou o tācn contra ela. Lá foi ele pela linha ley rumo a Londres, sendo reconstituído sobre paralelepípedos brilhantes. Aquela Londres era diferente da Londres onde Osric geralmente conduzia seus negócios – era uma Londres de ruas largas e verdejantes iluminadas por globos elétricos, em vez de lâmpadas a gás, e ladeada por casas elegantes, ainda que estreitas. Não havia fuligem, fumaça, nenhum fedor de peixe cozido e bebida barata. Osric seguiu para a casa número 3, captando vislumbres das salas de estar suavemente iluminadas enquanto passava.

Ele teria preferido caminhar nas sombras da casa até encontrar Fairhrim, mas, dada a urgência de sua situação, foi diretamente à porta da frente.

Osric subiu os doze degraus de mármore branco, um exercício que deveria ter sido excruciante com seu ferimento, exceto que a dormência induzida pela torpraxia fazia a faca parecer mais um cutucão chato do que qualquer outra coisa. Ele puxou a capa ao redor do corpo para cobrir o pior do seu estado, incluindo o cabo projetando-se de seu flanco. Certificou-se de que o colarinho impecável estivesse visível e vestiu as luvas para esconder o tācn.

Uma serviçal abriu a porta. Osric teve uma impressão geral de agitação cintilante atrás dela – muitas vozes, bandejas sendo levadas e trazidas por serviçais atarefados.

– Sim? – perguntou a garota.

– Quem é, Tartiflette? – perguntou uma voz desconhecida e, no entanto, pelas entonações de autoridade e impaciência, familiar. – Deixamos alguém para trás?

– Eu sou um amigo de Fair... hã, de Aurienne – disse Osric à serviçal.

Uma mulher enfiou a cara sobre o ombro da serviçal e observou Osric friamente.

– Ah, é? Aurienne não mencionou que tinha convidado ninguém.

A mulher era inconfundivelmente a mãe de Fairhrim. Ela tinha a mesma pele negra e o mesmo cabelo volumoso (embora branco nas têmporas) – e, de modo mais intimidador, os mesmos olhos escuros, inteligentes e reluzentes.

Ela virou-se para o grupo de pessoas bem-vestidas atrás de si.

– Aurienne! Seu convidado está aqui. Faça o favor de nos apresentar. – Ela virou-se para Osric. – Entre e perdoe o caos. Acabamos de chegar em casa. Você tem que se juntar a nós para tomar algo.

Osric entrou no saguão. Tartiflette, que tinha se apaixonado por ele imediatamente – quem não se apaixonaria? –, ofereceu-se para pegar sua capa, corando. Osric recusou educadamente, alegando ter pegado um resfriado. Ele se sentia resfriado mesmo – provavelmente tinha a ver com o meio litro de sangue que deixara na waystone.

A mãe de Fairhrim estalou a língua.

– Um resfriado? Numa noite tão gostosa? Aumente a temperatura das caldeiras, Tartiflette.

Uma figura emergiu da multidão atrás da mãe de Fairhrim. A voz dela, resplendente de irritação, a precedeu.

– Mamãe, você disse que um convidado meu tinha...

– Sim, seu *amigo* – disse sua mãe.

Fairhrim entrou à vista. Ela congelou ao ver Osric.

Ele também congelou quando a viu. Aquela era uma Fairhrim de folga, praticamente irreconhecível em um vestido malva esvoaçante, com luvas brancas até o cotovelo e o cabelo caindo sobre um lado do pescoço em uma onda suave. Ela era espetacular – um desenvolvimento perturbador que Osric reservou para analisar em um momento posterior.

A surpresa de Fairhrim ao ver Osric era tal que claramente o deofol dela não conseguira levá-la a um lugar privado para explicar. Sua impassividade foi desafiada – seus dedos apertaram a haste de uma taça de vinho; sua mandíbula se tensionou. Na pressão dos seus lábios, Osric viu sua fúria: por ele a ter incomodado a noite inteira com sua deofol, por ter tido a audácia não apenas de ir atrás dela, mas de entrar na casa dos pais dela – por ter ousado se chamar de *amigo*.

Osric teria que conseguir um momento a sós com ela assim que possível para se explicar.

E também para que ela o ajudasse com o probleminha da faca.

A mãe de Fairhrim, cuja atenção estava misericordiosamente focada em uma bandeja de champagne, não reparou na encarada mútua deles.

– Você poderia ter mencionado, Aurienne. É tão esquecida às vezes, igualzinha a seu pai. Mas não importa; quanto mais gente, melhor.

Fairhrim, que tinha, na experiência de Osric, uma mente afiada como uma lâmina, disse:

– Desculpe. Esqueci de mencionar.

Um homem mais velho se juntou a eles, alto, branco e levemente curvado nos ombros.

– Do que estou sendo acusado dessa vez?

– Esquecimento, entre seus muitos pecados – disse a mãe de Fairhrim. – Aurienne convidou um novo *amigo* para beber conosco e deixou de me informar. Um traço herdado.

Fairhrim parecia querer estrangular Osric com o próprio colarinho.

– Sim. Esse é o meu... *amigo* – disse ela, nunca tendo soado tão constipada ao falar uma palavra.

– Osric Bendotado – disse Osric, oferecendo a mão aos pais de Fairhrim.

Fairhrim encarou o pseudônimo sem reação, exceto por um tique nervoso.

– Permita-me apresentar a minha mãe, Radia, e o meu pai, Rosbert.

– Prazer – disse Osric, apertando a mão de ambos.

O aperto do pai era firme; o da mãe, doloroso. Os olhos de Radia percorreram as roupas dele, que, embora empoeiradas (e manchadas de sangue, se ela se aproximasse o suficiente para observar), eram de evidente qualidade, e ficou satisfeita. O pai de Fairhrim fitou Osric com uma curiosidade branda, como se a filha tivesse trazido um cão de rua para casa e ele quisesse fazer amizade com o bicho.

Eles tinham um ar de *nouveau riche*: os brincos nas orelhas da mãe, a bengala na mão do pai, a casa... não, eles não possuíam uma fortuna de gerações. Osric continuou a se sentir superior a Fairhrim, e tudo estava bem no mundo, exceto pela faca em suas entranhas e o fato de que ela poderia, afinal, ser mais bonita que ele.

Ele queria ter uma palavrinha com ela para informá-la de que estava ativamente no processo de morrer, mas os dois foram levados até uma multidão e depositados em uma sala de recepção. Fairhrim recuperou a compostura após o choque inicial e permaneceu fria e contida enquanto Osric era apresentado a vários outros Fairhrim com quem ele não se importava.

– Será que eu poderia ter uma palavra... – começou Osric, mas tia Plectrude puxou-o para uma conversa sobre o estado das estradas. Ele tinha ouvido falar do acidente trágico que acometera os mércios? (Tinha, na verdade.)

– Se pudéssemos nos afastar por um momento... – tentou Fairhrim, mas lhe pediram uma atualização sobre a Peste, e ela deu algumas atualizações breves e geralmente otimistas, exceto que muitas das pobres crianças sobreviventes não estava muito bem; a Peste inflamava o cérebro. Houve um consenso geral de que era uma pena.

Osric assentiu, então disse de novo:

– Talvez pudéssemos, só por um minuto...

Uma bebida foi empurrada em sua mão pelo pai de Fairhrim. Uísque. Um uísque muito bom. Osric bebeu. Será que iria vazar do seu intestino perfurado? Ele sentiu que seria difícil de explicar. Insistiram que o Fyren provasse quitutes. Alguns eram incomuns – saladas pouco tradicionais, com tomates, pepinos e cebolas; feijões marinados em algo chamado *chermoula*. Tudo era excepcionalmente bom; ele não conseguia apreciar por completo, porém, porque estava morrendo.

– Você está pálido – disse Fairhrim. – Suas mãos estão tremendo. Qual é o problema?

– Ele disse que estava com frio – disse Radia. – Coitadinho. Tartiflette! As caldeiras.

– Eu já aumentei, madame – disse Tartiflette. – Devo aumentá-las mais? Até que ponto?

Radia, com os olhos desvairados e imperiosos, disse:

– Inferno.

O mundo ficou distante. Osric não queria ser dramático, mas achou que a situação poderia estar ficando urgente.

– Eu...

– Então, nos diga, sr. Bendotado – veio a pergunta amigável de Rosbert –, como você e Aurienne se conheceram?

Osric limpou a garganta de um jeito meio sofrido. Ele tinha pouquíssimo sangue no cérebro para fabricar uma resposta, uma vez que boa parte de seu corpo estava encharcando sua camisa e colete naquele momento.

– Bem... hã... é uma história interessante...

Fairhrim, que os deuses a abençoassem, imediatamente assumiu o controle.

– Ele é um consultor. Nós o contratamos alguns meses atrás. Ele é um especialista em...

– Faca – deixou escapar Osric.

– S-sim – disse Fairhrim. – Ele está revisando nosso inventário de instrumentos cirúrgicos em Swanstone.

Osric teve uma leve recuperação e disse:

– Metalurgia é uma das minhas áreas de especialização.

– Ele produziu alguns conjuntos de dissecação e cirurgia realmente notáveis. Fórceps de artéria excelentes. E as tesouras de episiotomia, francamente lindas... Elas mantêm o gume como nada que eu já tenha...

– Metalurgia! – disse Radia. Ela tirou a luva e mostrou a palma direita a Osric. O tãcn ali consistia em engrenagens douradas. – Sou uma Ingenauta. Estou na companhia de um colega de Ordem?

Então a mãe de Fairhrim também era inteligente. Bom saber, mas, no momento, ele não se importava.

– Hã... desculpe decepcioná-la, mas não – disse Osric.

– Ah, bem, não importa – disse Radia, vestindo a luva de novo com óbvia decepção. – O que você acha daquela tal liga ecgium que está causando tanto bafafá?

– Tem algumas aplicações interessantes – disse Osric –, mas nem se compara à blaec, claro.

Radia piscou para ele.

– Bem, blaec não é exatamente amplamente disponível, é?

– Certo. Não.

– O que é blaec? – perguntou Rosbert.

– Um metal especial – disse Radia – cujos segredos são mantidos por aquela *ordenzinha* terrível e obscura... como eles se chamam, aqueles sujeitinhos homicidas...

– Os Fyren – disse Fairhrim, com os dentes cerrados.

Vagamente, através do borrão preto insinuando-se em sua visão, Osric estava ciente de que fora um idiota por ter falado de blaec. Fairhrim reafirmou isso ao baionetá-lo com os olhos. Ele definitivamente não deveria abrir a capa para mostrar à mãe de Fairhrim a lâmina blaec enfiada no seu torso, então; seu cérebro, que gorgolejava o que restava do seu sangue, tinha certeza pelo menos daquilo.

Osric enfiou uma mão na capa. As coisas pareciam bem molhadas e gosmentas mesmo através da luva, e não de um jeito sexy. Ele percebeu que não poderia expor a mão, senão todos veriam o sangue.

– Fair... hã, Aurienne, posso roubá-la por um momento? – perguntou ele com a voz fraca.

– Sim – disse Fairhrim.

– Você está bem, sr. Bendotado? – perguntou Rosbert.

– Claro. Só preciso falar de negócios por um momento... pedido de bisturis... Não quero entediar o grupo.

– Perdoe-nos – disse Fairhrim. – Voltaremos em um minuto.

Osric seguiu Fairhrim até o saguão, que estava misericordiosamente vazio.

Quando Fairhrim certificou-se de que estavam sozinhos, deixou Osric ver toda a sua ira na forma das narinas infladas.

– *O que* está acontecendo? É melhor ter uma ótima explicação para aparecer na casa dos meus pais e se convidar para entrar...

– Fairhrim.

– Quê?

– Estou perdendo sangue.

– Você... quê?

Osric puxou a luva que pingava da capa.

– Odeio interromper... uma festa adorável, não fosse você me fulminando com os olhos a cada poucos segundos. Vai me deixar mais ensanguentado que a faca...

– A faca? – repetiu Fairhrim. – Deixa eu ver.

Osric se atrapalhou com a fivela da capa. Suas mãos tremiam; suas belas habilidades motoras tinham ido para o saco. À luz daquelas tentativas fúteis com a fivela, Fairhrim estalou a língua, impaciente, e estendeu as mãos ela mesma. Então puxou a capa com movimentos eficientes, abriu-a, arquejou e a fechou de novo.

– Mãe, você não poderia nos dar um pouco de privacidade? – ela pediu sobre o ombro de Osric. Ele ficou contente em saber que não era o único no mundo a quem ela podia dirigir aquele tom preciso e fairhrímnico de *suprema irritação*.

– Eu vim ver se estava tudo bem, mas já notei que sim – disse Radia, aparecendo ao lado da filha. – Será que podemos deixar o chamego para depois dos doces?

Havia algo martirizado na expressão de Fairhrim – a própria mãe sugeria que ela estava envolvida em tais atividades com um sujeitinho homicida comprovado...

– Mãe, por favor – disse Fairhrim, mantendo a capa de Osric fechada, enquanto Osric enfiava a luva encharcada de sangue num bolso. – Ele não está bem. Eu gostaria de examiná-lo com privacidade.

Radia ficou séria.

– Ah? Devemos deitá-lo? Ou levá-lo para cima... Ah, mas os quartos de hóspedes estão todos ocupados...

Tia Plectrude veio mancando até o saguão.

– Onde está o rapazinho de Aurienne? Eu queria falar com ele sobre algumas partes da minha coleção taxidérmica.

– Ninguém quer ouvir sobre suas partes – disse Radia.

– Eu quero ouvir sobre as partes de tia Plectrude – disse Osric.

O delírio da perda de sangue enfim o atingira. Tudo parecia engraçado. E ele estava prestes a desmaiar.

– Vamos levá-lo ao meu quarto – disse Fairhrim. – Escadas. O elevador está longe demais. – Ela estava olhando para Osric com algo muito parecido com preocupação. Havia tirado a luva. Seu tãcn brilhou com seith a postos. Ela agarrou a mão dele.

Um serviçal passou correndo com uma espécie de sobremesa fumegante.

– Ah – disse Radia –, vamos mandar algo doce com ele. Traga isso aqui, Arthur. Olhe, sr. Bendotado. Podemos tentá-lo com uma travessura?

Osric queria dizer algo espirituoso sobre como a mulher segurando sua mão e arrastando-o para seu quarto era a única coisa tentando-o a fazer *uma travessura*. Deuses, ele estava com frio. Todo mundo estava com o colarinho aberto e brilhava com uma camada de suor, e ele estava congelado. Era assim que ele iria morrer? De mãos dadas com Fairhrim no chão polido da mãe dela?

– Agora não – disse Fairhrim. – Ele precisa descansar. Venha, Mor... hã, Osric.

"Que agradável ter pessoas se preocupando com você", pensou Osric. Tartiflette recebeu ordens de pôr um aquecedor na cama de Fairhrim. O serviçal ergueu a sobremesa para a inspeção de Osric. A mão de Fairhrim apertou a dele. Osric deu um passo em sua direção. Ela era um borrão onírico em sua visão que esvanecia. Apesar das roupas elegantes, cheirava como sempre a hlutoform e sabonete. Seus olhos estavam escuros de preocupação, exceto que ela o odiava, então não estavam, mas era gostoso fingir.

Tão gostoso.

Ele desmaiou de cara na sobremesa.

Osric perdia e recuperava a consciência. Alguma coisa nova acontecia toda vez que abria os olhos: ele tinha sido carregado para um quarto pelos parentes de Fairhrim... Fairhrim expulsou todo mundo... escuridão... uma dor aguda no lado do corpo, seguida por frio... uma mão gentil no seu cabelo... escuridão de novo.

Ele acordou em um quarto com uma luz suave. As mãos de Fairhrim foram a primeira coisa que viu em seu retorno borrado e nauseante à consciência. Ela as lavava em uma bacia ao lado da cama. Esfregava cuidadosamente os dedos, as palmas, ao redor das unhas, para cima e ao redor dos pulsos. Tinha usado o seith excessivamente e disparado seu Custo – os nós estavam vermelhos e rachados; bolhas tinham se aberto na ponta dos dedos; longas feridas subiam por seus pulsos. Entre o estripamento dele e as mãos dela, havia sido uma verdadeira orgia de autossacrifício.

Osric assistiu ao cintilar de água e à lenta e espumosa queda do sabonete ensanguentado, iluminado por trás por uma lâmpada amarela. O cisne na palma de Fairhrim estava virado para ele; seu olho vazio e triangular o observava entre a toalha branca. Então veio um borrifo de hlutoform. Fairhrim nem se encolheu ao aplicá-lo diretamente nas feridas.

O brilho suave vinha de imagens diagnósticas flutuando acima dele.

– Vestido... arruinado – apontou Osric.

– Não fale – disse Fairhrim.

– Eu estou com creme de ovos no cabelo?

– Você é um idiota – disse Fairhrim. Sua voz estava tensa e entrecortada; ela estava contendo uma torrente de opiniões de alta pressão.

– Responda sobre o creme de ovos.

A torrente contida de Fairhrim encontrou uma fissura.

– Você tem ideia de como tem sorte por seu intestino não ter sido perfurado? Ainda não sei se vou precisar envolver Cath ou não...

– Quem é Cath?

– Especialista em trauma.

– Apelido de Cateter, imagino.

– Não. Pare de falar. – A fissura se alargou; a torrente de Fairhrim jorrou por ela. – No que estava pensando? Qual era a teoria em operação aqui, sr. Eu Sou Quase Intocável? Bem, com certeza você foi tocado. E aí? Achou que só... seguraria o sangue dentro do corpo? Manteria suas entranhas unidas por mera força de vontade? Flertaria com tia Plectrude com uma faca enfiada em você? Encontraria a morte em uma sobremesa?

Osric ergueu um dedo débil.

– Parece injusto me mandar ficar quieto e aí fazer perguntas.

– As perguntas são retóricas. Sinceramente, o que você tem na cabeça? Feche os olhos. Consegue fazer isso? Ficarei feliz em sedá-lo se não conseguir.

A palma de Fairhrim estava do lado dele. A torpraxia não afetava sua habilidade de sentir o seith dela, que entrou nele em fluxos frescos e controlados. Ao contrário da degeneração do seu seith, Osric tinha, dessa vez, apresentado a Fairhrim um problema enorme, mas solucionável – e ela o solucionou. O Fyren já sabia que ela era genial, mas naquele momento entendeu realmente o que essa genialidade significava. O seith dela corria por ele em uma lavagem curativa, costurando-o impossivelmente de dentro para fora.

Ele ia ficar bem, pensou enquanto afundava de volta na inconsciência e o seith de Fairhrim fluía por ele.

Com sangue na bochecha e farpas na língua, ela o salvaria.

18

AURIENNE, A CRIMINOSA

Aurienne

Após duas horas de trabalho, zonza pelo gasto de seith, as mãos destruídas por feridas lívidas, o pescoço dolorido e seu vestido favorito arruinado de tanto sangue, Aurienne recostou-se, satisfeita; Mordaunt fora estabilizado.

Cíele lhe contara o que vira e assim transformara uma raiva assustada em gratidão confusa.

O deofol dela pairou sobre o rosto de Mordaunt. Seu rabo agitava-se inquietamente.

– Eu não tenho que chamar a Cath?

– Ele vai ficar bem – disse Aurienne. – Por algum milagre, a lâmina errou o intestino.

Mordaunt tivera sorte – e, portanto, ela tivera sorte. As complicações de uma perfuração intestinal teriam estado muito além da sua competência; se as vísceras tivessem sido perfuradas, ela não teria escolha exceto chamar Cath.

Cíele deixou de pairar e empoleirou seu peso quase imperceptível no ombro de Aurienne.

– Graças a Frīa. Teria sido um pouco difícil explicar a Cath por que tem um Fyren ferido no seu quarto de infância.

– Não sei se consigo explicar a mim mesma por que tenho um Fyren ferido no meu quarto de infância – disse Aurienne.

– Tudo aconteceu tão rápido. Ele disse algo sobre um Fyren indo até Swanstone. Achou que você estava lá. E, como não sabia o que o outro Fyren queria, ele o matou. O Fyren... o nosso Fyren, quero dizer... nem percebeu que tinha sido apunhalado.

Aurienne contemplou o homem, flutuando em algum ponto entre a consciência e o sono real, deitado na cama. Seu rosto estava pálido; o cabelo – ela tinha lavado o creme de ovos –, encharcado de suor novamente. Sua mão esquerda, em uma luva incrustada de sangue, estava apoiada no peito. Aurienne deixara a luva, para o caso de qualquer visitante ver o tācn dele.

– Isso é insano – disse Aurienne.

– Eu sei – disse Cíele.

– *Ele* é insano. Matou um membro da própria Ordem.

– E assou o cadáver – acrescentou Cíele.

– Mordaunt é muito mais perturbador quando está quieto.

– Acha que importa para ele? Ter assassinado um dos seus? – perguntou Cíele. – Acha que é normal para os Fyren matarem uns aos outros?

– Não sei o quanto isso ultrapassa qualquer que seja o código deles. Se é que têm um.

Cíele direcionou um olhar interrogativo a Mordaunt. Aurienne fez o mesmo.

O deofol externalizou a pergunta que Aurienne não ousara fazer:

– Devíamos tê-lo deixado morrer?

A resposta veio mais prontamente do que a pergunta.

– Eu não poderia ter feito isso.

– Eu vi – disse Cíele. – Você o salvou antes de sequer saber o que ele tinha feito.

– Vê-lo tão ferido foi... foi...

Aurienne desistiu de tentar descrever, porque palavras eram insuficientes. Nenhuma declaração poderia capturar o medo que ela sentira ao afastar a capa ensopada de sangue de Mordaunt e entender quão próximo ele estivera do abraço derradeiro. O toque das mãos febris dele não tinha gramática; não existia ortografia para o aperto doloroso que ela sentira no coração.

Nas margens de toda essa emoção batiam, como sempre, ondinhas de razão. Ela devia a ele uma cura apenas para seith podre; Mordaunt era um Fyren; centenas tinham morrido por causa dele, e agora, graças a ela, o homem poderia matar centenas mais. Ela tinha feito a *coisa certa*? Tinha feito o *bem*?

Os olhos vermelhos de Cíele estavam fixos em Aurienne. Ele sentou-se com as quatro patas juntas sob o corpo, incomumente imóvel.

– Ele é mais importante para mim do que eu desejaria que fosse – admitiu Aurienne.

– Se vale de algo, acho que você é mais importante para ele do que ele gostaria que fosse também.

– *Importante* não tem problema – disse Aurienne. – *Importante* é... justificável. Somos valiosos um para o outro.

– Mas nada mais?

– Nada mais – disse Aurienne. – Mais do que isso seria impossível. Ele é o que é.

– Ele é o que é – repetiu Cíele, com um aceno sério.

Aurienne desejou ter ficado satisfeita com aquela conclusão, esse recuo para a segurança de definições, de classificações e estrutura. Mordaunt era um Fyren. Só um Fyren. Mas era *só*? Se um homem mata um membro da própria Ordem por você, quase é estripado por você, aparece semimorto na sua porta por causa de você e desaba nos seus braços... ele é *só*?

Quando Cíele explicou pela primeira vez o que vira, Aurienne sentira coisas que não sabia nomear – ou, mais honestamente, que não queria nomear. Ela não desejava admirar o Fyren, ou estimá-lo, ou iluminar-se com gratidão ao pensar nele. No entanto, qual dimensão de massacre o outro Fyren poderia ter realizado em Swanstone? Quantas pessoas Mordaunt tinha salvado?

Ela sabia que Mordaunt tinha motivos razoáveis e perfeitamente solipsistas para fazer o que tinha feito, claro. Ele estava protegendo o seu Meio Para Um Fim. Ele tinha feito aquilo menos por ela e mais por si mesmo. No entanto, fizera uma boa ação.

Um suspiro agitou os bigodes de Cíele.

– É melhor eu ir. Estou drenando seu seith. Suas mãos parecem ter sido enfiadas em um balde de bisturis.

– Certo. Acho que ainda gostaria de consultar Cath sobre tratamento e reabilitação.

– Isso é sábio? – perguntou Cíele. – Ela não vai fazer perguntas?

– Vai. Só vou dizer que não posso respondê-las no momento. Ela é a especialista; preciso garantir que fiz tudo certo. Ele merece ao menos isso. Pode ir até ela e perguntar se posso vê-la amanhã? Acho que ela tem uma cirurgia pela manhã. Posso aparecer no pub na hora do almoço.

– Muito bem – disse Cíele, e então girou num círculo solene e desapareceu.

Depois que o deofol se foi, Aurienne permitiu-se arrumar o cabelo de Mordaunt. Um Mordaunt vivo jamais permitiria que o cabelo estivesse naquele estado; a bagunça fazia parecer que estava morto.

Foi a desculpa que ela arranjou para si mesma, de toda forma, enquanto corria a ponta dos dedos através de mechas brancas platinadas.

Não havia desculpa para correr uma mão gentil pela bochecha dele.

Aurienne acalmou sua família preocupada dizendo que o sr. Bendotado estava fora de perigo e, se eles pudessem deixá-la a sós com o convidado por um tempo, estaria melhor no dia seguinte, obrigada (a fala foi acompanhada por uma porta firmemente fechada).

O que Aurienne realmente queria, depois desse gasto imenso de seith, era uma refeição quente, um banho fumegante, uma massagem e (aproveitando) um ou dois orgasmos, para relaxar e dormir. Em vez disso, comeu restos frios na cozinha e cochilou em um sofá desconfortável. Regenerou seith suficiente para arrumar a bagunça em que estavam suas mãos e pegou a waystone cedo de manhã para o Publique ou Pereça.

Deixou Tartiflette com instruções para ficar de guarda na porta de Mordaunt: nada de visitantes. O homem precisava descansar.

Antes de encontrar Cath no pub, Aurienne passou em Swanstone para pegar suprimentos. Era um sábado, um dia misericordiosamente tranquilo no Centro de Pesquisa em Seith. Apesar disso, ela invocou Cíele para ficar de vigia ao se esgueirar na sala de suprimentos.

Cíele flutuou na porta, o rabo varrendo de um lado para o outro em desagrado.

– Estamos roubando. Espero que não acabemos na prisão. Não acho que eu me daria bem na prisão.

– Não vamos acabar na prisão por algumas cânulas e grampos – disse Aurienne enquanto enchia a bolsa, pegando também tubos para infusão intravenosa, analgésicos, antibióticos e pacotes de bhreue em pó. – O kit de primeiros socorros dos meus pais não está, infelizmente, à altura das nossas necessidades.

Também valia notar: ela agora era uma ladra, além de assassina. Mordaunt realmente era uma má influência.

– E que tal um suporte de infusão? – perguntou Cíele.

– Não consigo exatamente enfiar um suporte na bolsa – disse Aurienne. – Vou dar um jeito em casa, pego um mancebo ou algo do tipo.

Depois de espremer seu estoque roubado na bolsa, Aurienne percebeu que, ao manter um inventário impecável no Centro, também teria que modificar os registros para poupar a si mesma e outros Haelan de um interrogatório de Quincey quando os números não batessem.

Com as axilas um pouco suadas, Aurienne acrescentou falsificação à sua lista de crimes.

Um som fez com que ela e Cíele pulassem. Era só Atos de Brutalidade

Justificada, a gatinha preta que Mordaunt encontrara na Fortaleza Wellesley. A gata odiava todo mundo, incluindo Aurienne, exceto quando estava com medo. Ela se esgueirou entre as estantes e miou de sua maneira peculiar – menos um miado e mais um *ip-ip* – para Aurienne. A Haelan não tinha nada a oferecer e lhe disse para voltar à cozinha. Atos de Brutalidade Justificada deu-lhe as costas, enojada.

– Tem alguém vindo – sussurrou Cíele.

Os passos de Quincey soaram no corredor, precedidos por um cantarolar alegre.

Cíele saiu do depósito para enrolá-lo e dar a Aurienne tempo de fechar sua bolsa. Ela ouviu Cíele cumprimentar Quincey com uma simpatia incomum (Cíele não era, via de regra, simpático com ninguém exceto Aurienne). Quando se juntou aos dois no corredor, Cíele estava fingindo um interesse profundo na torrada de marmelada de Quincey.

– Haelan Fairhrim – disse Quincey quando Aurienne surgiu. – Há algum problema?

Uma pergunta válida, já que era raro encontrar Aurienne enfurnada na sala de suprimentos.

Aurienne, desacostumada a fazer qualquer coisa errada e lutando para recuperar o autocontrole, falou em uma voz aproximadamente quatro oitavas mais alto que de costume:

– Não, nada.

– Posso ajudá-la com alguma coisa?

– Não, não. Eu só estava inspecionando.

– Uma inspeção? – perguntou Quincey, quase deixando cair a torrada. – Mas... mas acabamos de concluir uma auditoria. Você encontrou algo fora de ordem? Algo que eu possa corrigir?

– Acho que o fabricante recomenda que aqueles curativos de gaze impregnados sejam mantidos longe da luz. Eu os colocaria em uma das gavetas.

Quincey ficou profundamente abalado com o comentário sobre os curativos de gaze incorretamente armazenados, murchando enquanto segurava sua marmelada.

– Mas fora isso está tudo perfeito. Bom trabalho. Aproveite sua torrada. É melhor eu ir; vou encontrar Cath. Tchau.

Quincey recebeu o elogio com um rubor. Aurienne, com a bolsa explodindo de contrabando, afastou-se com rapidez excepcional.

Havia um grupo de moradores reunido fora do Publique ou Pereça, que cumprimentaram Aurienne com mesuras respeitosas. Ela os ouviu retomarem sua conversa depois que ela passou; houvera um *incidente misterioso* no vilarejo na noite anterior – muitos gritos e sangue, nenhum corpo encontrado, mas um cheiro peculiar de carne de porco queimada tinha permanecido no ar a noite toda.

Aurienne não sabia nada a respeito disso.

Cath também não, sentada em um canto nos fundos do pub, comendo curry e felizmente fora do alcance das vozes dos moradores. Ela sentava-se com Felicette, a Ingenauta residente que mantinha e desenvolvia os equipamentos alimentados por seith de Swanstone e ocasionalmente introduzia inovações menos populares, tais quais as fichas sencientes.

Os sinos na porta do Publique ou Pereça consistiam em uma dúzia de bastões de aço, usados no laboratório como misturadores, amarrados uns nos outros. A presença de Aurienne foi anunciada pelo seu tinido metálico. Ela retribuiu os acenos da enfermeira-chefe de Pediatria, Breage, e de alguns enfermeiros e colegas Haelan. Recebeu mesuras de aprendizes que consumiam cervejas e tortas de almoço, além de acenos de algumas avós do vilarejo pondo o mundo em ordem enquanto bebiam suas xícaras de chá.

As paredes e o teto do Publique ou Pereça estavam cobertas de artigos científicos produzidos por Swanstone – artigos aceitos, artigos rejeitados, artigos rabiscados com anotações, primeiros rascunhos, edições finais. Os trabalhos de Aurienne também estavam lá, colados durante rodadas celebratórias ou cervejadas de rejeição deprimidas. Alguns acadêmicos engraçadinhos tinham até colado livros inteiros, cujas páginas flutuavam entre o odor de peixe frito e cebolas, e acrescentavam seu próprio ar esotérico ao local. Assim, as paredes do Publique ou Pereça eram sempre interessantes de se olhar; mesmo em seus estupores ébrios, os clientes sempre *aprendiam alguma coisa*.

No balcão, Aurienne chamou Grette, a taberneira. Em vez da cervejinha de sempre, pediu uma garrafa inteira do vinho fortificado de Rathcroghan, que certamente agradaria Cath.

– Você vai ficar completamente mamada – disse Grette, que se imaginava um oráculo, além de taberneira.

– Achei que você ficaria orgulhosa – disse Aurienne. – Sempre tira sarro do meu pedido usual.

– Se eu tirasse o sarro, não sobraria sabor nenhum – disse Grette.

Ela estendeu a garrafa; Aurienne ponderou quanto sarro já tinha ingerido na vida.

– Aqui – disse Grette, suavizando o sarcasmo ao entregar um prato de pudim de pão com manteiga. – A última fatia, coma antes que fique mole. Por conta da casa.

– Certeza de que não quer?

– Leite me faz cagar molhado.

Grette pôs o pudim em uma bandeja, assim como alguns recipientes deformados em vez de taças. Seu marido era o fabricante de vidro da Ordem Haelan, e peças com defeito ou que não atingissem os padrões de qualidade dos laboratórios de Swanstone eram usadas no pub.

Aurienne pegou a bandeja e a garrafa e dirigiu-se até Cath com seu suborno.

Cath mantinha a cabeça raspada por conta de seu Custo, que causava perda capilar. Nos dias em que o disparava, ficava sem sobrancelhas também e as pintava de cores diversas. Naquele dia, estavam de um tom iridescente de malva.

Felicette estava observando algo sob uma lupa grande e iluminada.

– Felicette fez amizade com uma mosca – disse Cath secamente a Aurienne.

– Nosso conceito de visão é pateticamente simplista – disse Felicette. – Elas podem nos ensinar tanto.

A mosca saiu voando; Felicette a seguiu com a lupa erguida.

– A que devo isso? – perguntou Cath quando Aurienne pôs uma garrafa do fortificado de Rathcroghan na frente dela.

– Estou comprando.

– O quê?

– O seu silêncio.

A sobrancelha de Cath cintilou em um roxo interrogativo.

– Prossiga.

Aurienne sentou-se. Ela serviu Cath e depois se serviu de um béquer capenga e um frasco torto, respectivamente. Cath tomou um gole generoso de seu vinho. Aurienne teve mais cuidado; o fortificado de Rathcroghan consistia em vinho, brandy, cafeína e tinha o potencial de reduzir Aurienne a uma pilha falante de vômito.

– Preciso de seu conselho sobre o tratamento de uma ferida – disse Aurienne. – Mas é supersecreto e eu vou negar que já tivemos essa conversa.

Os olhos de Cath, contornados com delineador roxo em asas impecavelmente afiadas, estreitaram-se para Aurienne.

– Que tipo de ferimento?

– Trauma abdominal penetrante – disse Aurienne.

– Uh – disse Cath. – Meu favorito.

– O indivíduo foi empalado por algo longo e metálico.

– Se ele foi esfaqueado, você devia só falar isso – disse Cath.

– Não posso – disse Aurienne. – Você teria que denunciar o caso.

– *Você* deveria estar denunciando o caso – disse Cath.

– Sim, e é por isso que vou negar que tivemos essa conversa – disse Aurienne.

Ela explicou o que tinha até o momento, acompanhando a explicação com um diagrama em um guardanapo para demonstrar a curva de órgãos e a quase penetração deles pela faca.

Desenhou o diagrama magistral e nitidamente, mas Cath perguntou:

– Por que você desenhou uma espanhola?

Ela ficou ofendida.

– Não é uma espanhola.

– Isso é obviamente um pau duro.

– Essa é a fac... hã, o implemento.

Cath afastou a punheta.

– Tem certeza de que não houve perfuração do trato intestinal?

– Nenhuma.

– E você fechou o ferimento?

– Sim.

– Ele está hemodinamicamente estável?

– Sim.

– Sem sinais de peritonite?

– Não. É cedo, mas não.

– Antibióticos, analgésicos e observação, então – disse Cath. – Mas, se você notar sinais de deterioração clínica, terá que fechar seu hospital pessoal ilícito imediatamente. Eu vou mandar meu deofol até você para ver como estão as coisas.

– Não, não – disse Aurienne. – Não mande seu deofol.

– Como quer que eu entre em contato? Mandando uma mensagem em uma garrafa e jogando no mar?

– Eu enviarei o meu se precisar de você.

Cath, olhando desconfiada para Aurienne sobre a borda do béquer, tomou um gole. Aurienne viu o líquido diminuir de 255 a 90 mililitros.

– Como esse paciente chegou aos seus cuidados? – perguntou Cath.

– Ele não é um paciente – disse Aurienne. – E não posso contar para você.

Novamente, a sobrancelha cintilou.

– Não é um paciente? Mas você está cuidando dele?

– Sim.

– O que tem de tão especial nesse não paciente?

– Nada.

– Ele é especial o suficiente para fazer você quebrar as regras. – Cath bateu a ponta dos dedos no seu béquer defeituoso. – Você *se importa* com ele?

Aurienne, subitamente rígida, respondeu:

– De jeito nenhum.

– Onde ele está?

– Na casa dos meus pais.

As sobrancelhas de Cath ficaram acrobáticas.

– Foi sua mãe que o esfaqueou?

– Não.

– Tem certeza? Ela seria capaz.

– Você precisa parar de fazer perguntas.

– Você ficaria possessa se eu fizesse algo assim com você – disse Cath.

– Estaria espumando pela boca – concordou Aurienne.

Cath deu outro gole do seu béquer, cujo conteúdo caiu a quarenta mililitros, sem qualquer impacto perceptível em suas funções cognitivas. Aurienne ficou impressionada; só o aroma já a estava deixando zonza.

Cath se recostou e disse, pensativa:

– Se Aurienne Fairhrim, de todas as pessoas, está quebrando as regras, tem que haver um bom motivo. Não farei mais perguntas.

– Obrigada – disse Aurienne.

– Não me agradeça. Sua falta de confiança me ofende.

– Sinto muito.

– Posso ser completamente sincera?

Aurienne, que preferiria que Cath não fosse sincera de forma alguma, assentiu.

– Esse sigilo todo me lembra da situação com a Arbruxa – declarou Cath.

– Honesta demais – respondeu Aurienne.

– Desculpe.

Aurienne viu pedacinhos de anis estrelado flutuarem assimetricamente no seu frasco. Ela tomou um gole. Tinha gosto de desespero. A parte perturbadora – a parte deprimente – era que Cath não estava errada. Havia certos paralelos. Fora assim que tinha começado com Amagris. Atrações furtivas. Encontros ilícitos com alguém de outra Ordem, fora do escopo dos deveres como Haelan. Será que ela estava seguindo rumo a um velho erro através de novos caminhos?

Não. Ela era mais velha e mais sábia agora. Além disso, tinha amado Amagris. Não poderia amar Mordaunt.

– Eu iria direto para o cadafalso antes de deixar aquilo acontecer de novo – disse Aurienne.

Cath, mais séria, estendeu a mão sobre a mesa e apertou o antebraço dela. Aurienne encarou a parede e aprendeu sobre hemorragias intracerebrais.

O conjunto de bastões de laboratório na porta do pub tilintou, anunciando a entrada de Élodie. Ela flutuou na direção de Aurienne e Cath como uma ninfa, com seu vestido Haelan branco flutuando atrás de si de maneiras que o de Aurienne nunca fazia.

Constitucionalmente incapaz de ir a qualquer lugar sem colher flores, Élodie se aproximou com um buquê de alliuns, que examinou enquanto murmurava sobre sua semelhança com peplômeros de glicoproteínas.

Aurienne, que estivera murchando com seu vinho tão pateticamente quanto Quincey com sua marmelada, endireitou-se e disse:

– Vestido novo. Lindo.

– Só coloquei para encantar você – disse Élodie.

– Está funcionando.

Élodie girou. Aurienne beijou a ponta dos dedos e estendeu-os para ela.

– Pare de flertar com a minha noiva – disse Cath.

– Não posso me juntar ao seu casamento? – perguntou Aurienne.

Élodie acomodou-se em uma cadeira.

– Achei que você tinha jurado nunca mais amar?

– Certo. É mesmo.

Élodie enfiou um allium atrás da orelha de Aurienne.

– Uma ideia idiota, mas acho que até você deve ter umas dessas de vez em quando.

O olhar de Cath para Aurienne sugeria, por exemplo, secretamente curar um Homem Esfaqueado Misterioso.

Aurienne, que viera para uma consulta, não para cortes profundos e repetidos a sua psique, disse:

– Tenho que ir.

– Você não devia estar em Londres? – perguntou Élodie. – Ou foi chamada para a avaliação dos novatos?

– Eu deveria estar em Londres e vou voltar para lá agora. Não estou nessa rotação de avaliação.

– Você vai perder todos os bebês deofols fofinhos. Da última vez tinha um cervo. Mas espere, senta aí. Não pode ir ainda. Tem que celebrar comigo.

Aurienne sentou-se. Élodie ergueu a mão para pedir mais um copo a Grette, que entregou um tubo de absorção com formato de U.

Aurienne serviu o vinho no tubo.

– O que estamos celebrando?

– Temos uma candidata à vacina – disse Élodie.

– Quê? – arquejou Aurienne.

– Incrível – disse Cath.

Cada uma plantou um beijo nas bochechas com covinhas de Élodie. O frasco, o béquer torto e o tubo de absorção se uniram em batidas alegres, com gritos de "Bravo!" e "Viva!".

– O anúncio oficial ainda será feito – disse Élodie. – Mas eu queria dar para vocês *la primeur de la nouvelle*... como se diz? O furo.

– O pesadelo está acabando – disse Aurienne.

Cath encheu os copos delas e, sem ter mais espaço no seu, virou a garrafa mesmo.

Élodie avistou o diagrama de Aurienne.

– Quem andou desenhando um pênis?

– Aurienne estava explicando os planos dela para esta noite – disse Cath.

– *Félicitations* – disse Élodie. – Ele é tão bem-dotado em bom humor quanto em circunferência?

– Não é um pênis – disse Aurienne, arrancando o guardanapo de Élodie.

Deixou Élodie perplexa e Cath gargalhando no seu béquer.

De volta à beira da cama de Mordaunt, Aurienne despejou seus bens roubados na cama dele (dela) e em seguida desceu à cozinha para pegar água fervente para algumas doses de bhreue. Mordaunt estava acordado quando ela voltou – ainda não exatamente consciente; seus olhos estavam desfocados e a recepção foi atipicamente afetuosa ("Você voltou. Senti sua falta.").

Aurienne misturou o pó de bhreue em uma xícara.

– Que bom que está acordado. Você tem que beber isso.

– Você me trouxe uma flor – disse Mordaunt, erguendo o allium de Élodie.

Havia lágrimas nos olhos dele. Aurienne não o corrigiu, dado que o homem poderia chorar de fato. Ela, porém, estava lutando contra a risada histérica borbulhando no peito.

– Você pode ficar com a flor se beber isso aqui – disse Aurienne.

Ela ajudou Mordaunt a subir um pouquinho contra os travesseiros e inclinou a xícara na direção dele. Mordaunt – incomumente dócil – bebeu.

Depois de três ou quatro goles, ele fez uma careta e disse:

– Tenho que te dizer, querida, isso aqui é horrível.

– É bhreue, é muito nutritivo. Vai ajudá-lo a se recuperar. E não me chame de querida.

Aurienne montou um suporte de intravenosa improvisado tirando a cúpula de um abajur alto.

Mordaunt deu a Aurienne o que ela interpretou como um agitar de sobrancelha.

– Encontrei seu bilhete.

– Meu bilhete?

– Bem, seu diagrama. – Mordaunt fuçou na mesa na qual Aurienne tinha jogado seus itens ilícitos. Ele ergueu o guardanapo.

– Isso... é o que você quer fazer?

– É o que eu fiz – disse Aurienne. – Eu estava explicando o procedimento para Cath.

– O procedimento?

– Sim.

– Você já fez?

– Sim.

– Comigo? Ontem à noite?

– Sim.

Mordaunt fez um biquinho.

– Podia ter esperado até eu estar consciente para que eu aproveitasse também.

Aurienne parou de desemaranhar os tubos, porque lhe ocorreu que ela estava, novamente, sendo assombrada pela espanhola.

– Não é uma espanhola.

– É, sim – disse Mordaunt.

– Isso não é um pênis – disse Aurienne. – É uma lâmina blaec. E aquelas são dobras semilunares, não seios.

Mordaunt, argumentativo até quando delirante, replicou:

– Os peitos têm mamilos.

– São apêndices omentais, não mamilos.

Os olhos de Mordaunt se fecharam. Sua voz ficou suave; ele estava caindo no sono.

– Eu faria se você quisesse...

– Não quero.

– Mas preferiria mesmo ser sufocado pelas suas coxas.

Ele dormiu. Aurienne se ocupou em ajustar o suporte caseiro para infusões.

Centenas, milhares de coisas idiotas tinham sido ditas a ela por pacientes semiconscientes ao longo dos anos.

Era a primeira vez que ela sentira o calor de um rubor nas bochechas.

Naquela noite, depois que Mordaunt adormeceu, Aurienne preparou o banho que tinha desejado o dia todo e afundou na água quente para um descanso merecido. Entre a fragrância de sachês de lavanda e vapor ensaboado, seus estresses derreteram – a maior parte. Dois nós na parte superior das costas permaneceriam até sua morte, provavelmente. Ela devia chamá-los de Mordaunt Um e Dois.

Mordaunt, porém, estava bem melhor. Isso era o mais importante. E ela tinha conseguido extrair conselhos de Cath sobre os cuidados dele sem ter que revelar muito sobre quem, exatamente, ela estava curando. Um maldito Fyren. Havia um Fyren dormindo na cama de infância dela. Loucura. A mãe ia matá-la.

Era – que Frīa a perdoasse pelo pensamento – de muitas formas uma pena que ele fosse um Fyren. Ele tinha uma mente rápida – intermitentemente charmosa, com frequência debochada, mas à altura da dela. Era consideravelmente hábil, e sua aparência não era repulsiva (bem pelo contrário, para o azar dela). Recebera uma educação boa, embora com uma especialização questionável. Tinha modos, embora pudesse agir como um cafajeste – e andava no limite fino entre habilidade e arrogância. Claro, as pessoas poderiam dizer o mesmo sobre ela.

Aurienne suspirou e afundou mais na banheira. Ele era o que era.

Ela estava cansada. Estava toda dura.

Queria um orgasmo.

Mais importante, merecia um.

Fechou os olhos. Suas mãos viajaram da borda da banheira ao seio, roçaram um mamilo molhado e deslizaram até o meio das pernas. O teto sumiu e foi substituído, um pouco incomumente para ela, pela ideia de um homem entre suas pernas. Ela prestou pouca atenção àquilo, exceto pela novidade do fato. Ele era indistinto; seu rosto era um borrão; tudo que importava era sua língua capaz se movendo para frente e para trás no ritmo dos dedos dela. Inclinou a cabeça e apertou a palma contra si mesma em pequenos círculos. A subida gentil na direção de um orgasmo começou. Sua respiração ficou mais pesada; seus seios se ergueram e caíram em pequenos movimentos, um centímetro acima e abaixo da linha da água, agradavelmente estimulando os mamilos com a alternância entre calor e frio. Ela estava quase lá. Atrás das pálpebras fechadas, pôs a mão no cabelo do homem e o guiou um pouco para cima, um pouco para a esquerda, por favor, e mais forte. Seus dedos atenderam ao comando. Seu coração acelerou. Ela estava se aproximando do clímax.

Foi aí que notou as mãos do homem apertando suas coxas. Ele usava luvas de couro pretas. E seu cabelo...

– Não – arquejou Aurienne, mas era tarde demais. Ela tinha atingido o orgasmo.

Gozou contra sua vontade, pulsando com horror e prazer, e horror e prazer... sabendo exatamente em quem tinha pensado.

Ficou sentada ali, respirando com força, encarando o teto, molhada e inchada com a lembrança dele.

Quando se secou e superou o choque, Aurienne disse a si mesma, com suprema convicção, que aquilo não significava nada. Era só uma comichão que tinha coçado. Mordaunt e seu comentário idiota de antes por acaso estavam na mente dela, só isso.

Ela nunca mais pensaria no assunto.

Era muito boa em compartimentalizar.

19

COMPARTILHANDO SUA HISTÓRIA TRÁGICA COM A INIMIGA GOSTOSA

Osric

Quando Osric acordou de novo, Fairhrim estava ao seu lado. Ela tinha retomado o branco de sempre, mas na forma de um vestido suave de cintura alta. Seu cabelo estava preso em um nó frouxo curvando-se na base do pescoço. Suas arestas afiadas ainda estavam lá, porém – a postura era perfeita e seus ombros, aprumados sob o tecido translúcido.

Fairhrim viu que ele estava acordado. Com as arestas surpreendentemente suavizadas, ela disse:

– Alguém me disse uma vez que é grosseiro ficar encarando.

– Não sei se tenho força para virar a cabeça – disse Osric. Era quase verdade. – Estamos sozinhos?

– Sim.

– Que horas são? – perguntou Osric, a voz rouca e fraca.

– Duas e meia, dois dias depois. Como se sente?

– Em grande forma – disse Osric.

– Como está a dor?

– Como se eu tivesse sido desossado.

– Você terá uma nova cicatriz para sua coleção.

– O que são todos esses fios? – perguntou Osric, erguendo uma mão da qual emergia um tubo. – Por que estou todo tubento? Entubado?

– Expansores de volume de plasma. Antibióticos intravenosos. Vou tirá-los em breve.

– Sorte que seus pais tinham tudo isso à mão.

– Eles não tinham – disse Fairhrim. – Eu roubei de Swanstone.

– Roubou?

– Não fique se achando.

– *Você* é a ladra comum.

Fairhrim lhe deu o tipo de olhar capaz de empalar um homem a cinquenta passos de distância.

Osric parou de provocá-la, dado que já tinha sofrido *um* ferimento grave. Ele ergueu a mão fraca e entubada.

– Por quanto tempo vou ficar inútil assim?

– Vou lhe dar recomendações para reduzir sua convalescência – disse Fairhrim. – Siga-as e você pode voltar a andar em dois ou três dias.

– Dois ou três dias? Eu não tenho *dias*.

– Ah, tem, sim. Aqui. – Fairhrim estendeu comprimidos e um copo d'água para ele.

– O que é isso? – perguntou Osric.

– Uma dose de realidade.

– Você não é engraçada.

– São para a dor. E um regulador intestinal para amolecer suas fezes.

– Maravilha – disse Osric. – Amo a ideia de você se preocupando com a consistência das minhas fezes.

– Não estou preocupada; você está tomando reguladores intestinais.

Osric engoliu os comprimidos junto com sua dignidade. Bem o que queria: a atenção de Fairhrim na sua constipação. Apalpou a região em que a lâmina blaec o tinha empalado.

– Estou todo fechado?

– Sim.

– Minhas entranhas estão onde deveriam estar?

– Sim.

– Obrigado – ele deixou escapar.

Não gostava disso – falar sem pensar. Preferia manter suas palavras como seus assassinatos: calmas e premeditadas.

Fairhrim uniu as mãos. Aí as passou para as coxas. Aí as uniu de novo. Ela, que sempre sabia como se sentia e não hesitava em expressá-lo, parecia não saber como se sentir ou expressá-lo.

Finalmente, se sentou ao pé da cama e disse:

– Sou eu que devo um agradecimento. Meu deofol contou o que viu. Então... então *obrigada*.

Ela parecia tão desconfortável com o agradecimento quanto ele – só que o dele fora expelido, como um agradecimento vomitado, enquanto o dela teve de ser empurrado, como um agradecimento constipado. Ele devia propor um regulador intestinal para a boca dela.

Enfim, Osric estava satisfeito.

– Só mais um dia de trabalho.

– Você é louco – disse Fairhrim. – Matou um membro da sua própria Ordem.

– Fairhrim?

– Sim?

– Às vezes a violência realmente é a resposta.

Fairhrim não discordou dele. Talvez estivesse sendo legal porque ele ainda estava convalescente. Ela *tinha* uma fraqueza por inválidos.

– Mas, tecnicamente, ele mesmo deu o golpe final – acrescentou Osric.

– Pode explicar o que aconteceu, desde o começo? – perguntou Fairhrim.

Ela ficou sentada, empertigada e atenta, enquanto Osric explicava, começando com o gargarejo das pedras e terminando com Brythe se suicidando por despeito.

Fairhrim o encarou por um longo tempo, inexpressiva exceto por uma nova seriedade peculiar nos olhos.

– Nunca vou rejeitar seu deofol de novo – disse Fairhrim. – Desculpe-me por isso.

Osric sentiu que tinha vencido alguma coisa – mas o quê, ele não sabia bem.

Fairhrim olhou para as mãos, em vez de para ele, e disse:

– Você quase morreu.

– Estou detectando preocupação? – perguntou Osric, encantado.

– Você está sob meus cuidados. E se pôs em grande risco.

– Não tive escolha. Havia uma chance de que ele pudesse matar você. E se você morrer, eu morro. Não podia deixar isso acontecer.

– Entendo.

– Você ainda tem utilidade para mim.

– Claro.

– Foi puro interesse próprio.

Fairhrim pareceu cogitar um sorriso.

– Não há nenhuma ocasião em que eu imaginaria você agindo por qualquer motivo além de puro interesse próprio.

Satisfeito por eles terem estabelecido mutuamente que não se importavam um com o outro além da necessidade profissional (ela) e dos interesses pessoais (ele), Osric disse:

– Não acredito que você estava perdendo tempo na ópera. Não fazia ideia de que não estava em Swanstone. Podia ter me poupado o estripamento.

– Há um Fyren a menos no mundo – disse Fairhrim, parecendo satisfeita com o fato.

– Ele foi instruído a torcer pescoços em Swanstone até achar uma resposta, mas não sei qual era a pergunta.

Fairhrim se remexeu na cama. Osric sentiu o peso dela contra sua canela. A seriedade da Haelan voltou.

– Nossas Ordens têm suas diferenças, mas nunca atacamos diretamente uma à outra. Simplesmente não fazemos algo assim. Você conhece os Acordos de Paz. Isso desestabilizaria as coisas.

– Eu sei.

– Acha que isso tem a ver com a outra tentativa de invasão?

– Se tiver, significa que Wellesley era só um peão. Quem quer que seja chegou a outro nível, se está contratando os Fyren. Devem ser absurdamente ricos. Não vejo de que outra forma poderiam ter convencido Tristane a aceitar algo assim.

– Tristane? – perguntou Fairhrim.

– Minha chefe de guerra – disse Osric. – E a Fyren mais letal em existência. Talvez seja a própria Hel, andando entre nós.

– Quanto tempo temos até a morte de Brythe ser descoberta?

– Eu não deixei um corpo. Eles nunca vão saber se ele simplesmente não se mandou. Tristane vai começar a fazer perguntas quando ele não aparecer para apresentar um relatório. Provavelmente temos cerca de uma semana antes de ela perceber que há algo errado.

– O que ela vai fazer? – perguntou Fairhrim.

– Ficar com raiva. Mandar outra pessoa. Ir pessoalmente. Não sei.

– Tenho que avisar Xanthe – disse Fairhrim. – Vamos tomar medidas protetivas adicionais.

– Tome cuidado com essas medidas – disse Osric. – Vai ser suspeito se Swanstone estiver subitamente transbordando de Guardiões e iluminada como o Yule. Tristane não pode suspeitar que houve um vazamento.

Fairhrim fez um som de concordância. Ela se ergueu e pegou uma espécie de braçadeira de pulso.

– Vamos pôr isso em você.

– Para quê? – perguntou Osric.

– Para esconder seu tãcn, por ora – disse Fairhrim, enfiando o negócio sobre a mão esquerda dele. – Vamos dizer que você machucou o pulso quando desmaiou. Isso vai cobrir sua palma.

– Ah.

– Vamos ter que arranjar luvas novas para você. As suas estão meio duras de sangue.

– Eu mando minha deofol à sra. Parson para pedir umas roupas.

– Enfiei suas coisas aqui embaixo – disse Fairhrim, apontando para uma tábua do piso. – Incluindo as lâminas blaec de Brythe e a sua. Minha mãe não deve saber quão perto está de uma blaec de verdade.

– Tábua do piso. Um clássico.

– Gloriosamente previsível, como você disse uma vez. Qual é o significado dos fios dourados?

– Quais?

– Os enrolados no cabo das lâminas blaec. Notei que a sua e a de Brythe tinham quantidades diferentes.

– Ah, isso. São um marcador de, hã... hierarquia.

– Achei que poderiam ser. – Fairhrim assentiu. – Pensei que poderia indicar anos de serviço, como as asas Haelan, só que você não poderia ter mais de oitocentos anos de serviço, então o que estamos contando?

Osric demorou demais para inventar uma resposta. Fairhrim o encarou, então disse:

– Deuses. São mortes, não são?

– Não faça perguntas e não contarei mentiras.

Fairhrim não deu resposta alguma, exceto por um suspiro resignado. Com o quadril, empurrou o sofá contra a tábua do chão.

– Descanse enquanto puder. Haverá um fluxo de parentes curiosos querendo ver você. Farei meu melhor para contê-los.

– Por que há tantos parentes aqui?

– Por causa da festa.

– Que festa?

– A festa de quarenta anos de casados dos meus pais é daqui a alguns dias. Eles decidiram fazer uma *coisa* para comemorar. – Fairhrim parecia ter opiniões sobre festas e *coisas*. – Agora, se quiser melhorar rápido, você precisa descansar. Vou deixá-lo.

– Sinto muito pelo vestido.

– Não importa.

– Pelo menos não era um dos seus brancos perfeitos.

– O branco Haelan é feito de um polímero impermeável. Eles não mancham.

– Ah.

– Durma – reforçou Fairhrim.

Ela foi na direção da porta.

– Fairhrim? – chamou Osric.

– Quê?

– O que é uma tesoura de episiotomia?

– É usada no parto.

– Uma tesoura? No parto? Para quê?

– Para cortar o períneo, entre a vagina e o ânus.

Após contar sua mais recente história de horror de dez palavras, Fairhrim saiu do quarto, levando o que restava da inocência de Osric consigo.

Era divertido ser o amigo convalescente de Fairhrim. Isso obrigava a Haelan a ser gentil com ele sempre que havia outras pessoas ao redor, o que era uma mudança agradável e algo de que ele se aproveitou (era anormal, uma novidade prazerosa). Também lhe propiciava oportunidades infinitas para irritá-la, enquanto a obrigava a manter os comentários mais ácidos para si mesma.

Ela os distribuía à vontade sempre que estavam a sós, no entanto. Naquela noite, sentindo-se bem melhor, Osric pediu um uísque – da mesma garrafa, de preferência, que tinha sido servida na noite da ópera. Fairhrim lhe disse que, se ele estava se sentindo bem o suficiente para beber uísque, podia ir buscá-lo pessoalmente em vez de ficar deitado lá batendo as mandíbulas para ela como uma espécie de larva.

O quarto de infância dela continha uma única cama, o sofá e o espírito da jovem Fairhrim. Nas paredes havia placas botânicas e páginas emolduradas arrancadas de textos médicos – ilustrações de corpos humanos e animais em vários estágios de dissecação. ("Sim", disse Fairhrim, quando viu Osric observando-os, "eu decepcionei minha mãe desde cedo ao me interessar mais pelas ciências biológicas do que por coisas mais difíceis. Extravagante demais, ela dizia.")

O quarto tinha uma sacada com vista para o jardim dos fundos. A atividade favorita dos convidados de Osric era entrar, abrir as cortinas e arquejar sobre a salubridade do sol; ele ia mancando até lá depois que eles iam embora para fechá-las de novo.

Pelo benefício dos visitantes de Osric, Fairhrim criava uma Síndrome complicada que explicava seu colapso e longa convalescência. Ninguém a questionou – ela era uma Haelan, afinal –, mas Radia comentou, com uma bufada de desdém, que se inventava uma síndrome nova todo dia. Para explicar o uso constante de luvas para esconder um tācn muito revelador, Fairhrim declarou que ele tinha eczema.

Osric passou a conhecer os pais de Fairhrim durante suas visitas à suíte. Radia era uma versão mais extrovertida de Fairhrim – inteligente, sarcástica, alegremente crítica. Ela viera aos Tīendoms da região Rif de Tamazgha na adolescência e obtivera seu tācn – assim como um leve sotaque de Dublin – com a Ordem Ingenauta alguns anos depois. Osric descobriu que ela era a responsável pelo *riche* de *nouveau riche*; ela fizera a fortuna da família ao inventar uma espécie de tubo.

– Uma junta de compressão – especificou Radia, quando Osric a chamou de tubo. – Sério, Aurienne, temos certeza de que essa tal Síndrome não causou danos cerebrais?

A resposta de Fairhrim foi um mero apertar dos lábios.

Enfim, a junta de compressão era, aparentemente, parte do equipamento de irrigação usado por todos os fazendeiros dos Tīendoms, então o tubo tinha feito a fortuna da família.

– Pobre coitado – disse Radia, parada aos pés da cama de Osric. – E quanto ao eczema dele? Seu pessoal em Swanstone não inventou nada melhor que um bálsamo e luvas?

– O tratamento leva tempo – respondeu Fairhrim. – A não ser por um transplante de mãos, não há nada a ser feito exceto esperar.

– Esse é o problema com os seres humanos – prosseguiu Radia. – Faltam partes sobressalentes. Eu notei que ele está mancando de leve também. Você já investigou isso?

Era isso que estavam fazendo? Catalogando tudo que havia de errado com ele e por que Fairhrim não o tinha consertado?

– É parte da crise – disse Fairhrim. – Ele vai melhorar.

– E não poderíamos fazer algo a respeito dessas cicatrizes? – perguntou Radia, apontando um dedo insatisfeito para a cara de Osric. – O coitado seria bonito se não tivesse a planta de Carn Euny no rosto.

– Mamãe, por favor pare de encontrar falhas de sistema em meu convidado – disse Fairhrim, guiando a mãe para fora do quarto.

O pai de Fairhrim era professor de botânica. Era um homem tagarela e estudioso, que cuidava de uma grande estufa que ocupava a maior parte do jardim dos fundos. Quando descobriu que Osric possuía uma inteligência moderada e estava enfermo demais para fugir, adotou-o como companheiro pessoal para seus chás da tarde e passou muitas horas ao seu lado discutindo tapetes de algas.

Dessas conversas, Osric descobriu que era mais um de uma série de *amigos* ocasionais que os pais de Fairhrim tinham conhecido ao longo dos anos – e era esperado que não fosse o último. Esses *amigos* inevitavelmente cometiam erros catastróficos, tais como respirar alto demais, ou piscar de modo úmido, ou existir, e Fairhrim os chutava de sua vida tão rápido quanto os deixava entrar.

– Mas você é diferente do tipo usual de Aurienne – disse Rosbert. – Um pouco menos de tweed.

– Ah, é?

– Açúcar?

– Quatro cubos.

– Maluco. – Rosbert lhe entregou o açúcar. – Sei que você não vai ser leviano com a afeição dela, se Aurienne estiver levando isso a sério. Há algo decente em você.

Osric desejava assegurá-lo de que entre ele e Fairhrim não havia qualquer afeição com a qual ser leviano, mas se engasgou com o chá ao ouvir a palavra *decente*.

– Não seja modesto – disse Rosbert. – Ela nos contou tudo sobre você. Aparentemente a salvou de uma situação de refém. E doou para pesquisas pediátricas. E resgata cachorros.

Tudo aquilo era simultaneamente verdadeiro e impressionantemente impreciso.

Osric viu que Fairhrim herdara o cérebro dos pais, mas a rispidez era inteiramente dela. Eles eram pessoas gentis. Havia uma pureza em sua hospitalidade e uma inocência em sua preocupação por Osric que lhe parecia de outro mundo. Não havia facas ali – nenhuma trama, nenhuma traição, nenhuma necessidade de olhar por cima do ombro.

No segundo dia de sua convalescência, Osric levou a sério a indireta de Fairhrim sobre pôr fim à carreira dele como uma larva que batia a mandíbula e começou a aventurar-se com os próprios pés. Sua primeira tentativa foi notável; ele declarou a Fairhrim que estava, na verdade, pronto para ir embora. E aí foi até a porta mais próxima, abriu-a e entrou no banheiro.

– Esse é o banheiro – disse Fairhrim, desnecessariamente.

O mundo girou e Osric quase abriu a cabeça na privada, então voltou para a cama e decidiu tentar de novo mais tarde.

Explorar a casa era uma aventura. A marca dos Ingenautas estava por todo lado. Radia tinha equipado seu lar com todos os luxos de sua Ordem e os combinou à tradição artística de sua terra natal. Portas elaboradamente entalhadas abriam-se quando Osric se aproximava. Um elevador que era uma maravilha extravagante e silenciosa de engenharia o carregava de um andar ao outro, cheio de alavancas de bronze reluzentes e botões brilhantes e decorado com mares e estrelas. Globos de luz com padrões geométricos recuavam no teto quando não eram necessários e desciam quando exigido. Os corredores usados pelos serviçais eram camuflados com espelhos e pinturas. Gabinetes de curiosidades iluminados revestiam as paredes. Radia tinha uma coleção extensa de relógios lindamente polidos, um ou dois dos quais atraíram a atenção de Osric – mas ela também tinha um sistema de alarme impressionante, então Osric decidiu que deixaria apenas sua atenção ser atraída, e não sua mão.

Fairhrim poderia ter vivido uma vida confortável ali. Ela era geralmente uma pessoa lógica, mas isso era inexplicável: por que labutava e sacrificava-se em Swanstone, vivendo em um sótão cheio de aranhas? Altruísmo? Os banheiros ali tinham dispositivos que lavavam toda a parte inferior da pessoa. Importados da França. De jeito nenhum Swanstone teria isso. Era isto que se ganhava com o altruísmo: aranhas no traseiro.

À noite, Fairhrim dormia no sofá, enrolada em um cobertor sobressalente e com pijamas de flanelas grandes demais que parecia ter pegado emprestados do pai. Osric gostava de pensar que ele tinha se recuperado do seu delírio induzido pela perda de sangue e deixado de achá-la deslumbrante.

Entretanto.

Entretanto...

Uma noite – quando ele ainda estava, diria mais tarde a si mesmo, no delírio da recuperação –, houve um momento – ele culpou as drogas no seu organismo –, um breve momento – ele ainda não era si mesmo – em que sucumbiu a uma fraqueza vil e terrível.

Eram quatro da manhã. Ele acordou com uma ereção. O sonho tinha envolvido uma mulher – possivelmente Fairhrim, mas ele preferia se dizer que não lembrava.

Em circunstâncias normais, ele teria tocado uma breve punheta e voltado a dormir, exceto que estava no quarto de Fairhrim, e Fairhrim estava dormindo bem ali.

Em sua defesa, ele não se tocou.

Não imediatamente, pelo menos.

Pensou em coisas nada sexy. Pensou em coisas nojentas. Pensou em tesouras de episiotomia. Gangrena. Mamilos rasgados. Matemática.

Sua ereção persistiu, dolorosa. O saco parecia pesado. Ele estava tão excitado que o mero estremecimento dos quadris contra a resistência dos lençóis fazia seu pau saltar. Uma pequena benção: sua torpraxia ainda não avançara para o pau; ele conseguia senti-lo perfeitamente. Mas seria uma benção? Talvez não naquele momento específico.

Ele sabia o que queria fazer. Não sabia se era imundo o suficiente para fazê-lo.

Fairhrim estava bem ali. Seria errado. Seria profano.

Ele era imundo o suficiente para fazê-lo.

Osric a observou através de olhos semicerrados, dizendo a si mesmo, a princípio, que era para garantir que ela não acordaria enquanto ele se aliviava. Era só isto que estava fazendo: se aliviando. Não tinha nada a ver com ela.

Observou a mão dela pendendo do sofá enquanto dormia, seu tãcn semivisível. E então – para sua vergonha – imaginou aquela mão correndo ao longo do seu pau enquanto enfiava a própria mão sob os lençóis e se masturbava. Assistiu-a respirar. Apertou e relaxou seu toque em si mesmo no ritmo da respiração dela. Pensou na palma áspera e ressecada dela na parte inferior da sua ereção. Pensou nos dedos dela girando ao redor da cabeça enquanto espelhava o movimento sob os lençóis. Pensou nos lábios dela em seguida, subindo com uma trilha de beijos, e então se abrindo...

Deuses. Ele era asqueroso. Era abominável. Ela tinha salvado sua vida e dormia exausta ao seu lado, e era assim que ele retribuía?

Continuou suas fantasias. Os lábios dela – aquela língua que ela empunhava tão magistralmente contra ele nas disputas verbais – subindo por sua ereção. Seu pau pulou sob os lençóis; lubrificação pingou sobre o nó de um dedo. Ele estava envergonhado. Seu pau latejava. Imaginou a respiração dela sobre a ponta úmida. Seus quadris se ergueram. Aquilo era obsceno. Ele deveria parar.

Tentou parar. Viu o contorno do quadril dela no escuro. Esfregou-se de novo. Caiu em uma nova ilusão. A boca dele no quadril dela, beijando e mordendo até o interior delicioso de uma coxa, depois subindo com beijos molhados. Afastando a roupa de baixo. Mergulhando nela, saboreando-se, intoxicando-se com a excitação dela, esfregando-a na boca e no queixo. A pressão de coxas de cada lado da cabeça dele. Fairhrim suspirou no sono. Ele imaginou que os lábios dela se entreabriam assim por causa da língua dele e estremeceu. Esfregou-se uma última vez. A mão livre procurou pelos lençóis, pegando alguma coisa – qualquer coisa – no lado da cama para limpar o gozo. Encontrou um guardanapo. Conteve um arquejo. Luz branca explodiu atrás das pálpebras.

Seu orgasmo veio em ondas de culpa e prazer. Ele esperou superá-lo em silêncio enquanto se derramava no guardanapo. Quando os pulsos de prazer-culpa escorreram por seu punho, encarou o teto. Recuperou sua respiração. Descobriu que seu rosto estava ardendo.

Ele limpou do pau a evidência vergonhosa e notou que o guardanapo era *aquele* guardanapo. Esperava que Fairhrim não tivesse mais necessidade daquele diagrama.

Deuses.

O pai dela o chamara de decente.

Deuses.

Estava tudo bem. Ficaria tudo bem. Ninguém tinha testemunhado a indecência solitária dele. Não faria mal.

O único problema era que a partir de então viveriam, em sua cabeça, visões de Fairhrim que nunca deveriam ter estado lá – e que ele sabia que queria ter de novo.

Quatro dias depois da chegada malfadada de Osric à porta de Radia e Rosbert, era a noite da festa. Uma treliça verde e dourada fora instalada no jardim dos fundos, iluminada com lâmpadas flutuantes. Os amigos e parentes de Fairhrim apareceram em peso e comeram, beberam e dançaram. Acima de tudo pairava o aroma de flores da estufa e o glamour de uma perfeita noite de junho.

Osric observou a festa nas sombras da sacada. Os pais de Fairhrim o convidaram para participar, mas ela lhe lançara um olhar que dizia *não ouse,* então Osric recusou. Eles mandaram Tartiflette para o quarto dele com comidinhas da festa, além de uma garrafa de uísque de compensação. Fairhrim lançara um segundo olhar para Osric, avisando que ele poderia tomar dois copos e nada mais. Era um milagre ele não ter ficado cego com todos aqueles olhares incandescentes. Ela era a porra de um heliógrafo.

De toda forma, era um jeito tranquilo de passar uma noite: reparando nas joias nas mãos de várias tias, observando Fairhrim, contando quantas doses tio Pilheard tinha virado, observando Fairhrim, avaliando o quarteto de cordas, observando Fairhrim...

Por que ele estava observando Fairhrim? Ah, muitos motivos. Porque era interessante vê-la fora do contexto usual de clínicas empoeiradas. Porque ela dançava inesperadamente bem. Porque não havia nada melhor para fazer. Porque ele tinha, de fato, sofrido dano cerebral por conta da Síndrome.

Não fosse pelo fato de que era Fairhrim que estava sendo tão atentamente observada, ele poderia até pensar que gostava dela. Que piada isso seria. Que ironia celestial.

Estava claro, ao ver Fairhrim girando pelo jardim nos braços de outras pessoas, e beijando rostos, e rindo, que ela era querida, até amada.

A Haelan concedia sorrisos rápidos a todos que a convidavam para dançar (ponto de interesse: ela nunca concedera um sorriso fácil a Osric) e foi deixando para trás uma trilha de adoradores descartados enquanto passava de um a outro. Eram todos jovenzinhos banais sem nada nas mãos; Osric era muito mais bonito. E rico.

A pobre Tartiflette ficava subindo com oferendas para Osric. Dessa vez, se juntou a ele na sacada com coisas marrons e oblongas em um prato, como uma espécie de sommelier de merda.

– Obrigado – disse Osric.

As coisas marrons eram chocolates. Tartiflette gorgolejou em uma agonia tímida e apaixonada e se retirou de novo.

Osric viu Fairhrim soltar a criatura sem queixo com quem estava dançando e passar para o próximo. Este era alto. Se fosse sincero, atraente. Com a luz do amor nos olhos. Dançando com Fairhrim pela terceira vez. Osric foi tomado por um ciúme selvagem.

Era a Estação da Traição.

Não. Não se podia sentir possessividade em relação a algo que não era seu, para começo de conversa – e que não tinha nenhum direito de possuir, afinal. Isso seria ridículo. Osric voltou a observar as tias para decidir se valia a pena roubar alguma coisa, devido a um impulso súbito – nada relacionado a Fairhrim – de se juntar à festa. Um colar de ouro sólido atraiu sua atenção, assim como um par de binóculos incrustrado de joias.

Ele comeu o chocolate, cada vez mais estressado.

Aonde Fairhrim tinha ido?

E então lá estava ela – na porta do quarto dele, dando sua batidinha distinta.

Como a vira lá embaixo, Osric sabia, claro, que ela estava usando um adorável vestido champagne e o cabelo escuro estava preso em uma coroa trançada com orquídeas, mas isso não reduziu o choque quando ela entrou sem parecer nem um pouco com uma Haelan, e sim refrescada, silfídica e linda.

Não linda. Só bonita.

Só bonita.

Osric não queria que Fairhrim fosse linda. Ele era suscetível à beleza. Era um *apreciador* de coisas belas. Queria adquiri-las. Queria que fossem dele. Naquele momento, conforme Fairhrim se aproximava, ele lutou contra um pânico momentâneo de que seu coração amante de beleza desejasse Fairhrim de alguma forma, que sua aparência adorável naquela noite despertasse algum instinto cleptomaníaco latente.

Ele odiava Fairhrim. Portanto, ela não era linda. Essa era a única solução; caso contrário, a dissonância cognitiva seria insuportável.

Ele admitiu que a beleza dela estava quase ao ponto de torná-la linda. Além disso, aquilo era temporário. Logo a noite terminaria e Fairhrim voltaria ao seu vestido de gola alta asfixiante e sua *froideur* usual e seria Haelan de novo. Era um momento tão efêmero quanto as orquídeas no cabelo dela.

Além disso – *além disso* –, ele não estava atraído por ela, porque ela não estava atraída por ele. Atração unilateral era um diferencial de poder que ele usava para vantagem própria, e não queria estar no outro lado de tal coisa com Fairhrim.

Os passos dela estavam um pouco cambaleantes. Ela estava relaxada após alguns copos de bebida. O rubor da dança estava nas faces. (Certamente era a dança, e não a influência do Outro Homem Alto e Atraente.)

Ela se juntou a Osric no parapeito e, com uma familiaridade inesperada, apoiou uma mão no braço dele enquanto tirava os sapatos.

Aquilo o atingiu como um golpe; tirou-o dos eixos; tornou-o ousado; tornou-o estúpido.

Ele se viu dividido entre dizer coisas feias e belas, entre mentiras e verdades.

– Você está... você está... – começou a dizer.

– Não objetável? – foi a sugestão tranquila de Fairhrim.

– Sim.

– Vi você espreitando daqui de cima – disse Fairhrim, a voz ainda calorosa com o que quer que a tivesse feito sorrir para o Outro Homem Alto. – Que bom que conseguiu ficar em pé por tanto tempo. Como está se sentindo?

– Solitário.

– Solitário? Você? Você odeia todo mundo.

– Odeio?

– Não odeia?

– Tem razão. Odeio.

Fairhrim ajustou as longas luvas que passavam dos cotovelos.

– Imagino que parecemos estar nos divertindo muito. Você pode descer, se quiser, mas prometa que não vai se esforçar demais. E mantenha o maldito tãcn coberto.

Osric, porém, não tinha motivos para descer, agora que Fairhrim estava lá em cima.

– Quem era seu parceiro desnecessariamente atraente?

– Qual? – Fairhrim olhou sobre a sacada. – Ah. Aedan?

– É?

– Doce Aedan – disse Fairhrim, apoiando os cotovelos no parapeito.

– Minha mãe ainda não me perdoou por não me casar com ele; o rapaz é carinhoso, rico e um Ingenauta.

Osric fez alguns cálculos e concluiu que atendia a um dos três critérios da mãe de Fairhrim para maridos desejáveis. Não que ele quisesse se tornar um marido desejável; era só bom saber a posição em que se encontrava.

Veio uma batida temerosa de Tartiflette, e a garota trouxe uma única taça de champagne trêmula. Osric, ainda bebendo o uísque, recusou. Fairhrim aceitou a taça com um olhar compassivo para Tartiflette enquanto ela saía.

– Se ela soubesse o que você é... – disse Fairhrim.

– Não importa – disse Osric. – Sou irresistível.

Fairhrim, com uma tranquilidade ofensiva, disse:

– Até parece.

Ela observou Doce Aedan lá embaixo com um olhar distante. Pelo menos, quando olhava para Osric, havia uma faísca de alguma coisa em sua expressão – vasta irritação, geralmente, mas era alguma coisa. Aquela indiferença o mataria.

– O Doce Aedan parece ainda ter uma quedinha por você – disse Osric.

– Eu disse para ele que tenho um novo *amigo*. Um *amigo* nesta festa, inclusive. Porém...

– Suponho que essa seja uma amostra pequena de seus pretendentes – disse Osric com um gesto para os adoradores.

– Não há pretendentes – disse Fairhrim. – Eu amei uma vez. Foi um erro. Nunca vai acontecer de novo.

– Estou curioso.

– Não vou dizer em qual orifício você pode enfiar sua curiosidade – disse Fairhrim. – Pare de bisbilhotar, ou eu vou bisbilhotar de volta.

– Não tenho nada a esconder – disse Osric.

– Não? Nenhum coração partido?

– Não tenho coração para partir – disse Osric. – Estou a salvo.

Fairhrim tomou um gole da bebida e tocou o próprio pescoço com a mandíbula tensa.

– Sábio da sua parte.

– O que aconteceu entre você e o Perfeito Aedan? – perguntou Osric. Antes que Fairhrim pudesse rosnar contra sua curiosidade contínua, ele fez um gesto amplo e convidativo para si mesmo. – E sim, pode bisbilhotar de volta. Pode até ir primeiro.

– Posso? Que gentil.

– Pergunte o que quiser.

– Qualquer coisa?

– Qualquer coisa.

Fairhrim escolhia sua pergunta, um dedo subindo e descendo pela haste da taça de champagne. Osric preparou-se para discutir os detalhes dos casos mais lúridos de uma forma que destacasse sua habilidade como amante.

Então Fairhrim perguntou:

– Por que você matou o seu pai?

O que não era nem um pouco perto de onde Osric queria que a conversa fosse.

– Eu esperava que pudéssemos confinar a conversa a nossos amantes.

– Você disse *qualquer coisa* – apontou Fairhrim, como se Osric não tivesse ficado súbita e agudamente ciente do seu equívoco estratégico. – Mas não precisamos continuar. Podemos retirar nossas bisbilhotagens por acordo mútuo.

– Meu pai era um miserável – disse Osric.

– Em qual sentido? – perguntou Fairhrim.

– Metafórico. Eu, porém, nasci um miserável no sentido literal.

Fairhrim era forte; ele lhe concedeu um momento para indicar que pensava que ele atendia a ambas as definições muito bem, mas Farhrim não fez nenhum comentário.

– Meu pai, da grande linhagem Mordaunt, recusou-se a casar com minha mãe quando ela engravidou. Alegou que o filho não era dele. A família dela, nobres menores de Wessex, a deserdou. Vivíamos em absoluta pobreza enquanto papai tinha trinta cômodos em Rosefell, nos quais se embebedava toda noite. A serviçal mais baixa dele comia mais em um dia do que nós em uma semana. A governanta nos contrabandeava comida nos seus dias de folga.

– A sra. Parson? – perguntou Fairhrim.

– Sim. Minha mãe me levava para ver meu pai a cada poucos anos para pedir que me reconhecesse como filho, o que ele nunca fez, apesar de eu ter ficado a cara dele, e para tirar umas thrymsas do homem. Ele nos dava socos junto com as thrymsas. A última vez que tentou nos espancar, eu já tinha começado o aprendizado com Tristane. Ele não sabia. Nem minha mãe, por sinal. Eu ainda não tinha ganhado minha lâmina blaec ou o meu tãcn, mas sabia empunhar uma faca. Ele havia acabado de jogar minha mãe numa parede. Ele voou no meu pescoço; eu voei no dele. Minha mãe nunca acordou. Meu pai morreu pela minha mão. Eu tinha catorze anos.

Fairhrim observou Osric por um longo tempo em silêncio.

– Acho que eu não esperava uma história feliz.

– A tragédia me absolve dos meus pecados?

– Uma explicação não é uma desculpa.

Clássico racionalismo Fairhrim.

– Enfim, *é* uma história feliz – continuou Osric. – Estou feliz agora.

– Sua pobre mãe.

– Vingada e jamais esquecida.

– Isso explica por que algumas das suas cicatrizes são tão velhas – disse Fairhrim. – Velhas o bastante para preceder sua carreira, quero dizer.

– Ele tinha um talento para decorar nós dois – disse Osric.

– Como você acabou em Rosefell Hall se era um bastardo?

– Aterrorizei o advogado do meu pai até que forjasse documentos legitimando o meu nascimento. Matei-o depois, só para garantir. Contratei tutores e mestres para aprender a ser o filho de um nobre, o que quer que minha mãe não tivesse conseguido me ensinar. Meu pai tinha perdido a maior parte da fortuna da família; eu a estava reconstruindo desde então. Até você. Agora sou praticamente indigente.

Fairhrim não sentiu tanta pena quanto ele teria esperado, oferecendo-lhe um olhar cheio de crítica em vez de compaixão.

– Você está longe de ser indigente.

– Também estou longe de ser tão rico quanto era.

– Venda suas coleções.

– Criatura inclemente – disse Osric.

– Eu compro o *De humani*.

– Você não conseguiria bancá-lo – disse Osric.

– Quer apostar?

– Outra hora. Agora é sua vez. Você tem que me contar o que aconteceu entre você e o Doce Aedan.

– Entre mim e o Doce Aedan – repetiu Fairhrim, olhando para o homem em questão, que dançava abaixo deles – não aconteceu nada. Foi esse o problema, talvez. Não houve briga, não houve explosão. Aedan é perfeito demais. Não tem defeitos pelos quais eu poderia amá-lo.

– Você exige defeitos em seus amantes?

– Um ou dois, judiciosamente escolhidos.

– Rá – disse Osric, que tinha muitos entre os quais escolher. Não que desejasse ser amante dela; era só um fato.

Uma sobrancelha inquisitiva se ergueu para ele sobre um ombro nu.

– Deixa para lá – disse Osric. – Só uma piada que foi mais engraçada na minha cabeça.

– Acho que todas elas são mais engraçadas na sua cabeça, mas agradeço sua contenção. – Fairhrim ainda estava olhando para o Incrivelmente Perfeito Aedan. – Não importa. Ainda somos amigos. Pelo menos, eu sou amiga dele.

– Um dos seus muitos *amigos*, pelo que me deram a entender.

Um pouco da rigidez usual retornou ao pescoço de Fairhrim.

– E quem teria lhe contado isso?

– A última fonte que compartilhei com você acabou morta, então não vou revelar – disse Osric. – Imagino que ainda não tenha encontrado o equilíbrio de defeitos desejáveis.

– Não que seja da sua conta, mas... sim, a proporção correta é difícil de alcançar. E, claro, eles devem achar meus defeitos palatáveis. – Para a irritação de Osric, ela se adiantou e acrescentou: – Eu tenho alguns.

– Cite-os – disse Osric.

– Uma tolerância baixa para os Fyren que ficam bisbilhotando minha vida pessoal – disse Fairhrim.

– Vou restringir minha bisbilhotagem a seus casos profissionais.

Fairhrim mudou a postura, apoiando-se em um pé.

– Restrinja-se de forma geral.

– Não.

– Sim.

– Não.

A irritação acumulou-se em Fairhrim como uma pátina – as narinas se contraíram, a mandíbula se tensionou e a coluna se endireitou majestosamente enquanto ela se preparava para soltar alguma observação cortante.

Então notou o sorrisinho dele.

– Você está me provocando – disse Fairhrim.

– Você realmente é deliciosa.

Fairhrim nunca se dignava a flertar com ele, mas seu olhar escuro, o aperto entretido dos lábios e o roçar do seu cotovelo contra o dele tiveram o mesmo efeito em Osric; tudo se misturou com a bebida, foi mais potente que a bebida, aqueceu seu sangue, ameaçou aquecer seu rosto. Ele teve pensamentos proibidos sobre os lábios dela de novo, o que eles fizeram nas fantasias dele, o que ele gostaria de fazer com eles.

Ela era uma coisa entre desejo e impossibilidade.

Será que ele estava se tornando um daqueles homens patéticos que achava uma mulher mais desejável quanto mais inatingível ela fosse?

Ela ergueu a taça e disse:

– Certo, essa foi boa.

Obrigado, eu gostaria de morrer sufocado pelas suas coxas não parecia uma resposta apropriada.

– Vivo para servir – disse Osric, erguendo o copo à taça dela.

Ela encostou a taça de champagne no copo dele com um sorriso escondido no canto da boca.

Não, não havia nada que valesse a pena roubar na festa abaixo. Mas ali em cima?

Ocorreu a ele que gostaria de roubar uma dança.

20

AS CALIGRAFIAS SECRETAS DA CHUVA

Aurienne

Era difícil – pensou Aurienne, enquanto se inclinava ao lado de Mordaunt na sacada – considerá-lo com o desdém habitual. Será que era possível admirar alguém por boas ações, ainda que fossem motivadas por interesse próprio, e simultaneamente desprezá-lo? Aurienne achou impossível manter as duas perspectivas concomitantes. No fim, ele era um Fyren. No entanto, no entanto, no entanto...

O homem morrendo na cama dela e suas mãos quentes apertando as dela eram uma lembrança. E que lembrança. Deveria ter sido a melhor coisa do mundo vê-lo sofrer, mas tinha sido a pior coisa do mundo vê-lo sofrer – então onde ela encontraria sua paz? Certamente não ali, naquela proximidade confusa, na qual ele quase deu a vida para protegê-la e ela, com suas próprias desculpas, o trouxe de volta da beira da morte.

Aurienne, que apreciava categorizações precisas, odiava não saber mais o que fazer com Mordaunt. Ele era uma combinação extraordinária de monstro e homem, de vilania e mérito, de vileza e nobreza – e, ocasionalmente, fazia o bem. Isso mudava o diagrama anatômico de Mordaunt na cabeça dela. Suas categorias não faziam mais sentido. As garrafas que ele encontrara com o possível vírus da Peste estavam sendo testadas em Swanstone; se o resultado fosse positivo, seria mais um ponto a favor dele. Mas também outra fonte de gratidão indesejada, outro desafio a suas categorias ordenadas.

Aurienne olhou de esguelha para Mordaunt, que estava quase de volta à velha forma. Ela tinha notado, ao se juntar a ele na sacada, os suspensórios cruzados entre os ombros musculosos, e a camisa, de um corte nitidamente elegante, aberta no pescoço com um ar de devassidão. Tudo nele era, novamente, posado e intencional, de sua postura casual, reclinada contra o parapeito, ao começo de uma barba no queixo, à suavidade do *vivo para servir*, às mangas empurradas até o cotovelo. Tão despreocupado. Tão deliberado.

O roçar do braço dele contra o dela lhe deu um arrepio. Era clandestino; era errado; era o antepasto encantador de um beijo. O coração dela deu um salto.

– Sabe, foi bom ter ouvido seu conselho – disse Mordaunt.

Aurienne, arrancada de suas reflexões bruscamente, respondeu inteligentemente:

– Humm?

– Duas bebidas e eu estou completamente acabado. – Mordaunt girou os restos do seu uísque. – O Perfeito Aedan está procurando você, aliás.

Aurienne seguiu a linha de visão de Mordaunt até os convidados abaixo da sacada, onde Aedan de fato estava olhando ao redor com uma taça em cada mão.

– Pobre coitado – disse Mordaunt. – Parece que alguém vomitou naquele terno. – Ele se virou para Aurienne e acrescentou, inconscientemente: – Devíamos dançar.

Um silêncio se seguiu, quebrado apenas pela brisa.

– Por quê? – perguntou Aurienne.

– Para convencê-lo de que você seguiu em frente.

– Com um vendedor de tesouras de episiotomia?

– Com defeitos e tudo.

– Não sei se é necessário.

– Olhe para ele. Pobre coitado apaixonado. – As palavras compassivas de Mordaunt não combinavam com o olhar que ele lançou por cima do parapeito. – Embora o Perfeito Aedan *tenha* defeitos.

– Quais? – perguntou Aurienne.

– Já viu as orelhas dele?

– O que tem de errado nelas?

– São enormes.

– Não são, não.

– Olha aquelas coisas sugando todo o ar. Ele não podia deixar uns decibéis para os outros?

Por que o único homem capaz de fazê-la rir naquela noite era um Fyren? Mordaunt podia ser um bom parceiro para conversas se ela deixasse de lado o que ele era. Mas era como deixar a gravidade de lado – só factível por breves momentos.

Enfim, Aurienne não queria falar sobre Aedan. Desejando afastar-se do assunto enjoativo, fez alguns comentários inadequados sobre o tempo. (O assunto era enjoativo; Aedan era enjoativo – quanto mais algo se agarrava a ela, mais ela desejava escapar.)

Mordaunt, com uma falta de interesse notável no clima, disse:

– Eu sou o seu *amigo du jour*, certamente isso vale uma dança. As pessoas achariam estranho se não dançássemos.

– Por mais laudável que seja seu comprometimento com essa farsa – Aurienne ergueu os sapatos pendurados nos dedos –, eu já me recolhi esta noite. Não aguentaria mais um minuto nisso aqui.

– Dance descalça – disse Mordaunt.

– Não seja ridículo.

– Ninguém consegue ver seus tornozelos indecentes daqui. Sou só eu.

– *Só* você?

– Só. Minha experiência de quase morte me deixou humilde como um cordeirinho.

Uma melodia flutuou até eles: as primeiras notas da canção seguinte.

Mordaunt estendeu a mão para Aurienne. Aedan, parecendo mesmo um pobre coitado apaixonado, escolheu erguer os olhos naquele momento e avistá-la na sacada.

Se a visse recusar a mão de Mordaunt, isso enviaria um sinal, e Aurienne não queria enviar sinais a Aedan. Bem, a não ser que o sinal fosse de que ela tinha seguido em frente com outra pessoa. Naquele caso...

Ela jogou os sapatos de lado e tomou a mão de Mordaunt.

– Muito bem. Dançarei como a natureza quis.

– Descalça, inebriada e com flores no cabelo.

– Você está pintando uma imagem adorável.

– Você é uma imagem adorável.

– Achei que eu era fresca e inflexível?

Aurienne foi recompensada por um dos sorrisos brilhantes de Mordaunt.

– Você sabia – disse ele – que às vezes não me importo em estar errado?

Eles se juntaram, as mãos protegidas do toque por luvas de couro e seda. Aurienne perdera a altura dos saltos; seus olhos estavam no nível da boca de Mordaunt.

Eles dançaram devagar, porque ele não conseguia se mover muito rápido, e porque a música era uma balada lenta e romântica. Não significava nada – era uma dança idiota que fazia parte de uma farsa idiota –, mas a pulsação dela estava toda alvoroçada. Aurienne se refugiou em seu papel clínico. Questionou Mordaunt sobre quaisquer sintomas remanescentes: tontura, confusão, palpitações, taquipneia e, por fim, oliguria.

– Quando foi a última vez que você urinou?

Mordaunt, que foi ficando cada vez mais descontente conforme a avaliação dela progredia, perguntou:

– Sério?

– Quê?

– Estamos dançando e você está me interrogando sobre urina?

– É importante – disse Aurienne.

– Você realmente sabe tirar o romance de tudo – disse Mordaunt.

– Que romance? – perguntou Aurienne. – Estamos só fingindo.

– Bem, *eu* estava desfrutando do fingimento. E do jardim, e das luzes, e da música; tudo isso agrada a minha apreciação *estética*.

Aurienne dispensou a *estética* com um abanar dos dedos.

– Responda sobre a urina.

– Sim, eu mijei – disse Mordaunt, a voz levemente arrastada pelo álcool. – Já que estamos arruinando tudo com a realidade vulgar.

– Quantidade?

– Bem, eu não *medi*.

– Normal?

– Sim. Deuses.

– Excelente. Já está bem o bastante para ir embora amanhã. Podemos concluir essa farsa, aí você pode voltar a gostar da *estética*.

Mordaunt observou as pessoas cintilando abaixo.

– Sua família realmente gosta de joias.

– Sim – disse Aurienne. – Você gostou de alguma coisa?

– Algumas.

– Já roubou algo da casa?

– Não confia em mim?

– Não – respondeu Aurienne. – Sei que você considerou.

– É uma casa fascinante. Tão automatizada. A minha deve parecer um tanto...

– Primitiva – sugeriu ela.

– Tradicional – disse Mordaunt. – Sua mãe é uma colecionadora de relógios e tanto.

– O destino de férias favorito dela é La Chaux-de-Fonds, se isso te diz alguma coisa.

Mordaunt ergueu as sobrancelhas à menção ao berço da fabricação de relógios na Suíça.

– Estou ainda mais tentado agora. Mas tenho que admitir que o sistema de alarme dela me fez hesitar.

– Eu estava certa: você é um ladrão comum.

– Nada comum. *Nada* comum.

– Você não tem nenhum outro prazer na vida exceto adquirir coisas que não são suas? – perguntou Aurienne.

Mordaunt lhe deu um olhar velado por pálpebras pesadas e pela bebida.

– Eu tenho outros prazeres – disse ele, sem elaborar.

– Eu devia avisar minhas tias para conferirem seus diamantes.

Os dedos de Mordaunt se apertaram na cintura dela.

– Mas aí não estará aqui para me supervisionar. Enfim, você ainda não pode ir. A música não terminou. Vai parecer que brigamos.

– Nós existimos em um perpétuo estado de briga.

– Os outros não precisam saber a verdade sórdida – disse Mordaunt. Aurienne o seguiu em um giro lento. – Esses últimos dias foram um interlúdio agradável, por mais falsos que tenham sido.

– Para você, talvez – disse Aurienne. – Eu serei submetida a perguntas sobre você até contar para meus pais que acabou.

– Que desculpa vai dar para minha queda ignóbil de suas graças?

– Uma seleção de verdades sórdidas – disse Aurienne. – Direi a eles que você era presunçoso demais, arrogante demais, convencido demais de que sempre estava certo e que essas coisas sufocaram todos os seus outros atrativos. Cansei.

– Todas essas coisas são igualmente aplicáveis a você – disse Mordaunt.

Ele tinha razão, então Aurienne disse, com enorme tranquilidade:

– Bobagem.

– Que outros atrativos? – perguntou Mordaunt.

– Não consigo pensar em nenhum. Mas, em nome de sua dignidade, vou fingir que eles existem.

A cicatriz sobre a boca de Mordaunt estremeceu.

– Eu uso uma isca para pescar elogios e, em vez mordê-la, você a chuta para longe.

Aurienne apertou as mãos unidas deles.

– Eu sei o que há embaixo desta luva, e isso joga uma sombra sobre quaisquer possíveis atrativos.

– E se meu tãcn fosse outra coisa? – perguntou Mordaunt. – Quais seriam os atrativos?

A pergunta foi feita com um interesse sarcástico e ébrio – exceto que Aurienne captou uma curiosidade real no olhar de Mordaunt. Um momento depois, a centelha sumiu e os lábios se torceram de novo, mordazes.

– Esse tãcn manchou tudo que sei de você – disse Aurienne. – Eu não conseguiria responder à pergunta.

– Nem como um exercício hipotético?

– Um exercício hipotético? Desse escopo? No meio de uma dança?

– Tente.

– As veias do braço – declarou Aurienne.

– As veias do braço? – repetiu Mordaunt.

– Adoraria enfiar um tubo nesta aqui – disse ela, correndo um dedo sobre a mais suculenta.

– Você não sabe mesmo apreciar o que tem.

Mordaunt tinha usado o sabonete dela naquele dia; Aurienne podia sentir o cheiro. Ele estava muito perto. Será que tinham começado a dança tão perto um do outro? E, se não tinham, qual deles fechara o espaço? Podia ter sido ela. Aurienne esperava que tivesse sido ele. Ela olhou para a depressão na base do pescoço dele. Era o farol de novo, a atração de querer estar perto, a repulsa natural, o vaivém.

Começou a chover.

Arquejos se ergueram do jardim e a música se interrompeu enquanto o quarteto recuava sob um toldo. E então ela recomeçou, assim como as conversas, todas abafadas pela percussão suave de uma chuva gentil de junho. Ela borrifou Aurienne e Mordaunt em punhados cintilantes, iluminada pelas luzes verdes e douradas abaixo.

– Está chovendo – disse Aurienne.

– Eu sei – disse Mordaunt.

– Não deveríamos entrar?

– Por que você tem que ser tão sensata?

– Um de nós devia ser.

Mas eles não eram sensatos. Estavam um pouco altinhos. Dançaram na chuva.

Além disso, estavam dentro de casa, mais ou menos – assim como fora, um pouco de ambos, tudo de uma vez. Os pés descalços de Aurienne dançaram da pedra fria da sacada até as tábuas quentes do quarto e de volta. A água molhou o interior; as lâmpadas brilharam no exterior; a chuva lavou as distinções. Água escorria pelo pescoço de Mordaunt e pelo corpete de Aurienne e pelas têmporas dele e pelos lábios dela, escrevendo coisas em caligrafias havia muito esquecidas.

Suas sombras também falaram coisas em seu enlaçar e desenlaçar contra o parapeito e as cortinas brancas, iluminadas ora pelas lâmpadas no quarto, ora pela meia-lua. O espaço entre ela e Mordaunt era uma coisa cintilante, pontilhada de chuva; eles o ampliavam e estreitavam a cada giro, por cima e por baixo, mais longe e mais perto; entrelaçavam-se e desentrelaçavam-se, e entrelaçavam-se e desentrelaçavam-se.

O que havia entre eles? Um fluxo e refluxo, curiosidade e culpa, o sonho acordado fatal de hoje e as cicatrizes do amanhã.

Risadas encantadas ecoaram lá embaixo quando os convidados perceberam a dança encharcada de Aurienne e Mordaunt. Houve aplausos – a celebração de uma coisa que não existia e que nunca poderia existir.

Aurienne procurou o olhar de Mordaunt para ver por quanto tempo mais ele queria manter aquela farsa de dança, mas os olhos dele observavam as mãos unidas dos dois. Os tãcn malfadados apertavam-se um contra o outro. Suas Ordens estavam em suas veias, tão inescapáveis quanto o próprio sangue.

Ele ergueu o braço; ela girou para longe e voltou; sua saia pálida se colou à calça preta dele.

O que havia entre eles? No passado, já existira um teatro de guerra; no momento, uma terra de ninguém. Eles tinham crescido e se emaranhado um no outro através de reciprocidades. Curar e matar, matar e curar.

A música ficou mais alta. Mordaunt irradiava calor: Aurienne podia senti-lo pelo vestido, onde tocava o peito dele, e pela própria luva, onde ele apertava sua mão. Ele estava solto e relaxado; sua cabeça pendia baixa, a barba por fazer roçava contra a bochecha dela. A mão que estivera decorosamente apoiada na sua cintura deslizou para suas costas. Através do tecido fino do vestido, ela sentiu a pressão do anel de sinete.

Seus rostos estavam próximos. Mordaunt olhou para a boca da Haelan como se considerasse beijá-la.

Ele era um ótimo ator.

Para a plateia lá embaixo, um beijo não seria nada chocante – seria normal; esperado, até. Aedan tinha encontrado alguém para entregar sua bebida, mas ainda estava olhando para Aurienne.

– Vamos acabar com o sofrimento do coitado – disse Mordaunt, sua voz era mais quente do que palavras contra a boca de Aurienne.

Uma mentira – era isso que existia entre eles.

Suas bochechas se tocaram. Os narizes roçaram um no outro. Os olhos dele reluziram, ardentes, anelantes.

– Eu não beijo pacientes – disse Aurienne contra seus lábios.

– Achei que eu não era um paciente – disse Mordaunt.

– Certo. É só um Recurso Útil.

– Você deveria me usar, então.

E porque Aedan estava assistindo – e só porque Aedan estava assistindo –, Aurienne se ergueu na ponta dos pés e correu os dedos envoltos em seda pelo cabelo de Mordaunt.

Ele não hesitou, não lhe deu tempo para mudar de ideia. Puxou-a para perto, pôs uma mão na sua nuca, inclinou sua cabeça para cima.

Então veio o tenro apocalipse dos lábios dele nos seus.

Ela sentiu a cicatriz de Mordaunt contra sua boca, sentiu a mão apertando sua nuca, saboreou uísque e chocolate e mentiras nos seus lábios. O corpo dela não sabia o que seu cérebro sabia; seu coração batia descontrolado no peito; a respiração se tornou um ato de disciplina, inalações e exalações irregulares, e mais inspirações e exalações, entre a pressão de lábios molhados de chuva.

Enquanto durou, o beijo foi eterno.

E foi muito e pouco, e foi profano, e foi sacrossanto.

A lateral do seu pescoço ardia. Mordaunt mapeou a rota das gotas de chuva contra a garganta dela com a boca. Soltou um longo suspiro trêmulo na pele de Aurienne. Segurou-a contra si um tanto possessivamente para um beijo que não significava nada.

A plateia suspirou por uma coisa que não existia.

Aurienne ficou imóvel. A música continuou; os violinos tocaram um refrão extasiado junto à melodia da chuva. Ela soltou o ombro de Mordaunt, mas ele não relaxou a mão na cintura dela. Manteve o aperto. Sua proximidade, o beijo, o sangue correndo pelas veias dela: tudo intensificava seus sentidos e, como no farol, ela viu uma guerra nos olhos dele – vulnerabilidade, desejo, uma infelicidade desesperada.

Ele recuou para a ironia. Cinza endureceu-se e virou prata.

– Não achei que faria mesmo – disse ele.

Quanto a Aurienne, ela se arrependeu do beijo imediatamente – porque borrava limites já borrados, por causa do que ele era e do que ela era, porque tinha sido bom.

Ela piscou os olhos enevoados de chuva. Gostava de suas preciosas categorias. Gostava das coisas nítidas e delineadas. Gostava de contrastes. Clareza. Saber onde pisava.

Não gostava das caligrafias secretas da chuva.

Ela disse:

– É melhor eu ir.

Ele disse:

– Se você precisa...

Aurienne se virou, largando a mão dele e seu tācn profano.

Ele a soltou devagar. Couro deslizou contra seda, palma deslizou contra palma, ponta de dedo contra ponta de dedo úmida, e o que quer que tivesse sido entrelaçado entre eles se esticou e rasgou e rompeu com um estalo.

21

ALGO QUE ESTÁ TOMANDO FORMA

Osric

Quando Osric convidara Fairhrim para dançar, ela, a princípio, não fizera nada além de encará-lo. Um período muito sombrio da vida dele se seguira, assumindo as proporções de aproximadamente dez anos de agonia e suspense, até ela dar de ombros e dizer:

– Muito bem.

Deveria ter acabado aí. Osric nunca pretendera lhe roubar um beijo, e certamente não tivera a intenção de se afixar ao pescoço dela. Deveria ter sido só uma dança. Mas ela tinha erguido os olhos para ele, e ele tinha descoberto como aquele cabelo molhado refletia pentagramas de estrelas, vendo gotas de chuva escorrerem por seu pescoço e criarem um colar que refletia a lua, e o impulso cleptomaníaco tinha se erguido – e ele, tolo e fraco que era, cedera.

Quando pedira a ela para acabar com o sofrimento do coitado, não estava se referindo ao Perfeito Aedan. Estava falando de si mesmo.

Ele tinha interpretado o tolo enamorado um pouco bem demais. Bem o suficiente para acreditar.

Depois, Fairhrim fugiu dele, deixando-o com uma dança inacabada e um medo.

Ele queria deixar de saber qual era o gosto dela. Como tinha sido segurá-la, parada e trêmula, nos braços, enquanto descia os lábios pelo seu pescoço.

Novamente eles tinham se encontrado em um limiar, e novamente tinham alcançado um *quase*, e novamente ela tinha fugido.

Aurienne nunca cruzaria o limite. E desde então ele carregava um fardo, junto com a lembrança de um coração batendo acelerado – de júbilo e prazer – e o peso do arrependimento.

Ele queria poder desbeijá-la.

Alguns dias depois da estadia de Osric com Fairhrim, a doninha mal-humorada que era a deofol de Tristane o convocou para a sede Fyren.

Graças às atenções de Fairhrim, a essa altura ele conseguia caminhar normalmente, e não como se tivesse sido esfaqueado nas tripas por um colega Fyren que, por acaso, havia desaparecido sob circunstâncias misteriosas.

A sede Fyren tinha sido transferida para um abatedouro abandonado. Osric encontrou o lugar depois de um dos comentários mais mordazes de Fairhrim. Era perfeito; havia instalações de extração sanguínea e depósitos de sangue, e ninguém na vizinhança investigaria se as coisas começassem a feder. Fairhrim sem dúvida ficaria encantada de saber que sua sugestão tivera um impacto tão grande na Ordem de Osric.

Nos portões enferrujados do abatedouro, permanecia o alegre slogan: NÓS MATAMOS PARA VOCÊ NÃO TER QUE MATAR!

Abaixo do slogan havia um entalhe grosseiro das presas de cão infernal da Ordem.

Sacramore estava na área de recepção encardida, organizando uma pilha de contrabando variado.

– Boa sorte, querido – disse ele quando Osric entrou. – A açougueira está de mau humor.

Osric ponderou *por que será*.

Seguiu um corredor de ladrilhos quebrados até a sala do abate, onde Tristane esperava ao lado de lady Windermere. Ao redor delas, havia enormes ganchos de carne, nos quais vítimas recentes dos interrogatórios de Tristane estavam penduradas de cabeça para baixo. Algumas ainda estavam vivas. Uma resfolegava sangue aerossolizado.

Havia uma placa na parede indicando os dias desde o último ferimento: catorze. Osric sentiu que ela precisava ser atualizada.

Tristane gesticulou para ele se aproximar. Ela usava um avental de borracha gigante e botas amarelas.

– Adorei o visual – disse Osric. – Cena de crime *chic*.

– Obrigada – disse Tristane. – Tem bolsos.

– O que você está fazendo com esses respeitáveis cavalheiros?

– Um pouco de contabilidade forense – disse Tristane. – Você teve notícias de Brythe recentemente?

Lady Windermere, que estivera parada ao lado de Tristane em silêncio, soltou uma exalação *staccato* e enxugou uma lágrima.

Osric, a perfeita imagem da preocupação inocente, disse:

– Brythe? Vi ele semana passada na Armácia.

– Essa foi a última vez que todos o viram – disse Tristane.

– Ele está desaparecido. – Lady Windermere voltou olhos encovados para Osric. – Meu deofol não consegue passar. Não consegue nem encontrar um traço do seith dele.

– O meu também não – disse Tristane. – O que significa que ou ele cortou nossa conexão...

– Brythe *nunca* me cortaria – disse lady Windermere com um sibilo feroz.

– ... ou está morto – terminou Tristane.

– Morto? Brythe? – Osric bufou. – Impossível.

Lady Windermere envolveu os braços ao redor de si. Seu corpo magro balançou.

– Então onde ele está?

– As alternativas são limitadas e insatisfatórias – disse Tristane. – Poucas pessoas seriam capazes de matar Brythe. Talvez *des circonstances insolites*... um acidente de algum tipo.

– Eu me recuso a acreditar nisso – disse lady Windermere. – Mas você tem razão, poucos poderiam matá-lo. Se ele morreu, minha lista será pequena. – Ela deu um olhar tanto a Tristane como a Osric, e ele soube que os dois tinham acabado de entrar na lista dela.

– Vire seu olhar desconfiado para lá – disse Tristane, apertando um dedo no cabo de sua lâmina blaec em alerta. – Seu amante pode estar morto, mas devo lembrá-la de que também perdi um dos meus Fyren. E Osric perdeu um amigo e colega.

Osric, que tinha sido pessoalmente responsável por converter o caro amigo e colega em cinzas, assentiu gravemente.

Lady Windermere abaixou o olhar para o chão.

Um dos homens resfolegantes de ponta-cabeça – um ruivo magrelo – criou uma distração oportuna ao balbuciar por misericórdia. Tristane foi fuçar em alguns caixotes, murmurando algo sobre mordaças, até encontrar uma gaita no bolso do avental e a enfiar na boca do homem.

– Pronto – disse ela, com um tapinha no queixo de ponta-cabeça. – Você pode fazer algo útil com sua respiração. Nos dê uma música ambiente.

Os assovios discordantes da gaita preencheram o salão.

– Gentil da sua parte – disse Osric. – A atmosfera é aconchegante.

– Eu sei – disse Tristane. – No fundo, eu sou molenga. Esse é meu problema.

Em meio à melodia sepulcral da gaita, Osric perguntou:

– Você vai lançar uma busca por Brythe?

– Windermere vai liderá-la – respondeu Tristane. – Beaufort e Sacramore vão ajudá-la.

– Se eu ouvir algo por meus contatos, avisarei vocês duas imediatamente – disse Osric.

– Obrigada – disse lady Windermere.

Ela saiu. A gaita ficou melancólica.

– Você disse que viu Brythe pela última vez na Armácia? – confirmou Tristane quando lady Windermere saiu.

– Sim. Sacramore também estava lá.

Tristane suspirou.

– Ele estava indo para um trabalho naquele dia. Acho que está morto. Não pode ter fugido. Tinha o pagamento de uma vida esperando por ele.

– Qual era o trabalho? – perguntou Osric.

– Um que era imperativo não fracassar – disse Tristane.

– Tem certeza de que não quer que eu procure por ele?

– Não – disse Tristane. – Essa não é a prioridade. A prioridade é completar o serviço.

– Quer que eu assuma? Eu gosto de pagamentos de uma vida.

Tristane ouviu a gaita triste. Seu triângulo de cabelo balançou pesarosamente.

– Não era um trabalho que eu normalmente concordaria em aceitar. Envolve outra Ordem.

– Ah, é?

– Tomei uma decisão excepcional numa base excepcional.

– Que base excepcional?

– Dinheiro.

– Bem, óbvio.

Os olhos duros de Tristane examinaram Osric.

– Você não vai me apontar que é questionável atacar outra Ordem?

– Brythe questionou?

– Não, mas Brythe não considera nada além de dinheiro. Foi por isso que o chamei, para começo de conversa. Você é igualmente ganancioso, eu sei, mas tem *uma partícula* de inteligência e sagacidade política.

– Uma *partícula* inteira? – perguntou Osric. – Você me lisonjeia. O trabalho pode ser feito sem evidência de envolvimento Fyren?

– Era essa, claro, a ideia – disse Tristane. – Caso contrário, eu seria mandada a Stánrocc para me explicar aos Chefes de todas as outras Ordens e provavelmente sentenciada à morte.

– Que Ordem era o alvo?

– Isso não cabe a você saber – disse Tristane. – Sacramore foi contra. Meio tradicionalista, ele. *Porém*, se ninguém soubesse que nossa Ordem foi a responsável, as ressalvas dele seriam discutíveis.

– Quem é o cliente?

– Alguém por quem vale a pena quebrar umas regras. – Tristane perambulou entre os homens pendurados como alguém faria em um jardim zen, com as mãos atrás das costas. – Algum *sombre idiot* doou uma soma substancial... vinte milhões... a uma certa Ordem quando todos os outros caminhos de financiamento deles já tinham sido estrategicamente bloqueados pelo cliente.

Isso era um pouco constrangedor para Osric, dado que o *sombre idiot* era, sabe, ele.

– E agora Brythe desapareceu – continuou a explicar Tristane. – Ele não pode ter sido pego. Se tivessem pegado um Fyren, eu já teria sido arrastada até Stánrocc para explicar por que quebrei os duzentos anos dos Acordos de Paz.

Osric apontou para a plateia ensanguentada.

– Esse pessoal não ouviu um pouco demais?

– Acho que sim – disse Tristane. Ela parou. Uma alavanca na parede atraiu sua atenção. – O que acha que isso faz?

– Uma alavanca misteriosa – disse Osric. – Puxe.

– Eu já puxei algumas alavancas misteriosas na minha época – disse Tristane.

Ela puxou a alavanca misteriosa. O homem ao seu lado foi cortado no meio.

– Ah – disse Tristane, observando o resultado. – Muito bem. Eu não iria a uma loja de tortas na região por um tempo se fosse você.

– Obrigado pela dica.

– Está dispensado – disse Tristane. – Me avise se ouvir alguma coisa sobre Brythe e eu repassarei a informação a lady Windermere. Você viu hoje que ela está... bem emotiva.

– Entendido. E o trabalho?

– Deixe o trabalho comigo. – Tristane se afastou pensativamente de Osric, suas botas chapinhando em vísceras frescas. – *On n'est jamais si bien servi que par soi-même.*

O que, pelo que Osric entendeu com seu francês rudimentar, significava que ela ia fazer aquilo – o que quer que *aquilo* fosse – pessoalmente.

Então Tristane assumiria de onde Brythe tinha parado e iria a Swanstone.

O que significava que Osric precisava ver Fairhrim imediatamente.

Alguns outros Fyren estavam à toa na recepção quando Osric saiu da sala de abate. Sacramore perguntou se ele se juntaria aos demais no Culhão do Cão para beber. Osric, em pânico, produziu alguma espécie de gorgolejo estrangulado da laringe – esperava que soasse como uma desculpa viável – e saiu.

Quando estava a uma distância segura do abatedouro, convocou Cinzas, sua deofol, com instruções para encontrar Fairhrim sem demora e dizer a ela que eles precisavam se encontrar. Fairhrim dissera a Osric que nunca rejeitaria a deofol dele de novo... No entanto, alguns minutos depois, Cinzas voltou com as orelhas achatadas para trás e relatou que não tinha conseguido passar.

– Ou ela está me ignorando, ou está dormindo pesado – disse Cinzas, a voz rouca de desagrado.

– Dormindo pesado? Às duas e meia da manhã? Ridículo – disse Osric.

– O que você quer fazer? – perguntou Cinzas.

– Continue tentando enquanto eu vou para Swanstone. Volte para mim se conseguir passar.

Cinzas assentiu e desapareceu em uma nuvem de fumaça.

Osric pegou uma waystone até o Publique ou Pereça, de onde correu para Swanstone. Os cursos d'água congelados às margens da fortaleza durante sua visita de fevereiro tinham derretido e se transformado em lagoas e fossos de verdade, populados por rebanhos de cisnes sonolentos. Eles eram, como Fairhrim, belos, mal-humorados e bem mais agradáveis a distância. Detectaram a presença dele enquanto caminhava nas sombras e grasnaram em sua direção.

As ameias brancas da fortaleza assomavam adiante. Osric entrou nas sombras, esperando o toque de Cinzas contra o tãcn. Não sentiu nada. Ele encarou os parapeitos, brilhando cá e lá com proteções mágicas. Muito bem: ele visitaria Fairhrim em pessoa novamente.

Lenta e cuidadosamente, usando toda sua sutileza para evitar as proteções dos Guardiões, ele seguiu até o telhado da torre mais alta de Swanstone.

– Não acredito que Fairhrim não confia em mim – disse Osric consigo mesmo enquanto tentava invadir o quarto dela.

A janela era grande e redonda. O fecho não apresentou problemas. Ele o abriu. Porém, os Guardiões tinham feito uma atualização significativa à segurança para o caso de alguém querer entrar: havia uma proteção ao redor de todo o batente, brilhando em azul-escuro. Não era uma proteção que ele poderia evitar ou contornar. Osric não conseguiria mais entrar em Swanstone sem ser detectado.

A boa notícia era que Tristane também não.

Ele espiou lá dentro. Os aposentos de Fairhrim eram maiores do que esperava, englobando toda a circunferência da torre, com um teto alto e abobadado. A decoração consistia em móveis angulares que pareciam singularmente inóspitos, nos quais se apoiavam muitos livros e, quando não livros, plantas sob redomas de vidro, e, quando não plantas, crânios meticulosamente etiquetados. Uma gata preta e desgrenhada como pentelhos olhava para dentro de uma das redomas. Osric a reconheceu como a gatinha encontrada na Fortaleza Wellesley que consagrara aos cuidados de Fairhrim. A criatura ingrata rosnou para ele.

Fairhrim estava deitada em uma cama contra a parede mais distante. Ela dormia profundamente – o sono insensível e flácido de alguém recobrando-se da exaustão de seith. Seu braço pendia do lado da cama. Osric ficou satisfeito ao constatar que a visão da mão dela, dessa vez, não despertou pensamentos libidinosos. Estava ensanguentada com evidência do Custo dela. Seu tãcn cintilava com um pulso brilhante esporádico quando Cinzas tentava passar.

Os esforços da deofol deram frutos. Fairhrim suspirou, abriu um olho para encarar seu tãcn e apontou-o para o chão.

Cinzas assumiu sua forma. A gata de Fairhrim, vendo a sombra da grande loba, fugiu.

Em uma voz rouca de sono, Fairhrim murmurou:

– Quê?

– Boa noite – disse Cinzas.

– Oi – disse Osric, já que estava lá também.

O olhar sonolento de Fairhrim virou-se para a silhueta de Osric na janela.

– Eu desejo acordar desse pesadelo – declarou Fairhrim. Em seguida, processando a realidade da situação, sentou-se abruptamente. – Não toque na janela. Tem proteções...

– Eu vi.

– Você é louco de ter vindo aqui. – Fairhrim chutou os lençóis. – Aconteceu alguma coisa? Você está bem?

– Estou – disse Osric. – Mas fiz uma descoberta preocupante.

Ele dispensou Cinzas, que se dissolveu em fumaça.

Osric xingou internamente, porque Fairhrim, sem todos os seus adornos de festa, com olheiras de cansaço e as mãos cheias de feridas, ainda era, infelizmente, linda. Quando não estava compartilhando um quarto com ele na casa dos pais, Fairhrim dormia em uma camisola de cetim fina, que se agarrava ao corpo de jeitos interessantes. Dado que sua roupa de dormir não era de nenhum interesse a ele, Osric dirigiu uma curiosidade poderosa para o próprio joelho enquanto ela vestia um roupão. Seu cabelo estava puxado em uma trança que ficara toda espetada durante o sono e se desfazia ao longo das costas.

Enquanto se aproximava de Osric com os olhos arregalados no escuro, ela parecia incomumente vulnerável. Algo nisso o fez querer ser gentil.

– Eles puseram proteções em todos os pontos de entrada? – perguntou Osric, apontando com desgosto para o brilho azul no batente.

– Sim. Os Guardiões trouxeram Tenet.

– Quem?

– Uma das especialistas de proteções da Ordem deles.

– Eles não são todos especialistas em proteções?

– Sim, mas ela é a especialista entre especialistas. Foi acrescentada ao destacamento deles aqui. Mapeou todas as nossas assinaturas de seith, cada Haelan, cada empregado, cada guarda, cada paciente. Qualquer pessoa que não for de Swanstone cruzando qualquer limiar vai disparar alarmes... e provavelmente perder um membro. Custou uma fortuna, mas você disse que tínhamos que ser discretos nas nossas melhorias.

– A única vez que você segue meu conselho, me causa um transtorno – suspirou Osric, sentando-se no telhado.

Fairhrim afastou algumas plantas e, após um momento de hesitação – e decididamente sem olhar para baixo –, subiu no parapeito largo da janela, de modo que ela e Osric ficassem separados apenas pelo espaço da janela aberta.

– Belas flores – disse Osric.

Fairhrim reposicionou uma das redomas de vidro.

– Orquídeas. Eu gosto delas; as flores duram muito tempo.

– Ah – disse Osric. (Uma sensação desesperada: ele pensara que elas eram efêmeras.)

– Conte o que está acontecendo – disse Fairhrim.

– Complicações.

Osric descreveu o que descobrira com Tristane – as perguntas levantadas pelo desaparecimento de Brythe, o pagamento escandaloso pelo trabalho, o cliente misterioso que tinha deliberadamente bloqueado o financiamento da Ordem Haelan.

Fairhrim absorveu cada palavra com os dedos pressionados nos lábios. Ela o observou em silêncio quando ele terminou o relato.

– É apavorante saber que você acha Tristane apavorante.

– E deveria – disse Osric.

– Por que tem tanto medo dela?

– Ela é francesa.

– Sério.

– Tudo que eu posso fazer ela pode fazer melhor, mais rápido, de modo mais sangrento. Sua caminhada nas sombras é uma coisa lendária. Ela consegue se mover de uma sombra a outra em distâncias reais, não só alguns metros, como eu... e *eu* sou considerado excepcional. A lâmina blaec dela é praticamente sua mão. Ela já levou três mil almas... nessa vida, pelo menos. Eu te disse que alguns de nós a chamam de Hel. A deusa dos mortos, caminhando entre nós.

– O que fazemos? – perguntou Fairhrim. – Como nos preparamos?

– Essas novas proteções são um bom ponto de partida. Vocês precisam detê-la, fazê-la pensar duas vezes antes de entrar em Swanstone. Ela não vai arriscar ser pega por Guardiões. Coloquem proteções em todo lugar, não só nos pontos de entrada na fortaleza em si. Na ponte conectando Swanstone a terra firme. Qualquer curso d'água sob a fortaleza. Postigos. Elevadores de comida. Buracos nos telhados. Esgotos. Em todo lugar que houver uma sombra. Ela é formidável, mas vocês estão sendo avisados. É uma vantagem que as vítimas dela geralmente não têm.

Eles conversaram. E algo extraordinário aconteceu, porque, pela primeira vez, a conversa não era só uma briga; não eram negociações; não eram provocações; não eram só pactos e contratos: era a *terra incógnita* da colaboração. Era bolar um plano. Juntos.

A noite se aprofundou e esfriou, mas as pedras cheias de sol da fortaleza devolveram os raios que as tinham assado a tarde toda, mantendo Osric e Fairhrim aquecidos. E era muito agradável ficar sentado ali, inclinado ao lado dele na janela enquanto Fairhrim se apoiava no lado dela, mente apoiada contra mente, desemaranhando um problema. Havia prazer nisso. Ele achou que ela também estava gostando; suas palavras eram apreciativas em vez de cortantes; seus olhares, incentivadores; seus acenos, satisfeitos.

Fairhrim lembrou de algo com um susto.

– Deuses. As coisas estiveram tão caóticas que nem tive chance de mandar meu deofol a você com a novidade.

– Que novidade?

– Acabei de receber os resultados do teste da substância nas garrafas da Fortaleza Wellesley.

– E então?

– Era a Peste mesmo.

– Como suspeitávamos.

– Estávamos certos. Terrivelmente, estávamos certos.

– Eu quase *bebi* aquele negócio.

– Não teria afetado você. Só afeta crianças. – O rosto de Fairhrim estava tenso. – Acho que estão usando as garrafas para guardar o vírus. A adega teria a temperatura certa. Não sei bem como estão produzindo ou espalhando a coisa. Mas tem ideia de como isso é horrível? Sabe quantas crianças com morte cerebral estamos tentando trazer de volta, em quarentena em nossas alas aqui? Centenas. E isso só em Swanstone. Há sobreviventes em todo lugar, só... sobrevivendo, se tiver alguém cuidando deles. Podem nunca viver de novo, não de verdade.

– Wellesley tinha caixotes cheios daquelas garrafas na adega dele.

Fairhrim endireitou-se com uma combatividade súbita.

– Cada garrafa logo será inútil. Élodie está implementando um programa de imunização. Nossa virologista-chefe – acrescentou diante do olhar confuso de Osric. – Isso explica tanto sobre a virulência do surto de Peste, saber que ela estava sendo deliberadamente difundida. Mas também levanta mil outras questões, tais como, sabe, *por que* alguém faria algo assim. Por que Wellesley deflagraria o surto de uma doença obscura que tinha praticamente desaparecido? Com que finalidade? Com que possível vantagem? E se o que Tristane contou para você for verdade, significa que Wellesley estava trabalhando para outra pessoa. Alguém ainda mais poderoso, que bloqueou todos os caminhos de financiamento para pesquisadores que tentavam impedir a difusão da Peste... e que agora está furioso porque minha Ordem contornou esses bloqueios. Alguém que pagou milhões e milhões para envolver a própria Tristane. Você entende como isso é insano? Incompreensível. Absurdo. O que vale tanto dinheiro?

– A única coisa que vale tanto dinheiro, tantas despesas, tantos recursos, é a guerra – disse Osric.

– Que guerra? De quem? Wessex e Kent?

– Sei que sua Ordem é apolítica, mas você precisa sair da sua torre de marfim de vez em quando – disse Osric. – Escolha quaisquer Tīendoms que dividem uma fronteira terrestre. Na verdade, dividir uma fronteira é opcional. Jogue dois dardos num mapa.

– Qual guerra é combatida por crianças com morte cerebral? – perguntou Fairhrim.

– Não sei – disse Osric.

– Eu não conseguiria pensar em soldados piores – disse Fairhrim. – Qual possível utilidade...? Eles não têm mais alma, os coitadinhos... são só cascas cujas funções biológicas continuam a...

Fairhrim se interrompeu.

Um horror lento nasceu em seu rosto.

– Mordaunt?

– Quê?

– Como... como os Dreor são feitos?

Houve um longo silêncio.

Osric disse:

– Puta merda.

Fairhrim apertou as mãos feridas nas bochechas, que tinham ficado pálidas.

Era uma noite de imobilidade sinistra, que impelia as pessoas a segurarem o fôlego. A lua crescente desenhou um caminho branco sobre o mar preto e plano. Não havia o menor tremor de uma brisa. Só as palavras deles perturbavam o silêncio, sussurros estranhos passados de um lado ao outro, reconciliando duas lealdades; os sussurros suaves e portentosos de algo que está tomando forma.

– Eu devo a você... nós devemos a você... tantos agradecimentos –

disse Fairhrim. – Élodie só pôde trabalhar no projeto de inoculação por sua causa. Só descobrimos as garrafas de Peste por sua causa. Você matou um dos seus para proteger minha Ordem...

– Você – foi a correção veloz de Osric.

– ... e acabou de me ajudar a entender, possivelmente, o motivo por trás dessa Peste terrível.

Ela fitou Osric com um olhar completamente maravilhado.

(Que feitiçaria, que feitiçaria existia em um par de olhos brilhantes.)

– Por que está me ajudando? – perguntou Fairhrim.

– Alguém vai morrer em Swanstone, e não posso deixar que seja você – disse Osric.

Fairhrim, que podia atravessar a proteção na janela sem problemas, pressionou os dedos contra o braço de Osric, o que mandou, como sempre, uma descarga elétrica no corpo dele. Houve uma época em que ela evitava tocá-lo a qualquer custo.

– Obrigada. De verdade.

Então, de um jeito ainda mais inebriante, ela perguntou:

– Você está livre na próxima sexta?

– Por quê?

– É lua cheia. Vamos invadir Færwundor.

Osric a encarou em choque. Ela tinha sido categórica em sua recusa.

– Você... você tem certeza?

– Não vamos ser pegos – disse Fairhrim. Após um momento, ela acrescentou: – Eu confio em você.

As palavras pousaram pesadas no peito de Osric, correram fundo, exacerbaram o senso de inebriação.

– Conseguimos desacelerar sua degeneração – continuou Fairhrim. – Vamos ver se conseguimos revertê-la. Depois do que você fez, é o mínimo que eu podia tentar.

O brilho em seus olhos poderia ter sido das estrelas; poderia ter sido um sorriso secreto.

Osric sentiu o peso de alguma verdade condenada e inexpressível.

Eles se demoraram naquela janela, não exatamente dentro e não exatamente fora. Sucumbiram ao vagaroso encantamento de uma noite de junho. Mariposas brancas, pálidas e brilhantes no escuro, giravam em constelações tremulantes, mesclavam-se umas nas outras, uniam-se e separavam-se até que, subindo em espiral, tornaram-se parte do céu. No leste, nuvens cintilavam carregadas com o amanhã.

Eles conversaram até as estrelas sumirem.

Fairhrim, emoldurada em prata na janela, tornou-se um ponto focal: um estudo *notan* de claro e escuro. Coisas desimportantes se tornaram importantes: os cílios dela pintando as próprias sombras nas bochechas. O luar realçando e embelezando seu cabelo. A mão dela ao lado da de Osric no peitoril, tão próxima que seus dedos se roçavam.

Seu toque era de uma beleza dolorosa e frágil. Era uma dobradiça que girou e o transformou em algo diferente. Uma consciência. Um entendimento que chegou em uma emoção explosiva, extasiada, agonizada.

Ele e ela ficaram sentados sob o luar como um casal de amantes.

Ele não tinha prestado atenção. Tinha sido idiota – deuses, tão idiota. Ele não era mais dono do próprio coração.

A ladra estava inconsciente do seu crime. Ela perguntou:

– Tem algo errado?

E, pela primeira vez na vida de Osric, a mentira não veio fácil. Era enorme demais. Ele balançou a cabeça e conteve a verdade entre os dentes.

Aquela revelação era um ponto de ruptura. Ele viu diante de si a linda impossibilidade de tudo aquilo, léguas e mais léguas de impossibilidades estendendo-se entre eles. Era uma insanidade inclemente; era o pesar por algo terminando antes que pudesse sequer começar; era um novo círculo de tormentos; era uma ferida deliciosa. Alegria entremeada por infelicidade. Prazer carregado de dor.

Não tinha sido amor à primeira vista, mas na última vista. Pelos deuses, amor à última vista...

No alto, a lua pairava como uma promessa.

AGRADECIMENTOS

Estes são os gigantes em cuja sombra este livro germinou: W. B. Yeats, cuja coleção de folclore e contos de fada em *The Celtic Twilight* inspirou tanto a trama como o mundo, e Jerome K. Jerome e P. G. Wodehouse, cujo ápice de humor e sagacidade estou condenada a admirar e nunca alcançar. Também devo mencionar três estudiosos cujas obras têm estado na minha escrivaninha pelos últimos anos: Robert Macfarlane e seus livros fabulosos sobre linguagem e paisagem, Ronald Hutton e suas explorações extraordinárias de magia e paganismo, e Hana Videen e suas abordagens inovadoras do inglês antigo (porém espero que ela nunca leia este livro, devido aos vários massacres a que submeti a língua).

Esta história não teria alcançado a forma de livro sem minha agente brilhante, Thao Le, com quem foi um enorme privilégio colaborar. Thao encontrou o lar perfeito para este livro na Berkley e Orbit UK, com duas editoras espetaculares, Cindy Hwang e Nadia Saward. A perspicácia, dedicação, humor e paciência delas foram essenciais para tornar o livro o que é agora. Para a edição da Ace, devo um agradecimento especial à assistente editorial Elizabeth Vinson e ao editor de produção Daniel Walsh por toda a sua habilidade profissional, e a Eileen Chetti, Jamie Thaman e Lisa Lester Kelly, por seus olhos de águia ao lerem o texto. Do lado da publicidade, toda gratidão a Kristin Cipolla e Yazmine Hassan, e, do lado do marketing, a Jessica Mangicaro e Kim-Salina I, por me emprestarem sua magia. Obrigada também à artista de mapas Rebecka Champion, pela linda representação dos Tīendoms, e à adorável Katie Anderson, pelo design da capa. Finalmente, fico muito emocionada e honrada por poder agradecer à artista da capa Nikita Jobson por compartilhar seus gloriosos talentos e trazer Osric e Aurienne à vida de forma tão vívida.

Sinto uma profunda gratidão pelo fandom em geral, por me propiciar duas décadas de prática de escrita, e às garotas Dramione em particular, cujo entusiasmo pelo meu trabalho me levou por esse caminho novo e inesperado.

Por fim, e para sempre, amor à minha família.

SUA OPINIÃO É MUITO IMPORTANTE

Mande um e-mail para **opiniao@vreditoras.com.br**
com o título deste livro no campo "Assunto".

1ª edição, ago. 2025

FONTES CC Prince Of Darkness 30/16pt
Garamond Premier Pro 12/16pt

PAPEL Polen Bold 70g/m²

IMPRESSÃO Gráfica Santa Marta

LOTE GSM120625